顾明道

著

珍·藏·版

民国武侠系列丛书

荒江女侠

壹

山西出版传媒集团

北岳文艺出版社·太原

图书在版编目（CIP）数据

荒江女侠 / 顾明道著. — 太原：北岳文艺出版社，2022.1
ISBN 978-7-5378-6522-7

Ⅰ.①荒… Ⅱ.①顾… Ⅲ.①侠义小说—中国—现代
Ⅳ.①I246.5

中国版本图书馆CIP数据核字(2022)第037010号

荒江女侠

顾明道 / 著

出品人 郭文礼	出版发行：山西出版传媒集团·北岳文艺出版社 地　　址：山西省太原市并州南路57号 邮　　编：030012
选题策划 孙茜	电　　话：0351-5628696（发行部）　0351-5628688（总编室） 传　　真：0351-5628680
责任编辑 孙茜　刘晓京	承 印 者：山西出版传媒集团·山西新华印业有限公司
封面插图 杨苇	开　　本：890mm×1240mm　1/32 总 字 数：1450千字 总 印 张：52.5
装帧设计 张永文	版　　次：2022年1月　第1版 印　　次：2022年7月　第1次印刷
印装监制 郭勇	书　　号：ISBN 978-7-5378-6522-7 总 定 价：168.00元（全五卷）

― 代 序 ―

顾明道和他的小说

张赣生

在本世纪（指二十世纪）二十年代末，能与"南向北赵"并称的武侠小说作家只有顾明道。

顾明道（1897—1944），原名景程，江苏苏州人。他八岁丧父，自幼体弱，上学时膝部患骨结核（中医所谓骨痨）致残，行动依赖拄拐。他毕业于教会所办的振声中学，因学习成绩优秀，即留在该校任教，并受洗为基督教徒。1922年，范烟桥移居苏州，范氏在辛亥革命的时候就曾与友人组织"同南社"，诗酒唱和；这时又于七夕会同赵眠云、郑逸梅、顾明道等九人组织"星社"，以文会友。顾氏由此结识了一批文友，他一生的文学活动大体未超出这个小团体的范围。顾明道因一直希望医好腿疾，所以结婚较迟，抗战爆发后，他和母亲、妻子全家移居上海，苏州的家产毁于战火，从此落入贫病交加的处境中。他一生以教书为业，战前一直在苏州振声中学执教，迁居上海后一面写作，一面仍自办补习学校，招生授课，直至肺结核把他折磨得卧床不起才停办。病重时生活无着落，全靠朋友周济，终年只有四十八岁，身后凄凉。

了解了顾明道一生的经历，有助于我们客观地认识和评价他的小说。

从顾明道一生经历来看，腿残、留校执教、参加星社，这三件事深刻影响着他一生的文学事业。民国初年的上海，盛行哀情小说，即文学史上称之为"淫啼浪哭"的时期。1912年，徐枕亚的《玉梨魂》和吴双热的《孽冤镜》在《民权报》同时连载，随即又连载李定夷的《霣玉怨》，流风所被，一片哀音。顾明道就在这种风气的影响下，开始试写小说，那时他只有十七岁，尚未成年。他的处女作是短篇言情小说，发表在高剑华主编的《眉语》月刊上，这是一份以知识妇女为读者对象的刊物，脂粉气很重，在该刊的创刊号上发表了一篇阐明办刊宗旨的《宣言》，其中说："花前扑蝶宜于春；槛畔招凉宜于夏；倚帷望月宜于秋；围炉品茗宜于冬。璇闺姐妹以职业之暇，聚钗光鬓影能及时行乐者，亦解人也。然而踏青纳凉赏月话雪，寂寂相对，是亦不可以无伴。本社乃集多数才媛，辑此杂志而以许啸天君夫人高剑华女士主笔政。锦心绣口，句香意雅，虽曰游戏文章、荒唐演述，然谲谏微讽，潜移转化于消闲之余，亦未始无感化之功也。每当月子弯时，是本杂志诞生之期，爱名之曰《眉语》，亦雅人韵士花前月下之良伴也。"看了这篇《宣言》，读者当能了解此刊物的性质。顾明道在1914年左右开始写小说时，选中这样一个刊物投稿，也就表明顾氏本人的性格难免有些多愁善感的脂粉气。

我指出顾氏性格中的脂粉气，因为这决定着他文学作品的基调，丝毫也没有嘲讽顾氏之意，每个人都在一定的环境下养成他的性格，这没有什么可嘲讽的，我们要研究的只是事实。郑逸梅在《悼顾明道兄》一文中提到两件事，其一为："明道最初的作品，刊登在许啸天所辑的《眉语》杂志上，该杂志多载女作家的文字，他就化名梅倩女史，撰着短篇小说。有一位读者，是登徒子之流，写信追求他，缱绻缠绵，大有甘伺眼波之意。明道接到了信，大笑之下，用梅倩具名答复他。那个登徒子欣喜欲狂，寄给他一帧照片，请他交换'芳影'，并约他会晤某园。明道到这时，才用真姓名自行揭破。这一段趣史，明道时常讲给人听的。"其二为：

"《江上流莺》稿成，我曾为他写一小序，有云：'江山摇落，风雨鸡鸣，我侪丁斯乱世，应变无方，干禄乏术，臣朔饥欲死，乃不得不乞灵于不律，红茧缫愁，绿蕉写恨，借以博稿资而活妻孥。社友顾子明道固与予相怜同病者也。'明道读了，亦为之感喟百端，不能自已。"当时正值日寇侵华，人民生活困苦，对此局面"感喟百端"也是情理中的事，我们不必咬文嚼字，过分挑剔；但达到"不能自已"的程度，就难免少些丈夫气了。以上两件事都可证明顾氏确有些多愁善感的脂粉气。

顾明道养成这样一种性格，固然与前述民初上海文坛的时尚有关，在当时一些人的心目中，唯其如此才配称为"才子"，少了贾宝玉味道就被视为粗俗；但是就顾氏本身的内因而言，腿残对他心理上的影响，恐也不容忽视。肢体的残疾不仅影响着顾明道的性格，也限制着他的行动。郑逸梅《悼顾明道兄》一文说："这时他在吴门振声中学担任教务，因不良于行，往返不便，所以他住在校中。"顾氏是一位多半生未离他那中学小天地的人，缺少广泛的社会生活经历，在这方面，他既不能与同时的"南向北赵"相比，更不能与后来的"北派四大家"同日而语。对于这样一位学生出身，生活面狭窄，又多愁善感的作家来说，写言情小说自然是最方便的，他可以坐在家里凭自己的情感体验来打动读者，只要情感诚挚，哪怕写的只是他个人的小天地，也总会有其可取之处。但自向恺然《江湖奇侠传》引起轰动之后，报刊编者和出版商均热心于武侠一途，顾明道为适应这一潮流，便也改弦易辙，于1923年至1924年在《侦探世界》杂志发表武侠小说。1929年，他由杭返苏，途经上海，与当时主编《新闻报》副刊《快活林》的星社文友严独鹤相会，恰逢《快活林》需要连载长篇武侠小说，严约顾撰写，这就促成了他一生的代表作《荒江女侠》的问世。

《荒江女侠》刊出后竟大受欢迎，同年冬，上海三星图书局向新闻报馆购买版权出版单行本，至1930年8月已翻印四版，1934年11月更达到十四版，这在当时是很可观的销行数。可见其轰动的程度。由于此书畅销，顾氏也就续写下去，共出版了六集，并被友联公司改编为十三集连续影片，上海大舞台、更新舞台也改编为京剧连台本戏，风靡一时，大有凌驾《江湖奇侠传》之上的势头。这部小说之所以能取得如此出人意料的效果，今天的读者或许很难理解。当时最著名的武侠小说，是"南向北赵"的作品，向恺然连缀民间传说，自有其吸引人的一面，但却少了点爱情纠葛、哀感顽艳；赵焕亭的《奇侠精忠传》据说原有不少狎媟的描写，因而触犯禁例，出版时经过删削。顾明道于此际把武侠、恋爱、探险等成分捏在一起就给读者一种新鲜感，满足了十里洋场那特定读者群追求新奇、热闹的要求，正如严独鹤在《荒江女侠序》中所说："以武侠为经，以儿女情事为纬，铁马金戈之中，时有脂香粉腻之致，能使读者时时转换眼光，而不假非僻之途，不赘芜秽之词。是以爱读者驰函交誉。"

《荒江女侠》赖以吸引读者的，一部分魅力来自"脂香粉腻"，另一个办法是写"冒险"，他在谈及自己的作品时说："余喜作武侠而兼冒险体，以壮国人之气。曾在《侦探世界》中作《秘密之国》《海盗之王》《海岛鏖兵记》诸篇，皆写我国同胞冒险海洋之事，与外人坚拒，为祖国争光者。余又著有《金龙山下》一篇，可万余言，则完全为理想之武侠小说也，刊入《联益之友》旬刊中。又曾写《黄袍国王》长篇说部，记叙郑昭王暹罗之事，曾刊《大上海报》，后该报停版，余亦中止，他日拟出单行本以飨读者矣。又新著《龙山争王记》，则方刊于《湖心》周刊中，该刊为西湖小说研究社出版者也。曩年余为《新闻报·快活林》撰《荒江女侠》初续集，尚得读者欢迎，今由三星书局出单行本，三集亦在付梓中矣；又为《小日报》撰《海上英雄》初续集，则以郑成功起义海上之事为经，以海岛英雄为纬，以上两种皆由友联公司摄制影片。又尝作《草莽奇人传》，则以台湾之割让，与庚子之乱为背景也。"（转引自郑逸梅《悼顾明道兄》）所谓"冒险体"或"理想小说"，显然是接受了西方的小说观念，是指类似斯蒂文生《宝岛》或斯威夫特《格列佛游记》的体裁，譬如他所著的《怪侠》，写一个身负绝技的革命者，失败后率党徒逃亡海外，去非洲探险，与当地土著争斗，称雄异域，即是一例。

就顾氏的为人来说，他是一个正直、爱国的书生。"一·二八"

日寇进犯上海，顾氏写了《国难家仇》《为谁牺牲》等小说，表示了他作为中国人的同仇敌忾之心。顾氏一生写过五十多部小说，以武侠和言情为主，也有社会、历史、侦探等作，他临终前，春明书店出版了他的最后一部作品《江南花雨》，这本小说具有自述的性质。

原书序

严序

外人之称我民族也曰病夫，外人之喻我国家也曰睡狮，轻蔑讥侮之意显然可见。然以我民族之萎靡文弱，亦实足以自堕其国际地位而召人之侮也。履霜坚冰至，夫岂一朝一夕之故也哉。试观日耳曼以铁血主义称霸，东岭三岛亦以武士道勃兴，尚武之风，不恭重欤。我国当春秋战国秦汉之际，其人大都悲歌慷慨，矜侠仗义，尚武之风，于斯为盛。自专制帝王愚民弱民之策兴，世风变移，迄于今，武术几如广陵散矣。欲国之不弱可乎？故明达之士，皆以提倡尚武，阐扬国术，为当世强国之要务。如国术院之设置，国术比赛之举行，殆以此也。而武侠小说亦于此际风起云涌，盛极一时。侠骨热肠，傅英雄之奇迹；刀光剑影，写豪客之轶闻。未始非提倡尚武之一助，亦所以明小说家之职志也。然坊肆间所出各书，大抵非失之粗犷，即近于荒淫。欲求一宗旨纯正、理想高洁之武侠小说竟如麟角凤毛不可多得。吾友顾子明道，擅小说家言，今春自西泠归，道出沪滨把晤之余，适以予主编之《新闻报·快活林》长篇小说一时苦未得佳作，乃嘱明道承其乏，明道欣然允诺而去。越数日即以其所著《荒江女侠》邮至，嗣后陆续撰寄，付之铅椠，共二十二章，都十万余言。以武侠为经，以儿女情事为纬，铁马金戈之中，时有脂香粉腻之致。能使读者时时转换眼光，而不假非僻之途，不赘芜秽之辞，是以爱读者驰函交誉，而友联影片公司亦以摄制电影为号召矣。但明道挥写之余尚觉意兴未尽，兹编仅成初集耳，尚有续编，即当问世。三星图书局主人钮君向新闻报馆购得是书版权，复请明道重行编辑，刊印单行本，以供读者之需，而浼予为之评。夫明道之小说自有其声价，故毋待揄扬。特就予之所欲言者，率书数语，弁读简瑞，俾读是书者得略知明道之用心，与其著述之经过耳。

己巳仲冬桐乡严独鹤序于上海新闻报馆

赵序

往予读唐人谢小娥传，每叹其文词斐然，生气跃然，固由作者笔札精妙，亦小娥之奇节伟行足以张之，夫然后其人其文，峥嵘两峙于天壤，历千古而不散。今读顾子《荒江女侠》之作，笔意倜傥其奇恣酣畅处，乃欲突过小娥传。嗟乎！其人其文相得益彰，谁谓古今人不相及耶，此真能传侠女者矣。顾子之文如长江大海，浩瀚无际，每于盘蹙处起波澜，而伏流细凉，亦复渟窈有奇致。又如风行水上，杳然相遭自成文章。则其词源之来，盖养之有素，故一发沛然莫御也。至于书中叙述，如昆仑学艺、破韩庄、毁禅院以及月夜探塔、荒江歼盗诸节目皆一篇之最精彩处。而全书大旨，悉以至性中之仁孝义侠归，尤足挽晚近传武侠者荒诞诲盗之颓风，则是书固卓然可传。时在季冬，适顾子由吴门驰书索序，因数语识归以之。

民国十八年季冬玉田赵焕亭谨序

陆序

　　昔司马迁作史记,特著刺客游侠两传,其即开剑侠小说先河欤。厥后唐人说部侈言红线聂隐诸逸事,钗光剑影,历历如绘,侠也而专以女著矣。章回长篇小说,少时喜读《儿女英雄传》,以其描写侠女举动轰雷掣电,骇目惊心,而又处处入情入理。顾其书,只能节读,以后半部庸笔俗墨陈腐不堪,阅之几令人沉沉欲睡。甚矣小说之难,而侠女之作为难之尤难也。满拟精思渺虑自构一书,务期求胜前人。人事卒卒,未之有暇。今年偶于报端见顾明道君所著《荒江女侠》,读之不觉大好。嗣后递来《新闻报》,必首检《快活林》,争睹顾君新作,数月如一日。盖《荒江女侠》有儿女英雄之长无儿女英雄之短,洵杰构也。自有此书,余可以搁笔矣。钮君福五果刊此书售世,洛阳纸贵,定可豫卜。惟闻顾君更有后作,甚冀其早日杀青,毋使余昏花老眼,望之将穿,寄语顾君,早有以慰吾也。

中华民国十八年十一月十七日青浦陆士谔序于上海医寓

姚序

　　世衰道微,疮痍满目,四郊多垒,板荡中原。豫陕晋陇固属四战之地,自战国迄今,因振衣挈领之局,为军事家政治家所必争,故无宁日。而向称膏腴之所,上媲天堂之苏杭二地,近亦不时以盗匪洗劫闻。虽公家防卫方法,舍水陆皆有专司其责之军警外,更益以商民自卫团体马肥人壮,械充弹足,日夜梭巡,守望相助,无地不郑重其事,诚无懈可击。谁尚口足而腹诽,而匪徒犹能肆意剽掠,挟载以去。苏杭且如是,彼地土枯瘠,人民衣食维艰,而又俗尚武力,虽妇竖小孩亦好暴勇斗狠,向称盗匪渊薮之所,自然尚堪设想焉耶。或曰,捕治既难严厉,试问应以何术驾驭最为适妥?姚明哀曰,治盗善法莫妙于行侠尚义,则铲首诛心,无形瓦解。唐且所谓布衣之怒,伏尸二人,流血五步,足使鼠辈栗栗心寒,惴惴知戒。一方贤有司更以宽容博爱之经济，导人以正，此风自然渐次灭泯，人人皆为奉公守法之民矣。不佞年来从事于秘密党会著述，随处以揭开社会暗幕为经，而亦早以提创尚武精神侠义救国为纬。皮相之士咸哂，不佞乐此不疲。何若是？其不惮烦琐，殊不知区区方寸间，实具斯微旨，别有深意。不过乃从反面擒题，不能若向恺然君所著之受大多数读者欢迎，引为微憾。吴门顾子明道，亦本此意，乃有《荒江女侠》之作。曩假《新闻报·快活林》排日刊登，读者已多以之与不肖生《玉玦金环录》并称。全稿甫告工竣，又为识者争粥，刊行单本，前途销路之广固不待言。此稿之所以能如是纸贵风行者，盖顾子即从正面着墨，词严义正，挽回人心世道于不知不觉之中。有识之士莫不同声赞美，击节称赏矣。不佞因是书与拙著有表里切磋、他山攻错之善，故顾子驰函索序，遂欣然信笔诌此以报之。

十九年一月六日常熟姚民哀扶病呵冻草于吴门珠兰庵寓次

徐序

社友顾明道君，体质素弱，腰肢瘦损，正不减沈约当年。但与其等之著作相比例，又不禁敬佩君之文思潮涌，下笔千言，竟与君之体质迥不相侔也。君治文初主哀情，如《啼鹃录》之商音遍海内，赚得不少同情伤心之泪焉。挽近以还，作风丕变，我辈呷唔咕哗诚属不合时宜。即治旧日体裁者，亦惟武侠与社会作品尚可得一部分之欢迎。不才年来微特不作，抑且不阅，厕身于扰攘环境之中，顿增千斛俗尘，良自愧耳。乃者友联公司以君逐日刊载于《快活林》之《荒江女侠》小说拟制影剧，嘱为曹邱，商于君，君慨然允许。友联执事并倩铨次，因得一读佳著，觉内容缜密，结构精详，醰醰富有至味。其述武技处，喑呜叱咤，风云变色，殊与贩自古籍者不可同日而语。初集读毕，掩卷以思，几疑我友顾明道君已成一虬髯戟张、虎背熊腰之魁梧大汉矣。

民国十八年冬徐碧波序于上海

郑序

名画师钱子病鹤，予之旧雨也。畴昔之夜，病鹤忽不速而来。闻人足音跫然而喜，盖不必逃空虚者为然也。寒暄即毕，病鹤知予方构稿为《玉霄双剑记》，因品藻及于稗官家言，谓著武侠小说，允为文人之唯一快事。执锋利之笔，剜元恶之心，取大憝之首，举天下之不平而划夷之，即读之者亦觉虎虎有生气，神为之王焉。犹忆儿时外出就傅，颇喜浏览杂书，顾不为塾师所许。夜间尝潜起燃膏盏笼于帐，读施耐庵《水浒传》，至激昂得意处，不觉手舞而足蹈，倾盏膏而偏，渍枕衾，不复能睡，明日备受师谴，然兴不稍杀。至今思之，尚醰醰有余味也。挽近以还，坊间武侠之书，有充栋汗牛之概，然或失诸秽亵，或失诸冗沓，或失诸平庸无奇，欲求一精隽贵当之作不易得。惟《新闻报·快活林》排日所登之《荒江女侠》，虚实曲折，引人入胜，极抒写之能事。且彼拔刀飞剑者，更出于巾帼者流，既刚健，又婀娜，能不令人爱煞。予闻之，为之首肯。适明道来函索序，遂以病鹤一夕谈书以贻之。

己巳之冬郑逸梅识于淞湄寓楼

题词

高山流水　题《荒江女侠》为明道社兄作

烟　桥

彩毫写出好文章。把啼鹃,闲泪收藏。顿换热思潮,笔锋转问荒江。胸中事,纸上端详。书中话,取较人间色相,煞费商量。漫言游戏耳,腐史亦寻常。

洋洋早传遍宇内,更映上银幕生光。曾记得秋音变徵,无限苍凉。怯书生也惯荒唐。尽铺张英雄儿女,语重心长。展奇书,粉光入墨有余香。

临江仙　奉题《荒江女侠》即乞
明道词宗正拍

瘦　蝶

绝塞山川灵秀气,偏生钟到蛾眉。含光佳侠痛谁知,戴天仇书,雪壮志吐虹霓。

老屋荒江回忆苦,梦魂时傍春晖。琴心剑胆漫相遗,熊锋交登处,白首好相期。

题诗

题《荒江女侠》小说

丹翁

吴门顾明道，著女侠荒江。
小说之用笔，一如飞剑光。
闪烁而完密，针线处处藏。
著者卖关子，阅者日日忙。
（曾逐日刊登《快活林》故云）
主人玉琴也，陪客咸相当。
访友而得寺，据舍韩家庄。
半夜维黑影，刷然入禅堂。
和尚解藏春，上下一道狂。
先来卖解女，后至云三娘。
武侠最时髦，作者斗擅场。
名重程夫子，姓不愧长康。
三毫颊上书，仍捧长康长。
然同不肖生，与漱六山房。

前后成鼎足，三家堪颉颃。

明道兄以近著《荒江女侠》说部属题谨奉一截

即乞　正之

吟　秋

侠骨柔肠恨满腔，钗光剑气冷荒江。
一编巾帼英雄史，读到更残月半窗。

《荒江女侠》分咏

眠　云

玉琴

肝胆轮囷郁结深，戴天不共父仇寻。
荒江侠女还奇孝，精卫千秋填海心。

剑秋

同门同具侠肝肠，植骨坚冰扑面霜。
烈丈夫能空色障，肯随妖艳溺闺房。

一明禅师

大师卓锡在昆仑，收召门徒有道根。
一剑一琴双义侠，千秋人物重师门。

云三娘

三娘名氏并流芳，一派昆仑艺术长。
声应气求赖多助，同来挥剑破韩庄。

宋彩凤

飞来彩凤羽清凄，莽莽关山落日西。

为父复仇双孝女，芳名应与玉琴齐。

曾毓麟
书生情重是知音，汤药殷勤感日深。
病起即行恩未报，一挥慧剑碎琴心。

李天豪
异人异术剑光芒，授与天豪李氏郎。
作室不忘堂拘志，锡名应号小忠王。

宇文亮
武术专家胆气粗，宇文姓氏满江湖。
一兄二妹鼎三足，同走堂堂革命途。

目录

1　代序·顾明道和他的小说　张赣生

1　原书序

6　题词

11　题诗

12　第一回·剑光飞黑夜铁拐逞威　血雨溅红须大刀殒命

10　第二回·学武术名山拜师　呈奇能石室杀虎

22　第三回·歼三雄大义卫邻寨　驱一道英名震荒江

27　第四回·田园荒废苦志寻仇　旅店凄凉伤心哭妇

33　第五回·探血案小摧马贩子　求助手遍访云三娘

40　第六回·入虎穴双侠蹈危机　收门徒老僧获恶果

47　第七回·诛巨狮入生出死　破密室转危为安

第八回·飞银丸淫僧伏法　遇侠客众女庆生	53
第九回·以柔克刚铁头俯首　设谋害敌壮士杀身	62
第十回·破韩庄剑光黛影　归赵壁侠骨热肠	71
第十一回·投黑店巧逢奇人　杀女盗欣获宝镯	76
第十二回·觞祝华堂神童献绝技　剑飞杰阁怪客说前情	86
第十三回·妖人施术欺愚民　双侠奋勇探古塔	93
第十四回·毒雾腥风女侠险丧命　香窝艳薮男儿欲销魂	103
第十五回·三姊妹同争美郎君　一英雄独探天王寺	111
第十六回·石破天惊山中窥奇窟　蛇神牛鬼岛上逢异人	123
第十七回·分水岭天豪立头功　张家口剑秋寻女侠	133
第十八回·锄强济弱仁心义胆　嘘寒问暖病困情魔	139

第十九回·相逢狭路有意复仇　偶入蓬门无心中毒	157
第二十回·试葫芦法玄起淫心　斩蜈蚣女侠偿凤愿	166
第二十一回·奋神威山中伏鹫鸟　怀绝技夜半盗花驴	188
第二十二回·鹿角沟喜获新知　双龙坪巧逢老道	203
第二十三回·温香软玉大盗敛虎威　宝马锦衣小主觐奇险	225
第二十四回·豪气如云观剧惩太岁　柔情若水劫牢救英雄	239
第二十五回·大闹风虎堂波兴醋海　双探螺蛳谷身陷重山	253
第二十六回·走古刹无意遇能僧　歼巨盗同心成美眷	267
第二十七回·魅影鸱声邸中捕鬼　雪花血雨岭上救人	282
第二十八回·得伪书魔王授首　亲香泽公子销魂	301
第二十九回·穷途落魄鬻书卧虎屯　月夜飞刀蹈险天王寺	319

第三十回·铁弹三飞教师丧胆 渔歌一曲侠女动心	333
第三十一回·孤舟赴奇险触目惊心 病榻诉离愁回肠荡气	351
第三十二回·彩凤高飞猝逢邓七怪 神雕引路重晤云三娘	369
第三十三回·老龙口渡船遇道姑 红叶村石窟囚侠士	387
第三十四回·两奇人醉闹太白楼 五剑侠同破天王寺	397
第三十五回·远道访故人庵中避雨 客窗谈往事壁上飞镖	447
第三十六回·怪老人病榻赠宝剑 莽力士琼筵献炙肉	460
第三十七回·七星店巧献火眼猴 邓家堡重创青面虎	479
第三十八回·山洞乞灵药起死回生 古寺访高僧截辕杜辔	494
第三十九回·离乡投亲喜逢恩庇 以怨报德惨受奇冤	510
第四十回·仗义闯公署快语惊人 乔装入青楼有心捕盗	527

第四十一回·破疑案宵小反坐　赠图册机关得明	542
第四十二回·意马心猿绮障难除　顾前失后刺客成擒	556
第四十三回·除七怪大破邓家堡　谒禅师重上昆仑山	570
第四十四回·情海生波真欤伪欤　新房演悲剧是耶非耶	586
第四十五回·深林追草寇误中阴谋　黑夜登乌龙甘蹈虎穴	595
第四十六回·卖解女密室锄奸　钓鱼郎桑林惊艳	620
第四十七回·蜜意浓情爱人为戎　解纷排难侠客作鲁连	635
第四十八回·低首作情俘幸脱虎狼口　侠心平巨盗巧成麟凤缘	661
第四十九回·神灯妖篆旧事重提　赛会迎仙怪相毕现	683
第五十回·故意谈天书蛇神牛鬼　有心探密室粉腻脂香	698
第五十一回·运奇谋大破玄女庙　访故友重来贾家庄	715

第五十二回·挑衅斗娇全村罹巨劫 逞能负气小侠作双探	726
第五十三回·蜈蚣棍群惊娇女 问罪书独难老人	747
第五十四回·竞雄侠崮三弹显奇能 卧底贼巢群英除巨害	761
第五十五回·买剑龙飞何来老道士 品茗虎跑忽遇怪头陀	779
第五十六回·黄昏寂寂铁杖惊书生 碧海茫茫孤舟追巨盗	791
第五十七回·虎斗龙争飞镖伤侠士 花香鸟语舞剑戏红妆	812
第五十八回·飞觞醉月秘史初闻 扫穴黎庭芳踪遽杳	827
第五十九回·鸳鸯腿神童吐气 文字狱名士毁家	841
第六十回·作刺客誓复冤仇 听花鼓横生枝节	857
第六十一回·妙计布疑云英雄被绐 孤身陷敌手女侠受惊	872
第六十二回·恶梦初回设谋离虎穴 清游未已冒险入太湖	894

006

第六十三回·醉酒狂行水中闹趣剧　游山闲话湖畔访异人	922
第六十四回·快意畅谈解衣为剑舞　奋身苦战投水作珠沉	930
第六十五回·访女侠蓦地得凶音　观兽戏凭空生悲剧	949
第六十六回·代打擂台女儿显绝技　留居客地俊士结新知	965
第六十七回·一梦太荒唐暗怀醋意　飞镖何突来别有阴谋	987
第六十八回·曲巷去采花头陀铩羽　龙潭来盗锤妖道丧生	998
第六十九回·烟雨楼老人谈飞贼　灵官庙双侠救英雄	1013
第七十回·妙计忽然生山岭入伙　芳踪何所觅水上交兵	1027
第七十一回·绮障孽冤三女回故里　枪声剑影群侠破横山	1052
第七十二回·怪杰逐白浪妖物就缚　将军来黑夜淫妇伏诛	1066
第七十三回·逍遥店施技打骄兵　洪泽湖驾舟追水寇	1088

第七十四回·古刹谒老僧前尘顿忆　征途逢响马诡计堪惊	1114
第七十五回·漂泊江湖一镰谐鸳侣　困居陷阱四侠战强徒	1125
第七十六回·夜雨孤灯闻歌救弱女　单刀匹马退敌显神威	1144
第七十七回·助战成功仗红妆季布　化仇为友赖白发鲁连	1163
第七十八回·邂逅中途女儿劫狱　绸缪良夜壮士乞婚	1180
第七十九回·秘径出奇仇头斯得　深山惊艳玉臂何来	1209
第八十回·窥浴动淫心萧墙起祸　倒戈下毒手峻岭丧师	1225
第八十一回·龙骧寨剑仙救大厄　曾家庄故雨话旧情	1246
第八十二回·檀板银筝宴前观女乐　柔肠侠骨谷内报凶音	1258
第八十三回·袁寨主攻城报私怨　鲍提督征谷起雄师	1273
第八十四回·制胜倚双雄头陀殒命　出奇探间道勇将陷身	1287

008

1508	1483	1462	1444	1428	1408	1392	1367	1337	1310	1303

第九十五回·远道探亲重逢游侠子　深山盗宝初斗巨灵神

第九十四回·一身先殉难壮志未伸　三剑齐劫营侠情可爱

第九十三回·豪气如云京华一镖客　忠心为国肝胆两昆仑

第九十二回·剑侠解围曾家庄聚首　将军喋血八里堡成仁

第九十一回·血雨剑光深山除剧盗　神灯妖符古国起狼烟

第九十回·不忘宿怨太守失文郎　欲探奇情酒人登古堡

第八十九回·红花村侠客警顽手　白莲教孽徒藏祸心

第八十八回·细语良宵山中来异兽　欣闻逸事阁上睹妖星

第八十七回·比剑术古刹飞银丸　庆新婚洞房遇刺客

第八十六回·一夕退三军智穷老将　征途逢奇事艳说荒江

第八十五回·观奇能前山求挑战　仗粲舌深夜请息兵

第九十六回·萍水相逢多情怪成梦 剑琴同伴故意试鬼婚	1536
第九十七回·嘉宾朝至共集九龙庄 旅客夜来初闻满家洞	1557
第九十八回·探秘搜奇有心寻间道 残山剩水无意见故人	1583
第九十九回·秘穴隐身义师图光复 高峰观日大海思长征	1611
悼顾明道兄 郑逸梅	1644

第一回　剑光飞黑夜铁拐逞威　血雨溅红须大刀殒命

黑暗笼罩着大地，这一带丛密的树林也变成黑魆魆的，好似数千百个魔鬼列着阵，要搏人而噬的样子。天上有几点亮晶晶的明星，好似灿亮的小镜子，在大黑布上闪闪地晃动。这时林中很快跑出一个少女来，浑身穿着黑衣，姿态婀娜中含有刚健气，背负一剑，直向前面溪边走去。

那小溪从东南山中曲折流来，水声淙淙，如鸣琴筑。溪上本有一座小小板桥，可是在夜中已被人把桥面撤去，暂时断绝交通。这少女奔到溪边，见没有了桥，好在两岸距离不过一丈多远。少女奋身一跃，已过了小溪，便有一个很大的庄子，崇楼峻垣，气象森严。

少女觑定一处曲尺的高墙，在那墙外，一株老柳，绿影婆娑，高度和墙仿佛。少女遂先猱升到树上，然后一跃，飞身跳上高墙，捷如飞燕。从高墙望到里面一重重的屋脊和一层层的楼房，隐约有几处灯光，还有击柝的声音，自远而近。少女伏在墙上不动，等那击柝的更夫走到相近，她遂跟着他们走去。更夫在地下，她在屋上，一路往里面左旋右折地进去，心里暗暗记清了方向。

　　来到一间宽大的院落，有一排五开间的楼屋，纸窗中有灯光透出。少女立定脚步，略一踌躇，便蹑足走到近窗处，做个丁字挂帘式，从屋檐上倒挂下来，一些也没有声息，便把小指向窗上戳个小孔，一眼偷窥进去，见里面乃是一间陈设精美的闺房。靠里一张紫檀香床芙蓉帐前，正有一个十八九岁的女郎，背转娇躯，方在罗襦襟解之际，忽地走向后屋去了。

　　少女自想：我找的人却不在这里。翻身立起，想再到别的地方寻去；忽觉背后一阵微风，回过脸去，见那女郎不知何时已到身后，一剑劈来。少女闪身避过，疾掣背上宝剑，寒光四射，湛湛如秋光照眼。女郎第二剑刺来，少女把手中剑轻轻一撩，女郎的剑已削成两段，剑头落在屋瓦上。

　　女郎说一声："好厉害！"飘身跃下。少女见事已如此，也跟着跳到地上。女郎奔到东边廊下一根柱旁，伸手向柱上铁环轻轻一拉，只听当啷一声响亮，庄中四面都响起来了。这是设备着的警铃，女郎拉过警铃，便向屋子里一闪，倏地不见了。不多时火光大明，足声杂沓，有十数个健儿，各执着刀枪棍棒，蜂拥而来。

　　为首有两个大汉，一个展开朴刀，一个拿着枪，直前扑奔少女。见那少女横剑靠东立着，好大的院落，准备着战斗一番。

　　少女见二人进攻，不觉微微一笑，说道："好大胆的东西，敢来姑娘手里送死么？"将剑左右两摆，当当两声，一个儿断刀，一个儿折枪。少女踏进一步，白光起处，一个人头已骨碌碌滚到地上。众人呐喊一声，齐把她围住，想以多取胜。少女不忍伤他们的性命，只把手中剑护住自己身躯，并不还攻；但是众人的器械碰到她的剑锋上，没有不变成两截。

　　忽听叱咤一声，有一老翁突然飞箭而至，众人都道："好好，老庄主来了！"背后跟着一个麻面少年。老翁见了少女，便喝道："哪里来的小丫头，敢到这里来捋虎须？"立即拔出剑来，成白光一道，飞奔少女。

少女也道："老贼，你在黄村做的伤天害理之事，我今天特来找你呀！"还剑迎住。众人都退立一旁，但见他们两道白光，往来盘旋，击刺有声；寒风凛凛，不见人影。麻面少年见老翁和少女决战良久，不分胜负，也就掣出宝剑上前相助。少女觉得他们二人果是劲敌，饶她自己剑术精妙，不能占得半点便宜，心中暗暗焦急。忽又听众人欢呼道："老太太来了！"

少女留神看时，只见四个雏鬟，手执着黄纱罩的灯笼，一手握着朴刀，拥着一个七十左右的老妇走下庭阶。那老妇白发盈盈，目光炯然，手里拿一根纯铁拐杖，跳过去杀入白光中。少女只觉自己宝剑削不动老妇的拐杖，拐杖非常沉重，舞动时如长蛇绕身，呼呼呼一连几拐杖，打得少女只有招架，老翁和少年又步步进逼。

正在危急的时候，忽从东厢上飞下一道青光来，砯然有声，把拐杖托住；少女耳畔又听得男子的声音，对她说道："时机不利，我们快快出重围。"

少女不知是什么人来这里援救，便把剑法一紧，脱身跃上屋顶；青光跟着飞上，回身往庄前跑去，同时觉得背后有人追来。将近最外一层围墙时，左边屋上好似伏着一个黑影。少女不暇细察，正向外跳下，忽觉一物从侧面飞来，不及躲避，正中左肩；知道中了暗器，连忙越过小溪，仍往林子里跑去，幸喜背后没人追来。立住了，回头见有一黑影在身畔，低声问道："姑娘受伤么？"

少女运足夜眼细瞧那人，是个少年，身颀而美，遂道："多蒙先生援助，我肩上大约中了飞镖，幸喜不是要害。"

少年道："姑娘来此做甚么？铁拐杖韩妈妈果然名不虚传，我们和他们对敌不下的。我也不是本地人，现在寄居友人家中。我友李鹏，任侠好义，请姑娘随我一同前去，再行商议良策，不知姑娘的意思如何？"

少女点点头，遂跟了少年往南方走去。时已四鼓，来到山坡下，有几间小瓦屋，枕山而筑，柏树数株，亭亭如伞盖，掩蔽其上。少年引着少女，从短垣中跃入。朝南一间木板房里，灯光明亮。有一中年男子，正伏案看书，见二人走入，很是惊讶，便向少年问道："剑秋，你可是到韩家庄去的么？这位姑娘又是何人？"

少年笑道："鹏兄，我去庄中找寻韩家父子，恰遇这姑娘也是同道，在庄内和他们酣战，被铁拐杖韩妈妈困住；我遂招呼她同走，因为不走更危险了。不料临出时，她中着敌人一镖，我遂请她到这里来。"

少年正说到"来"字，少女忽然呻吟一声，面色惨白，倒在椅子里。少年大惊，忙问："怎样？"少女咬紧银牙说道："恐怕肩上的镖伤发作了，又痛又麻，直钻到我的心里，好生难过。"

李鹏道："哎呀，这是中了毒镖所致，我闻老贼有一个幼女名小香，善用毒飞镖，能在二至三小时致人的性命。"少年顿足道："这却怎样办呢？"

李鹏道："剑秋，你不要慌，合是这位姑娘命不该绝。去年我到关外，遇见一位老道，他给我一种敷药，说绿林中人常用暗器伤人；还有浸着毒药的，中之立死，惟此药可以救治。只要把少许药粉涂在平常膏药上，敷于伤口，便会渐渐痊愈，没有性命之忧了。我一向把它搁在箱里没用，今番可以有用哩！"遂急急跑到对面房里，取出药粉和膏药；又把他的妻子唤起，乃是一个很朴实的妇人，一同走来和少女相见。

这时，少女已把雪白粉嫩的手臂卷起，肩上有一个铜钱大小的创口，流出一滴滴的紫血来。李鹏急把药粉倒在膏药上，代她敷在伤口，又用白布包扎好。说也奇怪，少女本来十分痛苦，但是敷了药后，不消几分钟，便已止痛，心中很感激他们援助的大德，向二人道谢。其时东方渐渐发白，天也要亮了，他们索性不再睡眠，一同坐着，互问身世。

少年告诉少女道："我姓岳名剑秋，本是太原人氏，生平喜欢结交天下英豪，尝读游侠列传，景慕其为人；因此浪迹江湖，一意锄暴诛恶，为平民求幸福。前天来此拜访我的老友李鹏，才知道这里苏州丰禾驿韩家庄的韩天雄是个江湖上的独脚老盗，作恶多端，不知犯过了多少无头血案。因此引起我的冒险心来，深夜私探韩家庄，却不料遇见姑娘。姑娘真好本领，能只身和韩家父子对敌。后来韩妈妈一来，我知事情危急，遂来援助姑娘出险。"

少女道："岳先生可是一明禅师的弟子么？"少年露出很奇异的颜色，问道："姑娘怎知我是禅师门下呢？姑娘为什么事来找他们？我们还没请教姑娘姓名，请即明告。"

少女微微一笑，遂慢慢地把她的身世和到这里的原因，详细讲给他们听……

这是十年以前的事了，在吉、黑交界的地方，胡匪猖獗得很，官军去剿捕的，都是杀得大败而还。这胡匪对于孤单客商不劫，贫民不抢，附近村庄不骚扰，很有纪律。内中首领姓方名正，别号方大刀，周围数百里谁不知道方大刀的威名！

后来方大刀年纪渐老，觉得这种生涯究竟是不正当的；数百健儿中，随后起之很多，遂决意向部下告退，洗手不干；带着妻女，离了他多年盘踞的巢穴，来到荒江之滨，筑了几间屋宇，门前种下数十亩田地，预备终老于此。因为方大刀仗义疏财，挥金如土，所以做了几年首领，并没有资财。妻子祁氏是继室，生有一女一男，女名玉琴，秀外而慧中；男名一个豪字，姊弟二人都在稚年，依依膝下。

方大刀绿林归来，雄心已歇，对此一双可爱的金童玉女，足慰桑榆晚景，空闲时候常把拳术教授他们姊弟二人。但是方豪的身体不甚强壮，气力也小，反喜欢读书写字；玉琴却读书也用功，习练拳术也大有进步，常欲将来做花木兰、秦良玉一流人物，所以方大刀更是钟爱。这样很清静的过了二年，倒也安然无事。

他们所居之地很是荒僻，只有五六家人家，都是垦殖田地的；前面有一条小江，是通松花江的，往来的船只很少，因为这里并不是交通的要枢，大家因此唤作"荒江"，而没有专名。江的东面崇山峻岭，有一个石屋岭最为险恶，内多猛兽；石屋岭有一荒庙，是用石筑就的，供着王灵官神像，已都倾塌毁坏；除却樵夫猎人，简直没有寻常人的足迹登临其地。

离开荒江十里多路，有一个饮马寨，居民甚多，较为热闹。方大刀有时到饮马寨去喝茶，和几个老农闲话桑麻，以为消遣。有一天，他从饮马寨还家对他的妻子说道："你们留心有人要来找我了！"

祁氏和玉琴等听了，也不以为意，认是有什么朋友来拜访他。可是方大刀便觉郁郁寡欢，没有以前的兴致。祁氏正有些狐疑，隔了五六天光景，忽然门外有一个近三十岁的伟丈夫，白布裹首，相貌雄伟，求见方大刀。这时方大刀正在后面院子里浇花，听得有人到来，连忙放下水壶，走到外边，招呼这个伟丈夫到左首一间屋子里去谈话。不多时，伟丈夫告辞而去。

方大刀便忙着料理家事，告诉祁氏道："现在有仇人来找我较量高下，想我在绿林中数十年心高气傲，哪一个不拜倒在我面前。七年以前的乳臭小儿受了挫折，竟能不忘前辱，不远千里而来，一意报复，也未可轻视。我年虽老，老当益壮，岂肯怕那些小丑，甘自屈服？他们约我今夜到山中一决雌雄，所以我已毅然答应了。但胜败还未可知，万一不幸，我竟断送老命，还望你好好抚养子女不要悲伤。"

祁氏听了这话，心中很是忧虑，知道她丈夫的脾气如此，阻挡不来；看他一件件把家里事安排清楚，也不再和妻子说话，一人闭上了门，独坐室中。

待到天晚，方大刀走出屋来，精神饱满，和妻子等同用晚饭，又饮了一碗粥汤。然后吩咐玉琴等早些安睡，不要管他的事。方豪果去睡了，玉琴何等乖觉，和她的母亲掩在房里偷看，她的父亲换上一身短衣，紧紧扎束，从墙壁上摘下那柄长久不用的七星宝刀来，抽出鞘，略一拂拭，青光霍霍，仍旧插入鞘中负在背上。唤祁氏出来开门，说道："我去了！"出得大门，便往东南面跑去。

其时正在二更时分，山风憀栗，月出如灿烂银盘，光照旷野，百步内可见人。方大刀已至目的地，便听霹雳数声，那个伟丈夫已率领十数健者从林子里奔出，也不说什么话，把方大刀围在核心。方大刀拔出宝刀，左右一挥，已有人砍倒在地；伟丈夫挥剑如长虹一道，直取他的胸前，方大刀舞刀敌住，二人剑去刀来，杀作一团。伟丈夫盛气虎虎，剑光常围绕在方大刀颈、胸二部，伺隙而进。方大刀觉得今非昔比，不得不尽平生能力，和他肉搏。战了良久，伟丈夫跳出圈子，向后退走。方大刀以为他战败了，心中正喜，忽又听一声霹雳，林中又奔出数人，一齐把手中东西向他面上掷过来，方大刀急忙闪避，双目已被迷住，原来是敌人抛的石灰布袋。

这时敌人刀枪齐下，方大刀眼睛瞧不清楚，难以招架，早被敌人一枪刺进肚腹！方大刀痛不可忍，把手将枪一拖，却已断成两截，枪头陷在腹中不出，回身便走。伟丈夫见事已成功，便和众人退去。方大刀一路跑回他的家里，血涔涔下滴。

祁氏和玉琴正守候着，心里七上八下，不知方大刀此去吉凶如何，能够得胜回来么？想到他年纪老了，恐不能再像以前骁勇无敌，很是忧虑。现听方大刀匆匆进来，急忙出视；但见方大刀腹前沾染着一片殷红鲜血，一滴滴地正在滴下。

方大刀见了妻女，喘气说道："我不幸中了敌人诡计暗袭，死不瞑目；将来我的女儿长大，须要为我复仇。我的仇人是'飞天蜈蚣'邓百霸。"说着话，自己把腹内枪头拔出，肚肠也跟着拖出来，大叫一声，仰后而倒。母女二人扶他时，抚摸他的身体，可怜方大刀已魂归地府了。

原来当方大刀做胡匪的首领时，附近山中有一伙绿林英雄前来盘踞，约有百数十人，为首的是"飞天蜈蚣"邓百霸。他们都是初生之虎，气吞全牛，不把方大刀看在眼睛里；在他的境内干起生涯来，毫不招呼一声。因邓百霸是山东祁州人氏，富有膂力，精通武艺，常佩两刀出游，市人侧目，徒党甚众。

因犯了血案,遂邀集同党,亡命关外,来谋垦田事业。但是他们这种人,如何能够耐劳?于是便铤而走险,打家劫舍,做草莽英雄了。

方大刀得知这个消息,卧榻之旁岂容他人酣睡?恰巧有一次,皮商、参商运货入关,路过这里,觊觎已久,正预备前去下手,却被邓百霸眼快手快,先下手为强,率了徒党迎上去先行抢下。于是方大刀等勃然大怒,差人前去问罪,要他们交出所劫货物钱财,限三天内退出境外。

邓百霸年少气盛,哪里肯服?情愿一战,决不降服!方大刀遂指挥健儿,于某日拂晓进攻。飞天蜈蚣率众抵御,酣战良久。飞天蜈蚣等究竟寡不敌众,纷纷溃退。邓百霸被方大刀一刀劈伤左腿,党徒上前救护,一齐退去。邓百霸临走时还说:"我邓百霸早晚必报此仇!"

后来邓百霸退走蒙古,安插了他的部下,自己出去访求名师学艺,以图报复,到底在四川剑峰山万佛寺,拜了金光和尚做师父。学习数年,托故下去,率着徒党探听方大刀的下落,同来复仇。方大刀虽然勇武,但实力已难和邓百霸抵敌,何况中了他的毒计,自然不救了。母女俩一齐痛哭,天明遂备棺盛殓,卜葬在山脚下。

祁氏把枪头安放在正中桌上,表明不忘此仇,作一可怕的纪念物。玉琴尤立志欲报此不共戴天之仇,只恨她自己年少,没有这种能力;父亲又故世了,无人把武术再来传授,只好自己习练。祁氏仍雇着长工种田,守节抚孤。母子三人,苦守荒江穷庐。旧日的部下早已和他隔膜,只有几个义气的,不忘故友,前来吊问;馈送一些赙仪,也没有人去代他找寻仇人。

过了一年,有一天,玉琴独自在野间里习练一套拳术,忽然有一个白眉毛的老僧,牵了一只巨犬,那犬的嘴上套着嘴套,目光炯炯,跟着主人走来。老僧立定了,在旁看玉琴打拳,玉琴见有人,便即不打。老僧走上前笑嘻嘻的说道:"小姑娘,你的拳法很好,谁教给你的?"

玉琴答道："我的父亲。"老僧又问道："你父亲在哪里？"玉琴被他一问，不觉泪下道："我父亲已不在人世。"说罢回身要走，那老僧把手轻轻一招，说道："且慢，有话问你。"

玉琴便觉凭空好似有一种力，把她吸住，休想动得半步；心里很觉奇怪，用尽气力，却是钉在地上一样。老僧道："姑娘贵姓？"玉琴只好不走，答道："我姓方。"

这时老僧放下手，她的身体又活动了，明知这老僧定是个异人。老僧又道："姑娘，你是可造之材，有志学习武艺么？不妨随我回去，数年之后，包你有一身惊人的本领。"

玉琴自思：我要代父亲复仇，何不拜他为师，将来或能成功。转定念头，便向老僧下跪道："弟子情愿跟随左右，求大师指教。"老僧道："好，那么你家里还有人，我同你前去说明了，方可带你同行。"玉琴点点头，遂引老僧到家里。

祁氏和方豪见了老僧和巨犬，都很惊奇。玉琴便禀知母亲，要从老僧去学艺，预备他日可以报复父仇。又把方大刀惨死事情告诉老僧，老僧也赞叹她的孝心。祁氏见她立志坚决，只好让她去，但心中终是放不下，恋恋不舍。

老僧遂对祁氏说道："老太太千万放心，数年之后，我总还你一个好好的女儿。"于是，玉琴收拾一个包裹，拜别她的母亲和弟弟；又在亡父灵前拜倒，暗暗祝告几句，跟着白眉毛的老僧便走。祁氏和她的儿子送出门来，看玉琴随着老僧，背后跟着那头巨犬，愈走愈远，冉冉没入林中不见了。

第二回　学武术名山拜师　呈奇能石室杀虎

玉琴跟那个白眉老僧走去，但见重重叠叠的山，高高下下的路，两旁林木屋庐，如飞的退向后边去，心里暗暗疑讶：今日怎么自己走得这样快，而一些不觉吃力呢？不多时，见前面有一座很大的高山，荒漠得很。山径险仄，跟着老僧徐徐走上，来到最高的峰顶。

老僧立定了，笑着对玉琴说道："你可觉得疲乏么？"玉琴摇头道："还不觉得。"老僧又问道："你可知道这里是什么地方？"

玉琴俯视，群山环拱都在足下，白云在山坳里团团涌起，远望雪山嵬巍刻削；数十百个峰头，如剑如笋，如戈如矛，阳光照射着，雪色洞明，好似一簇簇烂银晃耀着，绵亘杳渺；相去不知几千里，浩浩然中为之一畅，遂道："师父，我不知道是何处。"

老僧笑道："这里已是昆仑山的最高峰了。"玉琴道："想我以前也曾听父亲说过，昆仑山在新疆，是西域山脉的总支，远隔千万里外，怎么在几个钟头里便可走到呢？"

老僧见玉琴怀疑，便笑道："这是我用的缩地术，从前费长房遇见壶公，有神术能缩地脉千里聚在目前；后来费长房于九月九日，教桓景登高避灾，使用此术。今天我因急于回山，所以姑且一用，免得你跋涉关山了。"

玉琴又向老僧拜倒，老僧扶她起来，再向前行，山路更险。忽然那巨犬跳跃起来，好似看见了什么东西；玉琴跟着看时，见那边树林中慢慢地走出一头狮子来，刚须长爪，毛发松松蓬蓬，目光闪闪如电，很有一种兽王的神气，玉琴见了，不免有些恐怖。老僧道："你不要害怕，这畜生并不会伤我们的，看我唤它前来。"遂吹唇作声，狮子闻声，抬头见了老僧，很踊跃地连窜带跳到他们面前。巨犬凑到狮子的头顶，把嘴去嗅它的两颊，狮子也伸血红的大舌来舔巨犬。老僧喝一声："来！"一狮一犬霍地立起，走到老僧身旁，站着不动。

老僧把手在狮首上抚摸一下，便道："好好儿的去罢！"狮子好像懂话的，回转身很快的奔入林中去了。老僧道："这是山上的镇山神狮，十分了得，所以这里也不是寻常人可以到的。"

又走了几十步路，耳边听得水声潺潺。前面横着一条又阔又深的山涧，泉水奔流而下，异常的险阻；没有桥梁，不能飞渡。老僧遂把玉琴轻轻提起，一纵身早已跳过深涧，那巨犬也跟着跳过来。这边都是垂磐大石，巅崖崛曲无路可通。老僧引着玉琴走到一个山洞旁，见那山洞很是幽深，好似巨鳌张口，要吞人的样子。洞口苍苔满布，寒风砭骨。老僧又对玉琴说道："我们要穿过这洞了！你紧随着我，不要胆怯。"玉琴答应，遂跟了老僧走入洞中。

洞里本来不通天日，恰巧石壁上都有很小的石穴，漏进一点点的亮光来，如黄金洒地，发为异彩，所以还约略看得出些。洞中高高低低，约有十几丈长，渐渐光明；等到走出洞来，乃是一道险峻的石磴，玉琴又跟着老僧走上去，才来到一个山崖上。望西边一轮红日，像铜盆般大，落在一座山峰后

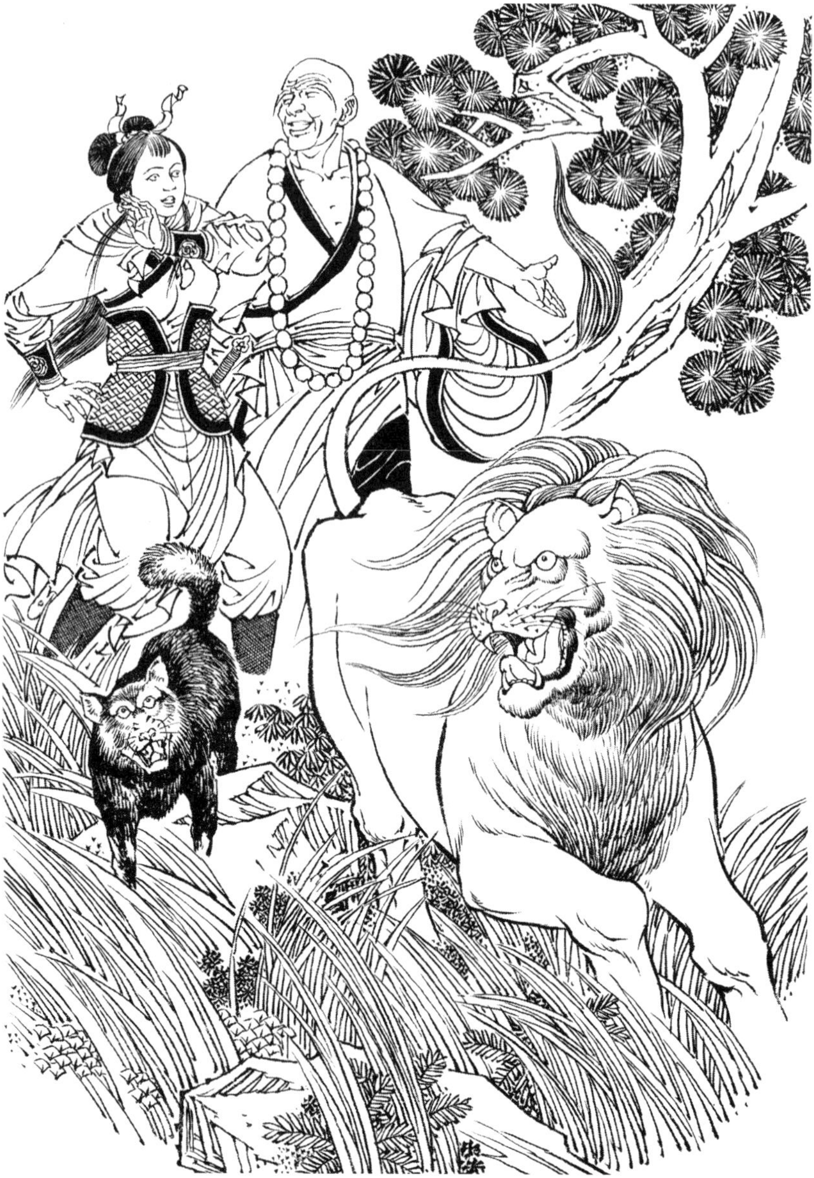

去。那山峰嵯峨，好似蟹的两钳高张着，将那红日慢慢的吞下去。

大风吹人欲倒，玉琴从来没有到过这种的山崖，心里恍惚起来。老僧指着前面一带黄墙头说道："到了！这是碧云崖，非有缘的不能到此，快随我来！"玉琴便跟老僧走去，来到一座很古旧而庄严的庙宇门前。门里面跑出二个小沙弥来，一样长短，一样容貌，活泼泼的向老僧跪道："师父回来了么？"

巨犬见了小沙弥，奔向他们跳跃。一个小沙弥牵了那巨犬，先跑入庙门，老僧拉着玉琴的手走进。玉琴留心瞧那庙门上的匾额，有三个斗大的金字"碧云寺"，但是已有许多剥蚀了。山门两旁立着四金刚神像，伟大得很；正中的弥勒佛，却袒胸露腹，笑脸向人。大雄宝殿的庭中有两株古柏，修柯拂云，都是几百年前的树；殿上当的一声钟响，琉璃灯已亮，又有几个火工等前来叫应。

老僧把玉琴领到他的禅房中，自己向正中禅床上一坐，指着旁边一个蒲团，命玉琴坐了，有话告诫。玉琴遵命坐着，老僧道："我是昆仑山上的一明禅师，在此碧云寺内修道；本不肯轻易传授徒弟，何况你是女子。只因我到吉省去拜访一个朋友，归途中无意见你，觉得你天生灵根不同凡俗，所以心里一动，要想收你为徒。难得你立志学艺，不畏艰难，将必可成就。现在你可留居山上，一心学习，待我慢慢教给你。现在此间同门，只有你方才见过的两个小沙弥，一名乐山，一名乐水，是孪生兄弟，无父无母，我把他们领上山来抚养长成。他们年纪虽轻，性情甚好，你要当他们兄长一般敬重。我还有一个师弟，已是残废，名虬云长老，有非常大的本领，常常镇守在寺中。不过因他年少时不忍血气之勇，以致有此终身残疾；这话很长，待将来暇时再告知你。明天我引你去见他，礼貌更要虔诚，其余几个火工，也有些根底的，你也不要轻视。总之在我寺中，须要恪遵我的教训，不得有违戒律。"

玉琴惟惟称诺，一明禅师又给她一个小房间住。这夜晚饭后，玉琴向一明禅师告辞了，自去安寝，免不得有些孤凄。听那山风吹着松栗，滚落在瓦楞里，反射到地上，铿铛宛转，几疑不是人间的声音。想起家中的母亲和弟弟，不觉生起退缩的心；继而一想，我是来学艺的，理该听从师父的话，摒除一切俗念，以便早日成功。

别轻视玉琴是个小女孩子，却能有这毅力和勇敢，可喜得很。

天明她跟着一明禅师去拜见那位虬云长老，原来是一个相貌丑陋不堪的老和尚，一臂已断，两腿已废，枯坐在禅床上，见玉琴向他上拜，便道："善哉善哉！哪里来的小姑娘？"

一明禅师把收她上山的事告诉他，他只点头不语，玉琴也就退出。见那寺院并不十分深广，但寺后田地很多，种着许多蔬菜；空气新鲜，境地幽静。玉琴一心一意从一明禅师学习武艺，起初三个月，一明禅师只同她讲解，又教她帮做一切事务，熬练筋骨。后来渐渐把拳术教授她，她有了根底，自然更易学习。

一明禅师又把飞行术教她练习，这样过了三四年，玉琴的武艺异常精通。一明禅师对玉琴说道："现在你学的本领已是可观，普通的拳教师，已非你的敌手，不过要和上乘的人较量，还是瞠乎其后。你若再能苦心追求，我把剑术传给你；这是非有慧根的不能窥其奥秘，你也须有仁心热肠、侠骨正气，方不负我一番指导。"

玉琴听说一明禅师要把剑术传给她，心中大喜，连忙拜倒在地，要求她的师父教授。一明禅师遂取出一把宝剑来，光芒四射，烨若流星，便对玉琴说道："从前，越王勾践把白牛、白马去祭了昆仑山神，采金铸成八剑，应八方之气：一名掩日，把剑去指日时，日光尽暗；二名断水，划水开即不合；三名转魄，指月则蟾兔便要倒转；四名悬剪，飞马一触剑峰宛如斩截；五名惊鲵，沉到海中去，能使鲸鲵鱼深入；六名灭魂，带着夜行，可以不遇魑魅；七名却邪，妖魔见之倒退；八名真刚，切金断月，如削土木。我得到其中的第五、第八两剑，惊鲵剑我已传授了一人，在你上山时候，他已下山去了。此剑飞出时为青光，将来你遇见便可知同道。现在我传给你的剑，便是真刚，都是采五山之精，合六合之英而炼成的，煞非容易，你须用心精练。"

玉琴忙跪下，接受这柄真刚宝剑。一明禅师先把越女剑教授给她。这是越国时处女击退白猿的剑法，又轻又捷，又诡又奇。玉琴仔细学习，每天五更时，坐在房中练气；隔了长久，果然渐渐运用如意，舞动时有白光很小。

一明禅师对她说道："这是你的第一步进境，到了第二步，白光便可如车轮般大，滚来滚去，有风雨之声；第三步便可能大能小能放能收，千里之内，取人首级于一刹那之间。昼见影而不见光，夜见光而不见形。在昔轩辕帝有一宝剑名曳影，腾空而舒；若逢四方有兵，这剑便能飞指其方，每战必克。又楚王聘请欧冶子、干将到他国中铸剑，炼成三，一名龙渊，一名太阿，一名工市，后来晋、郑两国，要想得剑，便引兵来围，楚王运用太阿宝剑，登城指挥，书上记着说：'三军破败，士卒迷惑，流血千里，晋、郑之军头毕白。'可知剑的厉害了，你将来自能领会。"

玉琴听了更是快慰，昼夜习练白光；积久便大，哧哧然有了声音，自喜剑术有进步。一天晚上，她练气完毕，精神振起，推窗西望，见皓月欲坠，夜色好似霜雪，寒冷砭骨。许多高峰相伺，俨如五六老翁，穿着衣冠，在那里对语；东首一峰作白色，又如白衣观音临空危立。忽见那峰上飞起一道白光，细如游丝，在高处回旋一匝；接着又有一道白光飞上来，两道白光左右上下飞舞，变做一片白练。

玉琴好奇心生，忘了她师父的吩咐，竟飞身从窗跃出，来到峰边一观动静。暗想：师父曾经说过，尘世间人轻易不能到这地方来的，哪里来的剑光呢？正在这时，那两道白光已如飞的从上落下，到了她的顶上，她不觉大惊，忙挥动那柄随身带着的真刚，向上抵御。一道白光，便听豁喇喇一声响，白光顿敛，自己的剑也落在地上。

定睛时，面前站着两个人影，月光下照得清楚，原来是乐山、乐水两位沙弥。他们见了玉琴，便道："险啊！几乎闯下大祸。我们正在观音峰练剑，谁知道师妹前来窥探。剑光所及，人无遁影。幸亏我们还郑重，未下绝手，而师妹的宝剑也有抵抗的能力，才得安然无恙，可惜师妹还不能十分运用呢！"玉琴听二人说话，梨涡顿时红晕，只说道："得罪师兄！幸恕我的冒昧。"遂拾起宝剑来，很快的回去。

明天去见她的师父时，一明禅师对她说道："你昨夜自己不慎，犯了他们弟兄俩的剑光，几肇流血之祸，以后还要小心。你在这里，剑术还不能算上乘哩！"于是玉琴知道那两个小沙弥的本领了。

又过了一年，玉琴已是豆蔻年华，绿珠容貌，在这荒漠幽深的山里，好似空谷幽兰。一明禅师把她唤去，说道："现在你技已学成，可以下山去见你的母亲了。将来立身行事，须把'仁义'二字记在心头。你已会剑术，尤须戒杀，除非遇见那些凶恶之徒，不得已时一开杀戒；至于好人，却一个也不能损伤。不要自己以为艺高人胆大，傲慢待人。明天你要离开我们，但也很不容易出去的；今晚我要试你一下，你可戒备着，不必害怕，用出你的完全本领来对付。"

玉琴答应退去，夜间遂独坐室中，闭目养神，知道她的师父要来相试，心中惴惴然防备着；又想起家里的母亲和弟弟，不觉恨不得立时下山，回归故里。忽听窗外天崩地裂一声响，睁眼一看，似乎外面有人。她壮大了胆，拔出真刚宝剑，跳出窗来，不料面前却站着四个又长又大的甲士，好似庙门口的四大金刚，拖着长枪大戟，雄赳赳气昂昂地准备和她厮杀。

那四个甲士见了玉琴，也不说什么，一齐把她围住。好玉琴，不慌不忙挥剑和他们酣斗，一道白光纵横飞舞；那甲士战她不过，曳兵而走，玉琴勇气倍增，仗剑追去，忽然四个甲士就地一滚，化作四只斑斓猛虎，张牙舞爪，向玉琴扑来。玉琴并不退避，手起剑落，把一只猛虎刺倒在地上，其余三虎返身逃去。

玉琴方要走回，又见前面闪出二个小沙弥来把她拦住，一看乃是二位师兄。玉琴自思：他们剑术比我高强，恐怕我不是他们的对手罢！不觉有些自馁，然而又想起师父叮嘱她的说话，彼人也，我何畏彼哉！遂鼓起勇气，舞剑进刺。只见那两个师兄发出两道白光，左右围绕；但觉自己的剑光，天矫如游龙一般，罩着二人的剑气，不使他们近身。

酣战良久，见两道白光渐缩渐小，直至不见。她心里好不奇异！仰视星斗满天，已返午夜。听得背后脚步声，回头一看，见有一个白衣人持着手杖奔来。玉琴跳过便是一剑，白衣人把手杖拦开宝剑，随手一杖打到她的头上；她把剑去削，却削不动分毫，知道来了劲敌，便施展平生本领，和白衣人决斗。

不多时，白衣人抵敌不过，向后山跑去。玉琴紧紧追在后面。来到峭壁下，前无去路，白衣人只得立停；玉琴大喜，娇喝一声，一剑直刺过去，只觉得手臂酸麻，动弹不得，自己的剑被什么东西夹住了。再看时，有什么白衣人呢？前面立着的，乃是一明禅师，伸着两指，把她的宝剑夹住，所以不能活动了，连忙下拜道："弟子该死！"

一明禅师哈哈笑道："果然不错，你回去罢，明天有话再说。"说罢一耸身不见了。

寒风凄凄，一个人影也没有。玉琴只好回转，恍惚迷离，不辨真幻，遂到床上去睡了。次日天明，去见她的师父。一明禅师道："大功已成，你可即去，将来如有机会，当可重见。"

玉琴想起昨夜的景状，遂又问道："师父，我不明白昨夜的四位甲士，究竟是幻是真？"一明禅师笑而不答，玉琴不敢再问。

一明禅师又取出数十两纹银，送给她道："尘世间非不能生活，你一路回去没得盘缠，可以带去使用。"玉琴拜谢接过，遂背了宝剑，辞别了一明禅师，又和二位师兄告辞。一明禅师道:"你不认得下山路途,我就叫他们送你一程。"乐山、乐水齐声答应,遂又去虬云长老那里告别了,取道下山。一明禅师送至崖边,说道:"玉琴,你好好下山去罢!"

玉琴重又拜别,心里也觉恋恋不舍,随着两个师兄走下碧云崖;出得石洞,又来到崖边。这时玉琴已学会飞身之术,所以也会跟他们跳过深涧,用不着提携了。忽然一阵风声,吹得树叶唰唰下坠,跳出一头巨狮来。玉琴认得是数年前上山遇见的那只镇山神狮,乐山早喝一声:"孽畜不得无礼!"狮子听得乐山的声音,雄威顿敛,自去涧边饮水了。乐山、乐水把玉琴送下昆仑山,也向她叮嘱了几句,回寺复命。

玉琴久在山上,清静已惯,现在来到城市中,便觉尘嚣。但她还没有到繁华之处呢!她不认得道路,便向人探问。家乡又相隔甚远,走了两个月,方来到荒江。故乡景物,一触入她的眼帘,便觉有许多情感,急急跑到家中。见她的母亲,正独坐流泪,面貌已瘦了不少,头发也白了许多。

玉琴上前拜见,祁氏见女儿回来,悲喜交集,把她抱住道:"玉琴,我自你去后,时时苦念不释,不知你学艺如何?几时归家?不要受了那老和尚的哄骗,我母女俩终身不能再见,现在且喜你归来,人也长大了。"

玉琴问道:"弟弟在哪里?"祁氏放声哭道:"你要见你的弟弟么?早来半年,还可见面,现在可怜不能够了。"玉琴惊问道:"难道弟弟死了么?"

祁氏道:"他被猛虎咬毙了!去年石屋岭上,有大虎发现,凶猛异常。饮马寨中虽有几个猎户,也奈何它们不得。我常嘱你的弟弟不要在外面乱跑,他不听我的话。有一天,他到岭下去游玩,至晚不归,我心中发急,托人前去寻找,哪里有半个影踪!明知凶多吉少。次日早晨有一个农人前来报信,说他路过岭下,见林中有一破残的衣服和几根骨头,还有一堆鲜血。听说这里方家有人失踪,大约被虎所害了,遂来报信。我跟着他去一看,正是你弟弟的衣服。可怜他的性命送在猛虎口里,怎的不使我断肠呢？"

玉琴心中悲伤，眼泪也像断线珍珠般滴下来。这时他家的老长工陈四走进屋子，见了玉琴不胜欣喜，说道："玉琴小姐回来了！可怜小少爷被大虫害死。"

玉琴问道："那只大虫的巢穴可是在石屋岭上么？"陈四答道："这却不能知道，但知共有三四只大虫，一只白额金睛的最厉害，伤了许多人畜，我们有好多时不敢上岭去了。"

玉琴点点头，遂用话安慰她的母亲说："我已学得高深的武术，先要代弟弟报仇，那些猛虎并不在我的眼里。"祁氏听女儿说话，深信她必能对付猛虎，遂止哭泣。这夜母女俩絮絮谈话，玉琴把昆仑山的事约略告诉，祁氏听了也很骇异。

隔了三天，玉琴便挟了宝剑，独自到石屋岭上去杀虎。她不知猛虎伏在哪里，上岭见石屋墙壁倾圮，蛛网满罩，荒凉得很；在树下发现虎毛，料想那虎也在此处出入的，遂伏着等候。果然守到傍晚时，红日西坠，苍然暮色自远而近，风起云涌，四山呈着恐怖的色彩。那边草里窜出一头野猪，急忙忙跑入山穴里去。玉琴也不惊动，便听一声虎吼，跳出一只黄色的虎来，并不十分高大，见那野猪早已逃脱，睁圆虎眼，像是发怒的样子。

她遂拔出宝剑，迎上前去。那虎见有人来，奋身前扑，想要一尝人肉的滋味。玉琴把剑一挥，白光一道，从虎的头上落下，血雨四溅，那虎已身首异处，倒在血泊中。玉琴觉得很爽快，拖了虎尸下岭，回转家中。祁氏已在门口守候着，心里忐忑万分，见玉琴杀虎回来，心中快活，邻人和长工等都来观看，一齐称赞玉琴的神勇。陈四又向玉琴乞虎尸去剥虎皮。

这件事早已传到饮马寨里，明天便有寨中猎户和人民都到江边，来看这位单身杀虎的巾帼英雄。觉得玉琴是一个千娇百媚的女子，哪里有这种伟大的本领，独自去杀大虫？无不咋舌称奇。玉琴对他们说道："石屋岭出了大虫，把我兄弟咬死，我一来要代弟报仇，二来为地方除害，须杀尽山中大虫，方才罢休。"

众人回去,纷纷传说,众猎户反觉得自己胆怯怕死,没有本事,面有惭色。玉琴每三四天,便到岭上去杀大虫;果然半个月内,被她一连杀死三虎,但不知是哪一只虎咬死她兄弟的。据人说,只有那只白额金睛的大虎,狡猾得很,而且不易对付。玉琴又去岭上搜寻,却不见虎踪,空手而还,心中未免焦躁。

恰巧饮马寨中有一个猎户姓李的,自告奋勇,愿引导玉琴深入寻觅。因他嗅得出虎的气味,且曾看过那只大虎。玉琴便请他引路,再到岭上四周去搜,李猎户嗅来嗅去地说道:"大虫已不在这里了!大约那畜生见同类都被人杀死,心里也有些害怕,闻风远逃了哩?"

玉琴懊丧着问道:"那么到什么地方去呢?"李猎户且嗅且答道:"那畜生走得不多几时,大约不甚远,不怕它逃走的。"

遂又引着玉琴,往东边一座山头走去。到了山上,李猎户深深地嗅了几下,喜形于色,对玉琴说道:"大虫正在这里,此时恐怕不会出来,最好夜里来守候。"玉琴遂放心和李猎户回去休息。到晚上,玉琴请李猎户吃饱了饭,结束停当,李猎户带着一柄钢叉,陪了玉琴到目的地去。

那山名小黑山,很是险峻,月色甚好,照得山上十分明晰。他们越过石屋岭,来到小黑山上,玉琴指着东边一株大树说道:"你可上树去作壁上观,省得大虫来了,我要照顾您,反而不爽快。"李猎户答应道:"是。"遂先攀援到树上坐着等候。但见玉琴一纵身,如飞鸟一般,已到对面树上;树枝一些也不摇动,杳无声息,心中暗暗佩服。

二人坐候至三更时分,还不见大虫出来。正在焦虑,月光下忽见南面山岗上有一物慢慢移动,定睛一看,乃是一只白额金睛的大虎,全身毛色灿烂夺目,不知在那里窥伺什么。隔了一刻,那虎飞也似的向山头上跑来,跟着一阵风声,吹得树枝东西摇摆,那虎已嗅着人的气息,大吼一声,往树边扑来,其来势十分凶猛。

李猎户不觉股栗,只见对面树上飞下一道白光,声如裂帛,环绕虎身,转得几转,白光立时收敛,虎已倒毙地上;玉琴横着宝剑,立在虎旁。李猎户从树上爬下,走到那边见那大虎仰卧在血泊里,腹上一条绝细的血痕,鲜血从那里淌下来,便向玉琴拜倒。玉琴微笑,叫他起来,背着虎尸,一同回去。

她对祁氏说道:"现在我已把山中的虎一一杀毙,可以报我弟弟的仇了。"又谢了李猎户引导的功劳,便把那大虎送给他以为报酬。李猎户向她拜谢,等到天亮,欢欢喜喜地背着虎尸,走回饮马寨去。寨中人都来问讯,李猎户告诉他们说道:"我从没有见过这种天人似的小姑娘,有此绝艺。只见白光旋转了几下,那凶猛无匹的大虫,便扑地而死了,不是我亲眼目睹,也不会信的。"众乡人都道:"我们也没有闻见过的,真是奇事!"惊异不置。

玉琴杀虎以后了却一重心愿,伴着她的母亲,度那安闲的光阴;心中想要出去访寻她父亲的仇人,只因弟弟已死,舍不得抛下她的母亲,只得暂缓。有一天下午,玉琴正坐在家里看书,忽然有两个饮马寨的乡民,慌慌张张地跑来,要见玉琴,说有要事商恳,玉琴只好和他们相见,却不知道为了何事。

第三回

歼三雄大义卫邻寨
驱一道英名震荒江

饮马寨的乡民,见了玉琴,便向她拜恳道:"我们寨里正有大祸临头,须得姑娘出来援助,方才可以保全。愿姑娘可怜我们,千万要答允我们的请求。"玉琴道:"你先告诉我,为了什么事情如此惊惶?要我怎样来援助你们?快说明白。"

有一个乡人说道:"前几天我们寨里有一个猎户,到大黑山打猎去。姓张的猎户,正追一只鹿,那鹿跑得很快,姓张的便放了两枪,不料没有打中鹿,反打倒了路旁一个骑马的少年。那少年正从山坡后疾驰而出,因此不及躲避,额上中了枪子,跌下马来。姓张的大惊,赶去一看,那少年已死了。照法律而论,这是误伤,也不致偿命的。谁料背后又有三匹马飞也似的跑来,马上坐着三个伟男子,见了地上的尸身,一齐勒住马,跳出来大喊:'不得了!不得了!'一问谁人伤害的?姓张的挺身而出,说明误伤的经过。

"那三个人不管甚么,竟把姓张的强行架去,少年的尸首也抬回去,同伴遂回寨里来报告。不知他们是何处人,竟敢用这种强硬的手段;遂去四周探听,才知道那少年有很大的来历，姓张的闯出滔天大祸了。原来大黑山的西面有一个青龙岗，那里有一帮胡匪，为首的是洪家三弟兄，洪通、洪达、洪远都有非常的本领，部众甚多，横行一方，号称洪氏三雄。那死的少年正是洪通的爱子，一旦被人家打死了，如何了得？手下人早把姓张的架去，料没有活命了，遂不敢走去报官，免得牵出更大的祸殃。

"姓张的家中父母妻子虽然悲伤，然而为了息事宁人，谁敢去太岁头上动土呢？谁知今天有一个人送一封信来，是写给全寨的。信上说，因为我们寨里的人击毙他的爱子，愤怒不已，虽把姓张的剁成肉酱，仍要率领部下前来问罪；在今天晚上，必把饮马寨扫荡一空。于是我们得了这个消息，十分恐惧，谅我们区区数百良善的百姓，哪里有出类拔萃的本领？石屋岭的大虫，都被姑娘一一杀死，毫不费力，李猎户常常对我们提起姑娘，所以特地前来请姑娘相助，我们一寨的人，终生感激不忘。"

玉琴还没有回答，祁氏早说道："青龙岗的胡匪，向来著名凶悍的，他们都是黑龙江人，我女儿虽晓武术，但是一人怎能抵敌他们许多呢？"

玉琴沉思一下，说道："我本不欲出来干预这种大事，但见你们很是可怜，若然袖手旁观，任凭你们去被他们杀害，也是大大不忍。那洪氏弟兄为了一个儿子，要加祸于全寨的人，大非人道主义。也罢，我就答应你们的请求，今晚随你们去抵挡一阵再说。"又对祁氏道："母亲不必担忧，我自有对付之法，不怕他怎样凶悍的。"

乡民见玉琴愤然许诺，欣喜异常，遂请玉琴到饮马寨去商量一切。玉琴遂带了真刚宝剑，向她的母亲告别，随着他们跑到饮马寨。寨中男女老少，听得杀虎的方家姑娘前来，大家一齐上前拜见，围着她瞧看。见了她这般花容月貌，纤腰细项，无不窃窃私议，不信她有这般神力，能够杀却许多大虫；只有李猎户十分高兴，夸奖玉琴的勇武。早有几个寨中的长老，把玉琴款接到一处,竭诚招待,要请她救救一寨性命。玉琴便对他们说道:"我既然到了贵寨,一定尽力帮忙,今夜你们尽可安居的,只要有四五十个壮丁随我抵敌;洪氏三雄虽然骁勇,今夜必要杀得他大败而走。"

众人深信玉琴并非夸口,心中大喜,傍晚时设宴请玉琴饮酒。因为有事在身,涓滴不饮。吃罢了饭,四五十个壮丁已集合场上,听候玉琴指挥,一齐执着火把刀枪。中有十几个猎户,各执鸟枪,玉琴便和他们跑到寨口,问明要道所在,先命有鸟枪的猎户都到高岗上埋伏,其余的一齐散伏在土丘和树林背后,各将火把灭熄,寂静无声。玉琴又交代:"盗匪来时,你们也不必急急应战,待我先来应付,只听我口中暗号响时,你们可以出来冲杀了。"

众人答应,都去埋伏下。玉琴自己瞧见那边有一座牌楼,遂飞身跃上,坐在上面等候,宝剑和响号都预备好。这时已有二更,寨中乡民遵守玉琴命令,都熄了火,闭门不出,静候捷音。四野静悄悄的,谁知道一场血战正在开始哩!

隔了一刻,听得远远狗吠的声音,很是惨厉,对面原隰上有些灯火在那里移动,正往这里赶来,玉琴知道那些人儿来了,凝神注视。刹时火把大明,有一队人马飞也似的前来,刚到寨口,呐喊一声,刀枪并举,要冲过这道防线去寨中屠杀了。

为首一个少年,浑身黑色衣服,手里握着两柄明晃晃的双刀,正是洪远。他们以为寨里没有防备,并且他们也不把寨中居民放在心上;整千的官兵尚且被他们杀退,区区饮马寨,踏为平地也非难事。况且洪氏三雄复仇心切,更无多虑。却不防半空中飞下一个人来,火光中瞧得十分清楚,乃是一个少女,右手横着一把寒光逼人的宝剑,左手两个指头,指着他们喝道:"草寇横行不法,竟敢兴师动众,来危害饮马寨人民,人道何在?公义何在?如不速退,我的宝剑要渴饮你们的血了!"

洪远见这少女来得很是突兀,心中稍有些疑惑;终因她是个女子，况且孤身一人，他们又人多势盛，岂肯退让，遂摆开双刀，说道："好，先把你开刀！"跳过来一刀当头劈下。

玉琴将剑往上一迎，只听当的一声，已成两截，随手一剑往他胸前进戳；洪远又把左手刀一架，刀头碰着剑，又削落了，坠在地上。洪远大惊，想回身退走，玉琴何等迅速，踏进一步，一剑横扫过去，早飞了洪远半个头颅，倒在地上。众盗匪见此情形，大家冲杀过来。

洪通在后面听得这个风声，气得他胡须倒竖，挥动手中长枪，把坐下乌锥马一夹，直驰而来。玉琴见一个虬髯黑面的壮士，单枪匹马冲上来；知道也是洪氏三雄中的一人，忙丢了其他盗匪，迎上前去。但见洪通一枪刺来，有车轮大的枪花；知道对手很是厉害，连忙挥剑迎住。剑光枪影弄成一片，不消几个回合，洪通手中的枪被玉琴削断；跟着白光一挥，洪通已从马上跌下，身首异处。

玉琴见已得手，便吹起响号，村口埋伏的乡人和山岗上的猎户，一齐杀来。众盗匪不防有这么一着，又见两个首领已死于这少女的剑光之下，心惊胆怯，不知寨中的虚实，都纷纷倒退；只有洪达还率着数十个心腹，上前顽抗。但是洪氏三雄要算洪通最是勇猛，洪达的本领还不高强；所以他和玉琴接战后，又死于剑下。饮马寨乡民声势顿涨，追上前去，把盗匪杀死无数。玉琴的白光到处，人头乱落，杀得盗匪们抱头鼠窜，四散逃去，玉琴便和众乡民奏凯而归。

寨中人都出来掌灯欢迎，大家围住了玉琴，拜谢她救命之恩。玉琴徐徐拂拭身上的血迹，谈笑自若，绝无矜色。次日天明，乡人都到寨口去看地下的盗尸，七横八竖，断头折臂，简直可怜。然而想到他们活的时候，杀人放火，作恶多端；他们应该死了，方才见得天道报施不爽。玉琴便要告别回去，众乡民留她不住，遂燃放着鞭炮，送她回家，一面又分头把盗尸埋葬入土。

这一役，玉琴的英名愈加传播开来，大家称赞"荒江女侠"四个字，四周数百里内妇孺皆知。但玉琴对于这次援助饮马寨人，杀了洪氏三雄，虽因一时慷慨好义，拔刀不平，然而知道因此却和黑省胡匪结下一重冤仇。自己的亡父本是此中出身，现在她又无事杀伤，一定有许多人对她不满意，怀恨她也要反对她。名气愈大，自己的环境愈益危险；很想出门，但是祁氏却不放她出去，要她再等一年，母女俩多聚几时。玉琴只好听她母亲的话，免得她老人家悲伤。

有一天，忽然来了一个茅山道士，相貌凶恶；手腕上插着一把匕首，血迹淋漓；腰里缠着又长又粗的铁链，登门募化说久仰方家是个财主，要募捐十万元，建造祖师殿。

长工们回答他："这里是个苦地方，哪里有重金捐输，还是到别的地方罢！"茅山道士却说道："请你们的小姑娘捐助些。"遂坐在方家门前不去，把铁链横在地上，阻住出入途径。长工邹阿福不知厉害，要想跨过他的铁链，被茅山道士轻轻一料，早已跌了一个狗吃屎，跑进去报告玉琴。

玉琴料想，这是来找她的了，但自己不得不出去见见，即走到门前，茅山道士见玉琴，便合掌道："小姑娘请你慷慨解囊，施舍贫道一下。"玉琴觉得他一合掌，便有一阵凉风直送过来，连忙运气迎住，一边冷笑说道："我们是小户人家，请你到别处去募化的好。"

她过去把地上的铁链拉起来一捺，那碗口粗的铁链，一节节的断下来，都成粉碎。

茅山道士不觉变色，立起身来把手一扬，他腕上插的那柄匕首，早如一点寒星，直奔玉琴的咽喉，玉琴不防，险些吃他的亏；幸亏她眼快手快，一伸手把那匕首抓住，向地上一掷，说道，"鼠辈伎俩，不过尔尔！"那匕首早陷入地下，只剩一寸的柄了。

第四回 田园荒废苦志寻仇 旅店凄凉伤心哭妇

茅山道士一击不中，便对玉琴熟视很久，拖了手中剩余的铁链，回身便走，其疾若飞。邹阿福等在一旁，一齐拍手大笑，说道："这茅山道士也知道我家姑娘的本事了，谁敢到这里来讨苦吃？"玉琴却一声不响地回进屋子里去。她估料那茅山道士一定还要再找她，不肯就此放过的。但不知道那茅山道士的来历，和她有什么嫌疑。大约自己有了一些名声，遂生多了许多烦恼事了。这夜她独自睡在房里，窗前月色甚佳，心中惴惴然不敢安寝。

将至半夜，忽听庭中有落叶之声，窗缝中有一道很小的白光，飞射进来。她忙把手中真刚宝剑一挥，也变成一道白光，两光周旋了几下，蓦的一声响亮，白光早退了出去。玉琴方欲出去一瞧，早又听得屋上有人说道："领教领教，我们后会有期。"玉琴开了窗跳上屋去瞧时，哪里有个影踪呢？谅是那茅山道士，日间吃了亏，晚上遂来行刺，又没有达到目的，只好像空空儿一样翩然远去了。

原来这茅山道士，姓邱名太冲，是茅山法玄老道的弟子，武艺很好，可惜不肯归正，犯了戒律，被祖师驱逐下山。他遂到东省来，在金柱山上结下一座茅庵，四处出外募化，建造祖师殿。洪通很是敬礼于他，曾捐出三千块钱来。以后洪通死于玉琴手中，荒江女侠的大名又传到他的耳朵里，因此特来荒江，欲一试玉琴的技能。谁知道玉琴果有真实功夫，剑术又很高明，自己未能得利，遂悄悄走了；待将来再有机会时，可代洪氏弟兄复仇。

不过，玉琴因此更要出外；想到戴天大仇未报，父亲死在地下也不瞑目，如同芒刺在背，坐立不安。然而祁氏的心思，依旧要她守在家里，她哪里肯长此株守呢？若不是为要复仇，还学什么武艺呢？郁郁无聊地过了几个月，她的母亲忽然生起病来，医药无效，就此撒手人寰。

玉琴悲哀异常，在家中守终七七之丧；又代她的母亲把窀穸的事备好，和她的父亲安葬在一起。从此孑然一身更无留恋，遂把家中所有田地，都给长工陈四照管；自己收拾些钱财，带了个随身衣包。此外别无长物，只有那一步不离的真刚宝剑；到父母墓前去拜了一拜，悄然离了荒江，出外探问那飞天蜈蚣邓百霸的消息，但是却没有一个人知晓。她心里忖度，邓百霸或者不在关外，不然，怎么没得一些儿的风声呢？决计向关内一走，或有端倪可寻，遂进了山海关，取道往京师而来。

有一天，来到一个乡村，有百数十家居民，名叫黄村。在村中也有一家小小逆旅，这时天已垂暮，玉琴走得有些力乏，遂入逆旅投宿。有一个侍者引到里面一间厢房，还称洁净。玉琴坐定，休息一回，侍者点一灯来。玉琴用了晚餐，正想脱衣安睡，忽听外面足声杂沓，奔到对面房间前，一个侍者喊道："真的不好了！"又一个道："快去救他下来！"

接着打门声，众人蜂拥而入。玉琴觉得奇异，遂也开了房门，走过去瞧看。只见店主夫妇和两个侍者抱着一个少年，解下他头颈里的绳子，店主妇顿足说道："一波未平，一波又起，真要把我们这爿十多年来的老店闹得关门了。"

这时少年已醒转来，坐在椅上，店主向他解劝道："你何必寻死？须知人死不能复生，你还年轻，前途正长，留着身子，将来总有好日，何苦还要牺牲性命，再请我们吃官司呢？"

少年颤声说道："我决不愿意再生存在这个残酷悲惨的世界中，你们试设身处地代我想想，遭逢到这个不幸的事情，还能承受得下么？你们还是让我死了罢！这是我的自愿，不会连累你们店里的。"

玉琴见少年是个很斯文的上流社会人，愁容满面，精神颓丧，便向店主妇问道："这位是谁？为什么定要寻短见？有什么过不去的事？"

店主妇向她上下打量一会儿，说道："姑娘，这件事告诉出来，要累你一吓。"玉琴微笑道："不妨告知，我决不会慌的。"

店主妇道："前天晚上，这位姓祝的客人和他的娘子一同来此投宿。不料早上我们店里的侍者，见他们只是不起身，时候不早了，房门还是紧闭着，恐有甚么变故，遂打门进去一看，却见床前地上横着一个死尸，正是他娘子；他却被人将手足缚住，抛在室隅，口里塞住布，喊不出声来。侍者报告我们知道，一齐大惊，奔进去把他救起，问他缘故。才知半夜来了飞行大盗，要强奸他的娘子；娘子不从，把手去抓伤了大盗的面颊，遂把她一剑杀死。又把他们箱子里藏的财物盗去，他却被大盗缚住，抵抗不得。

"看那大盗屋上来，屋上去，杳无声息；门、窗户照常严闭着，动也不动，你想那大盗的本领何等厉害！现在虽已报官缉捕，但鸿飞冥冥，如何破案呢？况且这样本领大的强盗，这地方上的捕头也不是他的敌手，怎么去捕得他来？所以这位祝客人又要寻死了，不过我们小小店铺，为了这件血案，已花去不少钱，他再要死时，我们哪里担当得起呢？"

玉琴听了店主妇的说话，便问少年道："你可认得那大盗的面貌么？怎么他会前来寻找你们，内中必有一个线索，况且黄村又非冷落之区。"

店主也道："我们黄村素来没有出过这种无头血案的，我们店里一向规规矩矩，安安稳稳，现在闹出这事来，营业上大受影响。一连三天，官中人出出进进，没有一个人来住宿，今晚也只接到姑娘一人呢。"说罢，面上露出抱憾的样子。

少年遂对玉琴说道："我姓祝，名彦华，本是大名人氏，自幼随着先父宦游关外，潜心读书。后来先父在辽阳作古，庶母下堂求去，我和内子在那里住了三四年，郁郁不得志，遂束装回乡，并未携带仆人，只把先父留下的少许积蓄带回故乡，雇了骡车，一路很平安地赶路。不料将到黄村十数里，途中见有一个五十多岁的老翁，精神强健，相貌雄奇，腰携一剑；跟着我们马车同行，双目炯炯地尽向我们注视。内子见了便觉害怕，暗里对我说道：'这老头儿目光凶险，必然不怀好意。'后来那老翁很快地走向前去，顷刻间不见了，我也觉得有些奇怪。

"到了黄村，我们便住宿在这里，以为没有什么危险。谁知半夜我正熟睡，忽觉面上冷冷的有一物触着，睁开眼来，灯光下见炕前立着的正是日间路遇的老翁，手里持着宝剑，在我面上轻轻磨了一下。我吓得魂不附体，方喊救命，'命'字还没有喊出，他对我喝道：'你敢出声，我便把你一剑两段。'我遂不敢声张。他解下我的裤带，把我捆住，又割了一块布，塞在我的口中，抛在室隅。遂想强奸内子，内子哪里肯被他玷污？拼命拒绝，还手抓伤了他的面颊。那老翁大怒，便把内子一剑刺死。可怜她幽娴贞静，真是一位贤德的妻子，今有这样结果，天道何知！红颜薄命，我的一颗心寸寸碎了！

"那老翁既把内子杀死，又把剑划开我们的箱子，把我所有积蓄一齐囊括而去。内中有一对玉狮子和翡翠小鸭，价值连城；是先父仅剩下的古物，名贵非常，也被他盗去了。他去的时候，身子往上一耸，已不见了，来无影去无踪。如此飞行大盗，便是官中严捕也难破案的，我人财两失，回乡去也不能活了，想来想去，还是一死干净。可怜我的亡妻收殓才过，桐棺附身，不消说得埋骨他乡，孤魂无依了。"

玉琴又问店主道："你们这里附近可有盗匪么？"店主摇头道："没有。此地虽然有几个盗贼，并无这种天大本领的，捕头也说，这老翁必是江湖上的独脚大盗，他们也难以缉获。"她沉思有顷，便对祝彦华说道："请你不必求死，我必代你把凶手找到，为你的娘子复仇，并且把你失去的宝物取回，你相信我，暂忍须臾。"

祝彦华和店主等众人听玉琴口出之言，都有些怀疑不信。玉琴又道："你们不要轻视我是个女子，以为没有本领。在昔聂隐、红线之流，也不是女子么？数百里内取人首级，如探囊取物，容易得很，你们试看后来罢！"

祝彦华见玉琴说得毅然决然，眉黛之间含有英气，很像一个女侠。他也是读过书的，也知妇女界大有异人，古今相同。或者这个少女确有真实本领，可以代他复仇的，遂向她作揖道："多蒙姑娘仁心侠肠，答应代小子报仇雪恨，小子终身感激不尽。"

店主乘机说道："祝先生你也大可不必死了！且待这位姑娘去代你寻找那个大盗罢！"祝彦华点头道："你们放心，现在我不再觅死了，只望报复了。"玉琴遂和店主夫妇等退出，回到自己房里坐定后，想个主意，便去安睡。

明天早晨，她多了一重心事，清早起身，用罢早餐。遂去告知祝彦华和店主，说她今天出去探访那大盗，叫他们耐心守候，但在捕头面前不必提起，各做各的事。祝彦华又向她感谢，店主却仍有些难信。玉琴很爽快地出了逆旅，便向荒僻处走去，她心里打算，必须走到险要的地方，遇见一二暴客，向他们同道去探听，才能得到些消息，相机行事。

日间她走到一个山坡边，道路很窄，坡下转出一群马来。有几个马贩子，拿着白蜡竿，骑在马上，驱着马群，风驰电掣般地向前进发。在她的前面，正有一个六七十岁的老头儿，挑着一担山柴，走得很慢；马群已冲到老头儿的身边，相距只有几尺光景。当先一个马贩子,蓝布包头,身穿黑衣,外披大衣;一种凶悍剽厉的神气现于眉宇,口里大声叱道:"前面的老头儿还不退避,敢是要在马蹄下送死么?"手里却不把缰绳勒住,直向老头儿冲去!玉琴是个侠义的女子,岂肯见死不救?忙飞身一跃,早跳到老头儿的面前,右手把马头向外一推,那马便倒退一丈以外;直跳起来,把那马贩子一个跟斗掀下马来。

第五回

探血案小摧马贩子
求助手遍访云三娘

马贩子在北方是很有声势的，驱着马群，所过之处，没有人敢去碰他。有些蛮横者凌弱欺懦，盗马夺马无所不为，现在却被玉琴纤手一扬，跌得几乎发昏，明知这少女本领不弱，然而心头怒气，怎按捺得住？背后早有一个马贩子看得真切，冲上前来，把手中握的白蜡竿猛力向玉琴当胸直捣。玉琴伸手把竿抢住，只一拽，那马贩子已经从马上一个倒栽葱跌到地下，一根白蜡竿却到玉琴手中。

这时，先前自马上掀下的马贩子已爬起身来，见同伴又吃了亏，遂从腰里掣出一柄短刀，恶狠狠地跳过来，举刀向玉琴腰里猛刺。玉琴闪身避过，又有六七个马贩子，一齐舞着铁尺和白蜡竿，把玉琴包围在内。

玉琴不慌不忙，挥动那根白蜡竿，上下左右一阵横扫，早把几个马贩子打倒在地，其余的退在一旁，不敢再和她抵抗了。玉琴遂道："我与你们本没有什么仇隙，只因你们蛮横无礼，将要撞倒这个老翁，遂挺身出来救护。不想你们反倚靠人多，要来欺负我，今天该知道我的厉害了。如有不服的，再来试试！像你们这种无能之辈，真如鼷鼠一样，不够我动手的。以后再不要横冲直撞，自逞威风，快给我滚罢。"

打倒的马贩子，都从地上爬起，瞧了玉琴一眼，他们的凶焰，顿时收敛，垂头丧气跨上马，赶着马向前去了。那挑柴的老头儿停着柴担，在旁叉着腰，看玉琴对付这些马贩子，不觉面上露出惊喜的形色，对玉琴说道："姑娘真好本领，黄村的无头血案，若得姑娘出来慨助，恐那老贼再也不能逍遥于法网之外了。"

玉琴本要走了，一听这老头儿说的几句话，直钻到她的耳朵里，便问道："你说什么黄村的血案，敢是你有些知道这事的线索么？请你老实和我讲个明白，我便是代那姓祝的去找寻凶手。你若能告诉我，这是再好没有的事了，于你决无妨碍。"

老头儿道："姑娘，你真是一位旷世罕有的侠女，使我佩服得很。我姓徐名仰由，在此山中打柴为生，壮年时也曾当过几年兵，退伍归来，现在年将就木，老朽无能了。此处黄村血案中的凶手，听说是个五十多岁的人，来无影去无踪，有非常的本领。恰巧在那天清晨，我正到山中，走到姜太公庙门前，那庙荒废已久，庙中早已无人，香火断绝。见庙门半开，有一个老翁携着巨裹迈步走出，其行若飞，往北去了。我见晨光熹微，行人很少，这老翁为什么在这荒庙里走出来呢？后来我才认出，他是韩家庄的老庄主。因为我有一个侄儿，以前曾在韩庄上，所以认得。我这侄儿性情很不好，常要好勇斗狠，我劝他时，他对我说道：'世上只要壮丁力可以得胜人，讲甚么道德呢？我们庄里的同伴，哪一个不是像我会武的，谁敢来捋虎须？你还没见我们老庄主呢！'后来我有事到韩家看他，正值老庄主五十大庆，宾客如云，非常热闹，我遂得识老庄主面貌，所以至今还能记得。

"我那侄儿又告诉我说，老庄主是个独脚主儿，名唤天雄，生有一男一女，男名小雄，是个麻子，女名小香，姿色颇好，都精通武艺。老庄主时常出去做买卖。我问他做甚么买卖，我那侄儿笑道：'这是没有本钱的买卖。就是到远地方去盗劫，一年只消做几趟回来，带着许多财帛金银，储藏起来，我们有些余利得以分派。从来没有破过案。因为他是一个人独干的，本领又是高强。神不知鬼不觉，在逾百里外犯了案件，有谁能捕得着他呢？'我遂知道韩天雄是个大盗。以后我的侄儿死了，我也没有再去过。现在忽又遇见他，黄村发生的血案很是奇突，所说的五十余岁老翁，不是韩天雄还有谁？大概又是他犯的了。我看姑娘很有高明的武艺，所以吐露了一句。寻常的人告诉了他，也是无用。非姑娘出马，不能使此案大白。"

玉琴又问道："韩家庄在哪里？"老头儿答道："在苏州丰禾驿。四围有小溪环流，无路可通，只有庄前、庄后两条小木桥，是出入要道。一到晚上，庄里把木桥吊起，外边人便不能前往了。庄中房屋广大，走了进去不认得出来，庄丁们都会使枪弄棒，因此韩家庄有个别名，唤做阎王庄，谁敢冒险进去？姑娘若是一人前往，也要留神，别中了他们的埋伏。"

玉琴听了他的说话，心中暗暗欢喜，难得遇见这个老头儿，才知凶手的下落。韩家庄虽然厉害，究竟不是龙潭虎穴。便是龙潭虎穴，我既有言在先，也要冒险前去一探的，试试韩家父子究竟有多大的本领。遂道："多谢你指点明白，我就到韩家庄一走，再会罢。"回身便走，那老头见玉琴去远，也挑起柴担走回家去了。

玉琴取道回苏州而行，问了几个信，才到丰禾驿，是个很热闹的乡村。问起韩家庄，妇孺皆知，有的人说韩家父子独霸一方，和江湖上人暗通声气；有的人说庄主和老太太很是仁慈，每年冬里要拿出钱来，周恤穷苦小民。玉琴不管他，在日间先到庄前，探看一回形势，权且在一个农夫家里借宿。到得夜半，她便轻启窗户，飞身而出，独自到庄中去探寻。不料韩天雄的母亲铁拐韩妈妈更是厉害，那徐老头儿却没有交代清楚，险些身入重围，一条性命断送在庄里；幸亏有少年岳剑秋也来探庄，援助出险，又中了韩小香的毒镖，亏得李鹏藏有灵

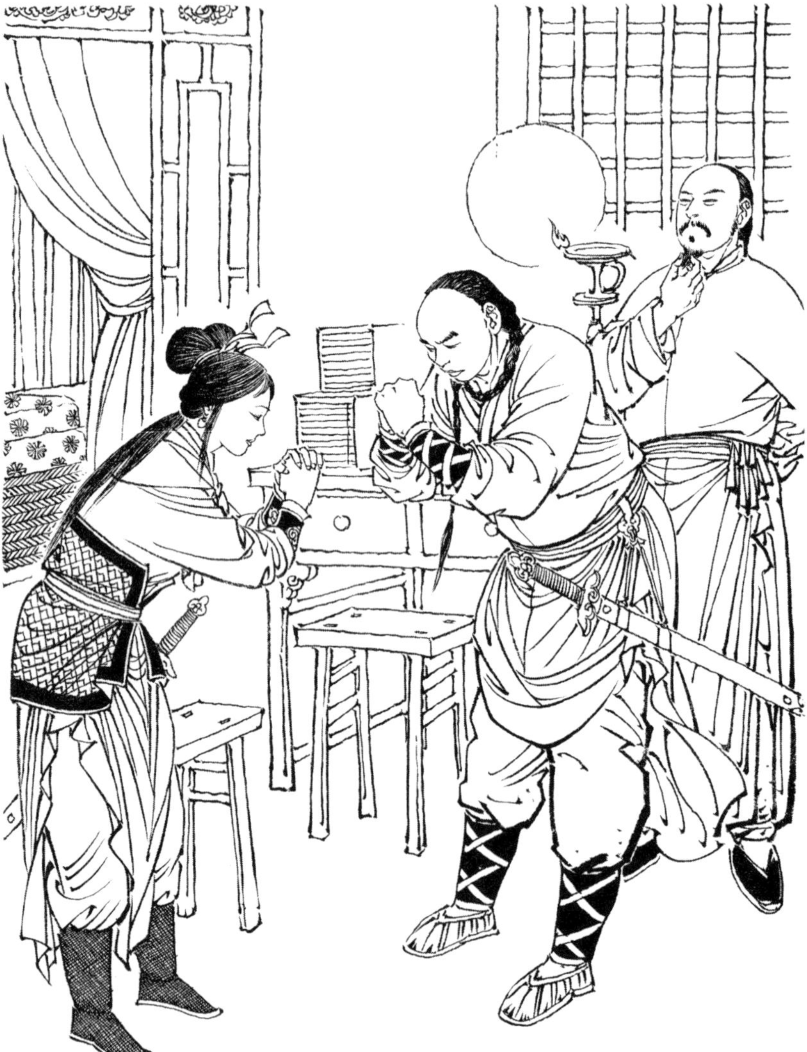

药，把她救愈。这些事在第一回中已细细说明，不必赘述。

当下岳剑秋和李鹏听了玉琴所说的话，都是十二分的钦佩，并且剑秋知道玉琴和他同是一明禅师的门徒，当然感情上更是融洽。剑秋的年纪比玉琴长三岁，玉琴还称剑秋为师兄，剑秋也称玉琴为师妹，玉琴又和剑秋说道："我见了师兄的青光，想起师父所说的话，所以猜定你是我师父的弟子。不知师兄何时入山？在昆仑山上学习了几年？"

剑秋笑道："我也是一个孤儿，起初随保镖习拳术，后来被棋盘山的响马把我掳去，在山上做他们的书童。幸我的师父帮着近山鸣凤村里的乡勇，上去剿灭盗党，才把我带回昆仑，教授高深的武艺，我的师父又把一柄惊鲵宝剑赐给我，教我练剑，学习剑术。其时我师父的朋友云三娘，到碧云寺来拜望师父，见我在侧，她很欢喜，要带我到她的地方去。我师父慨然应诺，便对我说道：'云三娘是南方的女剑仙，本领不在我下，你跟她去学习，也是很好的。'那时我年纪还轻，师父吩咐的话，自然谨遵无忤，遂跟了云三娘去。

"那云三娘也是一位青年女子，到现在还不满三十岁，丰容盛装，望之如二十左右的丽人；可是艳如桃李，凛若冰霜。我跟了她几年，从没见她轻启笑容。她住在岭南罗浮山上，几间精舍，是她构造下的。有一个五十多岁的婶母，代她照顾；还有一个雏婢，名唤桂枝，也有很好的本领。我从她学习了几年，才独自出外，东奔西走的也不知些什么事，只觉得茫茫尘寰，充满罪恶；我辈做剑侠的，也杀不尽许多贪官污吏、土豪劣绅。这位李鹏兄，是两年前在山东临城九胜桥神弹子贾三春家里认识的。去年我生了病，在这里养息了两个月，多蒙他们伉俪厚意照顾，很令我感激不置。"

李鹏笑道："你还要说这些话，使我惭愧极了。"这时李鹏的妻子已去厨下煮好了早饭，请他们同吃，玉琴觉得腹中有些饥饿，也就吃了一碗。李鹏的妻子又把碗碟收去，玉琴对剑秋说道："那铁拐韩妈妈十分厉害，韩家父子也殊不可侮。但我既为此事而来,终须要谋一个对付的方法,难道就此罢了不成?"

剑秋道:"我们二人的力量,对付韩家父子却已够了。可是加上一个铁拐韩妈妈,便觉费力。不如请云三娘出来慨助一臂之力,那么铁拐韩妈妈不难除了。"

玉琴道:"师兄不是说过云三娘远在罗浮山上么?现在祝彦华正守候在黄村,怎容我们数千里外去请帮手呢?太费时间了!"剑秋道:"我此来,曾跟着云三娘一起北上的,她到天津曹家坞去访曹世芳老英雄,要耽搁十数天,此刻还在天津。所以我们只消赶到那里一同拜求她,她一定答应的。"玉琴听了,色然以喜,便道:"事不宜迟,我们快去!我也要见见这位女剑仙呢!"

剑秋又道:"云三娘的剑术已臻绝顶,每夜必要练气,能在千里内取人首级。一次她在广西王将军衙门里宴会,谈起剑术,王将军非常敬重她,但有一个黄衫少年,很不佩服,要和她比较。云三娘用了一根柳条和那少年宝剑对敌,人们只见一团白光,把那少年裹住了,几个转身,少年已被柳条打倒,大愧而去,可知她的本领了。"玉琴欲见之心更切,遂催着剑秋,要立即同去,剑秋遂和玉琴拜辞了李鹏夫妇,动身到天津去。

两人昼夜赶路,早到曹家坞。见曹世芳银髯皓首,衣服质朴,容貌威武,不愧是个老辈英雄。知这二人来找云三娘的,便道:"你们来得不巧,云三娘已在昨天到沧州山了。"

二人听了一惊,剑秋问道:"那么老丈可知她的下落吗?"曹世芳答道:"这个老朽不知道,不过她说略些小事,要在那边逗留一二天,你们还是到沧州去找她罢!"剑秋没奈何,只得和玉琴别了曹世芳,到沧州找寻云三娘。

玉琴心中更是非常焦急,将近沧州时,已是夜半,城门已闭,两人估料不能入城,便在城外想寻一个地方歇息,因为他们都有些疲乏了。这时月色皎洁,田野人静,远远有一座寺院,两人遂进去,见寺门紧闭,沉寂得没有些儿声音,月光下仰首，见寺门上横匾有"宝林禅院"四字。曲折的围墙，重叠的殿阁，像是很伟大似的，寺门前大槐树下有一块大青石，两人坐下稍息。忽然，见西边来了一条黑影，飞入禅院中去，竟声息全无，好似一只蝙蝠。

第六回

入虎穴双侠蹈危机
收门徒老僧获恶果

玉琴被好奇的心所冲动，便悄悄对剑秋说道："我看方才的黑影定然是夜行客，不知是寺院中人呢，还是寺院外人？内中必有很奇特的一幕，我们何不入内一探，强如在这里枯坐。"

剑秋点点头，两人遂立起身，便从围墙跳到里面，乃是一个很大的庭心，东西有两株高大的柏树，两人蹑足走去。正中是大殿，左首是罗汉堂，都是严闭着窗户，不知那个黑影到哪里去了。遂绕过罗汉殿，又是一个院落，有数间禅房，右首第三间房里，微有些灯光。剑秋正想去偷窥，忽听背后脚步声响，回头看时，见一个和尚走来。

月光下看得分明，那和尚身长八尺有余，浓眉大眼，虎背熊腰，恶狠狠的手里持着一柄狭长如带的缅刀，刀光和月光相映，霍霍地耀入眼睛。二人知道来意不善，免不了有一场血战，遂也准备着。那和尚立定脚步，喝声道："哪里来的小丑，胆敢到此窥探？管教你们来时有路，去时无路。"剑秋也道："秃头休得狂言，今夜你们的末日到了。"和尚又狂笑道："我们都不知道是谁的末日呢？"举起手中缅刀，向剑秋劈头斩下。

剑秋掣出宝剑往上一迎，只听得当一声，火星直冒，原来缅刀也是削铁如泥的利器。剑锋和刀锋相碰，发出响声来，彼此都不能损伤。但见青光和白光，凤鸣电驰般上下飞舞，呼呼有声。玉琴在旁见青光和白光渐战渐大，足见二人功力悉敌，分不出胜负。正想上前帮助，却见那有灯光的屋子里，呀的一声开了窗，又跳出一个胖和尚来；左臂已没有了，只有一只右臂，舞着一个斗大的铁锤，足有七八十斤重，径取玉琴。

玉琴也舞动宝剑迎住，觉得那胖和尚力大异常，使开铁锤风声呼呼，有雷霆万钧之势。这两个和尚确是劲敌，若不是他们都有高深的剑术，早已败了。战够多时，玉琴的剑光已把那胖和尚紧紧围住；那个使缅刀的和尚也被剑秋的青光压迫，白光向外一吐，跳出圈子，往后面回廊里便跑。胖和尚也虚晃一锤，跟着退走。他们二人怎肯轻易放过？随后飞步追上。

转了几个弯，见那两个和尚向一个小门里跑进去。二人刚追进小门，忽听轧轧两声，只觉脚下一空，自己的身子直沉下去，早跌到一个很深的地窖中。幸亏二人都有飞行本领，一个翻身立定；上面黑压压的，早被大石盖没，再也不能跃上窖来了。

原来沧州宝林禅院，是一个很伟大的古刹，住持净真长老，曾在少林寺里学得高深的武术。因为自己年老，很想收个徒弟，把他的本领传授下去；物色有年，未得其人。恰巧附近乡下有个卖饼食的老胡，妻子早丧，剩得一个儿子，年纪才得十二三岁，名唤胡大宝，天生得一身蛮力，不喜读书，专爱武打，常代人家牧牛。一天，他赶着牛群到田野里去吃草，突然那边一条又重又大的水牛和这边的牛斗起来。大宝正睡着在草地上，没有知道；有几个乡人，见了两条黄牛和一条水牛斗在一起，难分难解，遂大嚷道："大宝快来啊！你们的牛要斗死了！"

大宝醒来，跳起身，见自己的黄牛斗不过那水牛，已被水牛的尖角挑伤了数处，血迹淋漓。不觉大怒，奔到斗牛的所在，施展两条手臂，把两边的牛掰分开来。那水牛正斗得性发，见有人来生生把它分开，怒不可遏，立即把头一低，向大宝冲来。锐利的牛角已挑到大宝胸前，众乡人都代大宝着急，以为大宝性命休矣！谁知大宝叱喝一声，伸出双手，把牛角抢住，向下猛力一压；那水牛挡不住大宝的神勇，不得不随着大宝的手蹲伏下来。大宝只一扳，却把水牛头上两角生生拉下，痛得那水牛大吼大跳。大宝按住了乱打乱踢，不消三拳两脚，那只水牛已躺在地上，出气多进气少了。众乡人看大宝竟有这般大的气力，把水牛结果性命，一齐咋舌大惊。大宝得意洋洋的牵了自己所牧的牛回去，却不知闯下了大祸。

那水牛的主人便是本地姓吉的乡绅，得知大水牛被人击毙的消息，岂肯干休。探知大宝是卖饼食老胡的儿子，便差人把老胡唤来，大骂一顿，要他出钱赔偿。一只水牛至少值一百三四十块钱，况且吉家的水牛又肥又大，老胡是个穷汉，哪里赔得出呢？当场受着人家的气，只好答应，回到家中悬梁自缢，一死了事。

大宝死了父亲，也洒了几点眼泪，苦于没钱收殓父尸。这事被宝林禅院里净真长老知悉，以为大宝是个可成之材，意欲收为徒弟，便愿出钱代他盛殓老胡。又疏通吉家，由净真长老出五十块钱了事。姓吉的因为老胡业已被迫而死，大宝是个顽童，本来也没法想了；现有净真长老出面，他也乐得卖个人情，不肯接受长老的钱，自愿作罢论。这样却徒然牺牲了老胡。大宝死了父亲，大家又恐怕他闯祸，不再要他牧牛。他无处可归，遂跟着净真长老来到禅院中，剃度为僧，取名宏光，把武艺传授给他。

过了七八年，宏光年纪长大，武艺也非常精通，尽得他师父的衣钵。可是他性喜邪癖，不归于正，又在血气方盛的时候；虽已入了空门，而春花秋月，等闲虚度，性欲冲动时，瞒着净真长老，暗暗出去采花。人家美貌的妇女，只要被他注意，便在夜间施展飞檐走壁的本领前去奸污，有得手的，也有不得手的。地方虽然闹着要缉捕，可是终没有破案。

后来风声传入净真长老耳中，长老大怒，把宏光唤来责问；驱逐他离开沧州，深悔误收他做徒，所传非人，反而作孽不少。但宏光却倔强不服师命，口出非礼之言；因为他知道净真长老所有的本领都传授了他，自己的武技和勇力，足够对付他师父，所以一些也不惧怕。净真长老非常愤恨对他说道："罢了，我这老命送在你手里罢！"

宏光见师父要和他动手，来得正好，便脱了布衲，跳到庭中，使一个旗鼓，喝道："今天有了你，便没得我，有了我便没你，不管你是师父了。"

净真长老也跟着跳到庭心，疾伸左臂来攫宏光的腰肾，宏光一个鹞子翻身让过，随即飞出一腿横扫过去。净真长老身子一侧，施展右臂，又要擒住宏光的脚。宏光何等灵敏，早缩过去，又是一拳向净真长老头上打来。两人拳脚齐飞，各尽平生能力，拼命猛扑。旁观的僧人，但见两条影子，看不清楚拳脚，不觉有些眼花缭乱，却不敢上前解劝。

斗了良久，净真长老究竟年纪老，宏光的气力又大，愈斗愈勇；净真长老看不出宏光的破绽，自己反有些松懈，有隙可乘。猛可里被宏光候得一个间隙，奋动铁臂向净真长老下部直插入去，疾如鹰隼，早把净真长老的肾囊探在手里；只一捻，净真长老说声不好，大叫一声，向后而倒。大家去扶他时，已奄奄待毙。长老叹道："收徒不慎反受其祸，我死不足惜，恐这宝林禅院也要受他糟蹋了。"说罢又大呼负负而死。

宏光冷笑道："这是你自己的不好，莫怪我无情无义。"又对众人说道："现在净真长老已死，我便是这里的住持，如有不服的，请和我较量一下。"大众畏他的凶恶，哪敢违抗？遂推他做了住持，把净真长老遗骸火化去。自从宏光主理禅院以后，独裁独行，无人敢说什么话，宏光又善于联络当地官绅以及许多大施主、大善士，所以他的劣迹恶行，竟这么掩饰过去。

宏光每年又要出外到远地方去干些恶事，因此他结识了几个同道。一个便是那使锤的独臂僧，本是登莱地方的巨盗，名叫霍老六，率众啸聚山林。后来因洗劫了一个村庄，恰值登州总兵官余德新到任上。那余德曾随左宗棠将军，西征新疆，是一个能征惯战的骁将，性烈如火，疾恶如仇。他得知这个惊耗，如何容忍得下，立刻率领一队军官，前去剿除。

霍老六指挥部下顽抗，但是余德勇不顾身，当先杀贼；众官军也是呼声震天，以一当十。众强徒敌不过这堂堂正正的劲旅，遂四散溃退。霍老六被余德的金背大刀砍去一只臂膊，亡命落荒而走，后来投奔到宝林禅院里去。宏光劝他削发为僧，霍老六毅然答应，可是他虽皈依佛门，而这柄屠刀依旧不肯放下。

还有这个使缅刀的和尚，却是张家口外天王寺里的知客僧，名叫智能。宏光邀他到宝林禅院来做客，十分优待。因为智能本领既大，性情又和自己很是投合，两个时时结了伴出去做那勾当。把别地方年轻貌美的姑娘，暗中夺取几个来恣意寻乐，藏在他特地建筑的藏春地室内。

那地室正在罗汉堂的后面，有秘密机关，常人不易入去。原来在那剑秋和玉琴陷身的小门里，装有两个机关，是两尊金身神像。若把左边的神像向右旋转时，门内的石板地便会分裂开来，把人家陷落下去；去向左旋转时，仍旧合好，底下的人休想逃走。若把右边的神像望下一压，神像背后现出一个小小门户，门里有砌就的石阶，一层层走下去，便是一条地道：有一盏绿色的灯亮着，灯的一面，石壁上有一个铜环；只消把环往里紧拉，那小门便会隐去，使人不得其门而入。地道尽处便是藏春室了，内中珠帘银灯，锦衾绣榻，实在是温柔之乡，销魂之地。宏光和智能左右拥抱，满足他们的兽欲，真是罪过不小，净真长老生时做梦也没有想到呢！

这夜宏光出去，仍是干这兽行。因为有一天他到东门去，拜见一个施主，归途见一个广场上，围着许多人观看，挤得水泄不通，时时有喝彩的声音。他遂施展两臂，向人丛中挤进去。人家只觉得有两条铁扁担从他们腰里插进去，痛不可挡，连忙向两边倒退，让出一条路来。这么一来，宏光已立到第一排,见场中有一卖解女子,正在十七八妙年华;生得蛾眉曼睑,娇小可人,两道秋波,尤其是含情脉脉,足使一般登徒子销魂荡魄。

她穿了一件淡青衫子,黑布裤儿,足上湖色绣花鞋,六寸圆肤,踏在一条绝细的绳上。那绳有四丈长,两头缚在竿上,竹竿竖立在地,离开地面约有三丈多高。那女子立在上面,身子颤巍巍的如风摆荷花;从这一边走到那一边,打了几个来回,如履平地,而且非常之快,大众又喝一声好。宏光和尚知道这卖解女子懂得飞行术的,所以能够这样走绳索。忽见她身子一翻,似乎将从绳上跌下,但左足已钩住绳子;全个儿的身体倒悬在绳上,轻轻晃了两晃,大众都代她捏着一把汗。

旁边又有一个老妪,敲着一面小鼓,鼓声嘭嘭然。敲得急时,那卖解女陡地将身子仰起,把左足渐渐移动,移到竹竿边。大众正凝神瞧着,而卖解女忽把身子缩作一团,像狸奴一般窜到竿上,用一足踏着,一足翘空,旋一个转身。此时鼓声停止,那卖解女在竿上曼声而歌,歌喉宛转嘹亮,靡靡动听,大众喝彩声如春雷价响起来。她遂即一个箭步,跳到地上,老妪也走过来,对众人行一个礼儿说道:"我们母女俩路过贵处,略献一技,请诸位赐教,并请帮助一些盘缠。"

说罢,大众纷纷把钱抛去。宏光也取几个当十的制钱,抛在女子身边。那卖解女子和老妪把钱拾罢,老妪又道:"多谢诸位大爷赏钱,现在再要教小女耍一套拳,孝敬诸位爷们。"那女子立定娇躯,使一个旗鼓,正要开始打拳,不作美的天公却潇潇地下起雨来。那老妪和女子只好向众道歉,收拾收拾走了,大众也四散回去。

宏光很中意这个卖解女的姿色,恋恋不舍,跟着他们母女走,见他们投到一个小客寓里去。他暗暗点头,即刻回院;守到夜阑,他瞒了智能,悄悄溜出禅院。

那时雨势已止,明月在天,居民已入睡乡。他到了那个客寓,寻到后院去,找着一个店小二,把他从地上拖起来,拔出宝剑，在他的面上轻轻一擦。吓得店小二浑身直抖，宏光遂道："你快把那个卖解女子住的所在告诉我，不然把你一刀两段，了结你的残生。"

店小二答道："在……在……右边第三个房间里，求求大师父饶了我的狗命。"

宏光遂把他手足缚住，从他身上割下一块衣襟，塞在他的口里抛在一旁。照他的话，蹑足走到那房间前面，听得里面鼻声，知他们母女俩已熟睡。遂撬开窗户，托地跳进房去，扑奔炕上，以为软玉温香抱满怀，今夜遂得巫山云雨之乐。哪知扑了一个空，知道不好；早见那卖解女穿着粉红小衣，横着宝剑，正走到身后，一剑向他腰里刺去。他遂把剑拦住，在小小的房中，不能施展身手，便向那卖解女虚砍一剑，跳出窗来。估料今夜不能得手，惊动了店里人，自己露不得相，还是走罢！遂一飞身跳到屋上，喝道："便宜了你这小贱人！"

那卖解女也已一跃上屋，紧紧追来。宏光大怒，暗想：不给她些厉害，她还当我是无能之辈哩！遂立定了，舞剑和那卖解女在屋上狠斗，剑光霍霍，如疾风骤雨一般，向那卖解女上中下三路紧迫。卖解女觉得来势凶猛，不得不极力抵御。宏光觑个间隙，一剑刺到那卖解女颈边；卖解女将头一侧，却把耳上耳环削落！吃了一惊，跳出圈子，将手一扬，袖箭如一点寒星直奔宏光咽喉；宏光眼快，伸手接住，说一声再会，向东飞奔去了。卖解女此时也不敢追赶，自回客寓中去。

宏光踽踽凉凉地回转禅院，不料无意中被玉琴和剑秋瞧见影踪；二人遂冒险入探，却被智能诓进小门，转动机关，把二人陷落到地窖里去。二人才到地底，暗想不好，今夜中了那贼秃的诡计，恐怕难以出去了。正踌躇间，忽见那黑暗中有四盏绿油油、亮晶晶像灯笼般的东西，向这边渐渐移动而来。

第七回　诛巨狮入生出死　破密室转危为安

二人定睛一看，见是两头巨狮，四盏绿油油的灯笼，便是两对狮目；它们在地窖中饿了好久，现在见上面有人坠下，知道可以供给它们大嚼一顿了，奋起精神，前来袭击。玉琴说声不好，忙和剑秋拔出宝剑来，便听怒吼一声，两头巨狮已张牙舞爪地扑到身前。二人舞开剑时，白光两道，在黑暗里宛如云中闪电一般，打了几个转，两头巨狮已被杀毙在地上了。

玉琴一边拂拭剑上的血，一边对剑秋说道："那些贼秃真可恶，设下这种陷人的机关，又埋伏下这两头巨狮。换了别人坠下这里来时，定要膏身狮吻了。"

剑秋很佩服玉琴的勇敢和胆量，说道："师妹大无畏的精神，真使我拜倒石榴裙下，想见石屋杀虎时的雄风，须眉弗如。"

玉琴道："这两头巨狮很易对付，大约它们也和我们一样，英雄无用武之地，不得施展它们的神威了。令我想到昆仑山上的那头狮子，似乎比较雄伟些。它好像通灵似的，见了师父便俯首贴身，威风尽敛，见了乐山、乐水两个师兄也是如此。"

剑秋道："本来这是镇山神狮，与众不同。记得我在山上时，有几个采药的道友，冒险上昆仑来采药，都有高强的本领，却遇了镇山神狮，不放他们过去。他们和神狮猛斗，到底被神狮啮毙两人；其余的逃下山来，神狮勇猛可想而知了。"

二人只顾谈话，忘却自己正在什么地方了，玉琴陡然说道："哎哟，我们虽把狮子杀掉，但陷在这个地窖里，亟须想法出去，防那些贼秃要来暗害我们。"剑秋点头道："我们也不知道这个地窖有多大，那两头巨狮是从哪边来的，待我先向那边一探，再作计较。"

说罢要往前行，被玉琴一把拉住道："且慢，说不定那边还有什么埋伏，我们不要再中他们的机关，只好守在此间，待到天明再说。"剑秋听玉琴的话，也有道理，二人并肩坐下，养息一回。

听上面寂静无声，窖中鬼气森森，时有阴风吹来，已是夜深。玉琴数日奔波，至是有些疲倦，不觉蒙眬睡去。香肩微欹，竟倒在剑秋怀中，剑秋听她鼻息微微，睡得酣沉，一些芬芳的气味送到他的鼻管里，不觉心中荡漾起来，忙力自镇静，不生妄念。隔了些时，他也睡着了。

等到天明，玉琴醒来，见她自己正睡在剑秋的怀里，剑秋两道英锐的目光，正向她凝视，不觉两颊一红，立起身来。他们都不知道这是什么时候，因为地窖中依然昏黑，白昼和黑夜没有什么分别，但料想已是在日里了。

剑秋一边瞧着地下横卧的死狮，一边对玉琴说道："我们总要设法脱离这个地窖，不然他们虽不来加害，而我们也要饿毙在里头了。"玉琴道："我们只好仔细向前试探一下。"遂和剑秋把剑尖点着地，鹭行鹤伏，向空处走去。走了二十多步，见前面有一线光亮，自上而下。仰首看时，原来上面有一个小洞，不知有什么作用，剑秋道："这个小洞也有什么机关么？"玉琴道："请你把我托起来，好让我去张望上面是什么。"

剑秋道："好的。"遂蹲下身去握住玉琴的小腿，向上一托，好在玉琴身轻如鸟，已到顶上。玉琴道："请你再托得高些。"剑秋尽力把玉琴托得高高的。

玉琴便把一眼凑到小洞边，向上窥探。但见上面是个空地，蔚蓝色的天，别的看不出什么。这个小洞是开在石上的，很是窈深，便道："你放我下去罢！没有意思的。"剑秋两手一松，玉琴跳在地上。

剑秋道："大概是通空气的。"玉琴解释不出，心中十分懊恨，看看前面已是石壁，没有去路；剑秋将手抚摸着石壁，觉着很是平整，遂又对玉琴说道："这些石壁并不是天然生成的，一定是鸠工砌就的，可惜我们不能打开这石壁，觅一条出路呵！"玉琴叹一口气，便和剑秋对面盘膝坐下。

二人腹中都觉有些饥饿，又见左首地下有几个骷髅，暗想：我们若始终无法出这地窖时，不久便要与鬼为伍了。玉琴又觉自己身上未了的事甚多，如父亲的大仇未报、韩家庄的大憨未诛、云三娘没有找到，都为管了闲事，陷身虎穴，势将作他乡之鬼；又带累了岳剑秋同归于尽，万分歉疚。一时怒气上冲，把手中的真刚宝剑向那石壁上削了几下，石屑簌簌地落下，石上便有几条剑痕。

剑秋道："师妹，我想今晚上不如用我们的宝剑，尽向这石壁砍削，穿透一条出路，便能出险。假若再守下去，我们饿得四肢无力时，却难挣扎了。"玉琴想除了这个方法，也别无巧妙之计，便点头答应。

正在这时，阳光从小洞里直射在地上，作一垂直线，已到日中时候。玉琴跟着阳光瞧去，无意中瞥见地下泥土里有一个螺旋形的东西，把剑尖指着给剑秋看道："快看这是什么啊？"

剑秋也已看见，俯身过去，伸手将螺旋的铁质东西向里一转，却动不得分毫；再向外一转时，忽听石壁上吱吱的响声，发现了一个台面大小的洞，寒风从外面吹进来，黑漆漆的也看不出什么，似乎有一些绿色灯光。二人大喜，知道这是一个出去的机关，幸喜无人知觉。剑秋又把螺旋向里一转，石壁仍复前状，完整无缝了，剑秋遂道："师妹，真是我们的幸运，发现了这个秘密的机关。待到晚上，我们可以离开这个地窖了。"

玉琴很得意地嫣然一笑，其时阳光已斜射过去，地上的螺旋东西便瞧不见了。二人才悟，只有这个时候可以发现机关，贼秃设置果然奥妙；幸亏剑秋早已认定方向，便过去坐在螺旋形的东西旁边，守着不动。二人精神上顿觉安慰得多，娓娓清谈。

隔了长久，那小洞里的光线渐渐暗淡，直至乌黑，知道外面已是天晚了。二人闭目养神，守了好多时候，玉琴忍耐不过便道："这个时候，我们可以出去，若得遇见那些贼秃，我必不肯轻易放过他们的。"

剑秋听玉琴说话，勇气倍增，伸手将那螺旋形的东西向外一转，石壁上咯吱吱的声音后，现出一穴，二人先后从穴内钻出。立起身透了一口气，见是一条隧道，旁有一盏绿色的灯，惨淡得很。

二人遂蹑足向隧道尽头走去，前面有一扇绿色的门。剑秋要想推开那扇门时，玉琴跳过去说道："我们须防他们的机关。"遂用宝剑向这绿门一点，那门便呀的一声，玉琴忙退后几步。早听哎的一声，上面有一把又阔又大的闸刀落下。剑秋吐舌道："幸得师妹把我拦住，不然我一进门，要被这刀闸成两段了，好险呀！"

玉琴笑道："我早知他们必有这种顽意儿的，不可不防。"遂和剑秋踏进绿门，用剑尖点着地，很小心的走。

地面前有一盏红灯直立着，没有路了。玉琴走到灯下，脚里忽然踏着一样活动的东西，上面便有一个铁丝的罩，很快的落下，把玉琴罩在里面。慌得剑秋把惊鲵宝剑向铁罩劈去，剑锋到处，便有一个窟洞，遂把剑上下一阵乱削，才把那铁罩劈开。

玉琴走出罩来，对剑秋道："不防还有这样一着，险些着了他的道儿。"剑秋说道："我们没有去处，不如回去罢。"

玉琴对着红灯微笑道："决不会没有去处的，不如看这红灯，定有些蹊跷。灯的底下不是有一木制的乌龟么？那灯竿便竖在龟的背上，机关便在这龟身了。但我们不知其中关键，不要再中了贼秃的诡计。"

二人正踌躇间，忽听外面甬道里有脚步声，二人伏在暗隅，一声不响。见一个贼秃匆匆地奔进门来，二人突跃而起，两道白光直奔那贼秃的颈项。那贼秃不防这里也有敌人，心中更是惶急，无处逃生，只得跪下求饶。

玉琴把剑向他的面一晃，喝道："秃驴快快告诉我们，这个红灯的机关如何开的，不然立即把你一剑两段。"那贼秃答道："我开给你们看好了。"

二人横着剑驱他到红灯之前，他伸手把灯竿往下一压，那乌龟的头便伸长出来，他道："这乌龟内埋伏，外人不明白的。若先去触动它的龟头，便有毒弩射出，其余四足都支配着暗器，足能致人死命，我们自己人只要先把灯竿一压，便可无虞了。"说罢，又把伸长的龟头拨了两下，对面门上倏地现出一扇月圆的门户来，他指着说道："这里面便是宏光和尚的密室，没有别的危险机关了。"玉琴等他说毕，宝剑一挥，一个光头早骨碌碌地滚在地下。

二人遂走进那月圆的门户，乃是一个很大的园林，有花木，有假山，朝南一排三间的精室，隐隐有笑语的声音。二人走过去，从窗隙中往室中偷窥时，玉琴羞得回过面来，几乎失声，原来这正是宏光和尚藏春嬉乐之地。他正脱得赤条条地搂着一个小姑娘，在一张绣榻上大参欢喜禅。旁边玉体横陈，有几个妇女，或坐或立，好似肉屏风；还有一个被缚在榻边，闭目垂头，大约因她不肯失节，所以有意缚着要羞辱她。

宏光和尚正在得劲的当儿，忽听窗外有了人声，大吃一惊，忙丢了那个小姑娘跳下榻来，摘了壁上的宝剑奔出室门。早见两道白光飞奔到他的身边，宏光知道来了能人，却没有明白便是昨天跌在地窖里的一男一女，哪敢怠慢，舞剑迎住。

三个人斗在一起，变作三道白光，回旋刺击，许多树枝簌簌地落下。内中有一个伺候的小沙弥，忙跑到假山亭子里悬着的一口铜钟边，拉了几下，只听"当当"地钟声响亮。这是禅院中设下的警钟，以防不测。宏光和尚一边和二人大战，一边想自己的人为什么还不出来援助？难道他们都睡得如死狗一般，听不出钟声么？

他正在奇异，忽然从玉琴、剑秋背后飞来两个银丸，声如裂帛，光跃入眼，从宏光和尚顶上直落下去，宏光和尚的白光渐渐被压下沉，那两个银丸跳动了几下，宏光和尚已倒在地上，身首异处。二人闪开一边，回头看时，见后面立着一个绮年玉貌的女子，婀娜中含有英气，把两指一招，两个银丸还到她的手里。剑秋喜极而呼道："原来是云三娘到了。"

第八回

飞银丸淫僧伏法
遇侠客众女庆生

那夜,卖解女子追宏光和尚,未能得手,见机而回。只见她的母亲握着两柄护手钩,立在屋檐上观看,见女儿回来,便问道:"哪里来的贼种,偷到老娘身上来了?可惜起身得迟一点,不然定要把他的狗肝肠钩出来,使他知道老娘的厉害。"

卖解女子道:"是一个秃驴,本领很好的,我恐单身吃他的亏,所以让他逃去了。"此时店里的人已闻声惊起,两人从屋上轻轻跳下。

店主知道有盗了,还不知是来采花的,很惊异他们母女俩的勇武,同时被缚的店小二也已发现,店主将他解开束缚。店小二遂把自己的情形告诉他们听,并说那个秃驴有些认识的,只是不敢说,店主明白他的意思,遂和卖解母女俩带店小二到另一间室里,要他说出何人。

店小二道:"我认得他的面目,真是本地宝林禅院的住持宏光和尚。"店主道:"你不要胡说,宏光和尚是很有名的僧人,怎么干这种事?"

店小二又道:"以前我在城东曾家为仆,曾家老爷是大施主，曾请宏光和尚到家里来做三天水陆道场，所以他的容貌声音，我都熟识不忘的，一定是他。"

店主听了踌躇不语，卖解女子道："那宝林禅院在何处，明晚我要到他那地方去一探究竟，便知是非了。若不是那和尚做的，我们秋毫无犯，安然归来，任他去休。若果是他，我们顺手为地方上除去一害，也不虚行。"店主没得别法，遂叮嘱店小二严守秘密，店小二答应着退出去了。

卖解女子和她的母亲便回房安寝。次日他们守在店里，也不出去卖艺；等到黄昏时分，母女俩结束停当，挟了兵刃，暗暗离寓，扑奔宝林禅院而来。到了宝林禅院面前，一齐跃上高墙，听听里面没有动静。卖解女子先抛了一小块的问路石，听那小石滚到地上，十分平稳，于是母女俩先后跃下，不防前面大殿上窗隙里正有一对眼睛，向他们窥探。

原来昨晚宏光和尚采花不成，回到禅院，被玉琴、剑秋跟踪而入，遇见智能和独臂僧霍老六，斗了一阵，智能诈败，骗二人追去，中了机关，坠入地窖。他们报告给宏光和尚知道，以为窖中有两头巨狮，无处躲避，当然都被狮子吃了。但他们还不知道来者何人，恐有余党要来报复，因此在这夜里四处轮值守护，只有宏光和尚独自在密室中寻欢。

守大殿的正是知客僧远凡，也有很好的本领。他守了好久，听得问路石响，知是有人来了，向外一望，果见她们二人跃到庭心，遂扬起手中朴刀，把警铃一按，跳出殿来。她们母女见有一个和尚舞刀奔至，知这禅院果非善地了。卖解女子把宝剑使开，迎着远凡，她的母亲也摆动护手钩，从旁夹攻。远凡的刀碰到护手钩上，被钩绕住；卖解女子倏的一剑，已刺进了他的胸窝，鲜血直射，大叫一声倒在地上死了。

这时禅院中徒党早闻着警铃声响，四处来集，智能挥动缅刀，第一个杀出；独臂僧霍老六挺起铁锤，也从罗汉堂里杀出，照准卖解女子当头一锤；卖解女子把剑迎住铁锤，她的母亲也和智能对敌，四人在庭中酣战，杀得难分胜负。智能见她们也很厉害，不易取胜，要想照样诱她们坠入地窖里去，遂虚晃一刀，回身便走，卖解女子的母亲十分机警，暗想他的刀法并未散乱，必是诈败，想用什么暗算，遂立定脚步，不去追赶。

智能计无所施，回身又和她狠斗，众僧徒正想一拥而上，以多取胜。谁知屋面上忽然飞下两个银丸，直滚下来，早有几个光头滚落地上，绕着霍老六，转得几转，霍老六的头已不翼而飞。随后有一妙龄女子，疾跃而下，大喝："秃驴休得逞能，岭南云三娘在此！"

智能素闻云三娘是昆仑派中著名的女剑仙，自己断乎不是她的对手。今夜既有昆仑派人前来，大约禅院的黑幕已破露；宏光和尚不能立足，三十六着走为上着，自己还是回到天王寺去罢。遂又跳出圈子，向罗汉堂内便跑，两个银丸已如流星般追到身后。他忙将殿上第三尊罗汉一拉，那罗汉向前跃出，正当着银丸，削为两段。智能已从罗汉座下的穴口跃下，乃是一个秘密隧道，直通到禅院后边的小河之旁，是智能等特地筑成以防不测的。今夜他借着这条去路，做了漏网之鱼了。

卖解女子母女俩，见凭空来了一个助手，精神抖擞，遂和其余僧徒厮杀。那些僧徒岂是他们对手，被母女俩杀得落花流水，不是死在钩头，便是丧在剑下。那妙龄女子收住剑丸，跳过去擒住一个贼秃，便问："宏光和尚在哪里？我要找他，你快老实告诉！"那贼秃吓得战战兢兢说道："他在密室里和姑娘们作乐，不知他为什么不出来。"女子把贼秃捉在手里，说道："你快领我去！"

贼秃遂指点她走进那个小门，教她转动机关，墙上便现出小门来。女子恐中埋伏，把他放下，驱他前行，走出甬道，便见那绿色的灯。过了闸刀的绿门，却发现有一个尸首，倒在红灯之旁，月圆的门户也露着未闭，那贼秃喊声："呵呀！"女子也知道有人先前来了。

原来那个被杀的秃驴，便是进来报信与宏光和尚的，他哪里知道甬道里又有人呢？女子丢下贼秃走进门时，见宏光和尚赤条条的，和一男一女酣斗，遂放出剑丸，结果了他的性命。剑秋认得她便是他们找寻不着的云三娘，心中大喜，失声而呼，云三娘也听见她的得意门徒在此，很觉奇异。

剑秋便介绍玉琴上前拜见，并把玉琴的来历略说一遍。云三娘玉颜微笑，握着玉琴的纤纤玉手道："我近来听人传说，关外有个荒江女侠，是一位奇女子，原来是你，也是我们昆仑门下的人才，可喜可贺。我们现在先把这事了结，然后再细谈衷肠。"剑秋应声说："是。"遂和二人走进密室，众女子已把衣服穿好，惊得跪在地下，向他们乞恕。

云三娘道："可怜你们正在苦海中过日子，快快起来，我们决不会伤害你们，是来救你们回去的。"众女子听了，叩头感谢。唯有缚在床边的女子，依旧不得自由，玉琴过去一拉绳子，早如朽索一般落下。放了这女子，给她穿了衣服，始知她是别地方劫来的，因不肯失身，所以宏光和尚把她缚在此间，想勾动她的春心。

剑秋一数共有八个女子，问他们："还有别人么？"一个姓袁的女子答道："还有二人被智能和尚索去，不在室中。"

云三娘道："那么我们赶快出去搜寻，还有两个人在外面肃清余孽呢！"剑秋道："可是师父偕来的？"云三娘笑道："我也不知道他们姓名，乃是两个妇女，本领很好。我进来时见他们正和众僧徒厮杀，内有两个贼秃非常勇猛，我遂帮助他们把一个独臂僧杀掉，还有一个使缅刀的，可惜被他逃去。"

玉琴对剑秋说道："那两个贼秃便是昨夜诱我们坠入地窖里的了。"三人遂领着众女子从原路走出甬道去。

姓袁的女子说道："我见他们还有一条捷径，可通外边，就在这里。"说着话，用手向室后一扇小门指着道："便在这里面。"云三娘道："你可领着我们前去罢！"

姓袁的女子就用力打进小门，把手向壁上塑着一个观音大士的像一按，地上顿时露出一穴，有很整齐的石级，姓袁的女子说道："这里面并无机关埋伏，我深知道的。"她先第一个走下石级,云三娘等跟着她走。

石级尽处乃是一条很宽阔的甬道,有红灯照亮着,走完甬道,又是石级。众人走上石级,顶上有一个椭圆形的石圈,姓袁的女子举手把石圈转了两转,上面现出空处来。于是众人又走到上面,乃是在罗汉堂中,第十八位罗汉的座位地方。那罗汉已让在一边,姓袁的伸手一拉罗汉的鼻头,那罗汉便很快地跳回原处。

众人走出罗汉堂,见卖解女子母女俩已把众僧徒收拾干净,地上横七竖八的都是死尸,他们正想入内搜寻呢。于是云三娘向他们问讯,他们见过云三娘的剑术,便知道她是非常的人,十分敬佩。卖解女子遂说道:"我姓宋名彩凤,我的母亲名双钩窦氏。我们本住在虎牢关,现在欲找访父亲的仇人,所以母女俩出来卖解,希望得悉风声。不料来到这里卖艺后,晚上在客寓中,忽有出家人潜来,意欲奸污我;幸我会些防身本领,不曾受他的蹂躏。事后探听,知是这个禅院中的贼秃,我们母女俩愿意为地方除害,遂亲身前来一探。幸蒙拔刀相助,不胜感佩。"

云三娘便握着宋彩凤点头道:"姑娘的父亲,可是铁头金刚宋霸先么?"宋彩凤点头道:"正是,不知姑娘何人,怎的认识我父亲?"

云三娘道:"这个大概你们不知道的。因我有一年到华阴去访友,途遇令尊押着镖车,正走在潼关路上。潼关附近有一个绿林英雄,别号'爬山虎'的施老九,不肯让令尊的镖车过去,纠众行劫,令尊和他战斗。我见了愤然不平,遂略施小技,把施老九战败而去。令尊向我道谢,我也认得令尊确是一个英雄;这一次假若没有我相助,也不会输在施老九手里的,不想他现在故世。仇人是谁,竟要你们出来寻找呢?"

宋彩凤答道:"我们听说是姓韩名天雄,设计诓害我父亲的。"剑秋和玉琴听宋彩凤说出韩天雄来,不觉从旁插言道:"你们说的韩天雄可是蓟州韩家庄的老贼么?我等也是为了他而赶到这里来的。"

原来"铁头金刚"宋霸先是虎牢关的一霸，黄河两岸哪个不知道宋霸先是有面子的镖师呢！当他年轻时，常喜好勇斗狠，里中有事，每每出来干涉；如有人不服他的说话，宋霸先便和他厮打。他生得铁头铜额，斗得性起时，将头向人猛撞；无论何人被他的头撞着，非死即伤，使人轻易不敢近。

有一次他和一个里中侠少年相斗，他把头撞在侠少年的胸口，撞成一个窟窿闹出人命来。他遂亡命出去，得遇异人传授武术，更把他擅长的铁头练得格外厉害。过了几年，他悄悄返回家乡，见前事已过去了，方敢出头露面，创设一个镖局，保护往来客商。做了几年，渐渐名声大起来。有一天，镖局门外忽来一个大汉，要求和他比武，恰好门前有一广场，宋霸先遂出去相见，便在这场上较量身手。

看的人四面集拢，人头如墙。看他们二人拳来脚往，疾如风雨，真是一个半斤，一个八两，没有一些儿破绽。斗了良久，宋霸先见那大汉拳法精妙，自己不能占一点便宜，遂想用他的铁头出奇制胜。好容易挨到一个松懈，他便运用全力，一头向大汉当胸撞去，只听见天崩地裂的一响声，把大众吓得一跳。

原来那汉见他来势凶猛，知道这一技艺有雷霆万钧之势，自己断乎招架不住，很快的身子一弯闪到旁边去。宋霸先一头撞来，人虽没有撞着，在那大汉背后不远，有一株大可十围的老杨树，他收不住了，正撞在杨树上；老杨树中折，便倒下地来，尘土与枝叶齐飞。回看宋霸先的额头，一些没有损伤。那大汉向他拱手道："佩服佩服！"说罢大踏步地走去了，宋霸先一笑而回。

从此大家代他起了一个别名，便是"铁头金刚"。古有共工氏，头触不周山，相传为神话。现在宋霸先头撞老杨树，天生异人，众口传说。不料人怕出名猪怕肥，"铁头金刚"的大名传遍黄河豪杰，自负其能的，都要来试试他的铁头；幸他确有真实本领，人家也奈何他不得。

一天，他正保着一群客商，道经窦家寨。寨中有一位老英雄，姓窦名孝天，得武当张三丰一派的嫡传，以柔胜刚。膝下并无儿子，只有一个女儿，名唤淑美；姿色秀丽，武艺精通，善使双钩，人家都称她窦双钩而不名。窦孝天闻得"铁头金刚"的名声，久思一试，苦无机会；凑巧听说他保镖路过，无异送上门来，就一个人立在路旁等候。

遥见大道上烟尘滚滚，宋霸先的镖车来了。窦孝天当路一立，拦住镖车，不放通行。有几个护车的壮丁，见这老头孤身阻道，欺他无能；又仗着"铁头金刚"的威名，反而发怒，吩咐推着车子向前冲去，想冲倒这个老头儿。大家呐喊一声，推着车辆上前，窦孝天不慌不忙，两手一张，身体立着不动。说也奇怪，车子推到他的身上去，非但冲不倒他，竟似有铜墙铁壁一般，用尽气力不能推过半步。

窦孝天伸手把车上旗子拔下，冷笑道："要他何用！"顺手向旁边一株树上一掷，那镖旗穿在树干中，恰露两端。

这时宋霸先正在后面，坐在一匹枣骝马上，见前面忽然停住，扰攘起来，正要查问，早有一个壮丁跑来报告。宋霸先勃然大怒，对众客说道："哪里来的老头儿，胆敢阻我去路？诸位请稍待，我去教他滚开一边。"说罢两腿一夹，那枣骝马便泼剌剌地跑到前边。

窦孝天见马上坐着一个伟男子，相貌英武，知道是"铁头金刚"，便高声问道："你是'铁头金刚'么？我特地要找你。"

宋霸先答道："正是，你要找我做甚？为什么不放我的车子过去？"一边说着，一边跳下马来。

窦孝天笑嘻嘻地说道："久闻你是一个铁头铜额的好男子，我却是个豆腐做肉棉做骨的老头儿；难得相逢，很想领教你这个铁头，究竟硬不硬？所以把你的镖车拦住，现在你自己来了很好，我立在这里，请你把尊头撞来，试试有多少力量。"

宋霸先听了他的话，心里暗想：我的头素称厉害，任你什

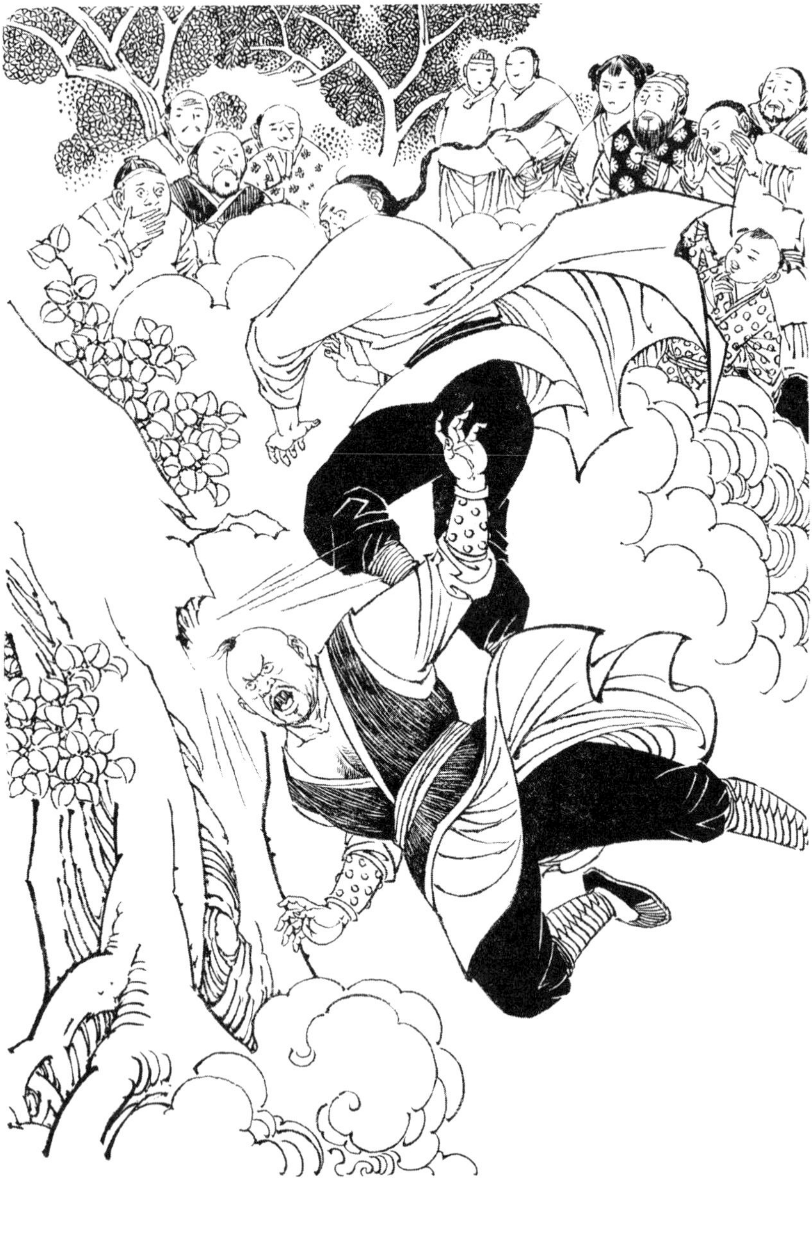

么人受不起我的一撞；这老头儿口出大言，不知轻重，合该他命尽于此了。遂大声说道："既然你要试试我的铁头，我就听你的话，但是你自己的意思，死而无怨。"

　　老头儿又笑道："谁来怨你？不过你的头若然撞得尴尬时，也不要怪我。"宋霸先大怒，遂把完全的气力运到头上，认准老头儿的胸口，将头一低，好似水牛挺起了角一般，飞也似的向着老头儿撞去。

第九回

以柔克刚铁头俯首
设谋害敌壮士杀身

铁头金刚宋霸先一头撞到窦孝天的腹上，窦孝天把肚腹耸起，好似五石之瓠，迎着铁头只一收，把宋霸先的头收在腹上。宋霸先只觉得自己的头，好似撞在棉絮上一般，软若无物，难道这老头儿，真是豆腐做肉棉做骨的么？心中正在奇怪，同时觉得头顶上热烘烘、麻辣辣的，有一股气直透脑门，非常难受。要想收回自己的头时，却似粘紧在老头儿腹上，休想缩得转了。涨得他面红耳热，有力无处使，这一股气从额门直冲到心口，顿时两目眩乱，耳中如金鼓齐鸣，心里难过得要死，自己的头如同到火坑里，几乎晕去。

窦孝天见他支持不下了，便将腹一松，宋霸先觉得自己的头顿时轻松，抬起头来向老头儿望着，威风尽失。窦孝天哈哈笑道："铁头铁头，今日变了无用的头了，还敢和老朽较量么？须知窦家寨的窦孝天是棉花老人，不怕你这个铁头的。"

这时宋霸先知道窦老头儿的本领远在自己之上，遂向他盘折为礼，说道："幸恕无知，小子的功夫还没有到家，还请你老人家指教。"

窦孝天见铁头金刚已被他制服，也就说道："老朽也是冒昧得很，车驾过此，还未尽地主之谊，请到敝庐薄饮三杯如何？"

宋霸先谢道："多蒙老丈盛意，不胜荣幸之至。但我们一行人数众多，未敢叨扰。且客商们心急如箭，要早到目的地，所以不便逗留，还请老丈见谅。待我归家时，一准顺道拜谒，甘心受教。"

窦孝天遂点头道："这么说法很好的，我准在舍恭候你前来，现在不便耽误你的行程。"说着话跳至那株大树下，伸手把插入树身的镖旗轻轻拔出，仍插在车上，拱手而去。

一众人看得呆了，以为铁头金刚可算天下无敌了，偏遇着这个窦老头儿，真是泰山高矣！泰山之上还有天；沧海深矣！沧海之下还有地，岂可轻量天下呢！

宋霸先顿觉自己的威风挫折了许多，遂仍护着镖车，送到了那个地方，即和客商们告别，独自赶到窦家寨来拜访窦孝天，以践前约。窦孝天见他前来，握手笑道："足下不愧大丈夫，老朽敬备浊酒，聊以洗尘。"

宋霸先道："既蒙老丈宠邀，小子焉敢不来？"窦孝天遂引他到一间草堂上谈，把武当派的功夫详细说给他听。宋霸先知自己的武功不能和武当派中的上乘道长挈短呢！

待到天晚，窦孝天便请他在家下榻，并治酒馔款待。饮至半酣，窦孝天忽又对宋霸先说道："小女淑美也是久闻大名，今知大驾荣临，极愿领教，还请足下不要推辞。"

宋霸先听窦孝天说他的女儿也要和他较量身手，自己吃亏在先，不敢答应。怎禁得窦孝天一再请求，自己也不欲十分示弱，只得勉强答应。窦孝天遂吩咐下人请小姐出来。

隔了一刻，见堂后有一个小婢，提着一个红纱灯，引着窦氏淑美出来，窦氏上前见了父亲，窦孝天遂介绍她和宋霸先相见。宋霸先见窦氏生得十分美好，不像有本领的，心中暗自估量。

窦孝天遂对二人说道："你们既要比较武艺，当然要分胜负；但这不是真的厮杀，大家仍要手下留情，免得损伤，我有主见在此。"即命下人取过一顶白缨小帽，请宋霸先戴上，又把一朵紫色的纸花给窦氏插在髻上，然后说道："你们各把自己头上的白缨和纸花保护着，谁能取得者便算谁胜。"

二人齐声答应，窦孝天偕着二人，走到庭中。凉月如水，纤影毕露，小婢捧上一对银光闪耀的护手钩来，窦氏接在手里，立在右边等候。宋霸先身边本带着宝剑，遂拔出来，青光霍霍，抱剑而立。窦孝天说道："很好，你们玩一下子罢！"

于是一个儿摆动双钩，一个儿使开宝剑，勾插劈刺，斗作一团。那窦氏的护手钩一名虎头钩，是军器中很厉害的东西，寻常人学它却不容易。因为每钩长有三尺六寸，形式似剑，两面有锋头，上弯三四寸，好似钩子一般，所以非但好向前刺，又能往里钩拖，又能两面斩砍；而且手拿的柄上更是和刀柄剑柄等不同，却像半片方天画戟，戟尖头反向下生，手握在方孔的里面，若遇敌人用刀剑削自己的手指，四围都有保护。

窦氏使用这钩十分精熟，但见双钩滚来滚去，绕紧宋霸先的全身，没有半点儿的懈怠，饶是宋霸先用出生平力量终难取胜。两个人在庭中酣斗良久，窦氏心中也有些焦急，猛力向宋霸先进迫。宋霸先留心瞧着窦氏一个间隙，踏进一步，一剑向窦氏头上横扫过去，唰的一声，把那朵紫色的纸花扫下地来，同时窦氏的护手钩也把宋霸先戴的白缨小帽钩在手中，二人各退数步，立定不动。

窦孝天拍掌笑道："将遇良材可喜可贺，算了罢！"窦氏遂和小婢退去，宋霸先也收剑入座。窦孝天斟满了一杯酒，敬给宋霸先道："老朽敬你一杯。"宋霸先逊谢不迭，也还敬一杯。

窦孝天遂对他说道："老朽膝下只有这一颗明珠，自幼随从习武，略窥门径，现方待字闺中，老朽久欲物色一位佳婿，惜乎不得其人。听说足下尚未授室，老朽愿以小女相许，不知足下以为何如？"

宋霸先适才领教过窦氏的武术，很是钦佩，不意窦孝天说出这话来，岂有不愿之理，遂满口允诺，避席下拜。窦孝天大喜，遂择日代他们成婚。婚礼虽很简朴，而窦家寨老幼众乡民闻得喜信，都来庆贺，瞻仰新郎颜色。

宋霸先和窦氏结缡后，夫妇之间，如鱼得水，十分和谐。在窦家寨住了一个多月，窦孝天遂整备妆奁，亲自送他们回到虎牢关。镖局中人闹着吃喜酒，热闹了数天，窦孝天遂叮嘱女儿几句话，独自回去。从此宋霸先又得了一个得力的内助，四方豪杰更加敬服。他们夫妇俩，每年必到窦家寨老夫妇那边去请安数次，窦孝天没事时，也常到镖局里来盘桓，指点他女婿高深的功夫。

过了两年，窦氏生下一个很美丽的女孩便是彩凤了。宋霸先很是珍爱，长到七八龄时，一面使她入塾读书，一面把武艺教授给她。彩凤聪明伶俐，一学便会，又能熬苦习练。好在她的父母都是有非常了不得的本领，所以学得一身好武艺；又善用袖箭，能于黑夜百步之内射灭香灯。只是窦氏生了彩凤以后，便没有生育；伯道无后，是他们引以为憾事的。后来窦孝天夫妇相继长逝，宋霸先夫妇先后赶去料理丧葬等事。

流水如逝，彩凤也已至及笄之年了，宋霸先的威名迄未减退。不料有一天，宋霸先保护镖车，到天津去。在大名府附近旷野中，忽见有一个麻面少年，跨着一匹骏马，跟着镖车，忽而在前，忽而在后，被宋霸先一眼瞥见。知那少年决非良善之辈，或是那一处绿林中的眼线，不可不给他点颜色看看。遂吩咐壮汉们，齐将镖车停住，休息一刻，再行赶路。众壮丁听得有休息，也不明什么意思，但很表欢迎，大家去拣树荫地坐下。那麻面少年也勒住马头，徘徊不去。

宋霸先跳下马来，走到一株樟树边，用手摸着他的头颅，对大家说道："几年来我这头额好久没用了，恐怕不能再如以前的坚固罢？今天有幸，倒要试一下子看。"

众人久闻铁头金刚的大名，但多数没有见过他的铁头究竟怎样厉害，现在听说他要试一下子，当然十分起劲。宋霸先脱去外衣，运足了气，认准那株大樟树一头撞去。哗剌剌一声响，那大樟树立时被他撞成两截；上半截连枝带叶的倒在地上，把泥土陷成一个窟窿，回视宋霸先的头颅依然无恙。

大众喝一声彩，宋霸先也大声说道："这样看来我的铁头还可一用，若有人来觊觎我时，未免太不自量！只要他自己觉得身体也有那樟树一般的结实。"宋霸先说罢，只见那麻面少年拨转马头跑去了。

宋霸先知道自己的先声已足夺人，遂仍督率着壮丁，解送镖车，向前赶路。又走了两天，来到一个双林镇，恰逢大雨，投宿在逆旅中。傍晚时，忽有个老翁自称姓韩名天雄，素闻铁头金刚的威名，现在此间友人家中小住；听人传说车驾到此，所以前来一偿仰望之愿，且请宋霸先光临他的友人家里，略备酒肴，一图畅叙。

宋霸先起初推辞不肯，因他也不知道韩天雄是个何许人。但经韩天雄再三劝驾，觉得姓韩的虽是相逢陌路，而意思却很像诚诚恳恳。或者他也是慕名而来，愿意结交，不可严词拒绝，辜负了人家的美意。况且看他的相貌很像有些能耐的，且跟他去再说罢！四海之内皆兄弟也，我不必过于拘束了。转定念头，遂随韩天雄出去。

走了一段路，才到一家人家，请入客室中坐定。韩天雄介绍居停主人出见，乃是一个身躯魁梧的男子，三十多岁光景，彼此问名，始知名蔡洪，当下摆上酒席，请宋霸先喝酒。宋霸先细细问他们的家世，二人应答支吾，又似没有诚意。宋霸先性子很直爽的，觉得不快，且防他们或有什么歹意，所以喝了一杯酒便不喝，想要托故告辞。

这时韩天雄向室后喊一声，宋霸先连忙离席立起，按着腰下的宝剑。只见室后走出一个人，正是前天途中遇见的麻面少年，韩天雄遂起身，对宋霸先作揖道："这是犬子小雄，前天在路上触犯了足下的虎威，足下大显神通，使他慑服退去。我知道了万分不安，现在教他赔礼。足下是个大英雄，想也不和这种后生小辈计较的,但我很觉惭愧了。"

宋霸先听韩天雄的一番话,才知他们原来是父子的关系,当然这老翁也非好人,今天这席酒不容易喝了。但自己已经来此,凭着一身本领,何足畏惧,遂哈哈大笑道:"令郎少年英雄,是克家之子。我宋某肉眼不知有失敬礼,这是我的不是。"

韩天雄道:"承足下如此谬赞,更使我惶悚无地。但我久闻'铁头金刚'的盛名,耳闻不如目见。犬子虽已经见过足下的神力,今夜我想还要领教一次,不知足下可肯赐教?"宋霸先岂肯示弱,毅然应诺。

韩天雄遂和小雄、蔡洪二人,引着宋霸先来到室中一个大庭中,指着对面紧闭的两扇石门说道:"尊头若能把两扇石门撞开时,我们父子甘拜下风。足下也不愧是一个铁头金刚。"

宋霸先自思:我这头任你什么坚硬的东西无有不破,区区石门,便把它撞去也非难事,韩天雄未免小视我了。遂道:"很好,但我撞开了门,也有一个条件要求你呢!"说罢运足气把头一低,向那石门撞去。不料他的头一到石门时,石门早向两边分开,顶上很快的落下一把又重又大的闸刀来,竟把宋霸先闸为两段,血流满地。

原来韩天雄父子,这一次出来做些买卖,遇见宋霸先的镖车,很想下手。但耳闻铁头金刚的威名,不敢冒昧从事,先教小雄跟着察看,却被宋霸先一头撞倒大樟树,把他吓走,回去向父复命。韩天雄知道难以力胜,不如智取,料他们必要从双林镇走,镇上有他的盟弟蔡洪居住,遂和小雄抢先赶到蔡家,把自己的意思和蔡洪商量,得其同意,秘密设下这个机关。然后他自己前去看宋霸先,诓骗他前来,有意用话激动他,使他堕入彀中。可怜铁头金刚以头出名,也以头丧其身,能不令人慨叹!

宋霸先的手下人,见宋霸先一去不归,杳如黄鹤,四出找寻,也没有影踪,知道那个姓韩的老翁不是好人了。遂一边仍旧押送镖车上天津,一面遣人回去报信。窦氏母女得知这个消息，明知宋霸先凶多吉少，也是没法想。直等到解送镖车的人都回来了，宋霸先仍无下落，知道他的性命一定送在那个韩天雄老头儿的手里，又请人去双林镇探访，没有结果。过了一年，母女俩立誓要代他复仇，遂假扮卖解女子，一路出来找访仇人，竟在此间巧遇玉琴、剑秋二人说出韩天雄的地方来。彼此既是同道，遂相约一同剪灭那个老贼。

剑秋又把自己夜探韩家庄，邂逅玉琴，以及铁拐韩妈妈如何厉害，他们先到曹家坞，意欲请求云三娘出来帮助，及闻云三娘已赴沧州，他们遂又赶到这里来寻找，无意遇见黑影，入院私探，误中机关，陷身地窖，发现机关，然后出险等情形，大略奉告一遍。

云三娘道："我本在曹世芳家里，风闻沧州宝林禅院宏光和尚的劣迹秽行，遂到这里来探问明白，才来动手。只因我另有小事耽延，遂让你们先来了。现在且喜淫僧都已伏诛，余众亦已歼灭，我不妨相助你们往韩庄去会会铁拐韩妈妈。"

剑秋听云三娘愿意同去，便大喜道："若得师父慨助，铁拐韩妈妈不足惧了。"云三娘又对他们说道："听说还有两个女子被智能和尚不知藏在何处，我等要搜寻出来才好。"剑秋道："不错。"遂又四面去寻找，在智能的禅房里发现，一个女子已憔悴得不成模样了。

云三娘遂和四人商议，他们这番诛恶除暴，不过为了一己热烈的心肠起见。好在禅院中作恶之地已经破露，又有这许多被劫的女子，是最好的见证；他们不必留在这里出身露面，到公廷上干预这事，还是早上韩家庄去罢，四人同声赞成。

剑秋遂去厨下寻得食物，和玉琴同食，因为他们腹中实在饥饿得很了。窦氏母女乘这个当儿，先自悄悄回转客寓，把他们的房饭钱放在桌上。带了行李，仍到禅院中来。他们都有绝妙的本领，所以逆旅中人，一些没有觉得。回到禅院时，已有四鼓。

云三娘道："我们走罢。"又对那些女子说道："你们在此不必害怕，天明时有人前来，你们可报官查说，将来自能安返乡里。"众女子一齐拜倒，叩谢救命之恩。剑秋遂去开了门，大家离了禅院，赶路往蓟州而去。至于这里的善后，自有地方官出来办理，这也不必细表。

且说玉琴等到了丰禾驿李鹏家中，介绍李鹏夫妇和云三娘等相见。李鹏大喜，特地杀鸡作黍，用十二分的诚意款待他们。云三娘不欲多逗留，立即要去下手；玉琴也因祝彦华在黄村谅已等候多时，心急万分，急于前去安慰他；遂一致议决今夜同去韩家庄，歼除韩氏一门。晚饭后出发，云三娘和玉琴为中路，直趋正中；窦氏母女为左路，从庄左入；剑秋和李鹏为右路，从庄右入。互相策应，大破韩家庄，为地方除害，剑光血雨，又有一场大战。

且说韩家父子自从玉琴、剑秋夜探以后，觉得他们秘密的行为已被能人看破，所以有人特来寻找，又被人家逃去；说不定还要前来，不可不严密防守。于是每夜他们必要起来巡视两次，更夫加多，一刻儿也不懈怠。

凑巧他有两个盟弟前来拜访，乃是南方盗贼孟氏昆仲，兄名"火眼神鹰"孟公武，弟名"海底金龙"孟公雄，都是精通武艺，江南太湖中的一霸。尤其是孟公雄，能在水底潜伏三昼夜，泅水数百里不倦，好似《水浒传》中梁山泊好汉浪里白条张顺一般，所以得到这个"海底金龙"的别号。在那汪洋三万六千顷的太湖里，出没无常，大小商船撞在他的手里，可算晦气星高照，不过来往的船，若能先出一笔买路钱，便可很平安地一帆稳渡了。

韩天雄便留他们兄弟在他庄上多住些日子，藉作臂助，孟氏弟兄当然答应。

这夜韩天雄还没有睡，听庄东击柝声音由远而近，忽地停止了；知道有些蹊跷，遂带了宝剑，走到东边来视。黑暗中果见有两个妇女，一老一少，正擒住两名更夫，在那里逼问口供，不觉大怒。叱咤一声，拔出剑来，向他们奔过去。

这一路乃是窦氏母女,宋彩凤见了韩天雄,料是她父亲的仇人,便娇声叱问道:"老头儿你是谁?我们是来找韩天雄的!"

韩天雄答道:"我便是韩天雄,你们找我做甚?"宋彩凤冷笑道:"原来你就是老贼!你还记得铁头金刚宋霸先么?我是他的女儿,我父亲与你何冤何仇,不知你用什么诡计,把他害死。我们特来复仇的,看你逃到哪里去。"窦氏听说是韩天雄,仇人相见,分外眼红,摆动双钩,跳过来便是一钩。韩天雄不慌不忙,挥剑成白光一道,和窦氏母女战在一起,忽听庄内警钟四下响起来。

第十回

破韩庄剑光黛影
归赵壁侠骨热肠

因为右路的剑秋和李鹏,当他们渡过小溪飞身跃上高墙时,李鹏的轻身术没有剑秋那样佳妙,脚下不留心,早有一片瓦落下地去。此时韩小雄正在巡视,听得瓦声,从花墙头里偷窥,屋上立着两个黑影,知道今夜又有外人来了。便转动警钟,报告全庄知晓,一面拔出宝剑,轻轻跃上屋去。剑秋眼快,也已瞧见,便教李鹏预备,自己挥动惊鲵宝剑,迎住小雄厮杀。庄中许多庄丁听得警钟响,一齐握着兵刃,点起灯笼火把前来。

孟氏兄弟在睡梦中惊起,忙带了武器,跑出协助;见小雄正和一个少年酣斗,两道剑光,一青一白如蛟龙飞舞。但见少年的剑光夭矫若不可御,紧紧追住,小雄似乎对敌不下。孟公武遂一摆手中雁翎刀,上前帮助,李鹏也舞起手中的单刀抵住孟公武。孟公雄也使开手中的软鞭来助小雄,李鹏的本领不及孟公武,难以招架;同时小雄的剑已被剑秋的剑锋碰个正着,"喤当"一声,削成两段。小雄大惊,遂和孟公雄败退下来,孟公武也只得退后。剑秋和李鹏紧紧追上,青光已绕小雄的身前，而铁拐韩妈妈来了。

韩妈妈在后楼尚未睡眠，忽然庄内四周警钟大响，连忙挟了铁拐杖走出；正见剑秋追在小雄背后，遂挥动拐杖挡住剑秋的剑光。剑秋见了韩妈妈，知道她的厉害，当心迎住。小雄从庄丁手里换了一柄朴刀，和孟氏兄弟回身杀转，李鹏如何抵得住？剑秋也被韩妈妈拐杖盖住，不能脱身，众庄汉呐喊声起，准备绳索要来捕人。

正在危急的当儿，忽见屋上飞下两个银丸，白光闪闪，直射到铁拐韩妈妈的身边，乃是云三娘和玉琴到了。他们从中路安然而入，没有遇见敌人，只见楼上有几处灯光；后来听得西边有呐喊之声，众庄汉一齐奔向那边去。他们在上面看得分明，跟着前往，见剑秋已和铁拐韩妈妈狠斗。云三娘遂发出剑丸相助，玉琴也舞起手里的真刚宝剑，跳到地上，敌住孟氏弟兄。

云三娘的剑丸绕着韩妈妈上下左右飞舞，嗤嗤有声，韩妈妈遇到了劲敌，将拐杖使开，用全力来对付，剑秋又在旁夹攻。韩妈妈虽然厉害，到底敌不过云三娘的剑丸，战够多时，手中拐杖一个松放，银丸已乘机而进，当胸戳个正着，铁拐韩妈妈大叫一声，倒地而毙。

孟氏弟兄悉力和玉琴对敌，见铁拐韩妈妈已死于银丸之下，心里有些慌张。孟公武的刀又被玉琴的宝剑劈断，玉琴顺势一剑劈去，早飞去孟公武半个人头。孟公雄知道势头不好，飞身上屋便逃，剑秋瞧见，也跳上屋追去。韩小雄见祖母已死，父亲又不见前来，也想逃走；谁知云三娘的剑丸已飞到他的头上，转了一转，小雄的头已滚落地上。

玉琴见铁拐韩妈妈和韩小雄皆已伏诛，心中大喜，遂说道："我们快些去找老贼，别被他逃走，大约他正和窦氏母女厮杀呢！"云三娘道："不错。"便留李鹏在此对付庄汉。

他们两人赶到东边去，隐隐见有灯光；穿过一个院落，果然见窦氏母女和一个老翁酣斗，十几个庄汉持着灯火，四边围住。玉琴认得韩天雄的，喝一声："老贼末日已临，还敢抗拒？"舞动宝剑，杀入围中。

韩天雄早知庄中出了乱子，但被窦氏母女缠住，不得脱身。宋彩凤的剑术甚为精妙，无懈可击；更加窦氏的一对护手钩，十分厉害，杀得难解难分；现在又加生力军来，不知自己方面胜负如何，韩妈妈也不见来助，心中不免又惊又怒，而云三娘的两剑丸又直射而至。韩天雄被四人困住，也是他恶贯满盈，无可幸免，竟死在彩凤剑下，窦氏又去尸身上补了一钩，把他的心也钩了出来。

众庄汉吓得心惊胆战，四散避匿，有几个倔强的都被玉琴和宋彩凤杀死。玉琴横着宝剑说道："老贼还有一个女儿名唤小香，前次曾用毒药镖把我打伤，现在怎么不见呢？不要被她漏网才好。"众人一齐到内室去搜寻。见有几个妇女都已悬梁自缢，云三娘看着，叹了一口气，却仍没有找到韩小香，玉琴也是无可奈何。

不知小香刚在前天和她的母亲到舅家去视疾，舅家远在河南卫辉府附近地方。她的母亲是不懂武术的，但她的舅舅也是一个很有能耐的江湖英雄，姓萧名进忠别号"云中凤"，河北豪杰都知道这个人的，因此小香母女竟得不死。

这时剑秋也已回来，玉琴问道："可被他兔脱？"剑秋道："我追他到庄后时，不料他跃入河中去了。我在河边立候多时，不见他出来，一个水花也不见，真是奇怪得很，只好由他逃生去罢。"

玉琴道："还有那韩小香，我们也找不到呢。"剑秋遂捉住一个藏在楼底下的庄汉，喝问道："那老贼的一个女儿，现在哪里？快快实说！"庄汉哪敢隐瞒，据情而告。玉琴听了，便道："也是她命不该绝，便宜她了。"

他想着祝彦华所说的珍贵东西，遂和众人又去开箱搜寻，发现金银珠宝无数。最后始见一个缕金锦盒之内，藏着一对玉狮子，不过三寸长、二寸余高，雕琢得非常精妙，形状极肖。五色润泽，一无瑕玷，是千年以前的宝物。还有一对翡翠小鸭，全身透绿，价值连城，众人看了，啧啧称美，这便是祝彦华失去的东西了。此外有数百两银子，也是祝彦华的。玉琴检查出来，一齐放在一个小箱子里，其余的金银，玉琴一个也不取。

云三娘说道："我想韩天雄私聚的都是不义之财，我们为着侠义而来，当然一无所贪，不过我想借它有个用处。因为陕西今年闹着大饥荒，哀鸿遍野，饿殍载道，不如待我用这些金钱去购米麦，亲自到关中走一遭，赈济灾人，或有补益。"玉琴、剑秋等都道："大师之言甚是，这样用法再好也没有了。"

于是云三娘等把韩天雄所有的造孽钱，收拾在一只衣箱里，再去看许多庄汉时，都逃得无影无踪。庄外的木桥已放了下来，剑秋道："事不宜迟，我们快去罢！这个不义所在，不如用火把它烧去，反见干净。"窦氏母女也赞成，便去后面寻着火种，四处燃着，延烧起来。他们遂带着箱子，走出庄门，跑过了木桥，把桥拆毁在溪中，遂向林子里跑去。回头看韩家庄时，烈焰冲天，火光通明，已冒穿屋顶了。

丰禾驿的乡人，居住在附近的，都从睡梦中惊醒，知道韩家庄中起火，有些胆大的男子，跑到庄边来观火；可是隔着河面，不能过去。待到明晨，韩家庄已烧成一片瓦砾场，众乡人不知其中缘故，纷纷传说；但有些逃出来的庄汉，渐渐泄露秘密，无不惊奇。

玉琴等在那夜回到李鹏家中时，还没有天明，大家坐着闲谈。次日清晨云三娘用了早饭，立刻便要动身赴陕，玉琴、剑秋都觉得有些不忍分别。云三娘说道："我到了陕西，把事办妥后，顺道要去昆仑走一遭，以后我们总有机会重逢。"

玉琴想起一明禅师，便对云三娘说道："我离别昆仑也有数年，时时思念师父，请便代言问候。弟子复仇之后，必要重上昆仑，一心修道。"

云三娘笑道："玉琴姑娘，学道要参上乘，不是容易的事，我以为姑娘还是在人间多行些侠义的事，将来幸福无穷呢！"玉琴默言不语，三娘遂告辞而去。

云三娘走后，窦氏母女因为大仇已报，也要回归故乡。宋彩凤握着玉琴的手，要请玉琴同往虎牢关盘桓数天，因她心里很爱慕玉琴。但玉琴急于寻找她亡父的仇人，哪里有空闲工夫呢？宋彩凤又对玉琴说道："姊姊既然急于复仇，我也不敢耽误你，但愿姊姊早得手刃仇人之胸，使我等也称快。姊姊若有用我之处，我等也愿稍效微力。"玉琴道："盛情可感，将来如有拜烦的地方，我当亲来奉恳便了。"窦氏母女遂和玉琴、剑秋、李鹏等告别，回到虎牢关去了。

玉琴和剑秋说道："我得师兄的帮助，请了云三娘前来，把铁拐韩妈妈和韩氏一家歼灭；虽不关自己的事，然而代人复仇，心中也觉非常爽快。现在我要到黄村去，把所有的赃物还给祝彦华好使他早得安慰。以后我又要浪迹天涯，代父复仇了，我们后会有期，再行相见。"

剑秋道："我也是漂泊四方的人，师妹的事，和我自己的事无异。师妹若须要我相助，我当伴着师妹出外，务要找到仇人，方才罢休。"

玉琴正苦一人没有商量，剑秋是她的同门，相聚旬余。觉得他心地坦白，性情温和，行侠仗义，诛暴扶良，和自己的性情十分投合。有他做伴，非但路上不患岑寂，且可得许多帮助。遂很诚恳地说道："那么我愿请你相助，有劳你了。"

李鹏也问道："姑娘的仇人是谁呢？想是一个很有本领的人，江湖上有名的，终可找到。"

玉琴答道："我父亲临终时，只说他的仇人，名叫'飞天蜈蚣'邓百霸，别的话都没有说，所以比较艰难了。"

李鹏道："我在长江各省走的地方很多，也没有知道啊！"李鹏想了一歇，忽然说道："现在倒有一个机会在此，或可得到一二消息，姑娘不怕跋涉辛苦，到那里去走一遭便得了。"

玉琴道："我离开荒江故乡千里入关，便是要探访仇人，还怕什么跋涉辛劳？只要你告诉我什么地方，有什么机会，赴汤蹈火，我都要去的。"李鹏微微一笑，遂说出这个地方来。

第十一回

投黑店巧逢奇人
杀女盗欣获宝镯

剑秋和玉琴都倾耳而听李鹏说道："我的朋友'神弹子'贾三春，现在山东临城九胜桥，今年恰逢四十大庆，正月初五是他的寿辰，各处英雄都要前去拜寿。那时当着众人的面，探询飞天蜈蚣的消息，总有人知道他的下落的。"

剑秋也道："原来是'神弹子'贾三春，我便在他家和鹏兄相识的。他任侠好义，又是富有家财，专喜结交天下豪杰，很有孟尝平原之风。他的父亲'花驴'贾旺，生时独霸山东，很有威名，常骑着花驴出外，以此得名。贾三春得他父亲的秘传，自己少时又能刻苦练习，所以本领非常高强，善击弹子，发无不中。有一次他单骑独行，忽遇一群盗匪，要把他掳去；贾三春连发五弹，击中五盗，都打进眼睛里，负伤而逃，因此得了'神弹子'的大名。我也是由朋友介绍和他相识的，既知道他的寿辰，少不得也要去一趟。"

玉琴接着道："你们都去，我也愿去的，或可得到仇人的消息呢。"遂约定黄村回转后同行，剑秋和李鹏同声答应。玉琴便在李鹏家里吃了午膳，带着那个小皮箱，赶到黄村。

祝彦华正等得心焦万分，和店主谈起玉琴如何去了这许多时日，还不回来。店主道："我本来也有些疑心，这样一个小小女子，怎有本领去捕飞行大盗？大概她徒然夸口，无颜归来。"祝彦华仍要等候，因他听玉琴的说话很是坚决，而且她自愿说上来的，眉黛之间，很饶英气，不像空口骗人的样子，强如希望那些无能的捕快，一辈子也破不了案的。果然玉琴来了，他怎么不欢喜呢！

玉琴把大破韩家庄，韩氏父子伏诛的事，约略告诉一遍，且把祝彦华失去的东西完璧归赵，祝彦华不胜感谢，要问她姓名。玉琴不肯告诉他，经他再三央求，才道："我没有姓名的，你只称呼我为'荒江女侠'便了。"祝彦华又便一对玉狮子要赠玉琴，玉琴一定不肯接受，辞别而回。祝彦华妻仇已复，也回到家乡去。

这里玉琴、剑秋、李鹏一共三人预备些礼物，别了李鹏的妻子束装南下（那时还没有铁路，不通火车，只有些驴车给客人代步。）。三人雇了一辆驴车，到得山东境界，原来的驴车送至德州便要回去了，李鹏遂另雇一辆代步。玉琴瞧那两个驴车夫生得一脸横肉，时时回过头来向他们三人打量，又时时两人凑在耳朵边窃窃私语。她知道山东地方盗风很盛，路上很不易走，那两个驴车夫形状可疑，一定不是个好东西。但仗着自己都是有高深本领的剑侠，区区狗盗不在他们的心上；若是那两个不识相要来动手时，正是自取其祸，管教他们性命不保。又想起在饮马寨单身歼灭洪氏兄弟的情景，侠情豪气，跃跃欲动。

过了几天，不见动静，玉琴暗笑自己多疑。这一天忽然下起雨来，泥泞载道，驴车夫早欲歇息，指着前面一个小小村落道："今天早些休息罢！明天止了雨，可以多赶些路。"

剑秋问道："这里是什么地方？"驴车夫答道："云浦，离郓城还有三十多里路。村中有一家旅店，出售四十年陈酒，客人可要尝尝酒味，便知我的话不虚了。"

不多时驴车已到店门前，酒气飘扬，早有一个店伙前来拉住驴车，上前招呼道："天近晚了，便在敝店下榻罢，店间很清洁的。"

驴车夫笑道："赵四不要急，我们本来要到你店里来借宿的。"店伙笑道："很好。"

剑秋、玉琴、李鹏遂走下车来，店伙招待到店里，驴车夫下来牵了驴子去上料。三人跨进店堂，见柜台里有一个十八九岁的小姑娘，衣服倒也清洁，面上搽着粉和胭脂，白一块红一块的，浓而不艳，两道蛾眉，隐隐含有杀气，正在做针线。里面竹榻上还躺着一个秃顶老翁，大约已有六七十岁了。左眼已瞎，张着右眼，向三人紧瞧。

那小姑娘见有客人，连忙抛下针线，走出柜台。含笑引导他们去看定了一个朝南的上房，回过脸去，对店伙说道："今天下了雨，还没有主顾，你好好的服侍三位贵客。"一边说话，一边眼瞧到剑秋身上，又指着玉琴问剑秋道："这位姑娘生得很美丽，可是客官的……"剑秋抢着答道："是我的妹妹，你问什么？"那小姑娘笑了一笑，扭扭捏捏地走出去了。

玉琴桃腮上已微微有些红晕。李鹏走出去看驴车夫，却见他们正在檐下小竹台上饮酒。这时店门外忽地闪进一个客人来，长不满三尺，身躯短小，面如黄纸，好似病夫；但是两个眼珠却滴溜溜的，十分活泼。脚上踏着草鞋，腰里灿灿的，缠着一条金带，手携一个轻小的包裹，嘴里咕哝着道："两天没有喝酒了，酒虫馋得要钻出来，今天要喝一个畅快！你们店里可有好酒卖么？"

柜台里的瞎眼老翁和小姑娘，三只眼睛一齐射到那个奇怪的客人身上，店伙也迎着说道："有有，这里有出名的四十年陈酒。客人请先看定房间，然后再点酒肴；我们的红烧大肉，也是著名的，又肥又香。"那客人听说，咽了一口唾沫，点点头，七歪八斜地走到里面，店伙引他到东边一间厢房里住下。

李鹏也觉得这个矮客有些突兀，遂回到室中告知剑秋、玉琴，二人却不放在心里，以为江湖上奇怪的人，本来很多的。

这时天色已黑,店伙掌上灯来,问客人要用什么酒肴,剑秋点了四样普通的菜、两斤酒,店伙随即搬上。三人丁字式坐定,当店伙烫酒上来的时候,剑秋教他慢走,斟满了一杯酒,对他说道:"你先代我喝一杯罢!"

店伙对三人看了一眼,举起杯来,一饮而尽。说道:"爷们请放心喝罢!这里的酒是四十年前的陈酒,很好的。"

剑秋口里念着道:"四十年前!"李鹏插嘴道:"你们的店开有几年了?"

店伙又答道:"足有四十年,其时金铃姑娘还没有生出来呢!"

剑秋道:"那个搽粉敷脂的小姑娘名唤金铃么?还有那个瞎眼老翁,可是这里的店主?"

店伙点点头道:"不错,店主姓佟,金铃姑娘是他的幼女,店主妇在数年前故世了。我们这个旅店一向很规矩的,你们大概不常到山东来的,所以不知道。"

三人听了笑笑,店伙刚才回身出去,忽见那个金铃姑娘身上换了一件黄鹅短袄,款步走进。来到剑秋身旁立定,一阵香风吹送到三人鼻管子里,只见她把酒壶代剑秋斟满了酒,说道:"客人请用酒啊!"

剑秋对她脸上瞧着,微笑道:"不用姑娘多劳,我会喝的。"

金铃姑娘又问道:"客人尊姓,从哪儿来,到哪儿去?"

剑秋道:"我姓秋,从天津来,到临城去。"这时玉琴正襟危坐,很露出凛然不可侵犯的样子。剑秋本要故意和金铃姑娘游戏三昧,现在见了玉琴的神色,遂不敢再和她兜搭。但是金铃姑娘却用出狐媚的手段,要博剑秋的欢心,挨着剑秋的身子想要坐下,剑秋霍地立起身来,剑眉一竖,说道:"姑娘请尊重些!"

金铃姑娘被剑秋这么一说,双颊绯红,正在没有落场的当儿,忽听前面厢房里大声喊道:"两壶酒早都喝完了,还不烫来么?你们可是死人?若要触犯了我的恼怒时,一个个把你们收拾干净。"

金铃姑娘冷笑道:"谁喝醉了酒,到我店里来发脾气?须知你家姑娘也不是好惹的。"一边说,一边走出去了。

三人知道这是那个矮客醉酒取闹。剑秋回到座上,喝了一杯酒,对李鹏说道:"这酒果然味道很凶,虽没有毒,我们也不能多喝。依我看来,这个店终有些不稳妥,夜间不可不防。"

玉琴道:"江湖上常有一种黑店,专以蒙汗药酒醉倒客人,然后劫取他的财帛,伤害他的性命。我瞧出那个金铃姑娘,行动时很像有本领的模样。还有那个瞎眼老头儿,也捉摸不出。剑秋兄的说话甚是,我们今宵拼个不睡,他们若来下手时,杀他一个落花流水,顺便代往后客人除却巨患。"说罢眉飞色舞,精神大振。

少停,店伙前来撤去酒肴。剑秋遂道:"我们都要睡了,你们不用来伺候,免得扰人清梦。"

店伙带笑答道:"客人请安心早睡,夜间决不敢来惊扰的。"回身走出门去。

剑秋把门关上,李鹏多喝了几杯酒,大有醉意,倒头欲睡。玉琴道:"你可放心安睡罢,有我二人在此。"李鹏也觉得支持不住,只得先睡。

剑秋对玉琴道:"我早说这酒很是厉害的,他自不小心,贪喝了几杯便醉倒了。幸我们都清醒,想还足够对付他们。"

玉琴道:"我们何不出去窥探一番?"剑秋点点头,二人遂开了门,轻轻走到外边来。见厢房中灯光犹明,杳无人声,不知那个怪客作何光景?又走到前面,只听正有人在那里窃窃私语。

一个男子说道:"那个两男一女是我特地送上来的,大约是有些油水吧?"剑秋听得分明是驴车夫的声音,暗想:那两个车夫果然不是好人,停会也饶他不得。又听得有女子声音说道:"三鼓时分我们可以下手了。那个矮冬瓜腰缠黄金,当然有些油水,他早已醉倒,动手时很省力的。但要请你留心,不要把那三个客人里头的美男子杀害。"

又有人带笑说道:"金铃姑娘难得发慈悲心肠的,大概我们要喝一杯喜酒哩!"又听老翁的声音很沉着地说道:"你们千万不可疏忽,我瞧里面的三个客人很有些来历,未可轻视,说不定还有一番厮杀。"一个店伙说道:"是的,适才我进去,瞧他们有些怀疑。先教我喝酒,再向我盘问店主姓名,十分精细;所以我不敢请他们尝那个东西了,免得看出破绽。"

二人正在窃听得出神,似乎觉得背后有个黑影一闪,回头看时不见什么,同时外面有人将要走进来了。二人连忙很快地回到房中,闭上门,熄了灯,盘膝而坐,预备战斗。

守候到三更时,听外面有些足声向后面走来,二人一齐立起,掩在门后。忽见桌子底下地板一动,露出一个方穴,有一个毛发蓬松的人头钻将上来。玉琴跳过去,手起剑落,一颗人头已骨碌碌地滚下去了。剑秋留心着外面的足声,已到门前,正用刀撬开房门,踏进室来。剑秋认得是那店伙,扬着一柄泼风刀;一见剑秋横剑而待,不觉大吃一惊。剑秋一剑劈去,那店伙将刀来迎,叮当一声,已被惊鲵宝剑削做两段。

那店伙知道遇了能人,回身便跑。剑秋追去,到得庭心里,见迎面有一道白光如匹练一般,向自己飞来,连忙挥剑挡住。两道白光在庭中上下左右回旋飞舞。剑秋认为敌手便是那个瞎眼老翁,果有很高的本领,用了全副精神和他刺击;觉得自己的剑光施展不出,老翁的剑光紧紧迫住,似乎那个瞎眼老翁的剑术又在韩天雄之上了。

斗了良久,又不见玉琴出来助战,心中正是焦躁,忽听背后屋上有人拍手笑道:"好看得很,我也要来玩一下子呢!"剑秋留神看时,见那个怪客正立在屋脊上。

这时那个店伙早去换了一把单刀,又和两个店小二各持器械,进来助战。见了怪客便道:"唔!这个矮冬瓜真奇怪,我们寻来寻去却找不到他,现在他却在屋上观战。"一个说道:"明明他已喝醉了睡倒的,怎么又醒了呢?"

那怪客又接着道:"醒了醒了,你们当我喝醉,其实我又何尝喝醉呢！你们想我腰里的黄金，现在我不妨奉送给你们便了！"说罢，即见他向腰里旋了一转，便有一道黄光，从屋上飞下，那个店伙当个正着，仰后而倒。

黄光刺入白光出，把瞎眼老翁的剑光压下去。剑秋得了助手，精神振起，自己的剑光便觉得纵横如意；而那黄光又决荡扫射，若不可御，只把敌人的剑光分开。只听那瞎眼老翁喊得一声啊哟，白光便收回去飞上屋顶，黄光也跟着追去。

剑秋知是那个怪客去追赶了，看看地下只横着一个死尸，别人却不知逃到哪里去。心里挂念着玉琴，回到室中看时，并无玉琴影踪。李鹏仍在榻上鼾睡，忙点起灯来，去向那个方穴窥探，也瞧不见什么。忽听玉琴的声音在外面喊道："剑秋兄，你在哪里？"忙回身出，见玉琴手里提着一个人头，对剑秋微笑说道："我已把那个金铃姑娘杀掉，人头在此，看她还能向你献媚么？那个瞎眼老翁现在哪里？你在房中做什么？"

原来玉琴好奇心生，见外面已有剑秋对付，自己想到穴里去一探究竟。遂把宝剑先向穴里四下一撩，跳下穴去，乃是一间很宽敞的地底密室，灯光明亮；两个驴车夫和一个店伙都立在梯下，执着兵刃，正在发呆。因为他们刚才一个同伴奋勇先上，却受了敌人的杀害，大家不敢上去。玉琴对那两个驴车夫说道："你们这些贼强盗，串通一气，危害旅客，今天是你们的末日到了。"白光一飞，红雨四溅，两个驴车夫早已倒地而死。

这时后面小门开了，金铃姑娘袒胸露臂，横着柳叶双刀，跑出来见了玉琴，陡的一呆。玉琴急忙舞剑进刺，金铃姑娘把双刀使开，和玉琴斗在室中。金铃姑娘觉得玉琴剑术神妙，自己不是她的对手，久战必败，父亲又不见回来；遂把双刀架住宝剑，跳出圈子，想往门里逃走。玉琴如何肯放她逃生？白光已紧跟在她的身后。她心慌意乱，脚上一滑，跌倒地上，白光落时，早把她身首异处。

玉琴提了金铃姑娘的人头，见那间室中正是人肉作场。板凳上缚着一个赤裸裸的男子，两条大腿已被割去，壁上还挂着

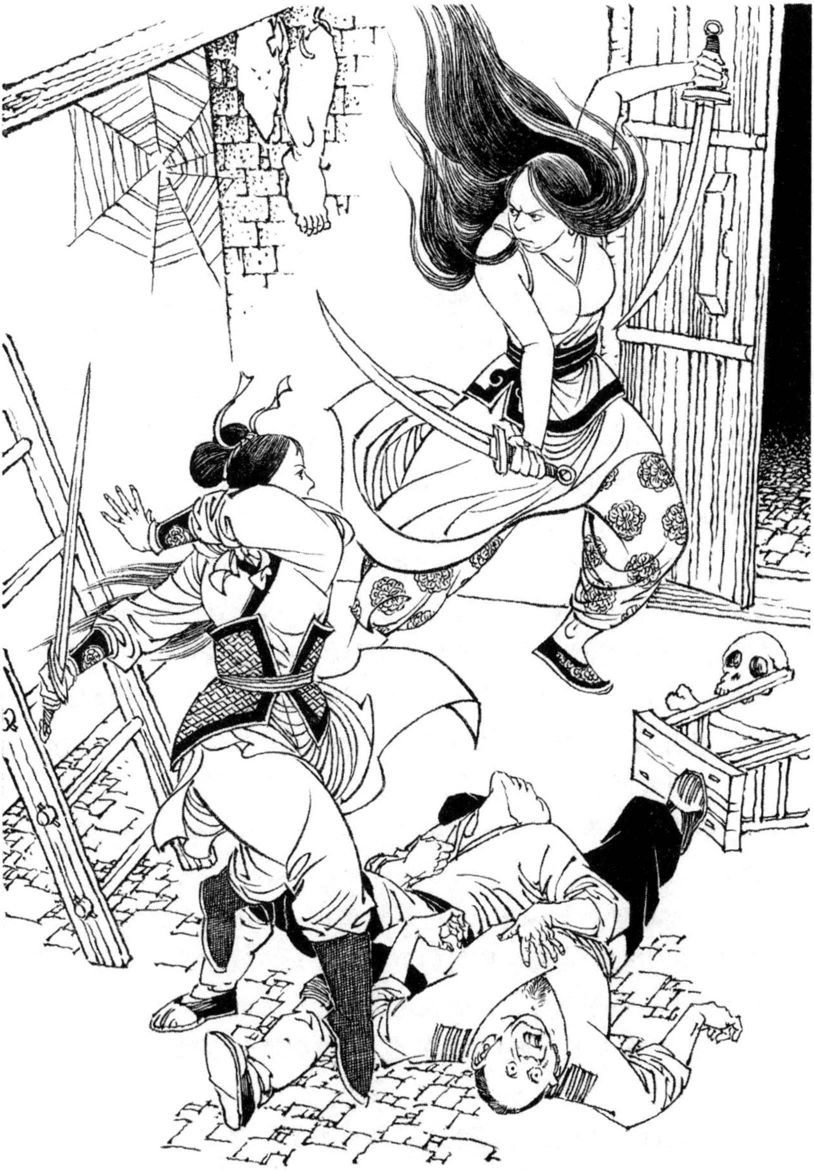

几条人腿，又有几颗风干的人心，残忍不堪。又看那金铃姑娘滑跌的地方，乃是一堆凝结的血。

玉琴不忍再瞧，想着剑秋在上面不知胜败如何，料那个瞎眼老翁必非寻常之辈，快去援助。又见那边有一条通道点着壁灯，遂走过去，才见几层石级。从石级走到上面，是在柜台后面一间小屋中。她遂从外面走入，不见剑秋影踪，只见地下死尸；遂喊了一声，见了剑秋无事，很觉安慰。

剑秋又告诉她说："自己和瞎眼老翁力战时，那个怪客忽来援助，腰里的金带乃是他炼制成的一种软金剑；瞎眼老翁抵敌不过，上屋脱逃，怪客追去，自己遂来寻找玉琴。"

玉琴听了便道："那个怪客果是天涯异人，少停待他回来，我倒要见见他。"剑秋道："恭喜你已把这个妖魔的女子诛毙，我们且去唤醒李鹏，再行细细搜寻。"玉琴说道："好的。"丢下手里的头颅，遂到房中把李鹏唤醒。

李鹏摩着睡眼，见二人这种光景，知是有过厮杀的事了。遂问道："到底怎样了？我真惭愧得很，喝了这几杯酒，便会醉的。"剑秋把经过的事告知他，李鹏也打起精神，随他们又到地穴里去寻找。有几个人早已被他们漏网逃走了，但见金铃姑娘臂上有一物，在暗中发出绿油油的光来。玉琴很觉奇异，俯身看时，见是一只似玉非玉、似晶非晶的软镯，全体透明，绿得和翡翠一般，滑软如藤。玉琴取了下来，不懂是什么东西。

李鹏看了，却说道："这是安南国的宝物，叫作分水镯，是安南国王郑和在海中所得的，共有一对。现在不知怎样会在她的臂上？也很奇怪，我听人说，不论何人戴在臂上，入水可以不沉。"玉琴大喜道："真的么？"遂把那分水镯加在自己的左臂。

三人寻了一回，不见生人，总算得了一件宝物，遂回到上面屋子里，仍不见那个怪客回来。剑秋道："我想他既有这种神妙的剑术，一定能够得胜的，为什么此时还未见回来呢？"

玉琴道："这也不能说定，或者他中了老翁的诡计，反为所害，岂不可惜！"李鹏道："那个矮客人么？我真佩服他，喝了许多酒，却不会醉的。"剑秋道："不错，店伙说他醉了，实在是他假醉诱敌，这个人真奇怪得很，无以名之，名之曰怪客。"三人正说着，忽听屋上有人嚷着道："怪客无恙，请你们放心罢！"三人连忙走出屋去，跳上屋檐，四面瞧看，夜色沉沉，微风拂面，哪里有一个人影？

第十二回

觞祝华堂神童献绝技
剑飞杰阁怪客说前情

　　三人无奈，依旧跳下，回到屋中。玉琴说道："这个怪客，真有非常的本领，可惜他竟如神龙，见首而不见尾，不肯和我们相见，使人失望得很。"

　　剑秋说道："怪人的剑术只在我们之上，不在我们之下。原来他腰里缠着的一条金带，乃是他练就的宝剑，能柔能刚，亦神亦奇。"

　　李鹏道："呀！这个我也瞧见的，难怪我心里有些怀疑，这样一个渺小的孤客，却把黄金缠在腰里，未免慢藏诲盗啊！"

　　三人正说着话，忽见窗外有个人影一闪，剑秋连忙跳出去。玉琴以为那个怪客来了，跟着出视，见剑秋手里正提着一店伙。那店伙满身淋漓，向剑秋哀告道："请爷饶恕我的狗命吧！我刚才见了爷的剑光，吓得躲在水缸里，只把一个头钻出水面，现在想趁爷们不备的时候逃生去的。"

　　玉琴教剑秋把他放下，细细地问道："现在你快把店里以前的情形老实告诉我们知道，若有半句虚言，休想活命！"店伙道："我在店里还不到一年，我所知的便是店主姓佟，名元禄。因他瞎了一眼，别号独眼龙，他们父女开这黑店，很是秘密。对于往来客商都是个个动手杀害的，只因近几天生意清淡，所以决定下手。我们把肥的弄翻了，宰割他身上的肉，做红烧大肉和馒头馅子卖。若是有美貌的男子，被我们金铃姑娘中意了，便留下不杀，朝夕要陪姑娘恣意寻乐，若逢不快乐时或是有了新的美男子时，金铃姑娘就拔出剑来，结果他的性命。

"曾记得去年冬里有姓廖的弟兄二人，携同眷属，路过云浦借宿，住在我们的店里，被我们老店主把他们的眷属杀死，财帛掳去。而姓廖的弟兄，因为生得面貌清秀，被金铃姑娘特地留下，禁闭在她的房里，迫着他们朝夕宣淫，笑声吃吃，达闻户外。老店主也不管，一任他的女儿风流放荡。后来姓廖的兄弟成了痨瘵疾而死，岂不可怜。又有一个暹罗国的和尚，十分肥硕，要到京中去，他宿在此间，被店主杀死，金铃姑娘在他身上得了一只宝镯，十分名贵的。他们父女在此没有亲戚，只有那姓赵的店伙和他们密切些，有人说以前他们也侍奉过金铃姑娘的，所以得宠，现在已被爷们杀死了，我所知道的只有这一点儿，请饶恕我的狗命吧！"

剑秋喝道："你们这家黑店，不知害了多少旅客，你既在此做伙计，当然也不是好人，决难饶你！"

那店伙吓得浑身抖起来道："我是因为家里没得饭吃，不得不来服役，我又没有本领，始终不曾动手伤过人，可怜我还有八十九岁的老母在堂呢！"又向玉琴要求道："姑娘请你大发慈悲心肠，饶恕我命，当终身感德。"

玉琴便对剑秋微笑道："他已告诉我们一些事情，饶了他罢！"剑秋又对店伙喝道："你既有八十九岁的老母在堂，为什么要做强盗的勾当？姑且放你回去，须要切实痛悔，我今留下你一些纪念。"话罢，手中宝剑一起，那店伙的左耳朵已被割下，抱头鼠窜而去。

李鹏也在后面看着说道："你们做得很爽快。"二人又回进屋子。剑秋说道："我们既把店里的人杀死，为地方除害，但去的以前须也有个交代。"

玉琴点点头，遂去寻着笔砚，饱磨香墨，要在墙壁题字。李鹏笑道："请你们留名罢！今夜我是无功可言，不必掠人之美。"

剑秋遂提笔写着一行大字道："佟氏父女，开设黑店，历年伤害行旅，罪大恶极，故诛之。"下署"琴剑"两字，笔势奔放，如龙飞凤舞。玉琴看了欣喜道："师兄竟有这般好书法，可以媲美右军，足见多能。"剑秋掷笔而笑。

三人坐到天明，遂收拾行箧，离了黑店，向临城走去，好在路已不远，不必再雇驴车了。三人到得临城，便往九胜桥神弹子贾三春家里来，此时已有许多祝寿的英雄好汉到了贾家。贾三春状貌魁梧奇伟，紫棠色的面孔，双目炯炯有神，颔下一撮短须，接待之间很是温谦。

贾三春也闻得荒江女侠的大名，以为不知是怎样的勇悍妇女，今见玉琴婉娈温文，是个非常秀丽的小姑娘，谁知她具有一身惊人的本领呢！心中很为敬佩，便留她住下。距离他的寿辰还有三天，玉琴觉得空闲无事，常和剑秋出去游玩。

剑秋虽是英武，然而他待玉琴很是温存体贴，更兼他谈吐隽妙，倜傥可喜。所以玉琴虽然凛若冰霜，不可侵犯，但她一颗芳心已渐渐被剑秋的柔情灌溉得活跃起来，觉得天下唯剑秋为知己，是她唯一可爱的伴侣了。本来爱情这个东西，是奇妙不可思议的，随时可以发生的，好似磁石吸铁、琥珀拾芥，自会接近而恋慕，百炼钢也能化为绕指柔。茫茫宇宙，充满着的便是情，任你英雄豪杰、侠女贤媛，却难逃出这个情的范围啊！

贾三春的住宅很大，所以虽有许多客人，下榻不愁挤拥。到了生辰的那天，景贤堂上寿幛中悬，华烛高烧，四海英雄，济济苍苍，到有二百余人，都来送礼上寿，可说群雄毕至，侠士满座。

原来神弹子贾三春此次做寿，是有一个作用。只因他有一位老友，姓瞿名思伟，是皖北一带很有名的英雄。在京中触犯了某王爷的怒，把他害死，家产悉数充公，剩下他的妻孥，无人照顾，特地赶到贾家来托庇。贾三春因借做寿为名，邀请四方豪杰来此聚会，顺便向众人报告，愿将受下的寿礼，一齐给予瞿家母子，使他们无冻馁之虞。

又命思伟的儿子瞿英出见。众人见瞿英年方九岁，相貌俊秀，举止活泼，向众人一躬到底，绝没有羞缩的样子。贾三春又说瞿英年纪小，现在从其学艺很是不错，少停晚上待他略献小技给诸君解嘲。众人都停止饮酒，离席走出，分立两边看瞿英献技。瞿英先向众人做个揖，然后一亮龙雀宝刀，上下左右地使开来，呼呼的有风雨之声。只见刀光霍霍滚东滚西，不见人的影子。

大众都喝声："好刀法！"瞿英把一路刀法使完，贾三春又命下人取过三条短的线香来，当众点着，过去顺着次序，插在树孔里。对众人笑道："这小孩子会射一种梅花神针，朝夕习练，十分精熟，今晚姑且看他一试。"

众人又见瞿英走到远处，距离那树已有百步以外，立定了举起右手，扬了几下。贾三春道："好了。"遂和众人走近去看时，见有三枝绝细的钢针，不偏不斜，正射中在三条线香之上，刺入树身，把线香上的火头也射灭。

大众啧啧称美道："小神童将来一定了不得的。"贾三春道："还要受高明的指教才好呢！"玉琴见瞿英有这种技艺，十分爱他，拉着他的手和他说话。

恰巧有几只乌鸦在天空中绕着明月而飞，贾三春说道："这乌鸦讨厌得很！"遂命左右取过他的金兽吞月弹弓和几颗弹子来。贾三春将弹弓拉得饱满，朝着天空，连发三弹，三颗银丸光闪闪的，如流星赶月而去，早有三只乌鸦应弦而落，其余的飞逃去了。

玉琴瞧见贾三春的绝技，十分佩服。李鹏因为玉琴此来是要探听仇人消息，这个机会瞬息即逝，不可错过，遂和贾三春说明意思，贾三春便代玉琴、剑秋和众人介绍。众人有一大半听得荒江女侠的英名，又知他们二人都是昆仑派的剑侠，当然恭敬，且要二人舞剑；贾三春也要一观玉琴的剑术，也在旁敦请。二人推辞不得，只得脱了外衣，走到草地上，向众人行个礼，拔出剑来对舞。

但见青白二光盘旋上下，如惊电穿云，俊鹘凌空，忽而分离，忽而并合，冷气森森，迫得人毛发悚然，树叶簌簌地落下。舞到紧急时，忽见白光一道，如流星般直飞到飞鸾阁上，跟着青光也飞上去，便在阁的屋顶上，回环而舞。众人看得正自出神，却又见西北角上飞来一道绝细的黄光，穿到青白二光中，变成青、白、黄三种剑光，飞舞得更加疾风骤雨一般，不可捉摸。

起初那青白二光把黄光紧紧裹住，很是得势。后来黄光愈舞愈大，竟有车轮大小，纵横决荡，反把青白二光压迫。青白二光也腾挪刺击，决不退让。众人正觉十分奇异，贾三春却拍掌笑道："原来是他到了。"

便见青白二光从阁上直飞下来。剑秋和玉琴已收住剑光，立在场里，众人又看阁上黄光也没有了，立着一个渺小的人影。贾三春又大声喊道："老弟不要再玩什么把戏，快下来喝酒罢！"

便见那个人影如飞燕穿帘般轻轻落到地上，杳无声息。众人细瞧时，见那人身体很小好似一段矮冬瓜，不冠不袜，腰里缠着一条金带，向贾三春拱手道："老哥四十大庆，怎不通知一个信儿，好使我的酒肚皮喝一个畅快。"

贾三春连忙带笑赔礼道："老弟，这个却不能怪我的，老弟浪迹江湖，如孤云野鹤，行踪不定，教我到哪里去通信呢？"

那人又道："我还是听得'火里金刚'卢永的传说，才专程赶来，向老哥祝寿，路上遇见的趣事很多。"遂指着剑秋、玉琴等道："这两位我也曾在佟家店里相逢的，只因我又去管了闲事，耽误日期，急急赶来，已近黄昏。见二位在阁上舞剑，不觉技痒难耐，遂加入一玩，幸恕冒昧！至于老哥的寿礼，早已献奉筵上了。"

贾三春和家人回头看时，便请他入席同坐，命左右取过一罐好酒和大杯来斟给他喝。那人高踞首座，也不推让，一口气喝了三大杯，贾三春便代他介绍给众人认识，说道："诸位弟兄，这是我的老友闻天声，一向在湖南山中精炼剑术，三湘七泽间很多知道他的威名。他在外边东奔西走，隐姓埋名，常常做事不给人家明白，暗中助人出险，所以别地方人还不认得他，今天蒙他前来祝寿，荣幸得很。"

闻天声哈哈笑道："我是来喝寿酒的，我在佟家店喝的四十年陈酒，味道果然不错。"便又对玉琴、剑秋二人说道："他们以为我喝醉了，哪里知道我只喝得五斤酒，只是诈醉，哪里会得真个醉呢？我和你两位萍水相逢可称有缘。"

贾三春知道他们已在途中见过了，便又代他们介绍，闻天声对玉琴说道："原来便是荒江女侠。前年我到关外，听人家告诉说荒江之滨，出了一位女侠，是一个很美貌的小姑娘，把石屋岭上的大虫一一杀死。我听了很想一见，但因有别的事情羁绊，所以没有拜访。今天得以认识芳颜，且已领教过姑娘剑术，不愧是一位巾帼之英。"

玉琴也已见过闻天声精妙的剑术，深为钦佩，便向他道谢慨助的美意，并问起那个瞎眼老翁的结果。闻天声答道："那个独眼龙么，很有功夫，可惜不归于正，所以我要翦除他。但此次被他侥幸逃走。因为在他逃走的时候，我即从后追去，他被我追急了，天又黑暗，眼睛又不清楚，竟失足跌在一个人家埋下的大粪窖里。我本待把他结果性命，但不愿污了我的宝剑，遂放了他去罢，料想他粪也吃饱了。"

众人听了都觉好笑，有几个也知道佟家店的情形，听说已被他们除灭，无不称快。闻天声说罢，箕踞而坐，一杯一杯的酒喝将下去。

剑秋遂立起身向大众拱手说道："师妹玉琴，千里入关，要寻找她父亲的仇人，但是还不能得到下落，未免引为憾事。今番诸君在座，都是四方俊豪之士，或能得知此人的消息，此人唤做'飞天蜈蚣'邓百霸。"

剑秋说毕，座上有沉思的，有交谈的，却无人知邓百霸来历。只有一个姓单的，是下相人，知道邓百霸是沂州人氏；但因邓百霸离乡已久，所以不知他现在的下落。又有一个关中英雄"黄面虎"吕明辉，也只知道邓百霸是四川剑峰山万佛寺金光和尚的门下，其余却完全无闻。

玉琴和剑秋、李鹏等正在失望之际，忽听闻天声笑道："你们要见'飞天蜈蚣'么？大约此地除了我，没有他人会知道了。只要你们肯多请我喝酒，我可以告诉你们，好让你们去复仇。"

第十三回

妖人施术欺愚民
双侠奋勇探古塔

此言既出，四座寂然。玉琴不意闻天声会知道飞天蜈蚣的，心中大喜，便起来向他行礼道："闻先生既知我父亲的仇人，快请明白指示，好让我们去复仇雪恨。先生若喜欢喝酒，当谨奉美酒百坛，以供一醉。"

贾三春也说道："老弟要喝酒，我这里多得很，请你说罢，也不枉女侠来此一遭。"

闻天声又喝了一大杯酒，舐嘴吞舌地说道："好酒好酒，我来告诉你们罢！'飞天蜈蚣'邓百霸自从四川剑峰山万佛寺金光和尚学艺后，已有很好的本领，只是他不肯归正，依旧干那绿林生涯。坏在金光和尚的门下，都是邪僻的人物，金光和尚自己是一个妖魔，于是无人去干涉他，现在他正在关外白牛山拥众自豪。只因他的部下都往蒙、藏一带干那犯法的事，有时也往俄国境内去做一批买卖，因此内地却不知道他了。

"至于我怎样会知道呢？在今年正月里，我到蒙古去探访一件事，途过白牛山下，凑巧遇着他的部下来觊觎我腰里的黄金带，我暗想：何来鼠辈，敢捋虎须？遂放出剑光，他们知道我是能人，一齐俯伏乞恕。我便问他们是什么人的部下，他们便把详细情形告诉我，才知道他们已改编成一种军队式的组织。'飞天蜈蚣'虽是草寇，其志不小，我想见见他这个人；他们又说飞天蜈蚣和几个同志到库伦去了，我遂放过他们，自去干我的事。

"回来时，又因有别的事情羁缠，没有走过那个地方。但我心里已记得有这个人，却不知是女侠的仇人呢！女侠要报大仇，只要出塞一走，便可了事。不过他的党羽很多，必须谨慎从事，方可手刃其胸，克奏大功，将来我当来恭贺。"

说罢又喝了一杯酒，玉琴遂向闻天声多多致谢。闻天声又对剑秋、玉琴说道："听说两位是昆仑门上，你们的剑术我领教过了，果然不错，将来我也有事要上昆仑拜访令师，要烦你们二位介绍呢！"二人唯唯允诺。

闻天声只顾把大杯的酒来喝，大约也喝去了有五六十杯，但是一些没有醉意。贾三春遂吩咐下人，把自己藏着三十年不用的梨花春好酒拿来。闻天声听了，嚷道："老哥，你既有这般好酒，为什么不早些拿出来呢？"

贾三春笑道："今天喝的都是好酒，只因为你喝不醉，所以愿把这坛梨花春来醉倒你。"这时一坛梨花春已取得前来。

闻天声连忙跟过去自己开了坛口，来不及倒了，双手捧起那个酒坛，"噜噜苏苏"的直着喉咙尽喝，好似苍龙取水般，看得众人呆了。闻天声喝了一刻，把坛子放下沫嘴沫舌的对大众说道："今晚恕我无礼，这个梨花春酒味果然出色，使我喝得真个畅快。记得我生平有一次喝得最为爽快，便是在岳阳楼头喝醉了，被洞庭湖中的巨盗，把我捆缚而去，载在舟里，要把我葬身波涛中，到底被我用了巧计脱险，直到现在，没再遇见这种事。那天在佟家店里喝的四十年陈酒，也是很好的，可惜我要把这坛好酒完全放到肚中去，若是喝不完时，我可以留在明天喝的。"

说罢，又把坛子擎起凑在嘴上，大喝而特喝。众人看他喝酒，各人自己却不喝了，却见闻天声脚立的地方，涌起一大堆水来，原来便是他喝的酒，都从足上排泄而出，所以不容易醉了。停了一会儿，一坛梨花春已被他喝个罄净，他便倒在椅子里睡着了。贾三春便命下人扶他到后边客室里去睡眠。时候已是不早，酒阑灯烬，各自散席，唯有玉琴心里说不出的快活，因她已探得亡父仇人的下落了。

到了次日，众豪杰都陆续告辞回去，却不见闻天声的影踪。玉琴很想再和他见面谈谈，所以有些疑惑，向贾三春询问，才知昨夜闻天声醉眠房中，今晨不见起来。贾三春自己和仆人推门进去时，榻上空虚无人。房门紧闭，但是闻天声却不知到哪里去了。

玉琴听说，很觉惘然若失，遂和剑秋商议要动身出塞，寻找飞天蜈蚣。剑秋当然赞成，且愿跟她同往，但李鹏却要回乡去了。二人便和李鹏相约，复仇以后，必到丰禾驿一行，探望李鹏夫妇。李鹏也说道："愿你们此去，所当者破，早复大仇，使我得听捷音，雀跃而喜，才不负女侠的孝义了。"当日李鹏先去，二人又在贾家多留一宵。

贾三春有个女儿，年纪只有七八岁，生得聪明伶俐，也从她的父亲学习武艺，很能领悟，名唤芳辰。自从玉琴来贾家后，她对玉琴很是亲爱，常跑到玉琴身边来和玉琴问答。玉琴也很喜欢她，时时拉着她的小手，把自己石室杀虎的故事讲给她听。所以贾三春很愿玉琴住在他的家中，教他的女儿；可是事实上办不到的，只好让她去了。

二人和贾三春分别，离了临城，重又北上，一路朝行夜宿，到得东光。那东光是直鲁交界的一个热闹市镇，居民很多。二人来到镇上，日已近午，剑秋肚里更觉饥饿；遂找到一家饮店，进去坐定，点了几样普通的菜，和玉琴用午膳。

却见镇上的人，来来往往拥挤得很，男女老少，手里都拿着香烛纸锭。说道："快求神仙去，过了时候，神仙便要不见了。"玉琴听了心里有些奇怪，对剑秋说道："神仙是虚无缥缈的，难道真有的么？"剑秋道："总是乡民迷信罢了，拜神求福，是常有的事。"

二人正在谈话，恰巧对面座上有一个六十多岁老翁，抢着说道："你们二位谅是过路的人，却不知道东光真来了两位神仙，便是吕洞宾仙师和何仙姑，也是东光人民的福气。"

玉琴听那老翁说话，面上露出不信的样子。剑秋也道："哪里会有这种事？"老翁见二人不信，便停止饮酒，絮絮滔滔的把神仙如何显现的情形，告诉二人听。

原来在东光镇的北头，离市稍远，地方很是清静，有一个吕祖师庙，香火甚少，屋宇和神仙像都已破旧。庙中只有一个姓袁的老道，看门扫地，也没有什么事做。相距吕祖师庙不过数十步，有一古塔，相传是本地一个姓程的孝子建造的，已有几百年，现在也已荒废得无人过问。古塔斜阳，黯黯相对。据故老传说，在百年前后，塔上曾有一条巨蟒出现，常在月明之夜，高踞塔顶纳凉。有见过的人说蟒首好似巴斗，蟒眼无异两盏小灯笼，在塔上光闪闪地转动。有几个好事的少年，奋勇上去刺探，却没有下来，只见血水滴下，想是被蟒所害了。从此无人再敢尝试，把塔堵塞起来，上下不通，直到现在，不知那巨蟒可还在上面。

两月以前某日早晨，有一个樵夫吴六，挑着一担柴从塔下经过，偶抬头觉得塔顶有个人影；立定脚步，向上仔细一看，才见有一个戴着华阳巾，披着羽氅的道人，盘膝坐在塔顶上，手里持着拂尘，动也不动。吴六大为惊奇，便放下柴担，去唤临近的居民前来观看。有一个教书先生，戴上眼镜，走到塔下一看，便对众人说道："这就是三戏白牡丹的洞宾仙师，我们地方来了仙人，快快跪拜啊！"

于是众人被他一说，深信教书先生见多识广，胸有学问，他的话一定不会错的，遂一齐向古塔跪下，叩头如捣蒜一般。一传十，十传百，哄动了东光全镇以及四乡的善男信女，老的少的富的贫的，都来瞻仰仙师法相。可是一到下午二三点钟时，仙人忽然不见了，到得明天早上，仙人又照常出现。乡人又来敬拜，便在塔下焚香顶礼。

因为这塔有数十丈高，寻常人既无胆量，又无本领，哪里能够爬到塔顶上去？况且仙人坐在塔上，始终不动，到了时候一眨眼便不见了，真非仙人不能。二则塔旁本有那个吕祖师庙，装束一一相同，不是神仙还有谁呢？有些神经过敏的人，便说："塔上显的吕祖师，必然是庙中的祖师，一而二，二而一，我们快到庙中去烧香罢！"

于是众人又赶到庙中来烧香，把个破败冷落的吕祖师庙，挤得水泄不通，香烛摊陈列得不计其数。还有许多小贩，也来做买卖，凑热闹，那庙中的老道更是笑逐颜开，在祖师殿上照料香烛，收着每人三文的点烛钱，放得他的布袋中饱满起来。

一天，老道忽然当着众人宣布，说他昨夜见祖师爷向他显现，教他要当地人民捐募金钱，把祖师庙重建起来。祖师爷将于本月十五夜里，在庙中亲自说法，劝化世人；凡系虔诚相信的人斋戒沐浴，都来顶礼。这个消息一传出来，大家伸长了颈子盼望十五夜快快到临，也有许多人渴望欲听祖师说法，预先就持斋起来。

到了十五夜，吕祖师庙中挤满了烧香的人，一排一排的在殿上、庭中坐着，静候祖师法驾下临。果然到了三更时分，忽有白光一道，从墙外飞入直到殿上。红灯影中，早见祖师爷已盘膝坐在神坛上，装束容貌和塔上一般无二，大众都向祖师爷叩头，竭诚祷告。

祖师爷遂把拂尘一挥，向大众说道："我在洞府见下界人民，将有浩劫，不忍众生遭难，故愿到此地来现身说法。劝化尔等速归依祖师爷座下，诚心修道，才可脱离灾殃。尔等若能信奉我的，我当每月逢五向你们说法。你们愿意做信徒的，快把姓名履历详细写在信徒册上，交给袁老道掌管。凡在我门下，都是弟兄姊妹，有福同享，倘有灾殃来时，我当一例救治。"说罢，便瞑目而坐，兀然不动。

众人听了这话，都是很虔诚的相信，愿意皈依祖师门下，避祸求福。一声不响地坐着，不多一刻，便见祖师爷手中动了两动，一阵烟雾冲起，把众人眼睛都迷住了；及至清明，再看祖师爷已不见了，众人自庆有缘，欢呼而归。自此以后，每逢初五、十五、廿五三天，祖师爷必来现身说法。众信徒都慷慨捐资，重建祖师庙，造得金碧辉煌，华丽非常。信徒逐日加多，传播到远近各乡村。

后来又有一个年轻的仙姑，突然显现，向众人说法，来无影去无踪的，更使人惝恍迷离；经祖师爷的指示，始知是八仙中的何仙姑。祖师爷又说："我既在这里，以后常有仙界中人来往，只要你们相信，必定呵护你们平安无恙。"东光一镇的居民，哪有一个不十二分虔诚敬奉？

有几个乡人得祖师爷青眼看待，带他们到塔上去。到过塔上的人，都说塔上正好似金阙琳宫，仙人住的地方，非有灵根的人不得上去；至于那条巨蟒，早已成了地仙了。有人问祖师爷在塔上说些什么，他们都笑天机不可泄露，如不严守，必遭雷殛。又说他们上去时，祖师爷教他们一齐闭目，切不可偷看，自己觉有人提携而上，真似腾云一般，下来时也是如此。

玉琴和剑秋二人，听了老翁告诉这种荒诞奇异的事情，觉得其间很有可疑之处，不能确信。老翁又说："今天下午祖师爷将在古塔上显现，散发百道灵符。得着的便可用开水冲下，可以祛疾延年，所以你们看街上已有许多人前去了。你们如若不信，可前去一观，自然也相信了。"

剑秋又问道："这里地方官可曾知悉么？"老翁道："哪有不知之理。起初派人来查勘，说要封闭吕祖师庙，拆毁古塔，但是这里人全体反对。说也奇怪，便在那夜，地方官的一颗印，不翼而飞，尽日寻找，见那印高高悬在大堂的正梁上，除却神仙没有人能干的，吓得那官也不敢多管闲事了。"

玉琴听罢，对剑秋带笑说道："天下竟有这种事么？我们可去一观虚实，看看这祖师爷究竟是何许人物。"老翁点头道：

"耳闻不如目睹,你们自己前去了,便知真是神仙哩!"

玉琴遂和剑秋用罢午膳,付去酒费,出得店门,见有几个烧香的妇女,正到吕祖师庙去。二人跟随他们,一直走到吕祖师爷庙前。果然十分热闹。一片广场,摆满了许多香烛摊、食物担,以及看西洋镜、说大鼓书等,各种玩意儿。那吕祖师爷气象一新,烧香的男女挤出挤进,二人跟着进去。见殿上许多香客,朝着祖师仙像下拜,冲天炉内香烟缭绕,氤氲得两边儿不分明,一个老道士忙着代众乡人点烛,二人看了一遭,觉得没有什么奇异之处。

忽听有人从外面跳进来嚷着道:"祖师爷已在塔上现身了!参拜接受灵符罢!"众人一听这话,烧香也不顾了,大家都往外奔,如潮水一般涌出去。

二人挤在人丛中,各把两臂一挺,如铁扁担一般,拦开众人,很自由地走着,不怕拥挤,早走出庙来。不一会儿由岸上转过去,但见面前树林,巍巍地耸着一座七级浮屠,墙壁已成古旧,蒙着翠蔓,被风吹着,好似碧波荡漾一般,很是幽雅。这时大众向古塔俯伏下拜,有的口里不知喃喃地念着什么;有人举头一看,却见塔顶上真的端坐着一位仙风道骨的吕祖师。

玉琴运用慧眼,细细瞧去,觉得这位神仙,表面虽似清奇,实在和寻常人没有什么大异。不过若是他不是神仙,那么这个很高的古塔,一无攀援,他竟能坐在上面,动也不动,非有本领的人,不能这个样子自在的。大约是什么妖人,故意炫奇作怪,煽惑愚民罢了。剑秋也是这样想法,且立在旁边静观。

隔了一刻,参拜祖师的人益发多了。塔的四周围,黑压压的万头攒动,忽见祖师取出一个葫芦,向下倾倒,便有许多小符,在半空中飘落下来。众人大喊:"快接受灵符呀!"但是很奇怪的,各人只是口里喊着,身体仍旧不动,却不去争夺。那小符落到谁人头上,便被这人取去,因为这是祖师爷的意旨,大家心里只盼望自己幸运,灵符落到他的头上,并不许侥幸抢取。

恰巧有一张灵符落到剑秋头上,剑秋伸手接了,和玉琴一同观看。见这符不过五寸长三寸阔黄纸，上用朱红写着似蝌蚪般的小字，不知是什么把戏，剑秋便向旁边一个男子问道："得了这符有何用处？"

那男子道："罪过罪过，你还不知道么？你是过路的人，能接到符就很幸运；因祖师爷赐给你这道灵符，像我却得不到。你回去后，可以把这灵符就火化了灰，用开水很诚心吞了下去，包你祛疾延年，有说不出的好处。"

剑秋哈哈笑道："原来如此呢！我却没有福消受，来送给你吧！"那人正色问道："可是真的么？"

剑秋把符递与他道："当然是真的，你取去便了。"那人又向旁边的人偷看，觉得没有人注意，便接在手中，往后边而去。

剑秋和玉琴久立不去，要看那位祖师爷如何走法。等到日落西山时，一抹斜阳，映射在古塔上，如火珠将坠，金镜初开。只见祖师手中一扬，有一样东西泼剌剌的向天边远处飞去。众人跟着瞧着，等到回转头来看时，那位祖师爷忽然杳如黄鹤，大家都说仙人去了，我等回家罢。有得着灵符的人，莫不喜孜孜的归家，一霎时纷纷如鸟兽散，只剩芳草斜阳和那古塔做伴。

剑秋和玉琴也在夕阳影里缓缓走着，玉琴对剑秋微笑道："我却又喜管闲事了。依我看来，那塔上的祖师爷，哪里是吕仙显现呢，一定是江湖妖人，愚弄那些无智识的乡民。方才发出怪响的东西，不过是一种特制的响箭罢了！他却借此隐去，但逃不过我们的眼睛，明明见他一闪身逃入塔中去的，所以我想在今夜要冒险到塔上去一探。因为我的脾气见了奇怪的事，总不肯轻易放过，一定要探个水落石出，方惬我意。"

剑秋道："我和师妹一样的，好似这是眼前一个很奇妙而很有趣味的问题，急待我去解决。方才我听老翁的说话，也大有可疑。因为外边邪教很多，往往假借着神仙，号召愚民，阴谋不轨，扰乱地方。尤其是白莲教的余孽，近来很是活动，今夜我们不妨到塔上去一探，便知真相了。"二人决意不去值宿，遂返到镇上，在一家酒楼里用罢晚餐，还听得有人纷纷传说灵符的事。

二人悄悄地依然走到古塔所在，时候还早，一弯凉月在云中涌现，田园寂静无声。恰巧塔的四面有丛树林，二人遂到林子里去，相对席地而坐。遥望古塔的最上一层，隐隐有一些蓝色的灯光，两人心里都有几分把握，且养足着精神。剑秋见玉琴臂上也有绿油油的光发出来，知是那只分水镯了；又看她娥眉低垂，星眸微闭，涓涓明月，多么姣丽，又想到她横剑杀敌的情景，何等英武。玉琴张开眼来，见剑秋正在瞧她，不觉嫣然一笑。

二人守候到三更时分，遂立起身来，一振衣袂。好在他们没有多带行李，只有一个包裹和一只小皮箱，且放在林中。走出林子，施展飞行术，来到塔下；先向上面略一相度，然后一层层地跳上去。二人直跳到最高一层，见窗里果有蓝色的灯光。二人立定了，向里面望进去时，见塔中很是宽广，布置着一间卧室、一张小圆台，上放着一盏琉璃小灯，灯上罩着蓝色的纸，所以发出蓝色的光。

所说的祖师爷，此时却脱去了道袍，露出本来面目，乃是一个很健硕的道人，正搂着一个年轻的道姑，睡在一张小榻上，酣睡未醒。二人本想分放剑光来，不难将那两个妖男女歼灭，但他们为要明白真相，还不欲动手伤害。轻轻跳进塔中，见那边一张桌上，堆着几本册子和几封信。剑秋过去，取过册子，凑着灯光一看，见就是日间老翁所说的信徒录。上面写着某某人住在某处，有若干产业，家中有若干人口，做某种职业，底下却用硃笔注着干支的名称，不知是什么意思。

二人正看着册子，不防那道人已惊醒，叫声："不好！"一个翻身跳下来，向壁上摘下宝剑，还有一个葫芦，也向腰里挂上，向二人喝道："你们是谁？胆敢到这塔上来送死！"

剑秋也冷笑道："妖人你存心叵测，在此光天化日之下，煽惑人民，该当何罪？今夜我们特来破你的阴谋！"

那道人听了剑秋说话，勃然大怒，一亮手中宝剑，跳过来向剑秋一剑劈下。早有白光一道，将道人的剑托住，乃是玉琴忍不住，已放出剑光来了。那个道姑也已闻声而醒，枕边取过双股剑，倏的跳起，径奔剑秋。剑秋挥剑迎住，但觉塔中地方很小不能施展，四个人遂扑扑的如飞燕出堂般跳出窗户，便在塔的屋面上鏖战。

玉琴的剑光夭矫若龙，紧绕道人的身体。道人觉得有些难敌，便一层层地跳下塔去，玉琴也跟着跳到地上。道人却虚晃一剑，向东边野地跑去，疾如狡兔；但是玉琴哪里肯放他逃生，运动剑光在后追去。道人的飞行术很好，幸亏玉琴也是不弱，一个在前一个在后，追了不知许多路，已到崇山峻岭之间。

那道人忽然在一株松树下立定，披发仗剑，取下腰里挂的葫芦向玉琴撒放；口中喃喃有词，咬碎舌尖，喷出一口血来。顿时天昏地暗，月色无光，黑暗中有许多巨大的妖魔，向玉琴身边猛扑。

玉琴心里也有些惊慌，但她想这是妖术，不要怕他，以前师父也用法术来试过我的。遂定一定心，挥动真刚宝剑，向许多妖魔刺击。果然那些妖魔敌不住玉琴的勇猛，都向后倒退。玉琴追去，又见道人取出一样东西，好似小布袋一般，向玉琴面上一抖，玉琴陡地嗅着一阵腥膻之气，从鼻管直钻到胸门，不觉打起恶心来，同时脑中昏迷过去，跌倒地上。

第十四回

毒雾腥风女侠险丧命
香窝艳薮男儿欲销魂

当时云道人见玉琴横陈地上，心中大喜，又见她是一个姿态曼妙的小姑娘，不觉淫心跃跃而动。哈哈大笑道："妙哉！你仗恃剑术高明，出来干涉人家的事情，我让了你时，仍要死追不放，现在看你还有什么能力来抵抗我？面前放着你这样如花如玉的妙人儿，再不敢乐一番，不是傻的么？"遂轻轻地走到玉琴身边，俯身下去，要代玉琴解开衣襟。

才解下一个纽扣，忽听林子里泼刺刺一声响，跑出一头巨獒来。云道人起初还不留意，但那巨獒见了云道人，两目顿时发出凶光，张着大口，显出一条血红的舌头和几只尖利的巨牙；分开着四足，向地上一扒，径往云道人身上扑来。此时云道人为自卫，只得丢去玉琴，舞剑去刺巨獒。想自己正要干那件快乐的事，偏有这不识相的恶狗横加阻挠，快把它一剑刺死，方雪心头之恨。

谁知那巨獒非常灵活，跳过一旁，让开剑锋，又跳到他的身旁来咬大腿。云道人回身又把剑护住，一人一狗在林中狠斗。云道人觉得那巨獒十分凶猛，自己一时难以取胜，真是三十年老娘，今日倒绷婴儿！败在狗爪之下，岂不被人笑死！遂想作法来驱除那头巨獒。

忽又听得林外豁喇喇一声响，林叶纷纷下坠；有一条绝细的红光，如穿电般飞向他顶上而来。寒风迫肌肤而入，不觉打了一个寒噤；方想把剑去迎，那红光已迅速直落，不可抵御。云道人大叫一声，跌倒在地，头颅早已分做两半。

红光顿敛，便有一个白眉老僧，立在玉琴面前；对玉琴看了一下，在她身上略一抚摸，又看了云道人的葫芦，暗暗点头。遂反身走出林去，到溪边俯身躯，把手盛水，喝了两口，回到玉琴身旁，向玉琴的面上喷了一口清水，又用两手在她太阳穴和胸口推摩了几下。

玉琴才悠悠转醒，星眸微启。见了那个白眉毛的老僧立在面前，慈祥的面貌，神明的目光，认得是她多年未见的师父一明禅师。连忙一骨碌爬起身来，向一明禅师拜倒在地，道："师父几时来此？弟子自从下山后，一直思念师父和在山上学道的乐趣。只因奔走天涯，父仇未报，还不敢来拜见尊颜。今夜想不到师父会突然来临，好不喜悦。"

一明禅师握住她的柔荑，将她扶起，微笑道："我正要问你怎样来此的？"

玉琴被一明禅师一问，才想起自己如何被老道从葫芦里放出一阵腥气，便被迷倒，不省人事。又不知怎样凭空来了她的师父，回头看那道人时，已伏尸地上，那巨獒正咬开他的胸膛，大嚼他的心肝和腑肺哩！始知她的师父特来救护，遂又向一明禅师拜谢，且把古塔遇妖的事情，约略奉告。

一明禅师说道："白莲教余孽如爝火之光，还想死灰复燃。但他们的根本已误，何能成得大事？即使发动，只不过骚扰良民罢了！近日我和崆峒长老到南海礼佛，顺便邀游五岳。今夜正偕长老上泰山，预备登日观峰看日出。偶运法眼，见西北上有剑光如游龙而逝，料想又有谁家剑客在那里火拼了。同时我又觉心中一动，知道此事不能不管，遂用缩地术赶来，凑巧见你被妖道所迷。于是我不得不飞剑结果他的性命。好玉琴,你险些儿被那妖道玷污!这好在你平日心地光明,志行纯洁,才遇我来相助呢!"

玉琴想起剑秋在塔上和那女道士酣战,不知此时他可曾战胜?一明禅师好似知道她的心事一般,对玉琴道:"我已遇见云三娘了。沧州那回事我已知道,剑秋有这毅力来协助你复仇,果然可喜,大概你们二人自得一重姻缘,将来自会实现。但愿你们始终立定脚跟,主张公理,尊重人道,才不负我的教训和昆仑声誉。现在四川金光和尚的门下,很和我昆仑派作对,你们遇见时,也要特别留神。你复仇之后,我望你再到昆仑来,好教授你更高深的剑术。时候不早,我要回泰山去了,你好好儿去罢!如若回去遇不到剑秋,你不妨独自北上,他自来的。"

说罢回身走出林去,那巨獒当一明禅师说话的时候,已吃了一饱,跑过来又向玉琴身上狂嗅一阵。见禅师要走,它鼻子里打了一个哼,跟着去了。

玉琴独自回林中,如梦初醒,暗暗感谢她的师父帮助之恩,不然自己清白的身体被那道人奸污了,如何是好?遂把心神镇定一下,走出树林,回向古塔跑去。但见塔影横空,万籁俱寂,哪里有剑秋的影踪呢?又跳到塔顶上去,见塔中蓝色灯光,依然亮着,可是阒然无人。不得已又重跳下,自思:剑秋到了哪里去呢?倘然他们两个中有一人杀伤,无论如何,塔上塔下必然有些痕迹;现在看来他们都不在这里,大概剑秋像我一样追赶敌人去了。但那白莲教中人诡计多端,倘然他遇到了危险,可有谁去救助他呢?

玉琴想到这里,心中有些惶急,但又一念师父说话,似乎剑秋和自己失伴了,不过将来会重见,且说我们二人自有一重姻缘。云三娘亦曾微露过这个意思,那么我的终身或将托之剑秋了,现在我且单身北上罢,想来他不致遭殃的。

她回到那个林子里,取了包裹,离开东光镇,向北行去,见天空渐渐变成鱼肚白，东边地平线上，一轮红日探首而出。想师父此时在观日峰上，当睹奇景；又想东光乡人此后不能再见祖师爷现身说法了，他们将有大大的一番猜疑呢！我仗着师父之力，把那道人诛毙，为地方除去大患，总算聊快我心。但又和剑秋失散，途中无伴，难免寂寞寡欢，且赶到关外再说罢！

一路走，一路想，天已大明，炊烟四起。走到一个乡村，腹中觉得有些饥饿，寻着一家小饭店，入内独自进食。人家见她是个单身少女，很是猜疑，不免面上露出奇异的样子。玉琴心中好明白，又想起剑秋，不知他今在何方？好在那里思念我么？

你道剑秋到哪里过了？原来他正陷身在脂粉阵中，温柔乡里。当他在塔上和那道士争斗时，见玉琴追逐道人去了，遂想赶紧把那女道士结果了性命，好去帮助玉琴。那女道士已杀得香汗淋漓，难以抵御，左手的剑又被剑秋的宝剑削成两截，遂觑个空跳下塔来。剑秋追到她的身后，那女道士取出一个锦囊，向剑秋面上一抖，剑秋鼻子里闻得一阵香味，便觉天旋地转，失去知觉，仰后而倒。

那女道士迷倒了剑秋，望他看了一看，用丝绦把剑秋负在肩上，取了他的惊鲵宝剑，向西便跑，迅疾如飞。大约赶了数十里，天色将明，来到一个庙前，疾跃而入。这时庙中静悄悄的没有人声。那女道士走到大殿上的神龛面前，伸手把神龛左边三粒铜珠这一按，那神龛便冉冉上升，露出一个方穴，砌着石阶，有红色的灯亮着。那女道士背着剑秋，很快地走下去，走到平地，墙上红灯下也有三个铜珠，她照样一按，上面的神龛便回复了原状。

她转过几个弯来到一间房内，把剑秋放上床，取过一杯清水，含在口内，向剑秋面上喷了三口。剑秋张目醒来，见自己正卧在一张镂花木大床上，锦衾鸳枕，灿烂夺目，鼻子里闻着非兰非麝的香气。靠壁妆台上有一盏紫色的玻璃台灯，银瓶金碗，陈设得很是华丽。那个女道士却立在床前，含笑不语，剑秋一个翻身坐了起来。喝道："你这女妖，用什么邪术来迷惑我？这里又是何处？你带我到此，究竟为何？"那女道士道："郎君姓甚名谁？怎的到塔上来窥探，那女子又是你的什么人？"

剑秋很爽快地答道："她是我的师妹。我姓岳名剑秋，路过东光，闻得你们欺弄愚民，故来窥探，要把你们除灭。"

女道士又道："岳郎，我与你前世有缘，所以到此邂逅。现在我把你带至这处，一同快乐。还望你加入我们白莲教，将来共举大事，以图富贵。"

剑秋听了她的说话，怒叱道："女妖你说什么？我岳剑秋是个好男子，岂肯与你们鼠辈为伍？休得梦想。"

那女道士见他发怒，便冷笑道："既来之则安之，我劝你还是乐得在此享受艳福，否则你也逃不到哪里去。凭你有多大的本领，没得路走的，你且细细思量一下罢！"遂取过他的惊鲵宝剑，把门带上走出去了。

剑秋在室中察看一番，见上下都是很厚的石壁，四边没有窗户；只有两个很小的石孔，微有光亮透入，大约这是地底的密室了。走到门旁，伸手一拉，但是用尽气力，动也不动，知道这门必有机关的，不然她怎会这样很放心地走了呢？退到桌边椅子里坐下，自思：前在宝林禅院和玉琴坠入地窖侥幸脱险，不料此番又陷身在奇怪的地方了。彼时尚有玉琴做伴，一同商量，现在教我一人想什么法儿呢？

那个女道士真有些妖术的，怎么她把一个锦囊向我一抖，我便闻着香气而失去知觉？我素闻白莲教很为邪异，果然不错，不知有何防御的方法？我的宝剑又被她取去了，教我怎样脱身，无论如何，我必要将那惊鲵宝剑弄回来。又想玉琴追那道人，不知她能够得胜么？假若她回转古塔的时候，不见了我，她的芳心中又将如何呢？唉，我只得辜负她了，愈想愈觉愤懑。

隔了好久，听门外莺声燕语，那个女道士走进来，已换了一身绯色的衣裙，越显得异常妖冶；背后又有两个女道士，都生具姿色艳丽，芬芳袭人。那女道士遂对剑秋说道："我们姊妹三人，我名祥姑，我的大姊名瑞姑，二姊名霞姑，都在这里九天玄女庙里修道，你千万不要当我们是歹人啊！"说罢掩着口笑起来了。

剑秋瞧着他们，一声不响，霞姑笑抚着祥姑的香肩说道："你得到这位美如潘安的岳郎，莫怪你要抛弃云真人了。"又对剑秋说道："岳郎，你好好和我妹妹住在一块儿罢！到了此地也休想出去，等到以后，你若诚心入了我们的教，自然放你出外，和我们如自家人一般。"

祥姑听她的二姊赞美剑秋，心里更是喜欢。原来她此时一心一意属于剑秋身上，不想那个古塔的云真人了。却不知道云真人早已死在林中呢！这时霞姑、瑞姑、祥姑姊妹三人，绕着剑秋坐下软语温存，都用出狐媚的手段来蛊惑他。剑秋一心镇定，不去理会他们。祥姑又到外边，吩咐两个小婢搬进许多酒肴，端开桌子，他们姊妹三人陪伴剑秋同用午膳。

剑秋本待抱着"不食周粟"的宗旨，继而心里一想，我若不进饮食，身体必要吃亏；况且我不知几时能够脱身出去，岂非自绝生机么？还不如假意和他们周旋，徐图良策为妙。三人见他肯吃，格外快活，把白玉酒杯斟着酒请他喝，剑秋拒绝不喝，祥姑等各人喝了几杯，自相戏谑，做出种种淫声浪态来，剑秋只是不理。三人撤去酒肴，又闭上门出去了。

剑秋被他们禁闭在这室中，无法可想，觉得精神有些疲倦，遂横倒床上酣睡一番。这一觉睡得很长，等到醒时，觉得自己被人搂住。睁开眼来，见祥姑穿着嫩绿色的小衣，双手将他搂在怀中和他并肩而卧；螓首贴在他的颊边，兰麝之气，令人欲醉。见剑秋醒了，便笑道："岳郎，今夕我伴你同眠何如？"

剑秋大怒道："不识羞的女妖快给我滚开一边！"用手将祥姑一推，挣脱身躯，跳下床来，想凭着自己的拳术和她对付。但想自己还不知道出去的方法，只好暂时忍耐。

祥姑却并不发怒，坐在床上，对他说道："你不要仗着武力欺人，须知我也不是好惹的。你的性命悬在我的手掌之中，

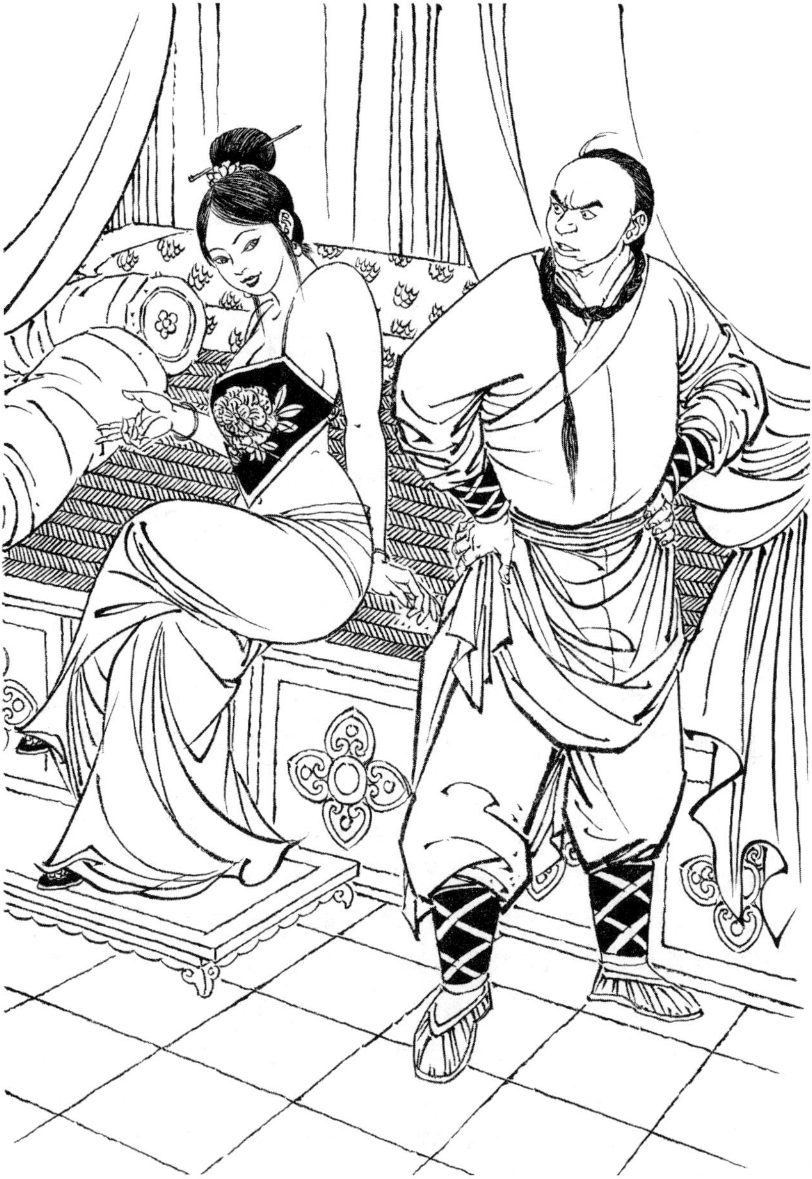

只因我真心爱你所以不忍加害。你该知道好歹，只要你顺从我时，我总使你快乐，不要执迷不悟。"

剑秋道："女妖！要顺从你，这个真是妄想，我情愿死在此地。"

祥姑笑道："你这个人真是傻子了。像我们姊妹三人，谁不说我们有倾国倾城的美貌？一般癞虾蟆垂涎三尺，我们还不肯让他染指。今晚我白给你享受，你却这般倔强，我从来也没有见过你这种人的，难道你是鲁男子么？"剑秋不答。

祥姑又道："天已晚了，我们用了晚膳再说罢！"遂又走出室去。少停带了一个侍婢托着一盘酒肴进来，放在桌上，侍婢立在旁边伺候。剑秋昏昏然的不知昼夜，觉得腹中可以进食了，他也不客气，坐着便吃。

祥姑在他的对面坐下，斟上两杯葡萄美酒，要剑秋喝；剑秋疑心她有妖术的，终不肯饮酒。祥姑无奈，独自狂喝，竟将一瓶葡萄酒喝完。玉颜中酒，好似玫瑰乍放，娇艳欲滴。

侍婢收拾残肴而去，祥姑喝醉了酒，春心上眉梢，眼前放着一个美男子怎的不动淫心？何况她本来是一个女妖呢！无如剑秋颜若冰霜，心如铁石，凛然不可侵犯，任你用什么娇声媚语，他只是不动心。祥姑奈何他不得，遂对剑秋说道："莫辜负了良宵，你这痴男子！"

遂从她腰里摘下一个小香囊向剑秋一抖，这就是所说的销魂香。剑秋便觉有一阵极刺激的香气，透入鼻管。疑是以前的迷香，但并不失去知觉；只觉得软软的，使他失去一种刚强矜持的能力，一颗心顿时荡漾起来。祥姑见了他那种情景，嫣然微笑，便坐到他的膝上，倒在剑秋怀里，做出媚态来。这时剑秋觉得祥姑水汪汪的眼睛、香喷喷的粉颊、纤细的柳眉、小巧的樱唇，没有一处不可爱。心里再也不能自持，便低头在她的额上吻了一下，抱起祥姑同入锦帐，要和她云雨巫山，同圆好梦。

第十五回

三姊妹同争美郎君
一英雄独探天王寺

正在千钧一发的当儿，剑秋灵机未泯，忽然惊觉。自思：我怎的被她迷惑了？险些坠入魔道，立不定主意呢！便觉顶上如有一桶冷水浇下，心头清凉，欲火全消，双手渐渐松下。祥姑本被剑秋抱到床上，满以为剑秋已着了她的道儿，今夜可以畅遂于飞之乐，自把纽扣儿松，罗带儿解。却见剑秋忽改变了态度，心中很觉奇异，遂纵身投入剑秋怀中，星眸斜睇，希望剑秋要求温存她。却被剑秋一掌打倒床上，自己跳下床来叱道："女妖！不知你用了什么迷香，要使我和你干那无耻的事情。但我岂肯因你而自堕魔障，甘投情网？我是昆仑剑侠，宁死毋辱，你还是去寻找别人罢。"

祥姑也起身下床，恼羞成怒，指着剑秋骂道："好，你这傻子，竟如此强硬！现在我再宽容你两天，待你仔细思想。两天之后再不软化，我就要成全你的死志了。我庙里本不少美男子，何必恋恋于你呢？"

说完这话，回身走出门去，把门闩上。她心里也很惊异，剑秋竟有这般伟大的毅力，虽用销魂香也麻醉不倒他，可算是她第一次遇见的奇男子。她虽说何必恋恋于他，然而剑秋越是这样难屈，她越是舍弃不下，所以愿意宽容两天，慢慢儿的再设法。

但她欲火已起，不复可遏，于是先另觅对手去。此时她的两个姊姊早已各拥所欢，不容她去分脔，庙中又没有男性，遂独自披上外衣径奔东光。到了塔上，因灯油已干，火也熄灭，塔中洞黑无睹。又到吕祖师庙看袁老道，袁老道已睡了，不见云真人影踪。祥姑暗想：那夜云真人被那女子战败，向东而去，不知他可曾用迷香来制胜敌人？为什么今晚不在塔上？也没有到我处来呢？大概凶多吉少了。好在她还有去处，可以偿她的淫欲。

剑秋一人独居室中，见祥姑悻悻而去，遂不顾什么，解衣而卧。枕边脂香粉腻，撩人情绪，息心静气，恬然入梦睡到天明。早晨穿衣起来，见那紫色的灯依然亮着，石孔里已有亮光透入，可知又在白昼了。但是枯坐良久，不见有人进来，自思：祥姑归去时，给我两天期限，那么我若不能想法脱险，我的性命也只有两天可以保留了。

坐而待亡，不如急思良计，遂在室中四边察看。一些没有痕迹，估料那门必有机关可开，必须找它出来。然而找了良久，不见痕迹，未免使他灰心。又坐了好多时候，腹中空枵，没有人送饭来，大概祥姑不在此间，否则她总要入内瞧看的。心中好不焦躁！走到一面大玻璃镜面前，那镜是嵌置墙上的，有四尺多高；剑秋瞧镜中自己的形象，果然丰神俊拔，气宇轩昂，无怪那女妖竟倾心于他。但不幸陷身匪窟，将断送在这里不是很可惜的么？心里又气又怒，握紧拳头，突然向这镜子猛击一下。只听哗啦啦一声响，那面玻璃大镜早敲得粉碎。

镜面跌将下来，露出一个门户。剑秋看了，喜出望外，知道自己无意间发现机关，或者有生路了。遂低头蹑足，走进门去，乃是一间浴室，盆中兰汤溶溶芳香四溢。锦屏的旁边，正有一个女子，在那罗襦襟解的当儿，忽见剑秋走来，不觉失声呼道："咦，岳郎怎会走到这里来的？"

剑秋定睛一看，乃是霞姑，只有还答道："我也无意走来的。"

霞姑秋波一顾，桃涡含笑，走到剑秋面前，娇声问道："我的妹妹不在室里么？"剑秋道："她昨夜出去的。"

霞姑笑道："我以为妹妹有了你，春宵苦短，所以日到三竿，一直不起身呢！那么她哪里去了？唉！你这个人真是傻子，一些儿不会温存体贴的。大概我妹妹和你无缘，难得你走来遇见了我，我也真心爱你的，请你到我房间里去坐一下罢！"

剑秋听了，怒气勃然，又要发作，忽然眉头一皱，计上心来，便点头说道："很好，我本来一人闷得慌，到你那边去坐坐也好。"

霞姑大喜，握着剑秋的手，向旁边一个圆门走去，便见有一小小门户。剑秋跟了霞姑走出那门，已到霞姑房中，也是一面玻璃大镜，只见霞姑把镜柜上的万字推动时，那镜便合上，回复原状，一些看不出破绽。房中陈设比较祥姑的房间，更是华丽，也点着紫色的台灯，壁上还挂着一幅《贵妃出浴图》，图上题着："春寒赐浴华清池，温泉水滑洗凝脂，侍儿扶起娇无力，始是新承恩泽时。"冰肌玉肤，栩栩如生。

霞姑拉着剑秋，坐在一张绣榻上说道："你如欢喜住在这里，今晚可以在此下榻罢！我当使你快乐。"

剑秋也道："我因你的妹妹和那古塔上的道人串通成奸，所以不愿意和她同睡。你若真心爱我，我自然也把真心待你。"

霞姑笑道："祥姑被那云道人诱动了心，以致跟着他去东光地方，愚弄乡民。那个云道人虽也是个有来历的人物，但一些不美，怎在我的心上！哪里有你这样的俊美呢！"

剑秋问道："你说的云道人，究竟有什么来历，可能告诉我么？"

霞姑道："云道人是陕西兴平山倪教主和翼德真人派来山东传教的，那倪教主是教中的领袖，要把我们白莲教重兴，驱除胡虏，所以我很想你也能归入我教。"

剑秋笑道："这个且慢罢。"霞姑把蠔首贴伏在剑秋的胸前，吹气如兰，几乎又使剑秋心旌摇动。这时忽然室门开了，祥姑走将进来，面有怒容，指着剑秋说道："好呀！你这个没有良心的人，我把一片真心待你，你却溜在此间，和人家鬼鬼祟祟，我决不与你干休！"

剑秋一声儿也不响。霞姑却接口道："妹妹，这是他自己跑来的，有什么鬼鬼祟祟？不过他既然无意于你，你也何必恋恋于他呢？"

祥姑柳眉倒竖，咬着银牙说道："姊姊，你说哪里话？此人自我得来，自我失去，方才无憾。我早给他两天期限了，两天过后，他若再不顺从，我必将他结果性命，以雪心头之恨，断不愿让别人去享现成的。"说罢扑上前来，要拉剑秋出去。

霞姑却把身子拦住道："别动手，我慢慢劝他去了。"祥姑冷笑一声道："这不干姊姊的事，何必你去劝他呢？"

霞姑听了这话，也勃然变色道："他已在我房中，怎说不干我事，你和他发怒，也不能冒犯我的。既然不要我相劝，你快出去，我这里不容他人在此啰唣。"

祥姑道："我早知你有攘夺之心了。你叫我出去，谁稀罕赖在这里？我得和他同走。"说罢，又抢上来。

霞姑早向壁上拔下宝剑喝道："谁敢到我房里来抢人？我手中的剑是铁面无情的！"

祥姑见她姊姊拔剑相向，遂道："反了反了，你休得恃强欺人，今天我不妨和你决个雌雄，虽死不悔！"遂返身出去。

剑秋在旁，见她们如此情形，心中暗暗欢喜，知道自己的计策已有数分把握了，索性不管，任她们火拼，好得渔人之利。霞姑杀气满面，横剑而待，不多时见祥姑握了宝剑，奔进室来，说道："今天顾不得姊妹之情了！有了你，没有我！两个之中，总要去掉一个！"

两人正要交手，门外又跑进瑞姑，慌忙向两人中间一立，说道："你们使不得，有话好说，何必要决斗呢？"

祥姑遂先说道："这个姓岳的，是我自己得来的人。只因他漠不知情，难以屈服，遂限他两天以后，务须顺从，若再不醒悟，我预备把他处死，也不让他活的。不料我昨夜出去，现在回来，不知怎样的，他把我房里玻璃镜面的秘密门户打破出去，从浴室里跑到她的房里去了。我寻得来，见他们相偎相倚，很是亲密。这个姓岳的真是狡狯得很，他索性不知人情也罢！可恨他坚决地不肯接受我的爱，反而在此鬼鬼祟祟献媚他人，岂不令人气死！还有二姊也不该昧了良心，来夺我的爱，剪我的边，反不许我带他出去是何心肠？我们姊妹恩断义绝，不得不以白刃相向了。"

霞姑也道："我本去浴室中去洗澡，姓岳的不招自来，我也不能拒绝，所以我把他留在房里，也是恐怕他乘机逃去。我应许慢慢劝他回心，她却出言不逊，错怪人家，要在我室中用强，我岂能退让？"两人说罢，又要动手。

剑锋相触有声，瑞姑一时劝不开他们，遂道："也罢，你们既要决斗，这里地方狭小，不够用武，还不如正式些的好。明天早上到神前去宣誓，然后到后园中去决斗，谁胜谁得岳郎。今晚只得让我把他看住，明天交给你们。因为你俩各不相容了，教他住在哪儿好呢？"

二人听了瑞姑说话，觉得除此以外没有再好的办法，遂都愿听从，把剑秋交给瑞姑。瑞姑十分欢喜，遂上前拉着剑秋的手便走。剑秋假装痴呆，跟着瑞姑而去。祥姑气呼呼地回到自己房里，霞姑也立在室中，不胜愤怒。

剑秋跟瑞姑从隧道里转了两个弯，已到房中。却见绿色灯光之下，床上睡着一个面色惨白，身体瘦削的少年，睁着枯悴的眼睛，瞧见剑秋进来，很觉奇异。瑞姑便对少年道："今晚不要你了。"

瑞姑把他拖下床来，拉动门铃，便有一个三十多岁的黄脸道姑走进，瑞姑吩咐道："你把他引到小房间里去罢！我看他也够不到服侍我了。你如没有人做伴时，不妨取去，也是聊胜于无。"

黄脸道姑笑了一笑,拖着少年便走。可怜那少年行动时,两脚还在索索地抖哩!大好青年断送在这地方,岂不可惜!剑秋看了,心中明白,暗骂一声:"淫妇造孽深重!"

瑞姑却含笑和他周旋,对他说道:"你真有动人的魔力,他们为你如此争夺,明天还要决斗哩!我也爱你的,今晚我们先欢聚一宵罢!"剑秋佯作欢笑,点头允诺。

瑞姑心花怒放,便问剑秋要吃什么,剑秋正是腹饥,遂说:"今天我没有吃饭,快拿饭来!"瑞姑忙去吩咐婢女端来。不多时热腾腾的搬将进来,瑞姑指着大碗里的鸡说道:"这是童子鸡,我特地命他们烧来的。"剑秋遂坐下吃一个饱。

瑞姑等剑秋吃罢,又傍着剑秋坐定,细问剑秋家世状况。剑秋信口乱道,说他家住沧州,是富家子弟,家中有宫馆园林,如何奢丽,如何豪华。瑞姑以为真,益发认剑秋是个王孙公子了。

到得晚上,瑞姑又早预备下酒菜,和剑秋对饮,剑秋仍抱定不喝酒的宗旨。用罢晚膳,瑞姑留剑秋在房中,自去入浴,浴后更显出淫浪的态度,要和剑秋同入罗帐。

剑秋忽然叹了一口气,说道:"我们虽然相爱,只恐也不过这一夜罢了,明天还不知哪一个要夺我去呢!"

瑞姑也愀然答道:"不错,我和你尽欢一宵,也是意外得来。但愿明天他们一齐斗死,我就可以独乐了。"

剑秋暗想,古语说:"最毒妇人心!"祥姑因霞姑相争,造成了她的好机会,便要进一步希望她的妹妹都死了。我的计划大有把握,此时不用,还待何时?遂抱着瑞姑在他膝上,向她的粉颊上吻了两下,说道:"我却很是爱你,不愿和他们二人为伴。然而现在我虽得和你在一起,这是暂时的,我们终想能天长地久,永远相爱。若在此间,他们决不相容,万无平安之理。不如想个法儿,我们一同偷逃出去,省得他们要来觊觎,你以为如何?"

瑞姑听了，低头沉吟不语。剑秋又道："天与不取，反受其殃。现因她们二人争夺不下，我遂得和你相爱，这是很好的机会；若然失去，以后再要想法子却难了。你不爱我也罢，你若爱我的，自当毅然决然放我同去。我把你带回家乡，正式结婚，成为夫妇。我家良田万顷，尽你快乐是了。况且我若一走，她们不见了我，自然也不会决斗了，不是又可救免她们性命上的危险么？"

瑞姑道："你的说话未尝无理，但我和你出走，若被她们知道，一定不肯干休，而要追来。二人中我最虑霞姑，她的本领比较我们高强，恐怕敌不过她。"

剑秋笑道："我们只要秘密些，她们怎会知道？纵使她们追来时，我也并非没有本领的；若凭真实功夫，定可得胜。但我的宝剑已失去，不知祥姑放在什么地方？"

瑞姑道："这我倒知道放的所在，可以背着她取来。"剑秋道："那么最好了。事不宜迟，请你快不要犹豫，就此走罢！"

瑞姑被剑秋惑动了心，她也不顾一切了，遂去把剑秋的惊鲵宝剑取来。剑秋接在手中，青光闪闪，不胜之喜。瑞姑收了一个小小包裹，遂对剑秋说道："我们去罢！我现在听你话，将来你千万不可抛弃我的。"

剑秋道："我不是薄幸郎，请你放心。"瑞姑便悄悄地领着剑秋走出她的卧室，向后面走去。

这时已近三更，穿过两条很长的甬道，都有红灯亮着，幸喜没人知觉。最后见前面已有石阶，剑秋跟着瑞姑，一步步走上石阶；瑞姑伸手向第九层石级旁边一个圆轴转动两下，上面便露出一个方穴。二人跳到上面，微风拂袂，仰望满天星斗已在庙后。瑞姑走到墙脚边，摸着一个东西转动时，那方穴便有石板盖住；石板上铺着泥草，和别地方一般无异；悄悄对剑秋道："这是一条秘密的出路，我们特地开辟以防意外的。"

剑秋暗暗记好，遂和瑞姑向北赶路。恐防祥姑等发觉来追，脚下一些不敢迟慢。不料走得几里路，林中蹿出一条猛犬，向他们汪汪狂吠，幸亏二人行走如飞早穿过林子。剑秋忽然背转身，向瑞姑说道："你看后面有人追来了。"

瑞姑回头看时，剑秋手起剑落，瑞姑的首级跟着青光而下，尸首倒在地上。剑秋吐一口气，自幸这条计策得手，她们都坠入彀中，自己竟得安然化险为夷。而瑞姑伏诛剑下，这也是她的恶贯满盈，并非我的无情。想祥姑和霞姑倘然不见了我，还以为瑞姑挟我而去，上她们姊妹的当哩！将来我得便时，必要再来此地，把这淫窟除灭，方快我心。

剑秋又想念玉琴，苦于不知消息：想她不见了我，无法可思时，她必独自赴塞外去找仙人了；我若北上，或者可以重逢。遂取了瑞姑遗下的物件，内中都是金珠，足够他的盘川了。拔步便行，朝行夜宿，一心赶路。

有一天来到了张家口。那张家口是关外一个要隘，蒙古人到京师来做买卖的，和汉人到蒙古经营商业的，都取道于此。那些蒙古人驱着骆驼队，很觉奇形怪状，风俗也和关内大异。剑秋寻来寻去，找着一家小酒店进去喝酒，徐徐观察。

忽见一个瘦长的乞丐，身穿破褐，托着一个铁钵，满脸肮脏，赤着双脚，但是目光却炯炯有神，走进店来，对酒保道："这里的酒，香气扑鼻，引得我肚里的酒虫蠕蠕活动，非得畅饮不可。然而我是乞丐，身边没有分文，不知你们可肯赏给我喝，隔日当加倍奉还，一定不会赖的。"

那酒保瞪着眼睛大骂道："呸！哪里来的化子？饭还没得吃，反要喝酒。开了店当然卖酒的，只要你有钱尽喝，谁肯把酒给你化子喝呢？不是梦想么？快给我让开！"

那乞丐听了也不响，自己走到一张桌子边坐下，把手中铁钵向桌上轻轻一放，说道："我今天定要喝了。"

那酒保身长力大，举起又粗又长的手臂，来拖乞丐而出。哪知好像蜻蜓撼石柱一般，休想动得分毫，乞丐依然笑嘻嘻地喊道："快拿酒来！不然我自己要动手。"

酒保正没奈何，剑秋看在眼里，想起以前佟氏黑店，遇见那个怪客闻天声，貌不惊人，却有高深的剑术，不要小觑这个乞丐。瞧他神情，也是个江湖异人，忍不住抢着对酒保说道："你不要这样无礼，他要喝酒，你尽量给他喝，多少有我还账是了。"

酒保听到剑秋肯担认酒资，也没有话说，便去取了一壶酒和一酒杯，放在乞丐面前。那乞丐对剑秋紧瞧了一眼，又喊道："怎的没有菜吃呢？快来三斤牛肉、一个羊肚汤、一盆炒葱韭！"

酒保又对剑秋看看，剑秋道："我早已吩咐，你取给他吃便了。"酒保答应一声，自去厨下端整，搬给乞丐。那乞丐喝酒也不用酒杯，便执着酒壶狂喝，又把牛肉大嚼，一口气喝了十壶，还是要喝。

剑秋暗想：他竟是闻天声第二了！自己喝了两杯，偶抬头见街上走进几个蒙人，内中有一僧人，浓眉大眼，虎背熊腰，似乎在哪里见过的，细细一想，原来就是沧州宝林禅院漏网脱逃的智能。这时智能正陪着蒙人，才要就座，回过头来，忽瞧见剑秋，不由得一愣，便对蒙人说道："诸位在此饮酒，贫僧想着一件要事，须去办理，改日再见罢！"遂怒冲冲地走出店门去了。

剑秋自思：你何必要回避呢？既被我见面，断不肯轻易放过的。恰巧酒保添酒上来，剑秋遂道："请问你此地可有什么大寺院？"

酒保跷起拇指答道："有有，这里的天王寺不是个很大的寺院么？蒙古人来此烧香的也很多，方才来的智能和尚，便是寺中的知客僧。他常伴游人到小店里来喝酒的，不知他今天为什么早走了。"

剑秋又向酒保盘问天王寺地址，酒保老实告诉他说："离此不过十几里路，香火甚盛。寺中住持便是四空上人，僧徒众多，在此间是最有名的。听说寺中僧人都有了不得的武艺，远近几百里内无人敢来欺侮。因为有一年，蒙匪大伙来犯张家口，知道天王寺很是殷富，先去抢劫；都被四空上人率着徒众和蒙匪血战一场，把蒙匪杀得七零八落，大败而去。因此也保全了地方，这里没有人不感谢上人的。"

剑秋听着，连连点头。那乞丐在旁边桌子上，似乎也很留心听酒保的说话。等到酒保说罢，乞丐又嚷着添酒，总共喝了十八壶，一些没有醉容；又吃了一大碗面，才抹抹嘴立起身来，对剑秋道："对不起，你既肯代我还账，请你付了罢！我也不会白吃你的。"说罢匆匆忙忙地走出店去。

剑秋酒也喝毕，把自己和乞丐的酒资一齐付讫，店里人都很稀奇他竟这样慷慨，情愿请乞丐喝酒，大家胡乱批评起来。剑秋也不管，离了酒店，照着酒保所说的路径，寻到天王寺前。

见那天王寺果然殿宇巍峨，墙垣高广；门前数株古柏，亭亭如盖，地方很是僻静，寺前阒然无人，隐隐听得里面诵经之声。剑秋看了一遭，方要走回，忽见有两个年轻的和尚，面上有些邪气，从那边走来，到寺里去。见有剑秋在寺前徘徊着，看了他几眼，才走进寺门。剑秋退到市上，邀游一番，日将西坠，决定今夜不去投宿，自己要到天王寺冒险去一探，要把那个淫僧智能诛掉，方称心意。

不多时天已黑，剑秋又去吃饭，挨到天王寺后面，坐在地上休养精神。见月色甚好，不禁想起玉琴来，秋水伊人，相思无限。守到二更时分，寒露已下，遂立起身，跳上墙垣，见里面屋宇毗连，高高低低，偌大一个寺院，到何处去找淫僧呢？飞跃了数处屋脊，见东边隐约有灯火之光，还有丝竹的声音，忙向前跑去，走到一个很大的庭院。

忽听下面有人喝道："姓岳的，我早知你要到此，守候多时了，快快下来罢！"剑秋往下一看，分明是那淫僧智能，也就拔出宝剑，跳下去说道："前次被你侥幸逃生，今番恰被我无意相逢，特来取你的狗命！"

智能也说道："我已深知你和那个女子是昆仑派的人了，却不明白你们与我川派有何深仇宿恨，存心前来破坏，我们也决不宽恕的。"

剑秋道:"我们以锄恶诛奸为宗旨,不管什么川派不川派,谁教你们殃害地方呢?"遂挥动宝剑,向前进刺。智能也使开缅刀,极力抵御。

酣斗良久,剑秋觉得智能的武术大有进步了,遂把剑法变换,如疾风骤雨,锐不可当。智能虚晃一剑,向后退步,剑秋追去,他一面追一面很是留心,因他前次吃过智能的亏呢!智能逃到一间殿上去,剑秋追到殿阶,忽见殿上神像转动起来,吃了一虚惊;立住脚步,细瞧那神像只在自己地位上转绕,不过想迷惑敌人的心理的,没有多大意思。遂大着胆踏进殿里,只听上面一声响,落下一件东西来,把他罩住,原来是一口很大的铜钟,钟上铸有一小小孔,可通空气,所以人罩在里面,不致闷死。

剑秋深恨又中了诡计,把宝剑猛力去劈,但那钟很是厚重,哪里劈得开呢?听智能在钟外拍手笑道:"请你在里头多坐些时候罢!我还有事情去干呢!无论如何,今夜一定请你去见阎王的,你不要心急。如若等不及的,你自己手中有剑不妨自决,免得我来动手也好。"又听足声自近而远,那淫僧已去了。

剑秋长叹一声,只得盘膝坐下。隔了一刻,觉得有一阵微风飒然而至,有人在钟外悄悄说道:"里面可是岳剑秋么?"剑秋大奇答道:"正是,你是谁?"便见那钟上升,剑秋已恢复自由。见眼前立着的人,正是方才在酒店里游见的乞丐。对剑秋说道:"我们快快去罢!不要被他们知觉,他们正在乐哩!"回身跑到庭中,耸身已跃上高墙。

剑秋跟着上去,一齐飞奔出了天王寺,来到附近一座林子里。乞丐遂立定不走,剑秋又觉乞丐的飞行功夫比较自己高强得多,几乎赶不上他,看他还是很从容的,似乎故意脚下带慢,和剑秋同行呢!乞丐笑嘻嘻地对剑秋说道:"你认得我么?"剑秋正稀奇那乞丐何以知道自己姓名,前来相救。又见乞丐问他可认识,不觉茫然不能对答。乞丐道:"你是一明禅师的高徒,我是一明禅师的师弟,同是昆仑派中人,当你在昆仑山学艺的时候,我曾到山上来一遭,恐怕你不记得了,我就是飞云神龙余观海。"

剑秋也记得一明禅师曾说过,他的师弟中有一个余观海,有了不得的本领,常在北方行侠仗义。可是他的行踪诡秘,和舆夫、走卒、乞丐等游,别人看不出他的行藏,所以称他飞云神龙。遂向他拜倒道:"幸恕弟子无知。"

余观海哈哈大笑,把他拉起说道:"很感谢你请我喝酒,甚是畅快,所以更要来救你了。我在关内,闻得此间天王寺四空上人,是四川剑峰山万佛寺金光和尚的师弟,他们反对异己行为不正,我遂出塞来此探听数天了,知道四空上人确有本领。他还有两个门徒:一名'小蝎子'鲁通,一名'无常鬼'史振蒙,都谙剑术,其余的僧人各擅武艺,羽翼众多,很有势力。寺中又广设秘密机关,以防敌人,断非一人之力所可得胜。

"今天我在店里,见那个僧人看见了你便走了,令人滋疑,又听你向酒保探问天王寺状况,预料你今晚必要往那边走。恐你孤掌难鸣,反有不利,遂也来观望风势,乘便可以扶助。我来的时候你已到过了,我窥伺几处,没有动静,后来探知他们都在逍遥窝行乐,遂又到后殿探寻。一见那钟,很是奇怪,遂问了一声,果然你陷身其中了。又被我在佛座下发现机关,遂把你救出来。原来在观音足下的巨鳌,鳌头正高高仰起,我把鳌头向下一按,那钟便即收起了。我又探得四空上人近日不在寺中,所以也犯不着去打草惊蛇,急急走罢!"

剑秋听余观海如此一说,忙向他致谢。这时余观海猛抬头向林外一望,说声:"不好!"便听风声呼呼自远而近,落叶萧萧下坠,见有两道白光飞奔林中而来,疾如闪电,光耀人眼。

第十六回 石破天惊山中窥奇窟 蛇神牛鬼岛上逢异人

剑秋知道天王寺里有人追来了，正想抵敌，却见余观海一举手，便有一道紫光冲出，声如裂帛，和那两道白光回旋击刺，上下飞舞。剑秋估量余观海一人之力，正够对付，自己不必加入，恐怕余观海也不愿意他人相助的，遂立在一边。看那紫光在穿绕着，愈化愈大，愈夭矫如神龙不可捉摸。白光渐渐低落，不多时，那两道白光向外一吐，很快地退去了，紫光立刻敛住。余观海回过来对剑秋微笑道："那追来的两个，便是'小蝎子'鲁通和'无常鬼'史振蒙了。他们的剑术也很好的，幸而四空上人不在寺里，不然必有一番剧战。此时我还有别的事情要干，这个天王寺，我想留在以后合力去翦灭罢，你不必去冒险了。"剑秋点头答应。

余观海又问剑秋到塞外来可有什么事情，剑秋也把协助荒江女侠玉琴复仇的缘由，略述一遍。余观海不说什么，和他走了一程，将近天明，才各自分别。剑秋又走了两天，将入蒙境了。自思闻天声所说的白牛山，大约不远，但自己人地生疏，何从得知呢？几次向人探问，都说不知道，且向多山的地方走去。

北方的山雄伟怪奇，和南方的山大异，而且绵亘不绝，道途崎岖。剑秋已走进山地，爬山越岭，不知走了许多路，来到一个幽僻的地方。面前层层石壁，日光不到，岩下长松成林，大风啸自岭背，卷动长松，如波浪滚滚，如千军万马之声，似乎无路可走了。换着别人早已胆怯心惊，不知所以，剑秋明知迷路，且定了心，寻觅途径。但是四周是山，重重叠叠，走向哪里去好？登高而望，见附近并没有村落人家，人迹不见，慢慢地走下山崖。

他暗想：天近晚了，万一再走不出，也只好露宿山中了。可是这里必然很多猛兽，不能不防。他正在犹豫的当儿，忽见崖下有一人影一闪，定睛看去，见是一个绿衣女子，很快的往东首走去。他连忙施展飞行术，连蹿带跳，到了崖下，向东去追踪那个女子。远见那女子背后的倩影，向林中一闪，遂不见了。剑秋心中十分惊奇，因为这地方既无人迹，怎么突然来了一女子呢？好不蹊跷，可惜只望见背影，不能知道那女子是个何许人。当下他被好奇之心所冲动，也走入林中，践着数寸厚的落叶，沉寂惨淡，哪里有什么女子呢？

剑秋自言自语道："难道见鬼么？明明见一个绿衣女子，走入林中去的，怎么不见呢？"心上哪里肯舍弃得下，又朝前走了数十步，见有一株大树当路，修柯戛云，霜皮溜雨，是千百年前物了。转过树后，又见悬崖下乱草纵横，大约有一个山洞，剑秋瞧着，更觉奇怪；无意中见洞口草里有一白色的东西，过去拾起一看，乃是一块女子用的白丝手帕。迎风一抖，便觉有芬芳之气，扑到他的鼻管里，自思：这个手帕，从哪里来的呢？明明是方才看见的那个绿衣女子遗失的，天下奇奇怪怪的地方很多，武陵、仇池未必都是寓言；不入虎穴，焉得虎子？我何不进去一探。

遂拨开乱草，走入洞中，上面钟乳下垂，地下潮湿得很，起初觉得黑暗，但是走到后来，渐渐平坦。对面有光亮透入，剑秋认定亮光，又向前走了百十步，忽已穿出洞外，别有一境，但见平畴绿芜，小屋栉比，几疑此身已到桃花源了。抬头见那女子，正在前面婀娜地走着。剑秋追上去，要想讯问，刚走得三步，脚踏处忽然凭空陷落下去，说声不好，早已跌入坑中了。那绿衣女子，听得背后响声，回头一看，见来人已坠入陷阱，笑了一笑，向前跑去。

不多时便有四个彪形大汉，把陷阱里的铁丝网收将起来。因为坑里置有一个很大的铁丝网，身子往下一沉，那网口便会收拢来，所以剑秋一些用不出功夫了。四个大汉取出铁索把他搏住，夺下宝剑，一路解去。剑秋遇着这般奇事，已把生死置之度外，四下观察，见两旁人家很多，门上多编着号数，写的汉字，有许多男子和妇人赶来瞧着，都说："捉到奸细了，要解到忠王那里去。这个少年好大胆啊！定是满人的走狗，我们不要饶恕他！"剑秋听了，也莫名其妙。只觉得那些人的口音，很是复杂，河南、山东、四川、两粤，各省都有，而大都是很强壮的健儿，心中不能无疑。不多时，那四个大汉已把他解到一座巨厦门前，两旁立着两个卫兵，执着长戟，气象很是森严。进得大门，穿过一条长廊，便到了一个很大的厅堂。堂下站着四个雄赳赳的健儿，肩上各荷着鬼头刀，堂上正端坐着两人：左首一个年纪约有二十开外，相貌端正，面目清秀，穿着一件蓝缎长袍；右首一个生得虬髯绕颊，形容丑恶，真似江洋大盗一般。剑秋看了，不知来到何处，如堕五里雾中。不要说当时剑秋不明白，我想看书的看到此间，也要仿佛迷离，急欲知道剑秋到了什么地方，那堂上坐着的又是何人？那么我并非故意卖关子，不得不暂把剑秋搁起，另外叙述一事了。

当有清中叶，石破天惊，风起云涌开革命先声的，便是太平天国。可惜割据十六省，奄有十六年，只因阋墙起衅，将士涣散到处屠戮，失去民心。到底如昙花一现，旋归幻影，不过在历史上留着一部分的遗迹，供后人凭吊欷歔而已。在清廷侈述功绩，铺张扬厉，指为土匪草寇一类，不知太平军中很有几个人才。如忠王李秀成，他辅佐天王率领创残饿羸之余，赤胆忠心，要把那将倾的大厦支持起来，东西应战，出奇计以制胜。更有可取的，凡是他直接统率的军队，所到之处，纪律严明，绝不骚扰良民。而民间痛苦情形，常常体谅，因此人家都说忠王是个贤王。可惜分崩离析，太平军已至暮气，不可收拾。

当金陵城破的时候，李秀成把他的儿子李天豪，托给门下一个姓范名磊的，带着逃走；自己还拥护着小天王洪福，从清凉山出亡，不幸中伏被擒，遂罹于难。那范磊也是个任侠之士，精习拳术，挟着李天豪从乱军中逃出围城。当时逻骑四布，很难避匿，于是他就想起一个老友，在浙江鄞县附近沿海的村落中，打鱼为生，很是隐僻，不如到那里去躲避。遂带了李天豪，逃到他老友处。

那老友姓丁，名颎，现在年纪已老，以前也曾在太平军中作战数年，因为和英王陈玉成闹了意见，几乎被英王杀死；雄心顿冷，回到草野中去，以渔自隐，很有义气。现在见范磊和李天豪来奔他，生平最佩服的便是忠王，所以他开门延纳，把他们养在家里，诡言是他的亲戚。范磊也带着他去海边打鱼。那时李天豪颇能颖悟，且知他的父亲死于满人手中，自誓将来必要重兴义师推翻清室。

这样过了二三年，丁颎醉后泄漏了秘密，被人到官里去告发，遂有侦骑下村来缉捕。幸他得知消息，遂和范磊带了李天豪，坐着渔船，逃到海中去。好在他没有妻孥，无所系恋。他们到了海中，往南方扬帆而驶。不料途中忽然遇着飓风，海波轰逐，他们的渔船受不住这样大风浪，早覆没于洪涛里头，三人一齐落水，被风浪卷去。

这时，上流头忽然驶来一只艨艟战舰，舰上的人早望见渔船遇险，便有几个壮士，跳入海中来救他们。但是范磊和丁颎已被海浪打到不知哪里去，无从援救，只救起了李天豪。悠悠醒转，见自己卧在大船上，许多人环列一傍，便问："范家伯伯哪里去了？"众人说道："你们的船早已覆没，我们只救起你一个人，大概其余的人已与波臣为伍了。"李天豪听说十分凄惨。

这时有一个壮士带着他走到舱里，见舱中陈设华丽，锦榻之上，坐着一个三十多岁的道人，穿着杏黄色绣花的道袍，面目清朗，神情潇洒。怀里拥着一个十七八妙年华的美人儿，两边侍列着六名娇婢，都是戎装佩剑，英风凛然。壮士便教他拜见如仪，那道人便问他姓名来历。李天豪知道那道人必非寻常之辈，遂把自己的底细据实而告。

道人听了，点头道："原来你就是忠王的后裔。太平军中我只钦佩两个人，一个便是忠王，还有一个是翼王石达开。假使其余的，都像他们二人的智勇超群，太平天国怎会灭亡呢？现在你既是无家可归，不如跟我岛上去罢！"李天豪遂向道人致谢。那道人拥美姬饮酒，那美姬又取了两条很长的丝绸，在他面前舞蹈。舱后音乐声起，婉曲悠扬，那舞姬引吭而歌，靡曼动人，好似绝不知外面有风浪一般。其实那只战舰也很颠簸，桌子上的酒杯时时倾倒，美姬身体更像风中之柳，摇晃不定。李天豪见了，很是奇讶。

那只战舰渐渐往东南方破浪而行，幸这时风势稍煞，海面略见平静。薄暮时，见到一个小岛的岸边，有很宽广的港湾；湾中停着大小船只，约有二三十艘，桅杆上都有一盏黄色的灯亮着。见这艨艟战舰，驶到湾中时，各船上钻出许多甲士来，高声呼叫，像是欢迎一般。战舰立即抛锚停住，那道人拥带着美姬和李天豪等，走上岸来。

天色已黑，李天豪也瞧不清楚，不过觉得岛上有人家居住。来到一处黄墙金阙，似庙宇又似宫屋；门前有小队甲士，都握着红缨枪，见了道人，一齐举枪行礼。道人进得第一重门，又有一队少女，各提着鹅黄色纱灯，背负宝剑，款步而来。接着来到一座庭堂上，点着五色的琉璃灯；正中供着一个金身羽士的仙像，还有一张桌子和高大的交椅，雕刻得甚为精致。旁边也列着四只椅子，墙上绘着许多龙虎的形状，施以彩色，华丽夺目。道人便吩咐一个壮士，领李天豪去休息，他自已被一群少女簇拥着，走到后堂去了。

李天豪跟那壮士走了不少路，来到一间小屋中，交给一个中年妇人，说道："岛主交给你服侍的，不得有误。"说罢走去了。

妇人领李天豪到屋中，代他换去湿衣，又端整饮食给他吃，便教他独住在这房间里。李天豪顾视四边，静悄悄的没个人影，遂向妇人探问道人的姓名。那妇人摇手说道："他便是这里的岛主，你已知道了。岛主有令，凡在背后讲论岛主的处死罪，我实在不敢说什么。好孩子，你只管吃饭睡眠罢，别的休要管他。"李天豪听妇人这样说法，便不响了。妇人伺候他睡后，熄了灯，掩上门户而去。

明日早上早餐后，便有一个壮士引他去见道人，那道人便吩咐他好好在岛上读书习武，希期将来的成功，李天豪唯唯答应。从此道人闲着没事，时常教他武艺，驰马击剑，泅泳跳跃，李天豪悉心学习，又把《孙子兵法》细细阅读。

这样过了三年，仍不知道那道人的底细。只觉得那道人确有极深的本领，常常带着许多健儿，离了岛上，坐着巨船向海中去；或一日一归，或逾月一归，不知干些什么事，秘密得很。性喜女色，后房佳丽甚多，时有轻歌曼舞，狂欢的盛会，所以除掉教他武艺而外，罕有见面的机会。岛上住的妇女小儿，都是道人麾下壮士的眷属，或耕或织，都很勤劳。道人所住的地方名灵和宫，重门复户，非常宏丽。堂上供着的仙像，乃是武当张三丰，大约道人是武当嫡传了。

岛上的健儿都很顺服道人的指挥，在许多健儿里头，有一个单振民，别号"盖天乌云"，生得面如锅底，须如刺猬，常使两柄斗大的铜锤，骁勇无比，道人很是信任他的。这样李天豪逐渐长成，逝水光阴，转瞬已到弱冠之年，丰姿清俊，举止安详。道人非常爱他，和他很是亲近。因此他有时到道人的内室里去，见陈设得非常奢侈，很有帝王气象；他便是低眉垂头，不敢作刘桢之平视，道人至此遂把他的来历告诉他听。

原来道人本姓郑氏，是台湾郑成功的后裔。自从郑氏在台湾失败后，郑氏的子孙有几个逃到中原来避匿，生了道人。道人幼时曾遇武当派的异人，传授剑术，一心想为祖先复仇雪耻，辗转至海外。遇了海盗，被他降伏，遂公推他为盗中的领袖，占据了这个琼岛，是琉球群岛之一。道人有意招揽天下英雄，以为臂助，徒党日众，横行海上，官兵也奈何他不得。

　　道人有远大之志，岂肯一生做一海盗的霸王？所以他悉心经营岛上的事业，造起宫室来，又添设船坞，日夜造船，遂得成一只艨艟战舰，取名定海。第一次落水的日子，道人带着美姬和乐人，率领一小队健儿到海上去航行一遭，恰逢风浪，救得李天豪回来，因为李天豪是忠王的后裔，所以道人愿意教授他武艺，将来可以得一亲信的臂助。现在岛中共有一二千健儿，都是训练得很好的。道人又说自己不愿意露出真实姓名，故号"非非道人"，隐于道家。李天豪既知道人也是个反满的同志，但觉得他的行为总是神秘不可思议的。

　　恰巧有一天，非非道人微有轻恙，睡在内室，李天豪入内问疾，无意间抬头见有一个二十多岁的美姬，披着紫绡，立在床头；丰姿楚楚，只是向他微笑，流波送眄，脉脉含情。他不觉立刻面上红起来，幸亏非非道人没有知觉。他坐了一刻，好如芒刺在背，就告退出去。过后探得这是道人的第七宫陈姬，道人现有十七宫，最宠爱十六宫吴姬和十七宫周姬，陈姬已将色衰爱弛了，从此他也不敢胡乱再到内里去，恐有意外之事发生。

　　过了一个多月，非非道人坐了巨舰带领数百名健儿，又开发出去。这时琼岛除定海舰以外，又有四只巨舰了，舰名"镇海""潜海""飞海""耀海"，都很有战斗力。此次非非道人因探知有广州来的商船，载着财宝无算上北京去的，所以他便截劫。

　　非非道人出去后的第二天，黄昏人静，李天豪正在自己室中，挑着孤灯，细阅兵法。却见那个侍候他的妇人，走进室来，笑嘻嘻地对他说道："你也觉得寂寞么？陈姬来了。"说着话便见房门外倩影一闪，陈姬已走了进来。

129

陈姬穿着淡红衫子，面上薄施脂粉，在灯光下益显妩媚，遂坐在一边，絮絮地问他饮食起居。李天豪只是眼观着书，不敢回答。陈姬见他这种样子，不由得笑出来道："你到底还是小孩子，不懂风情的，你也知道我很爱你么？现在趁岛主出去的时候，我们且欢乐一番。这妇人张氏，我已疏通过了，包不泄露风声的。好人，你不要胆怯啊！"说罢，伸手来拉他的臂膊。

李天豪发急了，拧脱陈姬的手，说道："请你尊重些，我李天豪决不肯自比于禽兽的，快快出去为妙。"

陈姬深恐他声张起来，惊动他人，遂低低说道："好孩子，你不要这样傻啊！我去了。"立即退出室去。

李天豪见陈姬知惭而退，心里稍觉一松，深恐她再来缠绕，遂闭门熄灯，上床安睡。不料睡至半夜，蒙眬中觉得身上压着一件东西，睁眼一看，窗外月色甚明，见陈姬拥着轻毡，脱得赤条条的覆在他身上，把她的粉颊只在他的面上厮磨，鼻子里闻着非兰非麝的脂香粉气，只听陈姬向他苦苦的哀求道："好孩子，你不要这样傻了，快快依了我罢！我欢喜你的，将来我……"

李天豪不等她说完话，早已一个鲤鱼打挺，跳起身来，踏到地上。陈姬忽吓得一跳，也翻身滚下床去。李天豪不敢逗留，见房门已弄开了，便披了外衣，跑出室去。妇人张氏闻声要来拦住，却被他一拳打倒。但是李天豪无故不能擅自出宫，因为屋上也有巡查，恐怕自己一上高处，便要发生冲突；遂躲到一个僻静处去，挨过了这夜。天明，悄悄走回房去，见没有动静，他也如常不动声色。谁知到午时，有人传说陈姬昨夜赤条条的系死在她卧室里，他心里不无惴惴。

又过一天，非非道人又满载而归设宴庆贺，十分快活，并不查问这事，然而李天豪总觉不能放心。一天，非非道人忽把李天豪唤到内室，屏退左右；李天豪明知有异，故作镇静。非非道人对他说道："我很佩服你的人格，好男儿固当如是，陈姬已死，我也毋庸深究了。"

李天豪连忙跪倒道："谢吾师宏恩！陈姬荒唐，但弟子不敢有玷吾师，所以不得已而暂避，谅在吾师明鉴之中。"

非非道人笑道："我早说过我很钦佩你了，换了我时，或者禁不起这种诱惑的。但你年已长大，武艺也大有进步，可以出去创设一番事业，不必长住在岛上。况且这里声色甚盛，恐易没你少年英雄之气；所以我决定把你送回大陆，愿你好自为之。如有所成，我们自当联络一起，共举大事。"李天豪只好答应。好在他也不愿久居孤岛，很想出去活动了。

明日，非非道人忽然把妇人张氏斩首示众，众人微有所闻，也不敢说什么，诸美姬都很栗栗危惧。晚上设宴为李天豪饯行，把一柄宝剑赠给他，又送他许多黄金，作为盘费，叮咛他道："你走以后，手中如有缺少，不妨向那些贪官污吏去借取。悖入者亦悖而出，不义之财取之不伤乎廉。我今差遣部下，护送你至福州上岸，他日得志，幸毋相忘。"李天豪也说了许多感恩图报的话。

次日李天豪拜别了非非道人，坐着帆船，离开琼岛，向福州而去。云山苍冥，海水茫茫，回望琼岛，已剩一点很小的黑影，心中有许多凄感。到得福州上岸，帆船遂驶回去，独自赶路。但是一来没有目标，二来道途又不熟悉，因此浪迹江湖，暗暗交结朋友。一年之内，被他很结合得数十个同志，但都散开在各处的。

有一天，他到了南昌，在那脍炙人口的滕王阁上玩赏风景。正值新秋时候，天高日晶，云淡风轻；念着那"落霞与孤鹜齐飞，秋水共长天一色"的佳句，真觉得心旷神怡，尘襟涤荡。喝了许多酒，回到客寓中去，酣眠一宵。次日坐着客舟，过鄱阳湖。薄暮时，正近石钟山，湖上客舟甚稀。因为近来湖中时有盗匪出没，劫掠行客，富商大贾裹足不前，官兵正在设法进剿。舟中人谈虎色变，都望一帆风顺，稳渡彼岸。

却听芦苇中呼哨一声，有小艇两叶向客舟迫近，其疾如矢，舟人疑是盗匪光临，不胜惊骇。一会儿已被追及，相隔不到一丈，见每只小艇端立着十几个大汉，有的口里衔着短刀，有的手中托着钢叉，高声呼喝，一齐把手中挠钩和绳索向舟抛来，将客舟钩住了。接着"噗噗噗"的有几个盗匪已跳到船上，众人惊得跪倒哀求。

独有李天豪神色自若，见舱中有几个酒坛，乃是一个乡人带来的；遂取了两个在手里，先向一盗飞去，正中左额，立即倒在船头。第二个酒坛跟着飞出，又击中一盗头颅，翻身跌下水去，群盗顿觉呆了。李天豪急忙拔出剑来，奋身跃出船舱。群盗见了李天豪，呐喊一声，拥上船头，把他围住厮杀。内中有一个老者，使一把大环刀，一个黑面少年舞动钢叉，十分骁勇，当先向李天豪刺击。李天豪也把剑使开了，一些不敢懈怠，和群盗酣战，只苦船头狭小，不够施展身手。

正杀得难解难分之际，忽见背后一只"浪里钻"，飞也似的追来。李天豪和蜷伏舱中的众船客，一齐惊疑，以为盗党又有援助来了。即闻叱咤一声，如飞燕般跳上两人。一个面貌丑恶，虬髯绕颊，使一柄月牙铜刘；一个乃是妙龄女子，青布扎额，穿着浅色衣裙，蛾眉倒竖，杏眼圆睁，横着明晃晃的宝剑，好似飞将军从天而下。

第十七回 分水岭天豪立头功 张家口剑秋寻女侠

那虬髯客跳到船上时,将铜刘左右横扫,一个旋风,早把两个盗匪扫落水中。黑面少年心里一慌,也被那女子一剑劈去左臂,倒在船头;虬髯客把铜刘向下一卷,人头倏地滚落,鲜血直冒。

老翁知道来了劲敌,要想逃走,李天豪胆气更壮,手中宝剑一紧,向老翁上中下三路刺去。虬髯客和女子,却把其余的盗匪一个个送上鬼门关去。李天豪觑着老翁的间隙,使个毒蛇出洞势,一剑向老翁心坎里直戮过来。老翁不及招架,大叫一声,仰后而倒,李天豪的剑锋已从老翁的前胸贯出后背了。只剩几个余党,驾着小艇逃去。

众船客看他们三人大战巨盗,剑光血雨,竟把匪盗一一杀死,无不心惊胆战,俯伏着不敢动。有一个老妪却掩着面,口念"南无救苦救难观世音菩萨";还有一个胆小的朋友,亏他想出妙法来,把他的头钻在酒坛中,以为可以免去吃刀之祸。哪知强盗死了,危险过去了,但他的头依旧在酒坛中拔不出来,十分闷气,又喊起救命。李天豪哈哈大笑,过去把酒坛一捏，便成数片落下，那人吐了一口气，便向李天豪拜倒。

此时，那个虬髯客和女子立在船头，英气凛然。李天豪遂向他们拱手道："半途遇盗，独力难支，幸蒙两位拔刀相助，不胜感激之至。"

虬髯客也大笑道："足下剑法精妙，独战群盗，不愧是个英雄。我们此来，也是要想剿灭这里的巨盗，且喜业已成功。幺麽小丑，毕竟不是我们的敌手，足下若没有事，请移舟细谈如何？"

李天豪本意要网罗豪杰，今见二人相招，正中下怀，遂跟他们下了小舟。舟上有两个打桨的候着，虬髯客吩咐着道："到石钟山去。"那只小舟便如飞的向前去了。

这里客船上的人都是咋舌称奇，深信得逢侠客，免掉劫掠之祸。那船主也是谢天谢地谢神明，依旧把船驶向前去。李天豪跟着两人，坐在小舟上，一刹那间已到了石钟山下。这时天色已黑，一弯凉月，徘徊天际，月光和波光相映，宛如一片明镜，随风微微荡漾。山下多少石罅，和那风水相激，发出"啷当"的声音来，真不愧石钟之名，山麓十分寂寥。

虬髯客便把小舟停泊住，舟中备有酒肴，搬到岸上去。在一株大树下，三人席地而坐，把酒肴放在面前。虬髯客斟满一巨觥，便请李天豪喝，李天豪连忙道谢，接过一饮而尽。虬髯客也和那女子各尽一杯，然后向李天豪说道："我们萍水相逢，一见如故，真是天下英雄，惟使君与操耳，不揣冒昧，敢问大名。"说罢捻髭大笑。笑声哈哈，响彻云霄，惊起山中栖鸦，飞鸣林间，使人听了，心神悚然，似有鬼魅来惹人的样子。

李天豪因和他们初次相见，还不敢把自己的真实来历奉告。只说："我姓李名天豪，从闽省来此，浪迹江湖，行侠仗义，为社会除奸。"

虬髯客却很爽直地说道："我们也是盗匪，不过我们得为盗，异乎盗之为盗，暂时隐于盗，而另有别的企图。"

李天豪听了，很惊异地说道："那么也不好算盗了。你们有什么企图,能告诉我听么?"

虬髯客笑道:"我看你不是常人,尽管告诉你不妨,我们也不怕你会把我们捉去邀赏的。我们是兄妹,复姓宇文,我单名亮,有两个妹妹,长名蟾姑,次名莲姑,这便是我的长妹蟾姑,尚未字人。"这时蟾姑粉颈低垂,星眸斜睇,听二人讲话,一颗芳心不知在那里动什么遐思。李天豪向她点头为礼,她也蝼首微点,嫣然一笑。

宇文亮喝了一大杯,吃了一块肥肉,继续说道:"我们本是淮阴人,先父上达曾做过狼山总兵,因得罪了某亲王,庾狱中,家产悉行充公。先母因此悲愤成疾,不到一年也故世了。那时我们兄妹三人都在童年,一旦骤失怙恃,何以为生?初时还依着一个亲戚,想勉强过活,谁知那亲戚讨厌我们三人吃饭,百般虐待,使我们不堪忍受。于是我们三人商量了一齐逃走,在徐州道中遇见巨盗黑罗汉黄九,把我们三人收去抚养,作为他的螟蛉子女。

"那黑罗汉黄九数十年前是赫赫有名的,武艺高强,党羽众多;他把武术随时教授我们,我们也悉心学习,所以今天有一些小小本领,都是黄九所赐的。后来黄九病殁,党派猜忌,纷纷散去,我们也就走了。

"由南而北,出居庸关,竟在蒙古边塞上发现一个盗窟,那地方在山林里面,十分秘密,是天生成的石洞。穿过石洞便是平原,土地肥沃,水草茂盛;既利畜牧,又便耕植,却和外面隔绝的,真是世外桃源。起先被一群土匪盘踞在内,时时出外掠劫村落,官兵知道了也难以进剿。

"我们凑巧经过那地方,遇见他们前来拦劫,却被我们兄妹收服,他们便推戴我做领袖,要我和他们合作。我也因一时无处安身,且把那地方先做一个根据地,然后再谋大举,遂答应他们,把他们重行严密组织,设法扩充。因我常抱着种族革命的志愿,要将胡虏驱除,自从他们入关以来,我们受尽他们荼毒,大好中国也被闹得衰弱贫困,一天不如一天。还有那些

第十七回 分水岭天豪立头功 张家口剑秋寻女侠

碧眼黄须的西洋人，仗着坚甲利兵，眈眈虎视，处处想来侵占我们的中国，若不急谋自强，恐怕数十年后要俯首帖耳，做那西洋人的奴隶的。"

宇文亮说到此间，慷慨激昂，须髯戟张，很有拔剑砍地之概。李天豪见宇文亮如此憨直，一些没有避讳，果然是个草莽英雄，大可结合，遂把自己的真相吐露。

宇文亮道："妙哉妙哉！原来你是太平天国忠王李秀成的后裔，那么我们都是同志了。我在塞外，曾联络几处绿林的好汉，预备将来起义时，可以多得臂助。我和长妹又到中原来邀游各处，暗地里结识豪杰，数日前来到这里，闻鄱阳湖中湖匪猖獗。我起先探明他们的巢穴，差人下书去，想收抚为己有。匪首姓吴的，便是那个老翁，不肯诚服，出言不逊，反找我去较量一下。所以今天我们兄妹雇着这小舟，特地赶到湖中去会会他们，看他们有多大的能耐，如此倔强。恰巧他们出来干这生涯，和足下在船上酣战，我们怎肯袖手旁观，遂上前动手。现在那姓吴的也杀掉了，他们该知道我们的厉害哩！足下英才卓卓，大有可为，不如和我们兄妹一起去共图大事罢！"

李天豪点头答允道："下驷之材，承蒙老兄不弃，自当执鞭追随，戮力同心。我在别处已结识得数十健儿，将来也可带往关外，以效驰驱。"

宇文亮道："那地方是在分水岭后，本没有定名的，我取了一个名称，唤做龙骧寨。寨中已成村庄模样，部下的眷属大半住在那里，耕田牧羊，农事很兴，所以食粮一项无忧匮乏，只有军械尚觉缺少，这却非得向官军那里想法不可了。"宇文亮说罢，十分得意，遂把竹箸击着酒杯高唱"大江东去"。

那两个舟子在船上看得呆了。

蟾姑忽然说道："今夜可称盛会，我愿和李君舞剑，以佐余兴，且愿向李君讨教。"

李天豪忙答道："姑娘说话太客气了，姑娘的剑法方才已见过一二，非常神妙，我还要向蟾姑娘学习哩！"

宇文亮哈哈笑道："我是喜欢直爽的，你们彼此都不要客气，且舞一下子看。"两人遂各立起身来，拔出宝剑，在月光下对舞。初起时两道白光左右腾挪，快如九日之落，速如双星之流。舞到最后，白光并为一片，辨不清楚两人的人影来，宇文亮拍手称好。两人忽地收住，又似波涛骤止，青光澄凝，徐徐回到席上，举杯重饮。

蟾姑微微笑道："李君的剑术果然高出我上，我被他的剑光盖住，觉得施展不出身手来；若是交战时，我早已败了。异人所传，自当高人一等，佩服之至。"

李天豪也说道："这是姑娘故意让我的，我也觉得姑娘的剑法还有没施展出来的呢！"

宇文亮说道："你们俩一个儿半斤，一个儿八两，真是好对手，好匹配。"蟾姑听了哥哥的话，面上一红，也不说话。

李天豪和宇文亮，谈些天下大势，雄心勃勃，眉飞色舞。他们三人真好像风尘三侠，宇文亮是虬髯公，蟾姑是红拂，李天豪是李靖；神情酷肖，可惜没有画师代他们写照，留此一段佳话。

当下三人在石钟山下饮酒畅谈，直至参横斗转，才回到船上，吩咐舟子摇到湖口去。天明时，到了那个地方，宇文亮摸出五两银子，赐给两个舟子。他们从没有得到这种大赏赐，所以接在手中，欢天喜地，谢了又谢，方才回去。因为这事十分诡秘，他们也不敢告诉人家知道。宇文亮等在湖口耽搁一天，便带着李天豪一同北归，路上无事，早到得分水岭。

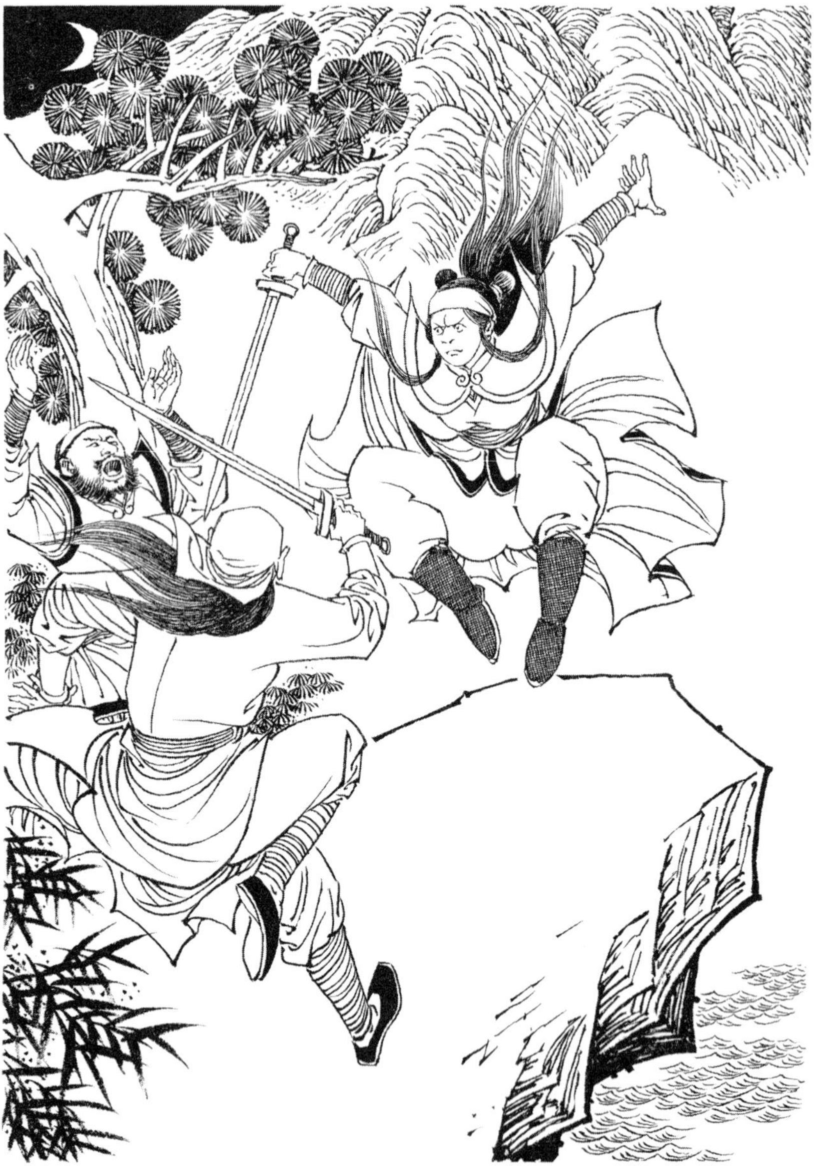

第十八回

锄强济弱仁心义胆
嘘寒问暖病困情魔

　　李天豪察看山势险恶，人迹不到，饶官军有一二万人马，也难过得这个天险，致得胜仗。宇文亮引李天豪，曲曲折折转过一座树林，从石壁下一个石洞内走进去。李天豪很觉奇异，等到穿出石洞，豁然开朗，别有世界，原来已到了龙骧寨了。寨中人见寨主回来，都出来欢迎。宇文亮到得宅中，便命大设酒筵，介绍李天豪和众人相见，大家见寨主优待李天豪，料他也是个杰出的人才，一齐敬礼，不敢轻视。

　　宇文亮又命他的次妹莲姑出见，李天豪见他们一对姊妹花，都生得容光焕发，体态轻盈，北地胭脂，不输于南都金粉。而且身怀绝技，都是巾帼之英，自己又和蟾姑在石钟山舞过一回剑，心里暗暗佩服。他住在宇文亮处，起居都适；闲时出外散步，见宇文亮的布置，还有使他不惬意的地方，不过自己是客，宇文亮没有向他请教，他也未便多说。宇文亮姬妾很多，颇有声色之好。他一个人无聊时，常把兵法阅读，幸有蟾姑、莲姑时时到他那里来闲谈，蟾姑尤其关切，他心里很感激。

　　一天，宇文亮的部下出去行劫，凑巧和官兵相遇，大战一场；因为众寡不敌，败退回寨，官军竟大举进剿。李天豪自告奋勇，请宇文亮守寨，偕蟾姑、莲姑督率三百名健儿，离了龙骧寨，到分水岭守御。

官军主将姓成名永清，非常骁勇，以前也曾做过盗匪；后来投顺了官军，屡次立功，坐镇张家口，很有威名。此次因为土匪猖獗，四处告警很多，遂亲自出马，领了大队官军入山剿匪，锐气甚盛。

李天豪在岭上，望见清军连营而驻，如长蛇蜿蜒，扼住山口，知道这是堂堂正正的劲旅，自己人马又少，非用奇兵制胜不可。幸亏险要未被夺去，部下地势又熟，不怕清军厉害，遂命众人饱餐后，努力出击。先请蟾姑带领一百名健儿，出去搦战，只许败，不许胜，须诱清军深入。又请莲姑率一百名健儿，在半山林子里埋伏，听号炮为号，速即杀出，援助蟾姑一军，但见清军退走时，可以痛击。自己带领了一百名健儿，命一个熟悉山中途径的领着，从间道疾走，抄出清军背后，夺其空营，截其退路。一切都听指挥，不得有误。蟾姑姊妹见李天豪调度有方，深通韬略，各自钦佩，率领部下行事。

那成永清在分水岭下扎住营寨，因为不知虚实，未敢孟浪，亲自在岭下察阅形势，只苦近处没有乡人可做向导。正在盘算时，忽报盗匪杀来了，忙骑上战马，拿着大砍刀，命左右摆开阵势，以待敌至。却见盗匪自山径中赶来，当先一个女子，全身戎装，握着宝剑，俨如一个巾帼将军，有四个女兵，拿着盾牌和短刀簇拥着。成永清自思哪里来的女盗？遂命部下迎敌，自己也挥动大砍刀一马冲出。

蟾姑舞剑和成永清战在一起，觉得成永清果是骁勇，只因自己奉有李天豪的命令，只许败，不许胜，遂和他虚与周旋。战得不多时，遂领部下向后败退。成永清不知是计，着令众军士步步追杀，只留少数人守在营中。蟾姑败至半山，见清军步骑都已进了山口，前锋已到山腰，却不见号炮响，只好依旧退走。

将到岭上，只听轰天一声响，乃是李天豪燃放号炮，接着连响五下。清军听得炮声，十分疑惧，蟾姑回身杀转。莲姑也领着一百名健儿，从林中杀出，无不以一当十，勇如虎豹。

清军不知虚实，在山地作战，又敌不过龙骧寨中的健儿，步履矫捷，进退倏忽。成永清只得命部下速退，恐防后路有变。谁知李天豪乘他们追击时，已占据了他们的营寨，竖了自己的旗帜，把守营清军驱散。此时成永清三面受敌，清军又望见自家营垒上遍插敌旗，无心恋战，纷纷逃散。

成永清还带着残众，想来夺回营寨，李天豪迎住他厮杀。成永清是一员马上战将，没有和轻身本领的人斗过；被李天豪忽而跳到面前，忽而跳到马后，剑光闪烁，弄得他无从抵御。早被李天豪觑个破绽，一剑刺去，把他刺下马来。割下首级，持在手中。清军见主将已死，盗匪如此勇猛，吓得亡魂丧胆。忙不及地丢了兵器，纷纷逃生。李天豪来追杀一阵，夺得器械战马甚多，奏着凯歌回寨。

宇文亮见李天豪很有将才，自喜赏识不虚，大排酒宴，庆贺战功。席间蟾姑、莲姑夸赞李天豪智勇双全，不愧将门之子，生有异禀。宇文亮遂商得李天豪的同意，请他做了总参谋，寨主以下，要算他的权柄最大。李天豪因见宇文亮确是诚意，也不推辞，帮着宇文亮把寨中事务积极整顿起来。官兵吃了败仗，知道这一处的盗贼不是乌合之众，不敢再来进剿。

宇文亮又联络了扎特伦、白牛山、卧虎沟三处的大帮盗贼，结下攻守同盟的信约。李天豪锐意振兴，自己别了宇文亮兄妹，到关内来召集以前结识下的健儿，同往龙骧寨，共图大事，因此寨中壮丁增多，防备益密，很有朝气。

宇文亮因李天豪尚没有妻室，欲把长妹蟾姑许给他，遂向李天豪请求同意。李天豪欲得他们兄妹的助力，若结秦晋之好，情谊更固，遂一口应允。宇文亮告诉蟾姑，蟾姑芳心中本来喜爱李天豪的，当然顺从兄长的主意。这个喜信一传出去，寨人都嚷着喝喜酒。宇文亮便选定一个好日，为二人成婚。寨里上下欢贺，十分热闹，一对新夫妇也是如鱼得水，爱好无间，说不尽的风光旖旎。

独有莲姑见一个很合意的美郎君，被她的姊姊占了去，心中说不出的几腔幽怨，空房独守，无限凄凉，见他们鹣鹣鲽鲽的样子，更使她又羡又妒；宇文亮也很想代莲姑入赘个佳婿，无如一时不得人选，只好暂缓。

有一天莲姑出寨去采取一种药草，炼她所用的毒药镖。宇文亮正和李天豪闲谈，忽报捉得一名奸细，忙一同出去审问，却不知便是剑秋，被莲姑诱进寨来的。

原来莲姑在山中采药回来，瞥见上面有个英俊少年，在那里四处瞭望；疑心他是官军差来的奸细，侦探寨中情形的，本待上前去把他杀掉。无如她别有心，故意如惊鸿一瞥，装作不觉的诱他入寨。遂设下很大的陷坑，留着以防万一。剑秋是寨外的人，哪里知道底细，只顾着前面的倩影，遂失足坠下坑去。被他们捉住，心中又气又怒，但又奇异。

当时宇文亮一见剑秋，便问他可是奸细，剑秋冷笑道："我不知什么是奸细，你们究竟是干什么的？我也要来问你呢？大概你们也不知是什么无名的草寇罢！"

宇文亮听剑秋说话，如此强硬，并且骂他们是草寇，不觉勃然发怒，哇呀呀地大叫一声道："哪里来的王八羔子，快些与我推出斩首！"左右四名扛着鬼头刀的健儿，齐声答应，早把剑秋推出去。

李天豪却止住道："且慢，我们必要问个明白，然后再杀不迟。我看此人的神气，倒不像做奸细的，很有些英雄气概。杀之可惜，且莫鲁莽。"这时蟾姑、莲姑也都走了出来，劝住宇文亮勿杀。

宇文亮遂吩咐推回来再问。李天豪便对剑秋说道："我看你孤身出塞，身随一剑，必然是吾道中人。你切莫当我们是草寇，我们都是好男儿，在此秘密集合，将来要谋种族革命，图天下大事的。请你先把姓名老实告诉我们，我们与你往日无冤，今日无仇，决不无端杀害你的。"

剑秋听李天豪的说话很有理，看他相貌也是很好，遂答道："你们要问我的姓名么，告诉你们也不妨。我姓岳，名剑秋，是昆仑门下的剑客，单身出塞，也是为了友人的事情。今天入山迷路，误走到你们的地方来，这是实情，悉凭你们的处置罢！"

剑秋说时，见那个绿衣女郎和一个紫衣的女郎一同立在那里，向他凝视着含笑欲语。剑秋自思鱼儿上了钩，都是被她诱动了好奇之心方陷身于此，好不愤恨。

李天豪素闻昆仑剑侠的声名，想剑秋那样人才正可网罗为己有，将来或可得昆仑派的臂助，杀之非但不益，且反结怨。遂附着宇文亮的耳朵，说了几句，命左右速速解去索缚，又对剑秋说道："我们一向很爱重昆仑派中人，今天相见，何幸如之！若蒙不弃，愿结友好。"

宇文亮也哈哈笑道："四海之内，皆兄弟也。我们都是同志，请在这里小住，不吝赐教。"剑秋见他们前倨后恭，也觉好笑，但因李天豪很有一番诚意，不便峻拒，遂也谦谢不遑。

李天豪遂把自己的底细和宇文亮的来历也老实奉告，剑秋听了这话，十分佩服。他们又设宴款待剑秋，剑秋便在龙骧寨中住下。常和李天豪夫妇、宇文亮兄妹驰马击剑以为乐。

一连过了两个月，剑秋心中总是挂念玉琴，以为玉琴早出塞来了，不知她在哪里？自己几时可以和她再见？若常守在这里，她也决不会知道的，遂想告别他们出塞去。李天豪问他何事，剑秋推说寻找一个朋友。李天豪又劝他多住几日，说自己要到张家口去，可以做伴同往。这是李天豪深恐剑秋一去不返，所以必要和他同行，剑秋只好应诺。

宇文亮见剑秋生得一表人才，和李天豪相较，可说是一时瑜亮，无分轩轾，触动他的心事。要想把莲姑许配他，托李天豪为媒，李天豪便乘间向剑秋说项。谁知剑秋一心系念在玉琴身上，其他皆非我思存。虽然莲姑姿色和武艺都是很好，非庸脂俗粉可比，然而登泰山者小天下，剑秋既见玉琴，还有谁能被他看得上眼？何况他生性本是高傲，美色当前而不惑的呢！遂托词"匈奴未灭，何以家为"？自己的婚事尚须稍待，只得辜负盛情，非常抱歉。李天豪没法，据实回报。宇文亮想这事不能勉强人家，也就搁下不提。

又过了十多天，剑秋再也忍不住了，一定要走，李天豪遂和他同行，告别了宇文亮兄妹，出得龙骧寨，过了分水岭，往张家口赶去。剑秋一路逢人便探问，可有一个单身的少女过去？生得怎样美丽的容貌、婀娜的身材。李天豪又问："少女何人？"剑秋只好告知他。李天豪听说是荒江女侠，也约略闻得大名的。剑秋问来问去，无人知道。到了张家口，李天豪自去干事，干罢了，便和剑秋在酒馆小饮。

剑秋想起那个"飞云神龙"余观海和天王寺的一幕来，心中跃跃而动，但牢记着余观海的说话，不敢再去冒险。二人正在饮酒，见店外有两个妇女走进来，操着京里口音，露出十分狼狈的形色，问店家："这里有宿处么？"那酒店兼留往来行人，本是一个小逆旅，早有一个店小二迎上前说道："有的有的，请到里边来。"那两个妇人便跟着他走到里面去了。

隔了一刻，店小二回到外面，口里嘀咕着道："真正可怜，一样是个女子，却大不同了。"剑秋忍不住把那店小二唤来问道："那两个妇人打从哪儿来的？"店小二道："他们从京里来，说是皮货商的妻女，因为丈夫在口外生了病，他们特地从京中，带了一个男下人赶去视疾。谁料走到半路，突然遇见盗贼，把他们的盘缠劫去，一个男下人也跑掉了，所以他们没法，想走到这里来投宿，岂不可怜了！因此我想起昨天一个女子来了，她也是出塞去的，单身独行，不畏强暴，也曾在我们店里借宿一宵；一样是个女子，其间却有不同了。"

剑秋听店小二说话，好似感触着什么的，接口问道："你瞧见的那个单身独行的女子，究竟是怎样的？你也能告诉我么？"

店小二道："一个很美丽的姑娘，带着一柄宝剑，跨着花驴，自言姓方，且向我们探听到白牛山去的途径。我们见她很英武，十分奇异，猜她是一位女侠哩！"

剑秋听了不觉拍桌大叫道："是啦！那一定是玉琴来了！"

玉琴自从和剑秋失散以后，为要很急切地报她父亲的大仇，一人匆匆北上，沿途也无心赏玩风景。一天，相近晏家堡，见道旁林子里正有一人在那里自尽，他在旷野，无人援救。玉琴连忙悄悄上前，跳在树枝上，待那人刚将头钻进圈里时，把那带子一松，那人便跌下来，不知上面有人，从地上爬起，口里自言自语道："唉，我真晦气！遇见了这种事情，不愿生在世上，受人家的闷气了，特地赶来上吊。偏偏带子又无故断下，是何道理？"

玉琴在上面咳嗽一声，那人抬起头来见了她，便说道："你是鬼呢，还是人呢？你若是个缢死鬼，请你快快把我收了去罢！你也可以早得替身，横竖我老胡是无意于人世了。"

玉琴听那人说她是鬼，便吐了一口香唾道："呸，我是好好一个人，你怎么说是鬼呢？"一边说着一边跳下树来。那人对她上下打量着，默默无语。玉琴细瞧那人已有四十开外的年纪，身穿敝褐，形容枯瘦，神情萧索。便又问他道："你究竟受了什么冤屈，要来这里寻死路？俗语说，'好死不如恶活'，你有什么难过的事呢？不妨告诉我，或者我能代你出力。"

那人道："女菩萨，你大概是救我而来的。我姓胡，名小三，在这里晏家堡赶驴为生。我家共有三头驴子，其中一头是花驴，周身有青灰色的细点子，修尾长蹄，是有名的龙种，每日可行数百里，十分宝贵。我靠着那三头驴子，倒也可以糊口了。谁知前三年，我的妻子忽然死了，我又生一场重病，手中没钱使用，遂把那头花驴向晏家二少爷押去五十两银子。晏家二少爷很喜爱那头花驴，一心想出钱买去，我不肯卖绝，所以暂押在他家。直到今年我积累得些钱，如数凑足去向晏家二少爷赎取。

"晏家二少爷翻脸说道，押期早已满足，照本利计算，那花驴该我有了，不肯给我赎还。我说：'这驴子并没有卖给你，我现在有钱赎取，怎可以不许呢？'他不由我分辨，反大骂我一顿，喝令家人把我乱棒打出。我受了他这场闷气，驴子又要不成，心中实在气不过，要想控告他罢，他是本地的富豪，和官府常有来往，我一定斗他不过。而且当初典押的时候，没写契约，谁肯做这种见证呢？但那花驴至少须值三四百两银子，他只出了五十两，便强抢而去，明明倚势欺人，气得我病倒两天。

"哪知他反先下手为强，到官府中去告我诈物，说我不是好人，官中遂勒令我三天出境，逐我到别地方去。唉！他诈取了人家的驴反说我去诈物，世界岂有这种道理？我遂到公堂上去喊冤，又被衙役们逐走，说我吵闹公堂。我受了许多气，无处发泄，以为这种没有是非的世界，我不愿再活在那里了，还是一死干净。遂跑到林子里来自尽，想不到遇见女菩萨来援救的。"胡小三说罢，眼泪不断地下滴，看他的样子实在气极了。

玉琴听了这一席话，面上立刻罩着一重严霜，骂一声："晏贼，敢如此欺侮贫民，公道何在？我既知道这事，却不能饶恕他了。"遂向胡小三探问明白晏家的途径，对他说道："你受的气我可以代你去出，但你也不能再住在此地了，我给你一些钱，你快在今夜带了你家中的驴子，走到别地方去过活罢！饶那晏家小子凶横，今夜必要吃我的亏。将来你或可得知，也知道我处置得爽快了。"

说罢从包裹中取出二百两银子，授给他道："你得了钱，好好儿去罢！不必寻什么短见。"胡小三接过银子，跪倒地上，向玉琴连连叩头。但等他叩完三个头，立起身来时，已不见玉琴的影子。青天白日决不遇见鬼的，必然是神仙了，又向空祷谢一番。自去家中收拾，连夜离开晏家堡，投奔他的亲戚去。

玉琴到得晏家堡，先依着胡小三说的路径，到晏家察看；见晏家住宅很是宏大，筑有三层楼房，用以防御盗贼的。门前石阶下立着一个人，怒目扬眉的正和人家说话。忽然向东边一指道："我家二少爷来了，快些走开一边罢！"

玉琴跟着往东边一看，却见一群人簇拥着一个少年，走向这里来。那少年身穿蓝色花缎夹袍子，脚踏薄底快靴，头上歪戴着一顶瓜皮小帽，一个大红结子，面目生得可憎，形状也很委琐，却是摇摇摆摆，做足威风。走到门前，一斜眼见了玉琴，便道："噢，这位小姑娘好美丽啊，可有丈夫么？不如跟了你家少爷去罢！"

玉琴听他说出污秽的话来，回身便走。晏二还立在门前，呆呆地看着，向左右啧啧称美呢！玉琴一路走一路思量：那晏家小子实在可恶，晚上给他吃了苦头才知道我的厉害呢！时候尚早，且去小旅店里借住藏身。吃罢晚饭，又静坐了一会儿，听得村犬四吠，已近一鼓，遂取出二两银子放在桌上，预备不回来了。

轻启窗户，一跃而出，乃是一道垣；又一跳已到街上，幸喜四下无人，遂扑奔晏家而来。不多时，已到了目的地，飞身跃入，见里面一带高楼都有灯光亮着。悄悄找了几处，都不见晏二的影踪，最后到得一座楼房，从窗门中望进去，见罗帐低垂，一灯荧然，床前放着一双靴子和女人的睡鞋，不知何人？玉琴撬开窗户，轻轻跃入，一些也没有声音。拔出宝剑，把罗帐挑开一看，果然见那晏二正拥抱着一个少妇酣睡入梦，玉琴便把真刚宝剑在晏二鼻子上一磨，娇声喝道："晏贼醒来！"

晏二方和他的爱妻云雨荒唐，一梦甜然，忽觉面上一阵冷风，突地惊醒。睁眼见一个少女立在眼前，手中持着明晃晃的宝剑，正是日里在门前遇见的。他虽懂得一些花拳，实在是酒囊饭袋，没有本领，只好威吓乡民。现在吓得战战兢兢地说道："你是强盗么？若要钱，我箱子里尽有，千万不要伤我性命。"

玉琴冷笑道："你平日做得好事，今晚遇我，也是恶贯满盈，不必多说，快些起来！"遂伸手把他从被窝里拖将出来，谁知晏二脱得赤条条，一丝不挂。玉琴不觉说道："呸！你这不要脸的东西，快些穿好衣服！"遂把他向床上一丢。

此时晏二不知玉琴要他做什么，哪敢不依，忙穿起衣裤来。他的爱妻也醒了，见了这种情形，掩着面，吓得躲在被中不敢动。玉琴在晏二穿衣的时候，想起晏二说的话，且因自己身边带的钱，都给了胡小三，此去缺乏盘缠，早晚总要设法，不如便在这里取罢！遂把宝剑撬开皮箱，见箱中有一包包的银子，很齐整地放着，便随意取了几包。过去把晏二扭倒地上，将他的辫子割下，又把眉毛剃去，晏二只是哀求，玉琴便豁的一剑，把他一只右耳割下，鲜血淋漓。

　　晏二不敢声张，鼻子里微微哼着，玉琴遂找了一根绳索，把他的手足缚在一起，问道："你常坐的花驴在哪里？快说出来。"晏二答道："在后园中马厩里。"

　　玉琴便又把他的爱妻连被缚住，口中塞了一块布，使她不能出声。遂把晏二背在肩上，跳出窗户，寻到后园，果见厩中有一头青花细点的花驴，和寻常驴儿不同，便将晏二高高悬在厩中，在他身上撕下一块衣襟，塞在他口里，对他说道："请你等一刻儿罢！明天来人自有放你的。"遂从柱子上解下花驴的缰绳，牵了便走。

　　那花驴也好像解事的，跟着玉琴前行，一声不叫。玉琴寻见了出门，开了走出去，已在晏家外面，遂翻身跨上花驴，两腿一夹，向前跑去。果然觉得那花驴跑得又稳又快，比马儿都好，料想那晏家小子被她玩弄得也够了，明天他家里人发觉这种情状，必然引得大家好笑。以后他也难以见人，稍敛凶威，不敢任意欺侮良善哩！觉得自己做得很是爽快，足代胡小三出口怨气。像晏二这种流氓少爷不得不出这种手段对付他的。

　　天明时，早离晏家堡六七十里路了，又走了两天，将近天津，跑在荒野里，天色将晚，忽然下起阵雨来。那雨是突然而来的，如奇兵袭击，猝不及防。狂风急雨，使她到处躲避，淋漓得满身尽湿，只好纵驴疾奔。那花驴也急于避雨，拼命向前飞跑。早望见远远有一村落，玉琴心里自思，有避雨的地方了，加紧催着驴儿跑去。

　　到了那边，见有一个很大的庄院，门前正立着一个少年，在那里观赏雨景。那少年生得面貌美好,态度温文,背负着手,宛如瑶林琼树,自是风尘外物。玉琴连忙跳下花驴,上前问道:"行路人遇雨,无处可避,这里可以容我暂躲么?"

那少年也已瞧见玉琴骑着花驴飞也似的从雨中跑来,是很为奇异,现在又见她衣服尽湿,要来避雨,遂堆着笑脸说道:"可以可以,请姑娘入内坐如何?姑娘旅途逢雨,也很狼狈了。"

玉琴听这少年斯文有礼,遂点点头,牵了花驴,踏上阶沿。少年早向门房里喊道:"曾福快来。"

便有一个三十多岁的男下人走出来说道:"二少爷有何呼唤?"

少年指着花驴道:"这是那位姑娘的坐骑,你快牵去好好上料。"下人答应一声:"是。"遂过来拉着花驴便走。

玉琴也很放心地让他们牵去,自己跟那少年走到里面一间书房里。一个小小天井种着些花木,堆叠些假山,少年便请玉琴坐下,自己匆匆地走到里面去。不多时,走出一老翁和两个妇人来。玉琴看那老翁长发过腹,态度和蔼,一位老妇年有五十多岁,面貌慈爱;还有一位妇人年纪不过二十三四岁,容貌也生得不错,当下各问姓名。

始知少年姓曾名毓麟,是个世代书香,已青一衿。老翁是他的父亲,名启尧,老妇便是他的母亲,少妇是他的嫂子宋氏,他还有一个哥哥名梦熊现在出外了,他伴着父母在家中读书。这地方便是曾家村,共是二十多户人家,都是曾姓。他家有良田数千亩,富甲一乡,曾翁又是个大慈善家。玉琴听了,十分钦敬。

他们只知道玉琴姓方,是关外人,其他却不知道;但见她单身独行,很有侠气,忖度她必是非常人物。宋氏便引玉琴到她的房中去换衣,因为玉琴上下衣服都被雨水湿透了,玉琴很是感激。换了衣服,回到客堂里,天色已晚,掌上灯来,曾翁年老多病,便去休息,没有和玉琴多说话。曾毓麟却和他的母亲、嫂嫂伴着玉琴闲谈,又杀鸡煮黍款待玉琴,彬彬有礼,玉琴觉得十分过意不去,谢了又谢。

他们要留玉琴在此过夜,客房里窗明几净,床帐都很雅洁,玉琴睡了。

不料到半夜,忽然周身发热,筋骨很不舒适,梦魂颠倒,发起热来。明天早上,竟致不能起身。曾太太和毓麟知道了,进来探问,要请大夫来代她诊治。玉琴自知南北奔波,受起了风寒,昨天又被大雨湿透身体,故而发作起来;势甚凶险,否则自己决不会支持不起的。遂听他们的话,由毓麟去村里请了一位大夫前来,把脉开药,那大夫说的话,也还不错,可是服了他的药后,非但无效且反沉重。

自古道:"英雄只怕病来磨。"玉琴以孤女子奔走天涯,立志复仇,平日健康时,剑光血雨,和那些强盗恶霸对付,仗着她的大无畏精神,出入龙潭虎穴,倒也无所畏惧。现在病倒他乡,对影凄凉,有谁来顾怜她呢?想起剑秋,本来和她做伴同行,不料古塔探奇,遇见妖道,遂致中途分散,不知相见何年?

幸亏曾家的人,都是非常慈爱,曾太太和宋氏,时时到她房里来料理汤药,还有毓麟也是十分关切,最使她心中感激。又因药石无效,遂决计谢绝不吃,毓麟也不好勉强。她过了两天,热度渐低,病势退了,只是余热犹留恋不去,身体也很疲惫,略进些粥汤。毓麟母子见这情形,很觉放心,哪知道便在这夜竟有不测之事发生了。

毓麟和他的母亲从玉琴房里出来的时候,已近半夜,毓麟刚脱衣上床,思欲安寝。忽听外面人声喧哗,大门上擂敲也似的打进来,屋上又有瓦响,知是有盗匪光顾了!他是一个文弱书生,慌得不知所云,钻在被中不敢动。忽听在他房间的屋面上,有金铁之声,一刹那间,只听"哎哟"一声,好似有一个人从屋上滚落在窗前地上。跟着扑扑扑有几人跳下,在天井里战了几个回合,便出去了;又听门外喊声渐远,不多时却声息全无,并不见盗贼闯进室来行劫。

心中正在奇异,只听房门外有足声沓沓地跑来,轻轻叩门。毓麟心里又跳起来,便听有人说道:"少爷起来罢,方才有一群盗贼前来行劫,撞开大门把我擒住,将要一拥而入;忽然我门内里又逃出几个同党来,背后有一个小姑娘追着。那小姑娘和许多盗贼斗在一起,但见一道白光滚东滚西,把盗贼杀得大败而去。现在门内有三个贼尸,少爷屋前庭心里,也有一个奄奄垂毙的强盗呢!少爷起来罢!你道那小姑娘是谁,便是那位卧病的方家姑娘啊!少爷快快起来罢,老太太也起来了!"

毓麟听是曾福的口音,心中又惊又喜,连忙披衣下床开了房门,见曾福和书童小杜,提着灯笼,立在一起。这时曾太太和嫂嫂宋氏跟随几个女仆走至,曾翁也扶杖而来,大家已饱受虚惊。曾福指手画脚的讲给他们听说,方家姑娘如何勇敢,如何击退盗贼。且说盗贼匪共有四十人,伤的伤死的死,没有人能敌得过她。又指着那边地上受伤的盗贼说道:"这是被方家姑娘刺倒的。"

曾太太等听了,一齐吐舌,久久不能收。毓麟道:"玉琴正在卧病,怎能起独身退盗匪呢?好奇怪!"

曾翁道:"古有聂隐娘能飞剑取人首级,不图于今见之,玉琴姑娘是诚女侠也矣。"毓麟听他父亲掉文,不觉好笑便道:"我们快去看看她罢!"曾太太道:"是的。"

四人遂走到玉琴房里去,曾福等自去门前照顾。毓麟第一个跑到玉琴室前,把手去推房门却是紧闭着,心里更是奇异,忙敲了两下。房门开了,众人走进去,见玉琴立在床前,穿着淡红色的睡衣,两颊映着灯光,十分绛红。左臂衣袖卷起,雪白粉嫩的玉臂上,受着一个小小剑痕,鲜血沾染了袖子,正在包扎。桌上横着那柄真刚宝剑,光闪闪的如秋水照人。

毓麟先上前长揖道:"玉琴姑娘,你真是一位义勇的女侠,今夜寒舍不幸,猝遭盗贼,若没有你姑娘慨助,真不堪设想了!"曾翁、曾太太、宋氏都向玉琴道谢。

玉琴逊谢不迭,请众人坐下,自己也坐在床上。对他们微笑说道:"方才你们去后,我正蒙眬欲睡之际,忽听屋上有几个人的脚声，越过我的屋上，到毓麟先生那边去了。接着便听打门声，明知有贼行劫，我遂顾不得有病在身，便挟着我的宝剑，开了后窗，跳到屋上，过去和那几个恶盗奋斗。内中一个被我刺中左臂，跌下屋来；他们见我厉害，都从屋上跳下，向外奔逃。我从后追去，和群盗相遇，便和他们大战一场，把他们杀败而去；但我自不小心，左臂上受着一些小伤。不妨事的，你们不要吃惊。见义不为无勇也，这是我分内的事，你们不必致谢，而且我病倒在府上，承蒙你们垂爱，十分照顾，待我和家人一般。正愁无可报德，恰逢这意外的事，略尽绵力，心里也很愿意的。"

曾翁道："玉琴姑娘你如此谦逊，倒使我们难以说话了。姑娘是个非常人物，如天际神龙，令人不胜钦佩，料姑娘以前必有一番惊人的历史呢！"

玉琴遂把石屋杀虎、韩庄诛贼等事，约略说了一遍。且说："以前我在饮马寨独诛三雄，盗贼的人数又多又勇，尚且战胜，何况那些鼠辈呢！"曾毓麟听得出神，瞧着玉琴的娇容，冥想她横剑杀敌的情状，不觉心里爱慕到一百二十分。玉琴已把伤处扎好，又把宝剑插入鞘中，悬在床头。

曾太太走过去，一摸玉琴的额，烫得像火一般烧，大惊道："姑娘寒热很重，大概又受凉了，快些安睡罢！为了我们，竟不顾疾病，如此出力，我等很是抱歉的。"

曾翁等劝玉琴速睡，玉琴遂上床拥衾而卧。曾太太便留宋氏在房中伴玉琴同睡，自己和丈夫、儿子一齐告退出去。着下人们将那个受伤的强贼缚起，又到门前去看着地下的伏尸。曾太太掩面不忍卒看，叹了一口气，重入内和毓麟谈论，玉琴小小女子，竟有这种高深的本领，真是巾帼英雄，须眉弗如了。

那时天已将明，曾翁自去睡眠，曾太太和毓麟却坐着不睡。转瞬东方发白，毓麟便命下人去掩埋盗尸。村里的人都知曾家昨夜有贼行劫，但即退去的，大家都来探望。曾太太却怪他们不该闭门自顾，不出来相助，大家自知理屈，只得受她怪怨。

毓麟又命曾福把那擒住的盗贼，解到县里去审讯。吃罢早饭，想起玉琴，又和曾太太走到玉琴房里。见她的嫂嫂宋氏，正坐在外床，没有睡下，而玉琴却是鼻息微微睡着了。宋氏轻轻走下床来，对他们说道："方姑娘起初不能安睡，直到天明时，才合目入睡。我觉得她身上发热，大约病又重了。"

曾太太和毓麟听了，都是皱眉头，很觉忧虑。曾太太对毓麟说道："昨夜若是你的哥哥在家时，他必要和那些盗贼决斗的，不致于使方姑娘一人独力抵御了。"

毓麟摇头答道："我哥哥不过有些气力，本领又不高深，哪里有什么大用处呢？我看玉琴姑娘是个女侠，对付那些盗贼，易如秋风之扫落叶，不费多大的气力。但因她正在病中，或者受了寒气，重又发作了，我们很觉对不起她呢！"

曾太太又对宋氏说道："你也觉疲乏么？可以回房去睡一刻罢！"毓麟道："母亲也很辛苦了，你们都去安睡，由我守在此间。我想少停再请那大夫前来诊治一次，不过先要她同意的。"曾太太点点头，遂和宋氏走出房去。

毓麟坐在床沿上，瞧玉琴朝里而睡，面上深红，如涂着脂胭一般。心中自思：我以前读《唐人说荟》，都以为古书上记载的那些女剑仙，飞剑弄丸，似乎有些诡秘，恐怕是著者杜撰出来，心目中虚拟其人的，要在今人中求那些天涯异人是不可多得。谁知现在遇见的玉琴姑娘，真是那一流人物。可惜我是个文弱之辈，不能相叙周旋呢！但是既有其人，我虽为之执鞭亦爱慕焉！

默默地守候多时，听玉琴呻吟一声，翻转身来醒了。玉琴以为宋氏尚在这里，定睛一看，却是毓麟，遂把手撩着云鬓，不便说什么。毓麟却问道："姑娘现在觉得如何？"

玉琴又把手摸着自己额角答道："热已退些，胸中微有烦恼，其他还好。"

毓麟又问道："口渴么？"玉琴点点头。毓麟遂从桌上倒了一杯香茗，双手奉与玉琴。玉琴接过喝了，递给毓麟，无意中自己的纤手和毓麟的手一碰，连忙缩还去。毓麟觉得玉琴的手，丰润柔荑，完全不像有气力的，竟使他心中受着电流般的一震，遂对玉琴说道："姑娘的病，本来似乎好些，昨天想又受了寒，遂又变重。我们十分对不起，今天可请个大夫来吃一服药。"

玉琴道："请你不要再说这种客气话。我早已说过，我所做的是行我心之所安，也是我辈分内的事，何足挂齿？至于请医服药，多蒙盛情，但我想也很麻烦的，且暂缓罢！"

毓麟只好听她的话，坐着同她闲谈。幸玉琴精神还好，反把昆仑山上奇景讲些出来，毓麟听得神往，也把书上的剑侠讲给玉琴听。午时，玉琴啜些薄粥，曾太太又和宋氏走来探望。谁知玉琴的病，时轻时重，淹缠床褥，绵延一个多月，方才轻松。

其间毓麟和曾翁商量了，特派急足到津门去延请名医刘世香来代玉琴看病。那刘世香是内科圣手，世代名医，很有真实学问的。一连来了两次，玉琴吃了他开的药方，果然很有效验，到底非村中大夫可比。然而每次请他来的医费和一切供给，为数甚巨，贫穷人家没有力量去请的。病中，毓麟时时在旁相伴，尽心照顾，如侍自己的妹妹一般。病急时，又嘱玉琴好好调养，玉琴想吃什么，总给她办到，所以玉琴一些不觉得寂寞；且觉毓麟的谈吐，风流快爽，十分可喜。

一天午后无事，曾家有个小花园，玉琴和毓麟到园中去散步一回。坐在六角亭里，毓麟忽然对玉琴说道："我虽是书生，然读太史公《游侠列传》，辄深神往。只恨自己没有学过武艺，十分惭愧。姑娘若肯教我一二，非常感幸。"

玉琴自思：你是个骚人墨客、王孙公子，哪里来得这个玩意儿。但却不过他的情，只好答应道："毓麟先生，若果诚意习武，自当指教一二。但学习拳术第一步，须有恒心，不可懈怠。"毓麟点头答应。

玉琴也对毓麟带笑说道："我是鲁莽无知的女子，以前在昆仑山上虽也读过书，然而胸中一些没有学问，现在愿列门墙，做个女弟子，不知毓麟先生可肯收么？"

毓麟笑道："我没有为人师的资格，但愿大家一同研究，也是很好的。"从此玉琴教毓麟习武，毓麟教玉琴学文，一文一武，互相授受，耳鬓斯磨，十分亲密。毓麟诗才绝好，玉琴很喜吟诗，偶有所作，虽韵律或有不协，而清远不俗，毓麟称赞不已。

这样又过了半月，玉琴病体完全复原，精神较前更好。一天玉琴在后园教罢毓麟一套拳术，和毓麟坐在石上憩息，急对毓麟说道："自古无不散之筵席，我于日内恐怕要走了。"

毓麟听了一愕，面上顿时现出不欢的颜色。玉琴说道："我在此间，承蒙你们见爱，病中尽力照应，真使我说不出的感德。我们俩又很投契，最好多聚首几时。不过我的大仇未复，急于出塞找寻仇人；况且我的同伴，又早失散，势不能在此多住，将和你们分别了。"

毓麟黯然说道："我们萍水相逢，相知以心，最好能和姑娘永远住在一起。但是姑娘急于要去复仇，我也无法阻止的；不过姑娘复仇之后，可能再回到这里来相聚么？"

玉琴沉吟半晌，才答道："这也不能说定的。"说话时声音也很颤动。毓麟更是惘然欲泪，叹口气说道："这是老天故弄狡狯罢！我们本不相识，彼苍故意驱使姑娘到此；相聚两月，又要离去，徒令人秋水伊人，多一种思念。而一别之后，又不知何日再能重逢，更使我黯然销魂了。"

玉琴低着头，一声不响，她芳心实也很难过，想不出什么话来安慰他，微吟着："桃花潭水深千尺，不及汪伦送我情。"两人都是一样的怅惘。

到得明天，玉琴正在房里梳头，曾太太忽然走进，坐定后，起先讲些闲话，后来忽然向玉琴说道："我有一句冒昧的话，请姑娘不要见怪，要问姑娘以前可曾和人定过亲么？"

玉琴不防曾太太说出这种话来，摇头道："没有。"

曾太太接下去说道："小儿毓麟，今年二十岁尚未定亲，他常有一个痴想，非有才貌出众的女子，情愿终身不娶。自从姑娘到了我家后，常在我面前夸赞姑娘的本领好，容貌美，很是羡慕，我也十分中意姑娘。若得姑娘和我家毓麟结成一对儿，可说是天生佳偶，一世良缘。本来我不该向姑娘直接说这种话的，因为知道姑娘一身独行，府上没有男人，所以斗胆说出来，征求姑娘同意。不知姑娘心里以为如何？请姑娘千万不要害羞，答应了我的请求罢！"

原来毓麟和玉琴相聚两月，心里内的情芽，勃勃然生长起来。他有一种脾气，爱上了一件东西，爱而不舍，一定要想成功。现在爱上了玉琴，心魂常常萦绕在玉琴身上，意欲图成就。忽闻玉琴将要别去，无法挽留，十分发急，不得已向他的母亲直说，要请他母亲做主，亲自去求亲。

恰巧曾太太心里也有这个意思，当然答应毓麟所请，自己来和玉琴商量。满以玉琴不致拒绝，自己的儿子又是才貌双全，风流倜傥，看玉琴也很和毓麟谈得来的；况且她是个孤女，奔走天涯，也该早谋归宿，也许她早有此意了，所以毅然决然地说出来。当时玉琴听了，面颊顿时泛起两朵桃花。她究竟是一个闺女，曾太太的说话又很恳切得那么动人，一时之间，难以回答，低垂粉颈，默然无语。

第十九回

相逢狭路有意复仇
偶入蓬门无心中毒

一个人的心里往往跟着他所处的环境而转移。玉琴起先在那昆仑山上，一心学艺修道，意境澄清，没有一些渣滓；后来回到荒江之滨，山中射虎，塞外杀盗，无日不在用武之秋；等到母死后，千里入关，南北奔走，板桥明月，茅店鸡声；时时剑光刀影，和那恶霸淫僧周旋。虽有剑秋做伴，但是剑秋也是个磊落奇伟、英气虎虎的侠丈夫，心里虽很敬重玉琴，爱慕玉琴；然而因为玉琴是个奇女子，又和她是同门，一些没有淫亵的心肠，不敢尽情地表示他的爱心出来；更重往来奔走，大仇未复，更无用情的闲暇。

现在玉琴曾家养病小息，久不用武，而毓麟又是个风流潇洒的公子，十分能够体贴女儿家的情怀。玉琴卧病时，毓麟常在旁边侍候，药炉茶灶，亲自料理，谈吐隽雅，妙语解颐，尤其容易打入人的心坎，处处若有情的向她包围。所以她在此环境之下，情丝一缕，也不觉袅袅欲起，对于毓麟很是投合。

但心里时常警惕着，万万不可被情丝所缚，况且听她师父的说话，似乎自己的终身问题，当属之剑秋了。那么决不能自堕绮帐,也不愿使人陷入情海,今闻曾太太的说话,实在难以回答,然而不能不回答。停了一会儿,遂说道:"我是一个畸零的女子,承蒙你们相爱,非常惭愧,也是非常感激。但我大仇未报,终不敢提及婚姻问题。况且我漂泊天涯,好似不羁之马、无轭之牛,志在四海,不惯居家,何足与毓麟公子匹配?毓麟公子人才出众,自有香闺名媛,缔结鸳盟,将来幸福无量。所以并非是我不受人家的抬举,实在另有不得已的苦衷,还请老太太和毓麟公子曲予原谅。"

曾太太听玉琴如此坚决的回答,不敢过于勉强,也带笑说道:"这是姑娘谦虚的话,大概我家毓麟没有福分罢!姑娘既然无意,幸恕冒昧。不过我还有一个请求,姑娘总能答应我了。"

玉琴听了,又是一怔,遂说道:"老太太有何嘱咐?"曾太太道:"我是很喜欢女孩儿家的,可惜我生了两个儿子,膝下没有爱女,常引为憾事。姑娘是我心里十分钟爱的,既然姑娘不能做我家的媳妇,不知可做我的义女?"

玉琴毫不踌躇道:"小女子早失父母,常抱风木之悲,萧然一身,举目无亲,难得老太太能垂青于我,收我做个义女,真是我的大幸了!"曾太太听玉琴答应,略觉欢喜,遂向儿子复命,且把收作义女的话告知毓麟。毓麟听了,十分懊恼,徒唤奈何,自恨没有福气。

次日曾太太遂向家人正式宣布,认方姑娘为义女,并设筵席,和家人欢饮。玉琴便向曾翁、曾太太下拜,改口称义父、义母,又和宋氏和毓麟互相行礼。曾太太道:"还有长儿梦熊,正和友人到江南去,不久便回来。他是个粗莽的人,将来你见了,一定好笑。"

大家饮酒畅谈。惟有毓麟容色黯然,露出失望的样子,玉琴见了他很觉忸怩。席散后,毓麟又到玉琴房里来小坐,玉琴想不出什么话去安慰他。又过了几天,每见毓麟书空咄咄,长日不乐,心中很是难过,觉得此间不能安居,自己也急需出塞去找仇人,且寻剑秋的影踪,遂向曾太太等告辞欲行。曾太太等再三劝留不住,于是毓麟特设酒宴为玉琴饯行,祝她此行成功,旅途平安。

临歧握别,相对黯然,玉琴私下又对毓麟说道:"愿兄勤修学业,努力前途,不要把我放在心上。我有一个女朋友,也有非常好的本领,容貌清丽,性情温和,此去把私情办妥后,当代你来做冰人,撮合成两家的姻缘,包你满意。"毓麟听了,自思:你不肯许给我,却把他人来替代。口上只好谢她,且叮嘱她务必再来。

玉琴道:"来是总要来的,不过没有一定的时期,请你勿思念我,徒增我的罪过。"两人说了许多话,都觉得依依难舍。曾太太又取出二十两银子、一袭新衣,赠予玉琴。玉琴不能推辞,只得受了。明日,玉琴遂拜别曾家诸人,牵出那匹花驴来,骑上驴背;又和众人点点头,长鞭一挥向北面跑去了。

才出曾家镇,却见迎面来了一骑,上坐一个伟男子,面貌生得丑陋不堪,一张大嘴,露出焦黄的牙齿和一双骨碌碌的三角眼,引人发笑;对玉琴看了一眼,飞也似的入村去了。玉琴催着花驴走了一段路,忽听背后马蹄响,回头看时,见那个丑男子随踪追来。自思:他是什么人呢?听那丑男子大声叫道:"小姑娘快些回来,我的弟弟想得你几乎生相思病了,你倒好忍心而离开么?快些随我回去,和我兄弟好好做一对夫妻。"

玉琴知道是毓麟的哥哥梦熊了,又见他手挟着一张弹弓,估料他也懂得武艺。但因他说的话如此粗莽无礼,不便理他,依旧向前跑着。那丑男子又喊道:"你不肯依我的么?我也要把你抢回去的。"

说罢,便觉脑后有微风抢至,早有一弹飞来,玉琴把头一侧,弹子从耳旁飞过。接着便听,呼呼的有三弹继续而至,玉琴回身左手接住一个,右手接住一个;最后一弹,她张开樱桃小口,轻轻咬住。自思:天下善用弹子的,要算神弹子贾三春了,我也见过,这小子仗着他的看家本领来欺人,我也不是弱者，若非看他的兄弟面上，一定要请他吃些苦头，现在只好吓他一下罢！

遂把左手一起，一弹直飞过去，正中马眼，那马负痛，直跳起来，把那丑男子掀下地上。望见背后远远地又有人来，知道他栽了跟斗，决不敢再追，快快走罢！边把缰绳一拉，说一声："快走！"那驴子已听得出玉琴的几种口号，便很快地向前飞跑，果然无人追来，略为安心。

赶了两天，已过天津，将到卢沟桥，夕阳西坠，暮鸦投巢，玉琴急于赶路，却见前面有一个茅山道士，背着神像，敲着木鱼，口宣法号迎面走来。玉琴没有留意，只顾催着驴子前跑，和那茅山道士擦身而过。那茅山道士瞧见玉琴，陡地立停，回过脸来，看着玉琴的背影说道："是了，我还有遇见她的一天么？天给我很好的机会，不可错过。"遂返身跟着玉琴的花驴，远远地留心踪迹。

玉琴到了卢沟桥，已是天黑。她也没有留神有人跟踪，寻到一个小逆旅，跳下驴子，给店家牵驴上料，自己踏进店门去投宿一宵。那茅山道士见玉琴已投入逆旅，面上一阵狞笑，回身疾行而去。

玉琴在晚餐后，觉得有些疲倦，便脱衣安寝。想起曾毓麟柔情如水，一片真心恋上她，但她却很坚决地拒绝，而且马上一走，在自己说起来，可算力挥慧剑，早断情丝，省却以后的烦恼，然而毓麟大失所望，怎不使他回肠荡气，不能自已呢！想我病倒他乡，无人看顾，幸得他们服侍汤药，热心照料，两个多月的光阴安然过去，和他们如自家人一般，难怪我走的时候，他们都是恋恋不舍呢！唉！我辜负了毓麟了。但我自有苦衷，不得不然，照他那样风流潇洒的品格，何愁不得娇妻？然而他要得我辈武侠中人，倒是很难的。我心目中虽有一个可以和他相配，只是不知道那个人愿不愿意？且待我复仇之后，再代他们撮合。

胡思乱想了一阵，刚要睡着，忽听屋瓦格登一响，把她惊醒。那时月明如水，床前一片月光，窗外似乎有个人影一瞥，玉琴连忙迅速地从床上跃起，取了宝剑，蹲在床侧。一刹那间，微风掠窗，窗已轻开，一个黑影如飞燕般从窗外跃入，疾趋床上，白光一扬，只听啪的一声，落了个空。此黑影知道已上了人当，回身跃出。玉琴跟着跳出窗来，见那人已上了屋，有一物向她头上飞至，她伸手接住，原来是一枝铁镖，随手抛在地上。一跃登屋，见那黑影已越过后面屋脊，飘身跃下，玉琴哪里肯放他走，施展飞行本领，跟着下屋。

正近旷野，那黑影向林子边尽跑，玉琴追上去，到得林子前，那黑影屹然立定。那时月光下照，百步内可见人，玉琴也已追近，一看那人是个茅山道士。那茅山道士横剑喝道："姓方的女子，你可认得么？以前便宜了你，今天须饶你不得！"

玉琴听他开口，才想起前年在家乡时，帮着饮马寨乡民，诛掉了洪氏三雄，有个茅山道士寻到门上来，被我杀败，一直没有消息，今天忽地邂逅，难怪他恶狠狠的便来找我。但是我岂惧他？遂娇声叱道："剑底余生，不过来送死罢了！"挥动真刚宝剑向前进刺，那茅山道士也舞剑还攻。

两个人在月下斗一刻，两道剑光愈迫愈紧，把茅山道士裹住。看那茅山道士将要招架不住了，忽闻林中叱咤一声，跑出两个人来：一个是赤发头陀，头陀戴着金箍，身穿皂直袍，两目外突，形状凶恶；一个是瘦长和尚，齐声说道："对面可是昆仑门下的方氏女子么？你们素来和我们川派作对，耀武扬威，不可一世，今番又要逞能，难得被我们遇见，当教你知道我们的厉害。"说罢便有两道白光向玉琴射至。

原来那茅山道士邱太冲，自被玉琴击走后，便离了东省，入关来找名师，学习武艺，在天津一个祖师庙里来住下。他闻得四川剑峰山万佛寺金光和尚门下一派人，和昆仑派人发生仇隙，而玉琴正是昆仑门下，遂想联络川派中人。凑巧有一个头陀姓秦的，是金光和尚的入室弟子，因他生着一头赤发，所以大家称他"赤发头陀"而不名。赤发头陀在江湖上到处作恶，他的劣迹以后还要披露。

此番他同师兄法藏到津京来游历，茅山道士诚意款待，耽搁数天，要上京里去，茅山道士也要出去化缘，相偕同行。到了卢沟桥，附近有一个庙宇，内中住持是法藏的朋友，法藏遂和赤发头陀去那边奉访，茅山道士独自走着化缘。不意遇见玉琴，认得她便是荒江女侠，狭路相逢，不肯轻易放过；况且自己正有助手，可操必胜之券，于是跟踪而往。见玉琴住在小逆旅中，十分欣喜，便到那里去请他们二位出来。两人闻玉琴是昆仑派门下，正要较个高低，一口答应。夜间茅山道士先请二人潜伏林中，自己前去动手，扑了一个空；知道玉琴厉害，遂引她来到旷野，好让二人助战。

当时玉琴不防，凭空加上两个劲敌，被他们三人丁字形围住，赤发头陀的剑术尤其精锐，自己只得出全力和他们肉搏。往来腾绕，战了良久；觉得香汗淋漓，渐渐儿够不上了。暗想：我方玉琴不料今夜要死于此地，但是父仇未报，怎能瞑目呢？赤发头陀见玉琴剑光低促，哈哈大笑道："荒江女侠，恐怕你的性命难逃了！"茅山道士也很得意，一齐用力攻击。

正在危急的时候，忽见远远地有一人影跑来，大嚷道："你们人玩得够了，三吃一也不是个好汉，待我来罢！"各人定睛看时，见是一个衣衫褴褛的乞丐，都觉一呆。

接着便见那乞丐右手一扬，便有一件东西飞来，正中茅山道士的脑门，大叫一声，倒在地上死了，乃是一个铁钵。赤发头陀大怒，抛去玉琴径奔乞丐，那乞丐手里也发出一道紫光，和白光迎住刺击。玉琴丢了赤发头陀，单和法藏战斗，便觉松了不少。

跟着又听"哗啦"一声响，树梢上跳下一个女子，飞来两个银丸，刺入白光里，跳跃扫荡，若不可御。玉琴一看，乃是云三娘到了，心中大喜，精神愈振。赤发头陀和法藏都知道他们是昆仑一派，心中又惊又怒，死力对付，剑光霍霍，乘隙而入。但是这边紫光，如紫电穿空，银丸似流星赶月；而玉琴的白光，宛若游龙。二人抵敌不过，趁个间隙，收转剑光遁去了。

玉琴遂向云三娘拜倒，道："自别吾师奔走南北，还没有复得父仇，惭愧得很。今夜又遇见那道士，以前曾有仇隙，不料现在他纠合了两个秃驴，把我围住，几乎丧失性命，幸亏吾师等前来援救，不胜感谢。"

云三娘便指着那乞丐说道："这位也是我的同门昆仑派中的健者，'飞云神龙'余观海，他是云游四海隐于丐的，你也来见见。"玉琴又向余观海拜倒。

余观海笑道："我今番得见荒江女侠了！一明禅师有此女弟子，美哉美哉！"

云三娘对玉琴说道："我自大破韩家庄和你们分别以后，便到陕西去赈灾，又上昆仑去晤禅师，禅师约我同游，我因另有私事，要返岭南走一遭，遂回岭南。住不到一个月，又到北边来了，也很想念你，可曾代父复仇？想你一片孝心，总可成功。此番我在京师遇见观海道兄，想和他到云南野人山去搭救一个朋友，走到此间，凑巧遇见你和他们恶战。我们都喜管闲事的，遂来助一臂之力，不意因此救了你。但你不是和剑秋同行的么，剑秋是到哪里去了呢？"

玉琴遂把古塔探妖、中途失散等事告知，云三娘也很嗟叹。余观海正拾起地下的铁钵，拭去血痕，听他们提起剑秋，便说道："你们说的剑秋，可是岳剑秋么？我恰巧遇见他的。"

玉琴点头道："正是。不知师叔在哪里见过，我正要找他。"

余观海哈哈笑道："你要找他，他也要找你呢！"也把张家口酒店小饮，天王寺铜钟脱险的事约略告诉，并说："我因四空上人不是弱者，遂劝剑秋莫再冒险。现在川派中人和我们非常怨恨，其实双方也没有什么大仇；不过他们所言所行，不归于正，往往为良民之害，我们看不过，少不得要去干涉，他们便说我们有意做对了。即如方才那赤发头陀，在江湖上很有恶名，可惜被他逃去，便宜了他。将来我想昆仑和峨嵋两派，不免要有大大的一番剧斗呢！"说罢叹了一口气。

第十九回　相逢狭路有意复仇　偶入蓬门无心中毒

163

云三娘又道:"剑秋既已出塞,你也可以赶紧前往,大概可以重逢。复仇之后,你们要到哪里去呢?"

玉琴道:"我想要上昆仑山拜见师父或回家乡去小住,此时还不能一定。"

云三娘道:"很好,且待我从野人山回来后,再来访问你们。此刻那边的事很是要紧,我们不便逗留,就此分别罢,前途珍重。"云三娘说完这话,便偕余观海别了玉琴就走。

玉琴独自回转寓中,因闻剑秋业已出塞,心中很觉安慰,睡过一宵,明天仍跨着花驴,向前趱程进发,走了好多天,已到张家口,向人探问白牛山在哪里,却没有人知道,只好仍然前行。想剑秋现下不知在何处,可会找到那个地方。

过了张家口,崇山峻岭,道途愈险。一天跑了一个上午,还没有进食,腹中很觉饥饿,见山坳里有一人家,心中大喜。跑到那里,见一个三十多岁的乡妇,浓妆艳抹,正坐在门前竹椅上穿鞋底。玉琴跳下驴来,把花驴拴在旁边一株古柏上,含笑向妇人问道:"对不起,我是个过路客人,一时找不到客店,愿问府上可有饭食,借以充饥,当多多重谢。"

那乡妇放下鞋底,立起身来,看了玉琴一眼,又对那花驴上下紧瞧,嘴里咕噜着道:"好一口驴儿。"玉琴见她还不答,反而赞她的花驴,有些不耐,又说道:"到底有没有呢?"

妇人忙道:"有,姑娘请到里面坐。"说罢,遂引玉琴走进矮屋。屋中陈设,倒也清洁,玉琴一眼瞧见左面墙壁上悬着一张弹弓,暗忖:这也是个武人之家罢,不要管他,姑且坐下。

乡妇说道:"我们今天煮得很多的麦饭,姑娘来得真巧。"遂去厨下端整出来,请玉琴进食。

这时门外有一个十一岁的童子,面黑如铁,两臂粗巨,跑进门来说道:"妈啊,门前那头花驴是谁的?确是好种,我要借它坐一下。"乡妇摇手道:"阿虎不要鲁莽,那是这位姑娘骑的。"童子对玉琴瞅了一眼,走到后面去了。

玉琴食毕,便想动身,打开包裹,取出二两银子送给乡妇,乡妇接过谢了。同时她见玉琴包裹内灿灿的黄白物,很惹人注目,乡妇便对玉琴说道:"姑娘不妨多坐些儿,可要喝一杯茶?"玉琴点点头。

乡妇遂到后面去了一歇,托出一杯浓茶,玉琴接在手里,喝了大半杯,正想告别,乡妇却指着她道:"倒也倒也!"玉琴只觉得一阵天旋地转地倒在椅子里,不省人事。

乡妇脱去外面一件布衫卷起双袖,先把玉琴抱起,放到后面一间小屋里的板凳上,又把玉琴的包裹和剑藏了,很得意的自言自语道:"自从他出门后,好久没有肥羊到手了。今天不意从个小姑娘身上反得着一些油水,真是老娘的幸运。"又喊道:"阿虎快来!"却不知那童子的影踪,跑到门外,看那花驴也没有了。

原来这家人家是韦姓,主人韦飞虎,是个大盗,那乡妇便是他妻子周氏,也是盗女。夫妇二人住在这山坳里,见有过路的客人,单身而有油水的,便要劫杀,从没有破过案。那童子便是他们的儿子,也很有蛮力。周氏自从韦飞虎出门后,没有犯过命案,初见玉琴是个小姑娘,并没有意害她,后来玉琴打开包裹,被她窥见了黄白物,便起了杀人的狠心。所以请玉琴稍坐,献上一杯清茗,却早把迷药放在茶里,玉琴喝了,便被迷倒。

周氏十分得意,估料阿虎必是骑着花驴出去玩了,事不宜迟,快快结果了那小姑娘的性命,好早早灭迹。方才转定念头,一阵便急,只好先到厕上去,出清腹中的排泄物,然后走到后面屋中,取过一柄牛耳尖刀,恶狠狠地杀气满面,走近玉琴身边。把玉琴衣襟解开,露出雪白的酥胸,对玉琴冷笑一声道:"小姑娘,我虽和你无仇无恨,但是你身边的黄金却害了你了。你死在阴间,休得怪我!"说罢把那牛耳尖刀高高举起,觑准玉琴胸口刺去。只听嗤的一声,一颗人头已骨碌碌地滚在地上。

第二十回 试葫芦法玄起淫心 斩蜈蚣女侠偿夙愿

当时剑秋在酒店里,听了酒保的说话,知道必是玉琴无疑,那么她已过了张家口,我还是追转去吧。便将自己的意思告知李天豪,李天豪道:"女侠不明这边的地理,一定要误入歧途;况且我闻白牛山山势险峻,不易前去,她决不会找到的。"

剑秋听得白牛山三字,不觉大喜道:"你知道白牛山的么?"

李天豪摇头道:"我也不认识,只因以前听宇文亮说起,他已联络白牛山的盗魁,订攻守同盟之约,至于那盗魁我也不相识。"

剑秋问道:"宇文亮大概都知道了。"李天豪道:"当然,他也去过那里一次的。"剑秋记在心里,便把酒资付去。说道:"我们快去追寻女侠罢!"于是两人离了张家口,重又走远。

一路打听问信,果然都说有一个少女跨着一头花驴,刚才所去是往东北方走的。剑秋和李天豪日夜赶路不敢耽搁,好在两人都有飞行功夫,不觉乏力。跑过了几重山,自思:除非我们走错了方向,否则定要赶上的了,为什么不见影踪?二人登高而望，前面一片旷野，更是荒凉，那时日已过午，二人重又向前行去。

忽见那边有一个童子，骑着花驴取前跑来，那驴子忽然倔强不肯走，那童子骂道："畜生！你不肯走，我偏要你走。"提起他的小拳头，向驴子屁股上猛击数下。那花驴叫了一声，四蹄向前一跪，童子身不由己的滚下鞍来，立起身又骂道："刁蛮的畜生，你欺我陌生，不给我安稳的骑坐么？须知你现在已换了主人了，我便是你的新主，怕你不走么？"说罢用脚向驴子乱踢，踢得那花驴也跳叫起来。

剑秋瞧见了花驴，不由得心中一动，便过去问那童子道："这头花驴是你自己家中的么？你自己不会坐，却怪它不肯走，它是不能向你分辨的，你踢它做甚？"

童子见剑秋和他讲话，他本来没处出气，便瞪着眼珠说道："我打我的驴子，干你甚事？你说我不会坐，怎样见得？"

剑秋笑道："我亲眼见你被驴子掀下地来的，还不是凭据么？"李天豪也道："你这童儿小小年纪，竟敢如此倔强。"

童子又骂道："白日见鬼，算我晦气。"又向驴子踢了一下，才要坐上去，剑秋却把他一把拉住，说道："这头驴子并不是你家的啊！"那童子一听这话，面上不由得变色。

剑秋更觉疑惑，遂又问道："你快快说出来，这驴子的主人是谁？给你白骑了，你还要打骂。"童子被剑秋迫紧着问，只得回答道："这是一个过路的客人，因为缺乏了盘川，所以卖给我们的。"

剑秋哪里肯相信他的说话，便道："你家住在哪处？我要跟你去。"童子听剑秋越说越不对路道，用尽气力要想挣脱就走，但是剑秋已把他紧紧拖住，休想动得分毫。

童子发急了，挺起拳头，向剑秋面上一拳打来。剑秋左手一起，又把他的拳头接住，轻轻向怀中一拽，跌倒在地，便把一脚踏住说道："你不说，我就要你的性命！"童子哭道："我死不说的，你把我打死也好，我的父母知道了，决不肯和你干休。"

剑秋见他不说，知道打死他也没用，正在踌躇，却见那头花驴背转身跑去。剑秋笑道："好了，有它引路，真是一个忠实的向导，我们跟它走，便知分晓。"遂把童子扛在肩上，和李天豪跟着花驴向前跑去。

花驴渐跑渐快，二人脚下也跟着快起来，童子却在肩上乱哭乱骂；剑秋从他的身上撕下一块布角，塞在他的口里没有声了。不多时，已走到一家人家门前，花驴停住不走；二人都觉奇怪，跑进屋中，似乎听得后面有些声音。

剑秋进到里面一看，却见板凳上横卧着一个少女，好似玉琴的模样，旁边一乡妇举起匕首，正向她的胸窝里刺去。不觉说声："不好！"连忙发出剑光，跳过去把周氏一剑飞去了头颅。因此间不容发，命在顷刻的玉琴，得以保全性命；若是他迟来一步，那就不堪设想，所以前回说一颗人头骨碌碌地滚在地上。若果玉琴被杀，当然要说一刀刺进中胸，鲜血直流了。剑秋杀了那乡妇，李天豪也走到他身旁说道："想不到那驴儿竟会通灵似的，把我们引到这个地方来救人。"

剑秋此时已看得明明白白，横卧坐凳上的，正是自己找寻不到的玉琴，心中又惊又喜，便对李天豪说道："这位少女便是女侠，不知她怎样落在人家圈套中？想这人家必然是个盗窟，鬼使神差，我们会赶来救她，此中真有天意了。"

李天豪闻得这是女侠，也很欢喜。剑秋又道："事不宜迟，我们要快把她救醒，防有他们的党羽前来。"李天豪道："不错。"

两人遂到厨下去盛了一碗水，剑秋喝了两口，喷在玉琴的面上，玉琴方才苏醒。忽见剑秋，使她惊喜莫名，翻身坐起，握着剑秋的手道："师兄，你怎会来的？我一时不小心，着了这妇人的道儿，险些送去性命，幸亏你来救我。但我自和你分散以后，隔离许多时日，你怎会知道我在此地而来的？"

剑秋道："我到了塞外，寻找你的踪影，一直不见。前天在张家口，听人说有一位女子，骑着花驴走过，照他所说的容貌状态，宛然是你，所以跟踪追来。遇见童子骑着花驴，陡起疑心，出而干涉，跟了驴子来到这里。凑巧见这乡妇要伤害你，故而飞剑斩掉她的。"

剑秋说至此，忽然嚷道："咦，那个童子呢？"忙和天豪奔出门去一看，那花驴正在树下吃草，不见童子的影踪，剑秋道："刚才当我飞剑时，把他丢在地上，不及相顾，大约被他逃走了。"又到室中四处寻找，依旧不见，只在乡妇房中取出玉琴的剑和包裹，交给玉琴。

玉琴已把胸前纽扣系好，走到外面，看见自己的花驴，想：我的性命可说是这驴儿救的；我在晏家堡帮助胡小三出气，得到这头花驴，今天却大有用处。可知天下有许多事并不是白做的，其中自有因果。

剑秋遂又介绍和李天豪相见，把自己如何到龙骧寨遇见李天豪和宇文兄妹的事，约略说一遍，便对玉琴说道："我们别后的事，此时说也说不尽，且待暇时大家细谈，我也要知你的事情呢！现在这里不是安乐之地，免得盗党前来，别生枝节，不如走罢。并非我有怕惧之心，实在是我们还有要紧的大事去干哩！"

玉琴点头说道："不错。"一边说时，一边见沿窗桌子上有一小包白色药粉，知道这是迷药。想自己吃了亏，且把那药粉带去化验一下，看是什么东西，便取了放在贴胸袋里。

李天豪道："那么便请这位姑娘一同光降敝处去，好使我们寨中人，都得瞻仰女侠丰采，且略尽地主之谊。"玉琴忙谢不敢，剑秋也要玉琴到那边去暂歇，遂让玉琴坐上花驴，二人在后跟着，离开这座屋子而去。

在他们去后，不到半天工夫，薄暮时，有一个身体肥硕的壮士，挟着长剑，跨着一匹白马，跑到门前，跳下马来，叫道："阿虎在哪里？"

却不见有人答应，忙进去一看，见了地下的尸体，不觉放声痛哭，却不知他的妻子守在家里，被什么人害死的。想自己平日杀人放火，作恶多端，今天才有此结果。又寻他儿子的踪迹也不得见，遂长叹一声，寻到一柄长锄，去屋后绝壁下掘了一个大泥坑，把他妻子埋葬在内，盖上泥土，植下一个木标，然后回到屋里，收拾一些细软，打一个大包裹，背在背上。返身出门骑上马鞍，仰天叹道："我韦飞虎横行十余年，只落得伤心惨目，如此收场。妻子已死，儿子也不要了，从今后我还是落发为僧去罢！"遂加上一鞭，泼喇喇下山去了。

剑秋、天豪引着玉琴过得分水岭，早到悬崖下山洞前面，玉琴瞧着那个山洞道："果然是个隐秘所在，纵有千军万马，也是杀不进的，只是有一个危险。"

李天豪道："什么危险？"玉琴问道："你们这里可有别的出路么？"李天豪摇头说："没有，这里天生就如此一片土壤，四面是山，无路可通。"

玉琴道："就坏在这个上，假若官军调遣重兵前来，在外封闭，寨中不要内乱么？"

李天豪道："这个我也考虑过的，所以前月我已和宇文亮说过，向后山蛤蟆岭下凿一孔道，以防万一。只是那计划十分秘密，现正要派工人去开凿呢！"

玉琴道："很好。"遂从驴背上跳下，牵着驴子，三个人披草拂荆，从洞中穿出去，到了龙骧寨。

寨中人见李天豪等回来，一齐欢迎，报告给宇文亮兄妹知道，宇文亮偕同蟾姑、莲姑亲自迎接到堂上，分宾主坐定。剑秋又代玉琴和众人介绍，宇家姊妹见玉琴果然生得妩媚可人，而且婀娜中含有英武之气，风尘满面，像是长途跋涉而来的。玉琴也见他们姊妹俩如花似玉十分美丽。当时设宴接风，宾主尽欢。玉琴由蟾姑招待到里面一间客厅中住下，三个人谈起武术后，很是投合。

剑秋因为找到了玉琴，心里说不出的喜欢，急欲一吐衷肠。次日宇文亮和李天豪出去操练部众，剑秋便请玉琴到室中坐定，促膝谈心，细细地把自己如何被徐氏三姊妹围困，如何诓骗瑞姑逃出艳窝，乘机把她杀却；如何遇见智能，夜探天王寺，罩在铜钟里；如何有"飞云神龙"余观海前来援救出险；如何山中迷路，发现山洞，入洞被擒等事，一一告知玉琴。

玉琴笑道："你不在香窝艳窟中过快乐日子，一定要跑出来到这荒漠地方，岂非傻子么？况且瑞姑有恩于你，你却把她刺死，未免太忍心吧！"

剑秋听了玉琴的说话，便正色道："师妹休要取笑！我的宗旨不是助师妹复仇么？那些妖姬淫妇，岂在我的心中？不得已而虚与周旋，无非想脱险之计。瑞姑平日陷害男子无数，我今报以青锋，在我虽说薄情，而为多数死者复仇，也是快事。并且我和她并无一些暧昧，师妹难道还要疑心我么？"

玉琴不觉粉颊微红，忙分辩道："我是和你开玩笑的，你不要当真。我辈身为剑侠，以道义为心，自然光明磊落，不致陷入邪僻之途。我们虽然相聚的日子不久，然而同过患难，我相信你是个有血性的男子，哪敢猜疑？"

剑秋听了大喜道："感谢之至，师妹不愧是我的知音。"

玉琴也微笑着，把自己如何被云道人迷香迷倒，如何忽逢师父前来援救，以后如何在晏家堡惩戒恶霸，如何病倒在曾家，卧病月余，拜曾太太为义母等事，絮絮地奉告。又说："我在卢沟桥曾遇云三娘和余观海，问起了你，余观海才说你早已出去了，因此我急急赶来。"剑秋始知玉琴所以迟迟出塞之故，又问："云三娘现在和余观海到哪里去了？他们可要来除灭天王寺里的四空上人？"

玉琴摇首道："这却不知，他们因为要到云南援助一个朋友，当晚便分手的。"二人别后重逢，异常亲密，谈了许多时候。

玉琴心里急欲到白牛山去复仇，因找不到白牛山，十分焦躁，剑秋道："且慢，我听李天豪说，白牛山的盗匪已受此间宇文亮的联络，等我先向宇文亮探问明白，然后再去动手，以免有误。"玉琴答允。

李天豪和宇文亮知道玉琴是个昆仑派的女侠，且和剑秋同门，也很敬重。夜间蟾姑姊妹在闺中设宴款待，玉琴见他们如此优待，很觉过意不去，且知他们虽是草莽英雄，而志在革命，目光远大，非那些窬径强梁可比；加之李天豪极意联合，所以对他们也很表同情。

隔了数天，剑秋向宇文亮探知白牛山的途径，正在分水岭的西北，距此尚有百里之远，山上的领袖果是"飞天蜈蚣"邓百霸，手下有数百徒党，甚是勇猛。那邓百霸是鲁省人氏，少年时曾在广东为盗，后拜四川剑锋山万佛寺金光和尚为师，学习剑术，便到这个山上来做一方的雄长，在塞外很有威名。宇文亮得了他，以为大大的臂助呢！

剑秋背地里把这话告诉玉琴，知道一定是她亡父的仇人了。玉琴遂向剑秋说道："邓百霸和宇文亮结为盟好，我断不能因为宇文亮的缘故，把父仇放起不报，我们披星戴月，奔波万里，所为何来？"

剑秋道："那么我们若去寻找邓百霸，不必先向宇文亮说明，以免他来说情，或者泄露风声，不如我们悄悄前去做了再说。"

玉琴道："是的，要干就干，不可犹豫！"遂约定明日同往。

到得明天，剑秋向李天豪诡言要和玉琴出去找寻一个朋友。李天豪不便查问，告知宇文亮，只好答应，但请他们二人不要远去，早早回来，尚有事情拜烦帮忙。二人诺诺答应，暗中扎束停当，各自带上宝剑，别了李天豪，出得石洞，照着宇文亮指示的途径走去。日落时，早到白牛山下，见山势非常雄峻，只有一条羊肠小道可通山上，在半山还有一座关隘，有人守着，居高临下，可以瞭望四方。

玉琴对剑秋说道："我们都是光明正大的，此来复仇，最好和那厮说明，使他死而无怨，不必暗地行刺。"剑秋道："好的。"二人还大踏步走上山去。

关隘上人早已望见，便有一个黑衣壮士，手中执着泼风大刀，率领部下七八人，跑过来拦住喝道："你们俩是到哪儿去？休得乱闯！可知白牛山不是寻常之地么？"

玉琴答道："我们特来拜见你们的领袖'飞天蜈蚣'邓百霸的，烦你通报一声。"

那壮士又道："你们要见我们寨主，所为何事？"玉琴道："有要事面谈，此刻不便先说。"那壮士见他们左右不过二人，料他们也做不出什么事来，遂命部下引导二人通过了那个关隘，走上山巅，到他们的大本营里。

"飞天蜈蚣"邓百霸正张灯设宴，陪着一位师兄，在尚武堂上欢饮，听人通报有客求见，便命左右速请。原来邓百霸自在那年报了方大刀的宿仇，便同徒党到这山上来啸聚为盗。他的部下很有战斗力，每和官军接触时，无不以一当十，勇不顾生，他在蒙境内独霸一方，无人敢和他反抗。那白牛山地势又极险要，进可以战，退可以守，所以他在半山筑起一个关隘，命他的结义兄弟王豹把守。王豹非常骁勇，善使大刀，真有一夫当关万夫莫敌之概。

邓百霸又在河南卫辉府二龙口穆家，娶得一个妻子，名叫穆玄英，也有很好的武术，是金刀穆雄的女儿。金刀穆雄在卫辉一带，无人不知，是个江湖上的前辈，他的妻子胜氏，别号母夜叉，善使一根竹节钢鞭，舞动时百人近她不得，穆雄见了她有些忌惮三分。胜氏和邓百霸带些亲戚关系，所以把爱女给他，而穆雄心中很不愿意，以为邓百霸在绿林中干那生涯，终非长久之计。胜氏却以为，自己也是绿林出身，又有何妨？不管她的丈夫愿意不愿意，便行做主，成就了这事。穆玄英又有一位小弟弟，名唤祥麟，自幼随他出家的叔叔"六指和尚"到浙省山中去学艺，和邓百霸没有见过面，以后出世是河南有名的小侠哩。

邓百霸既投金光门下，时常有几个师兄弟前来探望，他都竭诚招待。这天来了他的师兄法玄，因为明年四月里正是金光和尚七旬寿辰，门下弟子要筹备庆祝大会，法玄特地出来，到各处通知征集意见。所以邓百霸正和法玄饮酒畅谈，却不知有人前来复仇，要了结以前一重公案了。

玉琴和剑秋走到尚武堂下，见很大一个庭院，左右有两株老松，堂上灯烛辉煌，有人在那里饮酒，听得一个"请"字，二人徐徐步上阶墀。见左边坐着一个胖和尚，颊上一个巨大的刀疤，相貌凶恶，衣袖卷起，露出毛茸茸的臂膊，筋肉坟起，孔武有力；右边坐着一个伟男子，目光英锐，颔下微有短须，穿着十分华丽，戴着皮帽，相貌雄伟，年纪已有四旬开外了。玉琴此时已料到他就是"飞天蜈蚣"邓百霸，一见仇人，怒气上冲，勉强按捺住，上前向他行礼。

邓百霸便请他们坐定，开口问道："二位姓甚名谁？特地到这里来见我，可有什么事情？"

剑秋道："久闻足下威名，我等兄妹愿投麾下效力。"遂捏造两个假名，诡说是汴梁人氏，犯了命案，逃到塞外来的。

邓百霸哪知其中缘由，信以为真，便又问道："我们山中弟兄众多，都有一技之能，足以自现，你们可有什么本领，请先显示一下。"

玉琴暗骂一声邓贼，你偏要试我们的本领，那么不妨给你看一下，好使你知道方大刀的女儿厉害不厉害！遂娇声答道："寨主吩咐敢不遵命！"

眼看见堂前有一根旗杆，离地约有四丈多高，旗杆顶上横竖一面红旗，随风飘展。此时天色已黑，天上明星点点，还瞧得见旗的影儿，便立起身来，紧一紧衣服，向邓百霸说道："略试小技，愿把旗杆顶上的红旗取下。"

邓百霸点点头，便见玉琴走到阶下，一耸身但见一道黑影，如飞鸟般飞上旗杆，一手抱住杆顶，一手解下那面旗子，轻轻一跃而下，献在席前，杳无声息，又轻又快。法玄才把一杯酒喝下，不觉拍手赞道："好功夫。"

剑秋走过去把旗接在手中说道："我的妹妹取下了旗子，还让我去挂上罢！"只见他也是一飞身，腾空而上，刹那间如一片秋叶，随风落下，轻忽无声，回头看那木杆顶上的红旗时，又在那里迎风而舞着。

邓百霸道："你们兄妹有此飞行术，已臻上乘，却不知你们的剑艺如何？"

剑秋答道："我们略谙击剑之术，但是班门弄斧，幸勿见笑。"

邓百霸道，"你们且舞给我看。"剑秋遂和玉琴脱下外衣，捧着宝剑，走到庭中，此时山上众健儿，以及邓百霸妻子穆玄英都出来作壁上观。

二人挥动宝剑，相对作"鸿门舞"，都不愿意使出真实的剑术来，恐防仇人见了生疑；然而剑光回旋，已耀得旁人眼花缭乱了。玉琴且舞且留心看着邓百霸的态度，很想乘个间隙把他一剑刺死，又恐一击不中反生意外。心里正在犹豫，忽见那个胖和尚法玄从怀中捧出一个五寸长的葫芦来，尊尊敬敬的放在桌子上。她知道法玄必非常人可比，不敢冒昧从事，不得不变更初来时的宗旨，而相机行事。她和剑秋舞到分际，收住剑光，跳出圈子，回到原座，面不改色。

法玄带笑说道："出家人见猎心喜，技痒难耐，今天要试试我的飞刀，给诸位一观。"

邓百霸大喜道："师兄的飞刀是剑峰数一数二的绝技，除了大师兄四空上人，没有你的敌手。我们若和你相较，那么好像小巫见大巫了！"

法玄很得意的运足罡气，口中喃喃有词，揭开葫芦盖，葫芦裂帛一声响，有两道青光飞出，直到天空，很清楚的见是两条柳叶飞刀，如龙蛇忽上忽下、忽左忽右的盘旋，众人都觉得冷气森森，不敢正视。听庭中簌簌有声，木叶尽落，玉琴和剑秋细瞧那两柄飞刀，果是夭矫不凡，因此知道法玄的本领不弱了。

法玄对邓百霸说道："飞刀出了葫芦，必须见血方还，但无故又不可妄戮他人，只好让他到山下去寻些牺牲物罢！"遂把右手一指，两道青光如箭一般的射向山下去了。

法玄端坐不动，少停面色有异，连忙立起来，高捧葫芦，口中又喃喃有词。众人但觉眼前一亮，两道青光已到顶上，打了几个转，其光渐小，忽的奔入葫芦中去了，法玄随手盖上，藏在怀中，众人也都退去。只有邓百霸夫妇和法玄、剑秋、玉琴一同坐着，堂下有三四个人立在那里伺候。

法玄道："我今天一时高兴，又妄开了杀戒。因那飞刀到山下找不到牺牲品，遂伤了人回来。你们如不信，立刻差人下山探问便知。"邓百霸遂命一人快快下山去打听消息。

法玄又道："这种飞刀轻易不能炼就的，先采五金之英，把来炉中熬炼，经过七七四十九日，只炼成一柄飞刀。然后使它收取日月的精华，天天早起，运用丹田罡气。经过若干时日，苦心习练，然后能使它变易形状，可大可小。不用时藏在葫芦之中，用时运足罡气，放刀飞出，东西南北，任你指挥。所谓放之则弥六合，卷之则藏于密。但也要视各人道行的，有的只能用其一，有可能用其五六，最有功夫的能用其九，便可无敌于天下。

"听说我们师父金光和尚七世师伯清风上人，在明时隐居天台山，能用九柄柳叶飞刀。适逢倭寇犯浙，势甚猖獗，连屠杀四村，官军进攻，反遭失败，清风上人遂放出飞刀，把敌人杀死无数，救了沿海的人民。官军主将见他如此神通广大，要请他出山，他叹口气道：'我已开了一个大大的杀戒，一之为甚，其可再乎？'遂闭门不出。现在只有师兄四空上人，他驻锡在张家口天王寺中，能用五柄飞刀，其他诸人却不能了，实在不容易。"剑秋和玉琴听了，记在脑里。

此时差下去的人已回来复命道："离山不到二里，有一农人家中，正在哭哭啼啼，因为男人方出便溺，突有两道青光飞来，男人挡着第一道，便被分斩两段，还有一道青光到马棚中回旋一转，有一马也已身首异处了。"邓百霸道："果然厉害。"玉琴、剑秋听了，意太不忍。

法玄又对玉琴说道："你们的剑术还是幼稚，我劝你们不如跟我上四川，待我教你们练习飞刀，你们若能熬苦，一定会成功的。"一边说时，一边瞧着玉琴，笑嘻嘻地转着坏念头。

玉琴如何不懂得，暗想：这贼秃虽有本领，而心肠太坏，看他已动淫心，何不利用色来诱他上钩，乘间把他杀掉；不但去了邓百霸的助手，也为世界上除去一害。遂立起身来向法玄行礼道："弟子愿拜上人为师，请携我赴川，我愿苦心修炼。"法玄笑握着玉琴的手道："如此你与我可谓有缘了。"

剑秋初闻玉琴说话，未免有些疑惑，后来一想，这是她用的计策，看来今夜不能直接痛快的下手了。穆玄英却尽看着玉琴微笑不语。

直到二鼓后，席散，邓百霸便留二人在山上安睡，只是要他们人分开，各居一室。

法玄美色当前，多喝了些酒，他本是个淫僧，时时单身出去采花，做过许多伤天害理的事情，因为这个，剑峰山一派便敌不上昆仑的正气了，否则金光和尚门下有很多有能耐的人物，何至失败呢？当时法玄性欲冲动，忍不住对玉琴说道："你既拜我为师，我便要开始教你运气功夫了，今夜你先随我到房里去学习片刻，然后去睡。"

玉琴对剑秋瞧了一瞧，答道："谨遵师命。"邓百霸夫妇也知法玄当夜便要教玉琴运气，这是假话，大约他要和那女子一参欢喜之禅了，为免说破，任他处置。

玉琴得个空，便悄悄地对剑秋说道："那贼秃不怀好意，现在箭在弦上，不得不发；我就跟他去，伺机便要下手。先把他羁除了，然后再找邓百霸。请你即来策应我，还有一场恶战哩！"剑秋点头道："师妹善自留意，我准入内接应便了。"

法玄打了一个呵欠，遂引导着玉琴先去。邓百霸夫妇也携手入内。剑秋却惘惘然随着人到客房中去睡眠。他哪里睡得着呢？在炕上打坐了片刻，听外面万籁俱寂，更锣已敲三下，暗想：事不宜迟，我快去接应她罢！大约此时玉琴也已动手了。扎束停当，挟着惊鲵宝剑，开了后窗，跳上屋面。

但他初到山上，不知法玄住在哪里？邓百霸的寝室又在哪里？只得往有灯光处行去。走了几处，寻不到法玄和尚和玉琴的地方，心中好不发急，尽顾往里面探察，已到了邓百霸卧室。邓百霸常恐有人行刺，所以夜间有一小队健儿在他的内室前轮流保护。有人登屋、有人平地，四面留神。剑秋没有知道，闯到对面屋脊上，见对面坐着两人，正想躲避，早被他们看见，大呼："捉拿刺客！"于是一片声喧，四面喊将起来。

剑秋无可退缩，横剑而待。两人都已拔出长剑，跳过来向剑秋进刺，剑秋挥动手中剑，几个回旋，已把两人的剑削断，并且斩去一人的臂膊，两人从屋上逃下。剑秋也跳到地下，想事已破露，索性去找邓百霸。遂使开惊鲵剑，一道青光直刺过来，众人虽知也不是他的对手，早向两边避易。剑秋一个箭步跳进室中，见邓百霸正握着青锋，立在对面一间屋子里，相距不过五六丈远，忙飞步过去，便和他决战。

邓百霸也跳出来喝道："原来你就是刺客，好小子，泼天大胆，竟敢上山来假行投降，心存不轨，须教你来时有门去时无路。"剑秋也道："邓贼休得多语，我今前来取你的狗命！"说罢两人的剑光已接触着。

酣战良久，邓百霸的妻子穆玄英，摆动两个莲花锤，也赶来助战。剑秋毫不惧怕，盘旋如常，邓百霸见力战不能取胜，遂和穆玄英徐徐退下，剑秋一步紧一步地追上去。邓百霸和穆玄英已退到小屋子里，屋中很黑外面瞧不清楚，剑秋不暇详察，追进屋子，不见了邓百霸夫妇，却听天崩地裂的一声响，那屋子直陷到地底下去，自己跟着下沉，好似现在流行的升降机一般。等到停住，四围都是很粗的铁栅栏，如鸟入樊笼，不能出去了。

剑秋叹一口气，急把宝剑去削铁栏，削了多时，才削断了一条，心里并不着急自己被困，却悬念在玉琴身上。原来这间小屋是邓百霸在万佛寺中学来的花样，特地造着，以防万一的；两边有门，他们把剑秋诱到里面，便从后面门里走了出去，按动向下的机关，那小屋便往下沉。下面四围铸有一样大小的铁栅，便把那屋子围住，敌人虽然勇敢，再也跳不出来了。

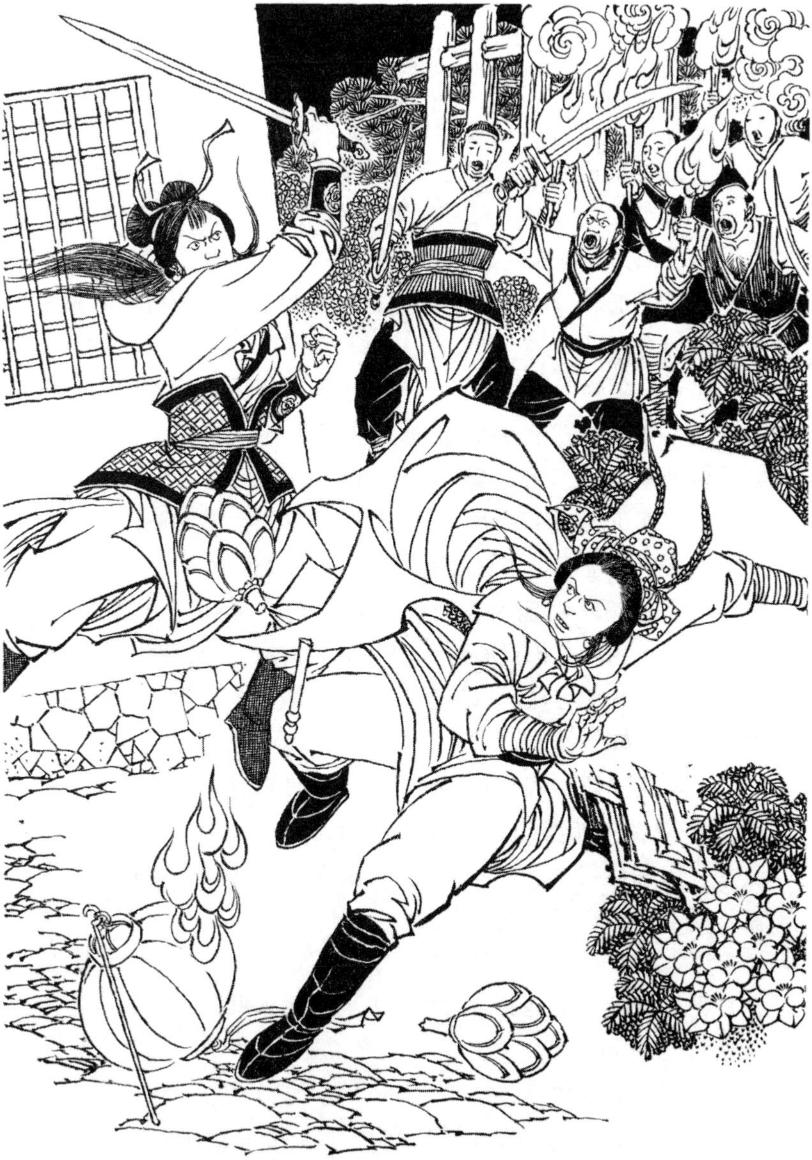

邓百霸既把剑秋陷在地下，十分得意，遂向穆玄英说道："和那厮同来的不是还有一个女子么？她跟法玄师兄去的，也不是个好人。现在不知怎样了？我要前去一看究竟，你同他们几个人守在此间，待我回来摆布。"说罢跑向前面屋中去。

此时灯笼火把，点得如同白昼，山上的健儿都已闻警而至。突然见东边屋上，飞一般的跳出一个女子来，一道白光，直刺穆玄英头上。穆玄英使动两个莲花锤来迎时，"哎哟"一声，左手的莲花锤头已被削落，跟着一剑，往她咽喉刺来，忙快把右手锤抵御，锤头碰在剑锋，又已断下，滚在地上。穆玄英吓得回身便逃。

那女子又刺倒了两个健儿，急忙跑至小屋陷落的所在，按动下边装着椭圆形的铁柱，向上抽了两下，那小屋便冉冉上升，剑秋早从小门里跃到外面，对女子说道："多蒙师妹前来救我，但那仇人到哪里去了？我们快些寻找，不要被他漏网。"

原来这女子不是玉琴还有谁呢？起先她跟着法玄和尚来到房中，法玄笑嘻嘻地勾着她的香肩说道："有缘千里能相会，无缘当面不相逢。佛说有缘，我与你真有缘，今夜我和你同登阳台，共参欢喜之禅。以后我便带你上峨嵋去，教你来修炼飞刀之术，可好么？"

玉琴假作娇羞答道："师父说如何便如何，弟子是不懂什么的。"法玄哈哈笑道："你是个处女，当然不懂。少停尝着了滋味，包你懂得。"玉琴闻言，不由得颊泛红霞，暗暗咬紧牙齿，恨不得立刻把他刺刃于胸。

法玄坐定后，灯光下看美人，越发娇艳，自以为今夕何夕，见此粲者，也是自己的幸运，有这美人儿送上门来呢！玉琴把自己的宝剑挂在墙上，对法玄说道："我的本领实在不济事，还请师父指教。"

法玄道："指教的日子长哩！今夜我指教你的又是一桩事。"说罢，走过来要把玉琴搂抱，玉琴双手把他推开，假做惊慌，但是此时法玄已像森林中一头凶狠的饿狮，见了美丽的小鹿，立刻要奋其爪牙而攫来了，所以早把玉琴抱置膝上。

玉琴见时机紧迫，不得已对法玄说道："师父若要如此，须依我两件事，不然宁为玉碎，毋为瓦全。"法玄道："怎样两件事，你且说说看。"

玉琴道："师父若爱上了我，不可始乱终弃，我是个黄花闺女，今夜陪男子睡，还是破天荒第一遭，我们须同作合卺之饮，以示郑重，这是第一件事。还有，师父的葫芦佩戴在身边，我看了有些畏怯，请师父把它放开。"

法玄点头道："可以可以，本来我还没有喝得够呢！"遂关了房门，一人走到外边去。不多时带了一坛酒和一大盆火腿进来，对玉琴说道："时已不早，我寻到厨下，厨子已睡着了，我把他唤醒要酒菜。酒是现成的，菜却没有预备；惟有火腿却是现成的，我遂取了这两样东西来，将就些罢！"

玉琴点头答应，遂从桌上取了两个杯子，开坛倾酒，对面而坐着，很恭敬的先请法玄喝一杯酒。法玄喝了一杯，即拈着火腿大嚼，对玉琴说道："你也喝一杯酒。"

玉琴勉强喝了一口，又斟满了一杯，请法玄再喝，法玄喝到半杯不喝了，微微笑道："这个冷酒喝多了，肚中不快，并且你要我喝酒，自己却不肯喝，这是什么道理？莫不是有意灌醉我么？须知我是醉翁之意不在酒呢！"

玉琴被他这么一说，暗暗吃惊，但面上极力表示镇静，嫣然一笑，说道："师父，我本没有这个意思，若是师父疑我，不喝也罢！像师父的酒量，焉能一时会醉？并且我灌醉了师父，意欲何为？至于我不喝酒，实因弟子不会喝酒的。"说罢，佯嗔薄怒，低头不出一声，心中忽然想起一事，现在可以利用此物了。

法玄见玉琴娇嗔，大笑道："我是说着和你玩的，你不要认真啊！"便把那半杯酒又喝了下去。

玉琴遂把自己面前杯中的酒举起来一饮而尽，说道："省得师父怪我不肯喝酒，我就喝个醉罢！"

法玄连忙立起来，走到她的身前，抚着她的香肩说道："我说一句，你就动气么？你不要喝酒，喝醉了怎能成就好事？小孩子快不要如此，还是我来喝的好。"

玉琴乘法玄不留意，暗从贴身衣袋里取出一个小包，指甲里蘸了一些白色药粉，把来弹在自己杯中，仍旧藏好；又斟满一杯酒，双手奉给法玄，说道："师父，那么喝了这杯酒，我们便睡罢，外面更锣已敲过三下了。"

法玄听了，全身骨节都酥软起来，说道："好好，你真生得玲珑剔透的心肝，体会得到。"遂接过酒杯，一饮而尽，脱下外面的衲衣，走过来挽着玉琴的手，要到炕上去睡，且代玉琴解去衣上纽扣。

玉琴见药性还不发作，心中很是焦急，只得假做含羞，故意迁延，又见法玄把葫芦放在枕边，玉琴便道："我不要这个怕人的东西，我不睡了。"

法玄笑笑，遂把葫芦放在桌上，伸手把玉琴一抱，横倒炕上，玉琴想用武力去抵抗，却是法玄说声："不好！"咕咚一声，倒在地下。玉琴大喜，忙用一个鲤鱼打挺势跳下炕来，见法玄直僵僵地躺着，已失去知觉。这时忽听外面一片喧声喊道："捉刺客，捉刺客！"她知道剑秋已在那里动手了，急忙摘下壁上宝剑，手起剑落，早把法玄一颗光头脑袋割下，挂在门上。自己一耸身跳上屋顶，忙去接应剑秋。见后面火光照耀，人声嘈杂，有许多人执着兵刃跑过去。玉琴在屋上跳着，他们走到里面时，恰见剑秋追入小屋中，邓百霸夫妇抽动椭圆形的铁柱，小屋直落下去，邓百霸又和众人赶到外面去了。

玉琴先救剑秋要紧，遂奋身跃下，战退了穆玄英，救出剑秋，正要去找邓百霸。恰巧邓百霸到法玄门前，听得里面并无动静，以为法玄和尚一定是和那女子云雨交好，交颈酣眠，所以外边事也不管了。谁知恰巧瞧见法玄和尚的头颅，正挂在房门上，鲜血下滴。

邓百霸猛地大吃一惊，知道这一双男女上山来实怀着恶意的，遂和部下健儿回到里面。两下相遇，邓百霸见剑秋又被那女子救出，玄瑛却也不知哪里去了，心上又气又怒，向玉琴大骂道："贱婢！胆敢害法玄和尚。你们究竟是谁？和我有什么怨恨？"

玉琴便把真刚宝剑向他一指道："邓百霸！你还记得荒江之滨的方大刀么？他就是我的父亲。不幸死在你的手里，你自以为得计了，却不知他有一个女儿方玉琴，立志复仇，饶你不得。今天我们前来，是要你的性命，以慰我父在天之灵。淫僧心怀不良，自取其祸，现在我们不必多言，且先决一雌雄，使你死而无怨。"

邓百霸听了这话，恍然大悟，遂喝道："原来你就是方大刀的女儿。很好，我就和你拼个你死我活，别人不要动手。"

玉琴也道："这才是好汉啦！"飞步上前，一剑向邓百霸的心窝直戳过去，邓百霸还剑格住；两人运动剑光，各使出平生本领来肉搏。一个如饿虎扑羊，一个如飞鸟逐兔，两道白光倏来倏往。酣战良久，只听玉琴娇喝一声，一剑早刺入邓百霸腹中，邓百霸仰后而倒，玉琴又是一剑，把他的头颅割去。

众人见邓百霸已死，呐喊一声，各举兵刃，把二人围住。二人见目的业已达到，不欲多杀，遂舞剑抵御，略战片刻，玉琴回头对剑秋说道："我们何必和他们苦战，不如走罢！"剑秋点头答应。

两人遂把剑光向四下一扫，众人的枪尖、刀头一齐纷纷断落，吓得都往后退。二人一耸身跃上屋檐，说道："仇人已死，我们也不来伤害你们，从此去了。你们也不必追赶，静候龙骧寨中人来处置罢！"刹那间不见影踪。

二人跑到半山，又见火把大明，有一小队盗匪拦住去路，乃是守关的王豹闻警前来堵截，王豹见了二人便道："呀！你果然不是好人，休想逃走！"举起大刀向他们劈来。

剑秋将惊鲵剑向上一迎，只听得叮当一声，刀头早已飞去，跟着一个蜻蜓点水式，一剑刺去，王豹不及躲避，刺中左肩，拖了断刀向后便逃。因他知道遇着剑客了，自己万万不是对手，勇气尽失，逃命要紧。

玉琴又喝道："'飞天蜈蚣'邓百霸已被我们诛掉，劝你们让开些罢！不要活得不耐烦，我们的宝剑是无情的。"众人闻言大惊，各自遁去。

二人越过了关隘，下山已近五鼓。就在林中石上坐着休息一会儿。剑秋向玉琴带笑作揖道："恭贺师妹大仇已复，不负你的一番苦心了。"玉琴微笑道："多谢师兄诚意相助，此德永远不忘。"

剑秋道："师妹快不要这样说，我有何德可言？我和你在韩家庄相见后，只希望你复仇的志愿早早达到。现在成功了，我心也是快乐，自愧没有什么相助。适才我陷身屋中，也是师妹救我出来的啊！"

玉琴道："我们二人屡遭不测，天幸能都化险为夷。记得在沧州宝林禅院，陷在地窟中，猛狮当前，危险得很，到底却被我们想法逃出。最近我又被那草室中的盗妇迷倒了，险些丧命，又蒙师兄前来援救的，我也感激不尽。却喜无意中取得迷药，今夜全靠此物杀却淫僧。"

剑秋道："我也要急想知道师妹跟随那贼秃的情景呢！那贼秃神通广大，师妹如何动手？"

玉琴便把经过的事告诉一遍，剑秋大喜道："都亏师妹机警，才把他灭除，不然我们真的动手对垒时，很是棘手，胜败还不可知呢！"

玉琴道："淫僧的死，不死于剑，是死在色字上。他既做了和尚，当知色即是空，空即是色，大彻大悟，在深山古刹中修道。谁教他见色心动，自堕绮帐呢！"

剑秋笑道："本来色字的头上是个刀字，世人死在这把刀下的，真有恒河沙数，古今来颠倒众生的也惟有这个色字。孟子称：'大丈夫富贵不能淫，贫贱不能移，威武不能屈'，我说下面再加一句'美色不能惑呢'！我辈做剑侠的，更要自己小心。想我在九天玄女庙里被徐氏三姊妹包围着,百般引惑,险的自堕魔道,幸亏心志还能坚定,临崖可以勒马,孽海亦能裹足,才能仰不愧于天,俯不怍于人呢!"

玉琴听剑秋的说话,芳心中更觉起一种景慕之忱。二人谈谈说说,不觉天已微明。玉琴对剑秋说道:"我们做事须要光明磊落,既已杀死邓百霸,应该把这等事的缘由,告诉宇文亮和李天豪,也好使他们来收抚山中的群盗,编成将来的义师。"

剑秋道:"闻得宇文亮和邓百霸很是投契的,若知我们杀了邓百霸时,恐他要和我们不干休的。"

玉琴道:"凡事是则是,非则非。他虽然心中不赞成,却不好跟我们动手;横竖我们无意久住在那里,合则留,不合则去,很爽快的。若是我们偷偷地走了,反给他们讪笑,而且他们也不能明白真相,况我的花驴又在寨中,我也舍不得失了这驴儿的。"

剑秋遂道:"好的,我们回去罢!"于是二人从原路回到寨中。见了宇文亮和李天豪,把这事说个明白,请他们前去收抚。宇文亮听说,勃然大怒,要想发作;李天豪却把他的衣角一拖,对他做个眼色,似乎劝他不要鲁莽从事。只得忍耐下,满口称赞玉琴的孝勇。当晚李天豪,仍留二人住在寨中,自己便和宇文亮离了龙骧寨到白牛山去,收抚邓百霸的部下。

途中宇文亮对李天豪说道:"都是你要把剑秋接在寨里,以为网罗豪杰;现在他却牵了一个女子来,反把邓百霸杀了,折断我们的羽翼。非徒无益,而又害之。若依我早把他杀了,何致有今日之变。想邓百霸威镇蒙边,却断送在女子手里,我代他很是不平。况且我们和他联盟,结为兄弟之好;他们终该看我们面上,不应把他杀掉,再来告诉我们。他们志得意满,我们倒很觉扫颜的。依我的心里,要代邓百霸报仇,把这一对狗男女杀掉。"

李天豪便道:"吾兄只知其一,不知其二。邓百霸和玉琴有杀父之仇,人家学艺回来,最大的目的便是复仇,这是她师兄剑秋告诉我的。他们出塞来，也是为了这事。邓百霸虽和我们联盟，我们却不能禁止他们不去报以前的宿仇。他们不起先通知，恐防我们或要阻止；现在来说明，更显得他们态度的光明正直了。我们做不出和他们翻脸，何况他们二人都有惊人的武艺？邓百霸尚且死于她的剑下，我们何不乘此联络他们？只要他们肯相助时，昆仑派中人才很多，将来大有用处；失一邓百霸，得了许多强过邓百霸的豪杰，吾兄又何必要代死者去复仇呢？"宇文亮听了李天豪的话不再多说。

二人到了白牛山，山上正是混乱，宇文亮遂和李天豪见了王豹，检点部队。王豹便将夜间邓百霸和法玄和尚被杀的事以及山上弟兄们死伤的人数，告知二人。二人早已知悉，便当众推举王豹做了山上的领袖，安抚一番而还。

李天豪对剑秋、玉琴，更是礼貌殷勤，把自己的志愿和二人细谈，要请二人异日相助，二人惟惟答应。宇文亮也对他们很是客气，二人知道有李天豪在内斡旋，这事和平过去了。

不料这夜玉琴睡至三更时分，似醒非醒的当儿，忽听屋上微有声息，似乎有人行走，立刻醒来，从床头掣出宝剑，站在窗下等候。果然微风一阵，觉得窗户轻轻开了，跟着一个苗条的黑影跳进室来；白光一起，向床上杀去，却杀个空。

玉琴早已跃起，便向黑影一剑刺过去，黑影也很敏捷，一闪身避过玉琴的剑，仍从窗里跃出。玉琴也跳到外面，黑暗中瞧不清楚面目，似乎是宇文亮的次妹莲姑。那黑影见玉琴追至，便往玉琴头上一剑横扫过来，玉琴举剑相迎。战得不到三个回合，两剑相遇，一声响亮，玉琴的真刚宝剑已把敌人的剑尖削断，便见那黑影一耸身跃上屋去走了。

玉琴也不追赶，自回室中歇息，也不敢再睡了，挨至天明，忙去见剑秋，把这事告诉他听。剑秋听了，知道其中有内幕，不便和玉琴直说。

玉琴却说道："我想，此地不可久居。我们出塞来，为的是复仇。现在大仇已复，恋恋于此做什么？不如去罢，以免别生枝节。我离别家乡已久,也要回去一拜先茔,以慰我父的幽魂;然后再上昆仑,拜谒我师,要学更深的武艺。师兄若肯和我同行,那是最好。"

剑秋道:"左右没事,我仍相伴师妹同去,将来好一同上昆仑去见禅师。还有李鹏家中,我们便道也要去告知他一声,好使他欢喜。"

玉琴点点头,又道:"以后我也到虎牢关走一遭,看看窦氏母女哩!"当下二人商量已定,便去见宇文亮和李天豪,立刻便要告辞。

宇文亮和李天豪苦苦相留不得,遂设酒代二人饯行,蟾姑也出来相伴,惟有莲姑推说有恙,不曾出席,二人心中明白。席间李天豪弹着月琴,一片凄越之音,更使他们相对黯然。剑秋答应李天豪他日再来拜访,这里若竖义师,他们必肯帮助;且愿他们奋发前途,为民族争光荣。

散了席,已是下午,二人便和宇文亮兄妹以及李天豪等握别,宇文亮命人牵出玉琴的花驴,还有一匹龙驹,因为剑秋没有坐骑,所以赠送与他。剑秋谢了又谢,众人送出龙骧寨,到洞口分手,李天豪跨马相送一程,直到分水岭下。剑秋回头而对李天豪说道:"送君千里,终须一别,我们后会有期,即此而止罢。明年杨柳绿时,我们或要再来拜访的。"李天豪依依不舍,只得勒住缰辔,正是:粉荆脂聂,侠骨柔肠。传之不律,我愧予长。看剑秋和玉琴各自加上一鞭,地尘扬起,黑烟滚滚,向南面林子里渐渐而没,暂且按下不表。

第二十一回

奋神威山中伏鸷鸟
怀绝技夜半盗花驴

在那北通州的东面,相距六七十里,有一个小小村落,名唤枣庄,其地多崇山峻岭,把那庄子合抱着,隐然如大环。居民都很朴实,大半多做猎户,这也是因为地理上的关系。山中野兽甚多,出产很好,所以每天有人到山中去射猎的。一到傍晚,大家都是欢天喜地,荷负而归,习以为常。不料最近几天,有几个单身猎户到狼牙山去打猎,一个都没有回来,家人非常惶骇。

那狼牙山山势峻险,尤为荒僻,以前曾有猛虎盘踞,伤了不少人畜,卒被枣庄众猎户合力除掉。此时众人纷纷揣测,以为那里必然又出现凶恶的野兽了,不是大虫便是豹子,遂决议纠合大队猎户前往探险,群推少年于定九为领袖。

那于定九年少技精,在庄中可称佼佼者流,生得猿臂善射,发无不中。原来枣庄的猎户多善决射,箭镞上都涂有毒药,真是强弓毒矢,百兽所畏了。于定九听得这个消息,心中也急欲入山去窥探一遭,以明真相。

遂于次日黎明,率领众猎户,饱餐已毕,大家带着弓箭和兵器，还有几头猎犬，分着两队到狼牙山中去。

于定九在前队穿着全身猎装，荷弓悬矢，身边还跟着三头猎犬，都是猛悍非凡，平日豢养在家里的。一到山头，便起始开山，领着猎犬环跑三圈。那三头猎犬性子发作，张牙舞爪，连蹿带跳的向林子里跑去，鼻头向下嗅着，搜寻兽迹。于定九同众猎户紧紧追随，一路也细瞧地下可有什么猛兽的足印，却也找不到什么。有些狐兔鹿獐之类，四处奔逃。今天于定九等目标不在于此，所以也不捕捉，只向前走。

不多时早已穿出林子，又越过一个山冈，已近狼牙山顶；仰视山巅大石卓峙，其形状好似狼牙，张吻噬人。却见一头狼犬在前面一大树下停着不走，只是狂吠，众人知道有异。走近一看，方见树后有一个尸骸僵卧草际，已是半残了；还认得是庄中猎户陈某，在前几天失踪的。于定九立着踌躇不语，众人道：“可怜陈某必为虎豹所害，只剩得残尸在这里，尚有其余诸人的遗骸，不知在哪一处，我们必要代死者复仇。”

于定九却说道：“我看山中并没有凶猛的野兽发现，因为我的猎犬一些不见惊骇的样子；况且细瞧陈某的残尸，也不像为虎豹所噬，想必其他奇怪的东西吧！我们且前再探。”于是众人似信非信地跟着于定九又向前攀登，前面又有一座大林子。

猎户中间忽有一人指着树林里，发出惊异的声音道："你们快瞧，那边不是有一头怪鸟么？"于定九等跟着一看，见林子里果然有一头庞大的怪鸟，攫住一只白兔，在那里吞吃。

那怪鸟状如山鸡，头上尽是白色的羽毛，两足如鼠而爪锐似虎，状貌十分凶恶。此时于定九身边的三头猎犬，早已望见，狂吠数声，一齐虎跳也似的飞奔林子里，要去逐那怪鸟。那怪鸟也已瞧见这边的人和犬，但是它并不飞躲，吃了嘴边的残兔，展开双翅，和那三头猎犬猛扑，疾如闪电。哪知三头猎犬十分威猛，却都敌不过那怪鸟的尖喙利爪，身上被啄数口，徐徐退后。

于定九大怒，取过弓箭，拉满了正待射出，忽又听得天空中风声呼呼，吹得树上落叶纷纷下坠，又有一头巨鸟，如疾风骤雨一般地飞到。见了那怪鸟，便把双翅一招，唰的一声，迎上前去，和怪鸟厮斗在一起。众人莫不大奇，暗想：那怪鸟已是十分离奇，现在那巨鸟又来得突兀，想不到今天到山上来看斗鸟。于是众人忘记了所以然，一齐静静儿地立着作壁上观。

于定九也放下弓矢，细视那飞来的巨鸟，翅短尾长，头黄目金，在阳光中闪闪耀眼，认得是一头最大的金眼雕。但不知那怪鸟属何种类，金眼雕何以同它猛扑起来呢？一边思想，一边瞧那两鸟好似棋逢敌手，将遇良材，一来一往，忽上忽下地狠斗，看得众人眼花缭乱，舌缩心惊。斗了良久，见那金眼雕发出神威，尽顾向前猛扑，好似战场上冲锋的勇士，而那怪鸟凶势已渐渐收敛。忽然一声响亮，那怪鸟已被金眼雕扑毙，跌落地上，那金眼雕又是一声长鸣，如虎啸一般，回旋双翅，飞到云霄。

于定九瞧得出神，心中一喜，连呼"神鸟"不止！却听弓弦响处，自己猎户队里有一箭出，射向金眼雕去，回头一看乃是章阿戆。

章阿戆本是庄中出名的戆汉，有些蛮力，性子十分粗鲁，而又喜信人言，不辨真伪。如若你怂恿他去干什么事，他便不假思虑地去做了。庄中曾有一人和他有些小隙，有一天，待章阿戆喝醉时，便告诉他说，他在外边饮酒，家里的妻子却在和人姘识，如何不节。

章阿戆听了大怒，跑到家里，见了他的妻子，动手便打。他妻子正在做针线，等候丈夫归家，却不料章阿戆不问情由，把她痛打一顿，打得遍体鳞伤，又要用刀杀掉她。她遂大声呼救，亏得左右邻居赶来劝解，问清原委，大家代他的妻子辩白，一场风波，方才平息。次日章阿戆酒醒，见他妻子在身边哀泣，反去询问她，为什么哭泣？又见了她身，他方忆得那人告诉他的话，知道他的妻子受了冤枉；便又赶去找寻那人，要和那人拼命，也亏有人出来排解开去，自此章阿戆之名传遍庄中了。

这次到山中探险,他第一个自告奋勇,宣言如遇猛兽,必和它肉搏一番,虽膏虎吻不悔。现在看他很是技痒难耐,见那金眼雕扑毙怪鸟,正要飞去,他便不顾一切,引弓搭箭要觑准金眼雕一箭放出。那金眼雕见下有人向自己放箭,不慌不忙,掀动左翅,把箭扑落。章阿戆见了,顿足大呼:"好厉害的畜生!"抽出第二支箭,正要放射,说时迟那时快,金眼雕已突飞面前,展开巨爪,竟将章阿戆抓住,飞向天空。

此时第二队早已赶到,众人一齐大嚷大闹,乱箭齐放。金眼雕势不能敌,利爪一松把章阿戆掷落,振翅向山巅飞去,迅捷无比,一刹那间已不见了。那章阿戆从天空下坠,一落千丈,吓得他魂不附体,以为性命难保了。也是他命不该死,凑巧坠在一株大树枝上。那树枝如巨人之臂,向两边张开,因此将章阿戆托住,章阿戆便在树上大呼救命。于定九遂吩咐几个猎户攀登上树把他放下,又责备他不该如此鲁莽,自取其咎,险些送了性命;大家用乱箭射,也是很危险的,章阿戆俯首无言。

大众又看他肩上的里服都已撕破,皮肉也伤了一大块,章阿戆不觉痛苦,反又在那里匿笑。大众便问他笑什么,章阿戆答道:"好好的人竟被飞鸟抓,岂不是件可笑的新闻,生平还是第一次尝着这滋味呢!"大众听了他的话,也不觉好笑起来。

于定九却去地下提起那头死去的怪鸟,足有十数斤重。三头猎犬也跑来狂嗅,伸着血红似的舌头,若将吞噬。于定九将手一挥,猎犬便不敢上前了。众人再向前去,又找得一个猎户的死尸,却只剩半个了。于是大众舁着一个半尸体以及怪鸟,回转村庄。庄中人都来问讯,见了于定九肩上扛着的怪鸟,莫不惊异;那一个半尸体自有家人前来认去收殓。

于定九因为不知那怪鸟的来历,遂把它悬在要道旁的一株大树上,好似把它号令示众。看的人围着纷纷谈论,都说那怪鸟好不厉害,连人都要吃的,真是鸟中的霸王;但哪里又来一头金眼雕,会把那怪鸟扑死,可说强中更有强中手了。可惜我们没有瞧见那一出好戏啊!有上山的猎户便对大众说道:"你们还不知道又有一出好戏呢!"又把章阿戆被金眼雕攫去,坠落树枝情形,详细告诉。众人听了,哄然大笑。

这时庄中有一个王翁,偕同他家的西席单先生,扶杖来观。王翁是村中的富翁,老年硕望,晚年得了一个孙儿,乳名庆官,还不过六岁光景,已是颖悟非凡,王翁便请了那位饱学宿儒单先生来代他启蒙。今天听得怪鸟食人的新闻,所以一同来看,究竟是怎样的怪鸟。

单先生走到树下,举头细细一瞧,便回首对王翁微笑道:"东翁,此鸟形状如鸡,白首鼠足,乃魃雈也,出自《山海经》,性喜食人,毋怪此间猎户丧失性命矣!又此鸟甚少,不易得见,太平之世,不敢出现;今魃雈来临,北方恐又有刀兵之灾。"王翁听了,频点其头。众人素来敬服单先生,知道他是有学问的儒者,说话不错,于是都喊起"魃雈"来。于定九尚有些狐疑,然又无可穷诘,也就罢了。

次日傍晚,庄中人忽然惊呼起来,大家纷纷走出,仰首望空中瞧看。原来是那山中的金眼雕忽然飞来,回翔天空,好似窥探什么光景似的。王翁的孙儿庆官闹着要看金眼雕,王翁便吩咐下人着出观看,好好当心。不料那金眼雕蓦地里一扫而下,从下人的背上,抓着庆官,便飞上天空,往北面疾飞而去。下人大哭大跳,无法可救,等到于定九携着弓矢到来,那金眼雕已不知去向了。

王翁听得这个恶消息,大惊失色。庆官是他唯一的爱孙,桑榆暮景,仅此自娱,平时珍爱得真是心头肉一般,舍不得使他受半点儿委屈的。现在忽被金眼雕抓去,眼见得不能活了,又见家人哭哭啼啼,更使他心慌意乱,毫无主张,不觉自己也哭起来了。单先生听得门生遇此意外之事,也只有摇头嗟叹,在房中踱来踱去,口里喃喃地自言自语道:"天丧予,天丧予,我未如之何也已矣!安得空空儿翩然下临,以救此宁馨儿哉!"

于定九和王翁本有葭莩之谊，遂也跑来慰问。王翁一边向他作揖打躬，一边拭泪道："定九，此事非和你商量不可了！可怜我老年只有这一个孙儿，是我心爱之人，梦魂都系恋在他身上的。今遭不幸，性命难知；只得有烦你往狼牙山中走一遭，找寻踪迹，如能完璧归来，老朽当终身感激不忘，请你不要推却。"

　　于定九便答道："这真是飞来横祸，使人想不到的。现在既然出了这个岔子，我总得设法去救，况且庆官是非常可爱的小孩子，何忍使他死于雕鸟之手？今日天色已晚，我也不能前往；明天一早，我当同众猎户入山搜寻。实在那头金眼雕非常勇猛，绝不畏人的。它此次前来，或者因为昨天我们用乱箭把它射了一顿，故它特来复仇的。大约它仍到狼牙山去，你们且不要急，徒哭无益，待到明朝伫候好音罢。"

　　王翁听说，又对于定九作揖道："拜托拜托。"于定九道："好说。"于是别了王翁，回到家里，一边去通知众猎户，明晨预备入山去找寻。这时大家沸沸扬扬的都讲那回事，齐说金眼雕不易对付。

　　待到明晨，于定九带了弓箭，戴上一副眼镜，恐防雕来啄他双目之用；吩咐众猎户，见了金眼雕不可胡乱动手，此鸟不可力敌，只有用乱箭胜它一法。于是众猎户都戴上斗笠，满藏弓矢，随着于定九，又向狼牙山去。一路上山，四处寻觅。到了山上，却不见金眼雕影踪，疑心它或是飞向别地方去了。

　　见前面有一株大柏树，霜皮溜雨，枝叶参天，高可十数丈，上面有一很大的鸟巢。忽然有小儿啼哭之声，从那巢里发出来，十分清楚。于定九向众人道："莫非这就是金眼雕巢，庆官陷在里面么？"众人道："正是。"内中便有一人自告奋勇，愿上去救出庆官，于定九道："事不宜迟，你快些上树罢！"

　　那人脱去外边衣服，猱升而上。大众抬着头看他上去，哪知未及半树，风声呼呼，金眼雕已飞回来了。那人见了金眼雕，心中一慌，喊声："啊呀！"早从树上滑跌下来，大众将他

第二十一回　奋神威山中伏鹫鸟　怀绝技夜半盗花驴

扶起时，金眼雕展动双翅，便向众人扫击。

于定九立刻放箭，自己将箭搭上了弦，嗤的一声，一箭向金眼雕头上射去，谁知金眼雕张开嘴来，竟将那箭衔住。于定九大惊，正要再放第二支箭，金眼雕已向他头上飞来，于定九忙拔出佩刀，护住头顶。众人有些放箭，有些便向山下奔逃。金眼雕既勇且捷，一些都没有射着，于定九只得带领众人，返身便跑。

有一个猎户被金眼雕追得没路走，恰见有一大石，便把自己头上戴的斗笠取下，覆在石上，自己躲在石后，屏息不动。但见金眼雕奋爪下击，将斗笠撕碎，石屑亦纷纷下坠，金眼雕才长鸣一声飞回去了。那猎户喘息不已，追着众人一齐下山，于定九也垂头丧气觉得无颜。一行人回到庄中，却见庄中人围着一大堆，不知在那里瞧什么。

大家瞧见于定九等回来，便纷纷来问可能救得庆官？金眼雕在哪里？众猎户都摇头答道："哪里有这样容易！金眼雕非常厉害，我们也险些送掉性命！"于定九不顾众人说话，走到围中一看，见众人围着两骑，有一个英俊少年，骑着白龙驹，和一个妙龄女子，双双并辔，一齐在那里细瞧那树上挂着的怪鸟"虺雈"。

读者须知，此二人非他，乃剑秋、玉琴也。那女子面貌娟秀，眉目间很露英爽之气，却坐着一头有青点子的花驴，各人腰下都挂着一口宝剑，像是打从远道来此的。于定九瞧着一对少年男女，觉得不是寻常人物，心里正在忖度，听那女子方向众人询问："此鸟何名？"众人说不出"虺雈"两字，只说是要吃人的怪鸟。女子对少年微笑道："世上竟有吃人的怪鸟，真是无奇不有！"少年也点头道："四海九州，奇异的鸟兽真多。我以前在昆仑山，曾见有一种专食铜铁的野兽，名唤貘，也是很奇怪的。"

女子瞧了一歇，听众人讲起金眼雕，又要探问。于定九遂走到他们身前，招呼道："二位，这怪鸟名叫虺雈，曾在此间狼牙山中食人,被一金眼雕击毙。"

又把他们如何行猎,遇见二鸟相斗,以及金眼雕抓去庆官,自己入山寻找的事,略述一遍。

二人听了,不觉大奇道:"有这样厉害的金眼雕么?我们倒要前去瞧瞧。"便对定九说道:"你们既然敌不过那金眼雕,我等二人不揣鄙陋,自愿相助一臂之力。"

于定九闻言大喜,遂领导二人到王翁庄上来,女子和那少年各自跳下坐骑,自有王家下人前来牵去厩中上料。于定九很客气地请二人进去,二人颔首微笑,随着于定九走到里面。王翁早亲自出迎,起初闻得于定九失败而归,十分怨恨;后来听说庆官尚在树上,没有死掉,忽来这一对少年男女,自愿出力去斗金眼雕,救还他的孙儿,心里稍觉安慰,便请二人上坐,叩问来历。

二人不慌不忙的,还答出他们的姓名来。于定九还没有知道方玉琴便是荒江女侠的闺名,以为他们俩也是有本领的人,和王翁竭诚款待。玉琴也用话来安慰王翁,说包在他们身上,明天必能入山去救得庆官回来。王翁便向他们道谢,请他们进了晚餐,先把剑秋引到一间客室里安睡,又因玉琴是女子,所以特地请她到他的女儿房中去同寝。于定九也告辞归去,一宿无话。

次日,于定九早走来伺候,愿引导二人入山。玉琴和剑秋个个起身,洗面盥浴已毕,用了早餐,便要出发。剑秋和于定九说道:"此番我们前去,不必带大队猎户,反恐惊动了那金眼雕,使它高飞远飏,只消于兄一人做向导足矣!"

于定九欣然答应。二人各自挂上宝剑,于定九也带了短刀,陪着二人走出王家大门。王翁向他们又是一揖到地道:"但愿二位此去可获胜利,救得小孙归来,如天之福。"二人也向王翁告辞,跟着于定九向狼牙山去。

行至半途,忽听背后有一人紧紧追来,极声喊道:"慢慢儿走,我同你们一起去。"三人回头看时,见有一个汉子,背着弓矢，气喘喘地赶来，跑得满头是汗，向于定九说："于爷，你伴二位入山去捕雕，我昨夜才得这个消息，喜出望外；方才跑到王翁家里，想要追随同去。哪里知道你们早已走了，因此我急急追来，请你让我也去走一遭。我吃了那金眼雕的亏，今天却也要瞧瞧它的倒霉了。"

二人见那人有些戆气，也不明白他是何许人。于定九却指着他说道："章阿戆，你若必要随我们前去，却不许你孟浪行事。你须束手钳口，休要声张，金眼雕飞来时，便有他们二位对付的，用不着你发戆性。"

章阿戆忙答道："是是，我今天若再开口，于爷，你可割掉我的舌头；若再动手，于爷你可砍落我的肩膀。那金眼雕好生厉害，我再也不敢去惹它了，再也不敢了。"二人见他这种情形，未免好笑，于定九遂带他同走，且把章阿戆以前的趣史，以及如何被雕抓去的经过，告诉二人听。二人听了，都笑不可抑，尤其是玉琴，笑得弯倒了腰，几乎行不得路。将近午时，四个人早已走上狼牙山上，来到那大树之下。于定九眼快，指着对二人说道："二位请留神，那金眼雕正在树上哩！"玉琴、剑秋跟着瞧去，果见一头巨大无比金睛长尾的金眼雕，立在树上，将利喙自理它的毛羽。章阿戆掩在三人背后，双手按着嘴，一声儿也不响。

这时金眼雕也已窥见有人来了，便倏地展开双翅，向他们飞来，势若电击。于定九不觉退后数步，举刀护住头顶；剑秋早已拔出惊鲵剑，一个快步迎上去，和那金眼雕激战起来。金眼雕见剑秋跳跃迅速，剑光霍霍，知是劲敌，也十分狡猾不肯鲁莽，只顾盘旋着伺隙而进。剑秋也不敢怠慢，将宝剑使开时，但闻风雨之声，一人一鸟在山顶酣斗。玉琴笑嘻嘻握着真刚宝剑，在旁观战，她知道剑秋的力量足够对付，不必自己动手，这件事让他去立功罢。

剑秋和金眼雕斗了良久，瞧那金眼雕又勇猛又狡诡，不易得手，心里有些焦躁。暗骂一声："畜生！难道我岳剑秋枉有本领，不能胜过你么？"一退步，遂把剑法一换，等到金眼雕扫下时，奋起神威，忽地一剑刺去，金眼雕不及躲闪，竟被剑秋击落在草际。剑秋大喜，连忙过去伸手将那金眼雕擒起，见它右膀已伤，兀自圆睁金眼，张开利嘴，像要啄人一般。

玉琴等都走近观看，剑秋忽然把惊鲵剑举起，向金眼雕头上一扬，剑光耀得金眼雕的一双金眼也不敢睁开来，有些慑服。剑秋才又大声对着它说道："金眼雕，你可能顺服于我，永远不叛，我当收养你，不然便一剑把你的性命结果了！"

说也奇怪，那金眼雕听了剑秋的话，好似能知人言的，将头点了几点。剑秋不胜快活，见章阿戆身上束着一条布带，忙向他借来一用，将金眼雕双足缚置在自己左臂上，此时金眼雕很驯和，立在剑秋臂上，一些不动。

章阿戆在后瞧着，只是伸出了舌头，惊异不置。于定九见剑秋这般神勇，将金眼雕收服，心中不由得非常佩服，便要援救庆官了。遂高声喊着庆官的名字，喊了数声，接着便听到庆官在树上的啼声，于定九喜道："尚在树上，大约无碍，得须有人攀登上去。"一边说，一边撩起衣服正想上树。

玉琴早说道："待我去救他下来。"说罢一耸身已到半树，又是一跳，到得树顶，俯身向那巢中一看，果见有一个粉妆玉琢般的小孩，坐在那里哭泣。好玉琴施展粉臂，轻轻将庆官提起，夹在腰里，一个翻身从树顶跳下地来，如风吹落叶，只有一些轻微的声息。

于定九见了，又是暗暗吃惊，默思这一对儿竟有此种惊人的本领，难得遇见的。玉琴放下庆官时，庆官一见于定九，便跑到他的身边，牵衣而啼。于定九抱他起来安慰了数语，问他："肚子可饿？"庆官道："那大鸟昨天曾衔了许多果子给我吃，所以还不觉得甚饿。"于定九甚喜，拍着他的小肩膀道："我带你回家罢！"遂同剑秋、玉琴等一齐下山。

等到回转枣庄，已近申刻，众人闻信，都来观看，见那金眼雕立在剑秋臂上，一双金眼闪闪地向人瞧看，绝不畏惧，大众非常奇异。章阿戆便去告诉大众，说剑秋如何收服那雕，玉琴如何救庆官下树，指手画脚的讲得十分高兴。大众也听得津津有味，把二人看作天神一般，纷纷传说出去，播为新闻。

王翁早站在门前恭候，向玉琴、剑秋二人连连作揖道谢。庆官见了祖父，飞也似的跑过来，王翁握着庆官的手，见他孙儿无恙归家，说不出的欢喜，一边邀请二人入内宽坐，一边带着庆官到内里去和家人会面。于定九陪着二人在院子里谈天，不多时，王翁走出来，又向二人感谢，且嘱咐厨下预备丰富酒席，以飨佳客。剑秋向王翁要得一条小铁链，系在金眼雕的足上，换去那条布带，然后再系在院子的东隅花盘架子上面。花盆已由于定九搬开一边，那金眼雕很安闲地立着。

其时门外一片嘈声，却有许多乡人，一齐如蜂拥般跑来，要拜见两位英雄，瞧瞧那头硕大的雕鸟，王翁未便峻拒，只得由他们如潮水般地拥挤进来，挤得院子里庭心里水泄不通，你推我拥地闹个不休。于定九和王翁陪着两位英雄，立在正中，众人相看他们的面貌，都说好一对俊美的青年男女，不信有如此本领，收服得那头雕鸟的；有些人围着金眼雕看个不休，难免指指点点，忽然那金眼雕昂首怒目，拍动双翅，其势似将前扑。

于定九乘机喊道："你们快些退后罢！不要恼动了那头雕鸟，说不定要把你们的眼珠子啄出来的啊！"王翁也说道："诸位暂请退出，舍间狭小，实在不能相容。"大家见主人已下逐客之令，又怕那金眼雕真的飞来，要把他们眼睛啄瞎，于是纷纷退去。王翁嘱人把大门关上，不要再放他人进来，缠扰不清。

这时天色已晚，王翁引导二人走入一间精舍，命下人摆上酒席，又请于定九和西席单先生陪客，一共五人分宾主坐定。王翁首先斟过酒，又向二人致谢道："小孙被金眼雕抓去，性命几乎不保，幸赖二位前来，仗义援救。老朽衷心感谢，永世勿忘，二位各干一杯。"

剑秋和玉琴也个个逊谢，举起酒杯一饮而尽。剑秋道：

"那金眼雕确有些灵性，能知人言，它对于老丈的孙子，本无相害之意，所以藏在巢中，哺以鲜果，可谓别有用心了。"

于定九道："那雕也来得奇怪，先把那怪鸟'魊雈'啄毙，好似人世间的侠士，诛恶锄奸，大义凛然；都是阿懋射了它一箭，以致惹出这一场风波来，它所以衔去庆官也是它有心来示警。"

剑秋点点头道："于兄之言不错，此鸟很是可爱，将来大有用处，因此我把它收服下了。"

玉琴笑道："师兄今天新收一位门徒，我们要敬贺一杯了。"剑秋道："师妹休要取笑，我没有资格收什么门徒，所以只好收一头鸟了。"

于定九道："正是大好门徒，比较人尤可贵，应当从玉琴姑娘之言，各贺一杯。"于是大家饮了一杯，剑秋也还敬了杯。

下人一样样地献上菜来，王翁殷勤劝酒，随意闲谈。玉琴问起地方上的情形，王翁答道："此间很是安静，盗匪绝迹，不过听说关外年来群盗如毛，人民时有风鹤之惊，本来时势也渐渐不佳，郅治之世，难以重睹。"说罢大家都有些感慨。

于定九道："我以前听得吉省松花江附近有个女侠，具有一身绝好的本领，曾独自一人歼灭青龙岗上的巨盗洪氏三雄，远近驰名，这真是巾帼英雄，红妆季布。我心里很羡慕她，愿一识其为人，却恨自己无缘。"于定九说到这里，玉琴听着，忍不住别转了脸好笑。

剑秋却微笑道："于兄，你莫说无缘，真可算有缘了。"于定九一怔道："此话怎讲？"

剑秋指着玉琴道："这位玉琴姑娘便是荒江女侠，你当面遇见了女侠，还要口口声声说无缘么，宁非可笑！她也是我的师妹，我们二人同是昆仑山上一明禅师的弟子。"

于定九听了剑秋的话，不觉跳起来道："原来玉琴姑娘便是！我一心敬佩朝夕思见的荒江女侠，见了面还不认识，幸恕肉眼无珠！我也想世间奇女子能有几个，除了女侠有这样好本领,还有谁来呢?今番相逢,可谓三生有幸。"说罢,连忙斟过一杯酒来,敬给玉琴。

玉琴忙道:"承蒙谬赞,使我更觉汗颜了。"王翁看着玉琴的俏面庞,也是十分惊异。

单先生却独自颠头晃脑地念着道:"闲尝读说荟野乘,每见有红妆侠女,黛影剑光,行侠仗义,如聂隐、红线之传,令人遐想无穷。然而求之今世,则如麟角凤毛,不可多得,岂世无其人欤?抑有之而缘悭未遇欤?幸哉幸哉!吾今得而见之矣。嗟乎!此真女英雄也。不当馨香顶礼之耶……"

单先生正自大掉其文章调,之乎者也,说个不休;玉琴正喝得半杯酒来,听了单先生这般酸溜溜的大发其书呆气,忍不住一阵好笑,樱唇一张,将半杯酒喷将出来,忙用手帕掩住了口,兀自格格地笑个不止,剑秋和于定九也都失声而笑。王翁是司空见惯的,且赞许单先生出口成章,所以并不发笑。单先生见他们都对他笑,还不知缘故,只是颠头晃脑,大掉斯文。

少顷席散,剑秋又去看那金眼雕,向王翁取些鲜肉给它吃。金眼雕吃了一顿,足足吃去三斤鲜肉,幸亏王翁今天新宰一头肥猪,尽够它大吃。金眼雕吃罢,便栖身在架上过夜。琴、剑二人各自安寝,于定九也告辞归去。

次日玉琴和剑秋要想动身,王翁哪里肯放他们便走,苦苦要款留三天;于定九又来奉陪,说今天晚上他也要做个东道主。玉琴本来急于回乡,现见他们十二分的诚意挽留,不好意思拒绝,也就暂缓一天动身,只是这一天将如何消遣过去呢?

玉琴忽然对剑秋说道:"当此天高日晶,秋林浅草,我们何不驰骋一番?况且这里很合宜打猎,我们也可借此打一回猎,好不好?"

剑秋道:"师妹有此雅兴,自当同乐。"于定九欣然道:"二位喜欢出猎,某虽不才,愿随鞭镫。"

剑秋大喜道:"能得于兄为引导,这是再好也没有的事了。"于定九便去牵了一匹枣骝马来,又有一副镗衣,向剑秋说道:"奉赠此物,金眼雕便可立在尊臂,不伤衣服了。"

剑秋连忙称谢,接过了,缚置臂上,遂去放起那头金眼雕,果然一飞就飞在剑秋的左臂之上,剑秋抚着它的羽毛,十分欢喜。王翁便命下人把两位客人的坐骑牵到门前伺候,二人遂和王翁告辞,走出门口,花驴和龙驹早在一边。玉琴、剑秋二人个个跳上坐鞍,于定九骑上马背,众乡民闻言,纷纷赶来观看。但见三人鞭子一扬,两马一驴,展开十二只蹄子,飞也似的向山中去了。

这时天气十分晴朗,山中风景太佳,三人一路驰着,游目驰怀,至足乐也。剑秋到得山野,把那金眼雕放出来,泼喇喇的一声,金眼雕倏已飞至半天。玉琴道:"不要给它飞了去!"剑秋摇头道:"决不会的,此鸟通灵,已归服于我,必不他去。"

三人瞧那金眼雕,当时盘旋在他们头上,跟着他们并不远去。剑秋笑向玉琴道:"如何?"于定九道:"这也是剑秋兄神威的效力。"

三人已至山深林密之处,便有些狐獐猪之类发现,三人便下了马,任意射猎,那金眼雕也猎得不少野兽和獐,剑秋把几只野猎给它饱吃。日中时,王翁早命下人挑了酒食,送上山来,三人席地而坐,饱餐一顿后,在树下休息一刻,又去行猎,直至时候不早,方才兴尽而回。

当时夕阳西下,凉风突起,三人据鞍缓辔,很从容地归来。马上累累然带着猎得的动物,那金眼雕也已还到剑秋臂上,顾盼自如。众乡民都候着观看,纷纷传说,好似庄里到了要人一般,琴、剑两人顿觉有些惭愧。回到王家,王翁迎接进去,三人各自下鞍,入内休憩;猎得之物分赠予人,金眼雕却自己飞到架上去了。

晚上于定九特请两人到他家里去,设宴相请,又邀王翁和单先生为陪客。单先生更是高兴,直饮到更深始去,琴、剑两人仍回王翁家里安睡。

不料就在这夜三鼓以后,王翁家里忽有一条很苗条的黑影,刷地从围墙外跳入,毫无声息。那黑影轻轻地向里面鹭行鹤伏似的走进,一边走,一边侧耳细听,似乎侦察什么,此时王家上下人等都已睡熟,静悄悄的无人能够知道。

那黑影并不向上房行去,却掩到后面园里,运动夜目,向东首一看,微微笑了一笑,很迅速地跑去。乃是一个马厩,厩中藏着两匹马和一头花驴,也在那里,静静的伏卧。那黑影见了花驴,心中大喜,走过去一伸手,要把那花驴牵动;花驴忽然叫了一声,抵抗着不肯行动。于是那黑影先从怀里取去一张白布条系在厩的顶上,又解了绳缚,手拖住花驴,一手握住驴嘴,回头便往外走。花驴不觉,无抵御似的跟着便跑。

剑秋和玉琴睡的地方距离很远,所以一些没有察觉。但是在那园门左侧,有一间小屋,屋里躺着一个园丁,听得驴子叫的声音,连忙一骨碌爬起身来,又听驴子的蹄声,方从门外走过。

第二十二回

鹿角沟喜获新知
双龙坪巧逢老道

园丁不觉心中诧异，过去开门，摩挲睡眼，正欲瞧个明白。蓦地里，光闪闪冷森森的有一柄宝剑，轻轻在他的面上磨了一下，吓得他双手抱着头，紧闭双眼，缩作了一团。那黑影飞起一足，把他踢翻，便从他的身上解下一根带子，把他缚做一团，口中塞了一块割下的衣襟，抛在空地，再也不能开口声张了。于是那黑影悄悄地开了园门，牵出花驴，耸身跨上驴背，双足一夹，便向南方疾驰而去。天上几点灿烂的星光，映照着那个黑影和花驴，渐渐没向田野间去。

直到次日天晓，剑、琴二人各自匆匆起身，盥洗已毕，走到院子里，王翁早出来奉陪，二人都要告辞，王翁意欲再留他们多住一天。正在言谈之际，忽见两个下人急急跑来道："庄主不好了，快些去看啊！"

王翁一时摸不着头脑，但见他们形色仓皇，知有什么事情发生了，便道："有什么事，快说一个明白，教我去瞧什么呢？"

两个人立定了，同声说道："庄主，昨夜园里来了一个大贼，竟把方姑娘的花驴盗去了。"

王翁正要询问详细，玉琴、剑秋在旁听悉，面上一齐变色，玉琴道："怎样？我的花驴有人盗去么？"下人道："是。"玉琴道："你们快引我去看。"于是两个下人引着玉琴便走。

剑秋和王翁跟在后面，一齐走到后园小室门前，见那两个园丁立在门旁，十分瑟缩的样子。下人道："今天早上，我们走到后园内，见园门大开，他还没有起身。走进屋子一看，却见他被人缚作一团，口内塞了布块，抛在地上。我们便把他救起，解去了索缚，一问缘由，方知有人昨夜来此，盗去方姑娘的花驴子。"

玉琴便问园丁道："你被何人缚住？曾瞧见什么？究竟是什么一回事，快快直说。"

园丁道："昨夜三鼓以后，小人正在睡熟，忽被花驴鸣声惊醒，急忙起来，又听蹄声走过小人的屋子前面，遂开门出来看。突有一个黑影，将宝剑在小人面上一磨，不许声张，便把小人缚住抛在屋里，小人听得开门的声音，那黑影牵着花驴走了，只苦得口里不能喊呢！"

玉琴听后，点点头，便和剑秋、王翁走到廊中来，果见自己心爱的花驴儿已无影踪，只剩剑秋的龙驹和王翁家中的马了。王翁惊异道："奇哉奇哉，有什么人来此盗驴呢？"

剑秋道："此人只盗花驴，明明别有作用。"玉琴一眼早瞧了那廊上绑着的白布条，临风微展，便一耸身把那白布条取下，见上面写着两行小字。

剑秋也走上前一同观看，念着道：

"久慕荒江女侠芳名，惜无缘识荆耳。敬借花驴儿为质，幸速枉顾，如能取还，甘拜下风。……鸾。"

玉琴念罢，娇面微嗔，对剑秋说道："剑秋兄，你瞧不是明明有人向我挑战么？这里一向是很平安，断没什么盗匪光顾，此人盗去花驴，究属何意？"

王翁也道："是我大大对不起玉琴姑娘了。"玉琴道："这也不关王翁的事，大约此人故意前来献些本领，要和我较量一下了。"

剑秋指着末尾的鸾字道："那盗驴的名字有个鸾字，且看笔迹很是娟秀，或者是个女子罢。"玉琴道："管他女子不女子，我总要设法把驴儿取还。"

这时于定九来了，大家把这事情告知他，且问他这里附近可有什么能人？于定九想了一想，遂说道："二位莫慌，这件事我倒有几分明白了，待我慢慢说来。"玉琴听于定九回答这件事倒有几分明白，心中觉得稍慰，遂要请他快讲出来。

大家回到院子里坐定了，于定九开口说道："这里平安多年，并无盗匪，此次盗驴之人，当然决非绿林英雄，况且布条儿上写明来意，要和玉琴姑娘挑战。自是有本领的人，不服玉琴姑娘，故意来此献些本领，看玉琴姑娘如何去要回罢哩！离此十余里，有一个乡村，名唤鹿角沟，那处的居民多习武艺，闻得有几个女子亦精技击，尚武之风很重。

"前天剑秋兄收服了那头金眼雕归来时，鹿角沟中也有几个乡民前来瞧热闹的。又在昨天我们纵猎时，途中曾遇见二三个鹿角沟乡民，他们在道旁瞧看，指玉琴姑娘说：'这就是荒江女侠，有了不得本领的！'其中有一个快嘴阿金，我也认得，大概他回去后，不免在那里传说，遂有不服气的人要试试玉琴姑娘的真本领，所以来此盗去花驴了。否则为什么别的不偷，单盗玉琴姑娘的坐骑呢？"

玉琴听了点头道："自然我也知道那人并无其他恶意，不过跟我一人闹罢了！现在既然于先生说出那个鹿角沟地方，等我即刻自己去探访罢！那人既要试试我的本领，不妨和她较量一下，看她究竟有多大能耐？若是真有本领的人，我也结交一个朋友；若是不识时务的，哼哼，那么我的宝剑也不能轻饶她了！"说罢面上微有一些薄嗔。

剑秋道："我当偕同师妹前去一探下落，再想对付方法可好？"

玉琴道："这人既然指名要我前往，何必有劳师兄，反惹她讪笑我太怯弱了。所以请师兄暂在王翁庄上耽搁，让我一人赶去，必要将我心爱的花驴夺回，方才使她知道人家是不好欺侮的。"

剑秋见玉琴已下决心，也就不敢勉强，遂道："师妹之意如此，我也不必奉陪了。但请师妹自己留神，不要轻敌。"

玉琴笑了一笑，又问于定九道："鹿角沟在哪一处，请即见告。"

于定九道："出了枣庄，一直向南，须走了十六七里，便有一条小溪；再沿溪东行，和狼牙山遥遥相对的一个小小村庄，便是了。"

玉琴道："多谢指示，我马上去罢！"说着话，立起身来要行。剑秋忙把手拦住道："且慢，那边既然来此盗去花驴，一定要防备你去的；若是这样子走去，人家便知道你是荒江女侠了，不要反中他们的暗算么？"

玉琴笑道："剑秋兄说话不错，不如待我改扮一下，他们便不相识了。"剑秋道："很好。"于是玉琴入内去化装。

不多一刻，回到外边。大家见玉琴已装成一个老妇模样，身上穿着一件敝旧的棉袄，便是王翁的老妻穿剩的；佝偻而行，面上不知涂着什么，添了许多皱纹。果然在陌生人看来，谁还认得她是大名鼎鼎的女侠呢？大家不觉笑将起来。

王翁道："时已不早，不如即在寒舍用过了午饭再去，未为晚也。"玉琴点点头，便在王翁家里和剑秋、于定九等用了午饭。悄自走出后园门，一路向鹿角沟行去，途中遇见几个枣庄的乡人，果然不认识她了。她一边走一边想，未免暗自好笑，照着于定九的说话，一直向南而走，约莫行了十六七里的山路，路上风景倒也不恶。

侧闻水声滔滔，前面有一条小溪，沿溪朝着东面走去，回头已瞧见狼牙山尖锐的山顶，自己走到一处村落了。料想这里便是鹿角沟，便装作行乞一般，走进村来。细察那里的居民，大半业农，有几个乡民走在道上，趄趄桓桓，咸有好勇之状。

村中屋宇鳞次栉比，门前都有一个打麦场，有些牛羊在那里吃草，却向哪里去探访得盗驴之人呢？

玉琴正在趑趄的时候，瞧见左边一家门前打麦场上，有两三个乡妇在那里用力打麦，唱着很入调的俚歌，遂即走到他们面前，假作向他们乞食的模样。其中便有一个身躯粗壮，相貌丑陋的乡妇，厉声叱道："咄，老乞妇快快走开去！我们辛辛苦苦在此工作，方才能够得到一天的粮食。你年纪已老，又不能做工，谁肯给你白吃的？不要在这里唠叨。"玉琴便正色答道："你们认我年纪老迈，不能像你们这样工作么？那么你们不认识人了。"

乡妇闻言冷笑道："老乞妇不要说什么梦话，你能打麦，我再也不信，至多打得几下，便将跌倒了。"

玉琴道："不妨待我试一下子看，你们不见也不会相信的。"于是她便代乡妇去打麦。

乡妇退立一边，看玉琴施展两臂，一起一落地打麦，似乎绝不费力一般，非常迅速，同伴都及不上她，便是自己虽有些蛮力，也不能够到如此地步，心里不觉诧异。乡妇的同伴也在旁看得出神，停着手脚都不打麦了，大家觉得这个老乞妇倒着实有些气力的，要欺她年老，我们年轻的反不及她哩！

玉琴便停了说道："大概你们已瞧得了，我在青年时候，曾习武技；但至今年已老迈，不高兴工作罢了，若是工作起来，比较你们还要好呢！我在外边行乞多年，走过多少地方，从没有遇见女子能武的，我也可以自豪了。"说罢呵呵地笑起来。

这几句话乃是玉琴故意说出，借此激动他们，以探虚实的。果然那蠢妇人听了，大大的不服，翘起大拇指，对玉琴说道："老乞婆，你有了一些力量，不要自负其能，以为别的女子都没有惊人武艺。须知道这里年家姑娘能举石担作天魔舞，跳丈余高的墙垣，如跨门槛一般，身轻如燕，一般男子都拜倒裙下。说她是个巾帼英雄，也是我们鹿角沟妇女里头的第一人了。其他能武的也不少，你这狂言，若被他们听到耳中，必要向你斥责，驱逐你出去了。"

乡妇说的时候，把手遥指着西边走来两个女子道："那个靠左手走的小姑娘便是了，你千万不要高声惊动了她。"玉琴不及答话，回过脸去，瞧见两个小姑娘生得都是姿容妙曼，而左边一个穿着青色衣服，便是身长玉立，婀娜多姿，而眉宇之间，更饶英气。比较起来，真不愧大乔小乔，并世之美，自愧弗如了。

那两个女子没有觉察到这里有人偷瞧，所以缓缓地走了过去。玉琴仔细看了一回，又向乡妇探问。始知年家小姑娘闺名小鸾，她的父亲在此垦田为业，隐居不出，但喜结交朋友。时常有远道的人前来拜访，一住便是十天八天，一月两月也说不定的。所以好客之名，传播远近，现在早已故世了。

家中惟有一位老母，别无他人。小鸾姑娘自幼经她的父亲教授，即精武术，沟中人俱闻名的。那个一同走的姑娘姓孟，也晓些武技，是她的邻居，和她十分知己的。玉琴听了，又问乡妇探听年家的住址。乡妇告诉她说，离此向东而行，走过一座板桥，那里门前有两株大榆树就是了。

玉琴记在心里，便假作惊奇的样子说道："原来此地有这么一位了不得的小姑娘，我也不敢自夸了。"说罢一步一步地折向东首走去，耳边还听得那几个乡妇尚在说笑道："这老乞婆目中无人，年老心不老，却被我这么一说把她吓跑了。"

玉琴也不暇去管她，心里自思，昨夜盗驴的留下布条，署名一个鸾字，现在他们说这个年家姑娘，芳名小鸾，可谓巧合。又说她是鹿角沟妇女间的第一人。大凡有本领的人，总是自负，不肯轻易佩服他人，尤其是没有在外边走过的少年人。无论如何，她总是一个嫌疑犯了，我且到她门前去一瞧，等到晚上再去把我的花驴盗还，也使她知道荒江女侠不是好欺的啊！

想定主意，遂照着乡妇的话一直往东走去，果有一座板桥。走过了桥，有一门墙较大的人家，门前两株榆树，遮得阴森森的，寂静无人。门上挂着一块大牌，"年公馆"三个黑漆大字映入眼帘，旁边有一篱笆，很是清旷。玉琴在门前徘徊片刻，认清方向，决计夜间动手，遂即回转枣庄。

剑秋正在庭中教授那金眼雕各种口号，一见玉琴回来，便问她有无眉目。玉琴把自己探听的经过告诉一遍，且说今天晚上前去盗还花驴，也要显些本领给她看看，但不知是否她做的，现在也不能说定罢了。剑秋道："听师妹所说，若非此人，又有谁来，今夜可容我前去作壁上观么？"

玉琴顿了一顿，说道："剑秋兄，不是我和你峻拒，实在此事须由我一人去做，庶不被对方轻视，所以只好辜负你的美意，不许你去。"

说到许字上，声浪也响重一点。剑秋笑道："师妹好胜心重，我就遵命不去，但愿得胜而归。"

此时王翁和于定九也过来相见，闻知这个消息，很觉欣慰。玉琴也不再改换了，仍旧装着老妇模样，和剑秋等谈谈说说；等到黄昏时分，用过晚饭，佩上真刚宝剑，回头对王翁等说道："我去了！"只一耸身，人已不见。王翁十分惊异，笑着对于定九说道："玉琴姑娘真好本领，人家不明白的还以为如此龙钟老妪，怎会这般腾空飞行，莫不是黎山老母降临？"

剑秋道："年纪大的老妇有高大本领的也不少。即如鄙人所见的铁拐韩妈妈和双钩窦氏，可称厉害，非寻常有本领的人所能抵敌得过呢！"

于定九非常爱听江湖上的奇事轶闻，请求剑秋讲个详细。剑秋因左右无事，遂把铁拐韩妈妈和双钩窦氏的事讲给他们听。二人坐着静聆，这样等候玉琴回来。

好玉琴，离了王家，往南飞行。正逢月黑夜，幸天上星斗满天，方向很捉得准，自己运用夜眼，瞧得还算清楚。三更时分，已到鹿角沟年家门前，但听村犬四吠，隐隐有些击柝之声。年家大门紧闭，沉寂若死，寒风凄厉，扑入襟袖，未免有些砭人肌骨。玉琴抖起精神，轻轻一跃，已跳到年家的墙垣之上，向里一看，乃是一排四开间的院落；惟最西一室，微有灯光透出，知是年家的卧室了。庭院中有一株枝叶半残的梧桐，摇摇如鬼，心里暗想：花驴若为小鸾所盗，一定藏在后边，这里都是卧室，休要惊动了他们，遂又越过屋脊来寻找。

见后边也有一个很大的院落，且有一条回廊，这回廊大约是通到后园去的，旁边还有两间小屋。玉琴恰在观察时忽听廊下蹄子响，细细一看，自己的花驴正拴在廊下的柱子旁边，不觉大喜。方想跃下，忽又见屋后人影一闪，便有一样东西，向自己面上飞来。连忙将身子往下一蹲，恰从头上飞过，落在屋瓦缝里，"啷当"一声，乃是一只飞镖；接着又见两镖接衔打来，疾如流星，便伸出左右手，一一接住，抛在屋上。冷笑道："下面何人？竟用暗器伤人，算不得是真英雄。你既有本领盗去我驴，向我挑战，今晚我遵命前来领教了，何不放出本领来，决一雌雄！"

只听下面娇声答道："很好，你快快下来，你家姑娘等候多时了。"玉琴遂拔出宝剑，飘身跃下。

见面前立着一个妙龄女子，正是日间所遇的小鸾，手里也横着一柄明晃晃的宝剑。小鸾却瞧见来者乃是一个老媪，心中不由得一愕，难道这是荒江女侠的母亲吗？奇哉奇哉！玉琴见小鸾呆住，也知道她惊奇的缘故；遂挥动宝剑，向她一剑刺去，小鸾也还剑相迎。

银光闪烁，二人斗在一起。战够多时，二人的剑法个个紧密，两剑恰碰个正着，叮当一声，火星四迸。二人各自跳出圈子，一看自己的剑，却都没有损坏，也就放心，再行舞剑作战。玉琴暗想：小鸾手里决然也是一口有来历的宝剑了，遂施展剑法，舞成一团白光，向小鸾进攻。

小鸾将剑紧紧敌住，觉得剑光渐渐加紧，绕住她的身子，作一大圈，冲扫决荡，一点儿也没有松懈；幸亏自己也是有根底的，不致被剑光所伤，然而已只有招架的功夫。她心里疑惑非常，不知来的可就是荒江女侠？不然怎样有如此剑法？倘然再战下去，一定会失败的。遂虚晃一剑，跳出圈子，喝问道："你究竟是不是荒江女侠？还是荒江女侠之母？快快说个明白。"

玉琴见小鸾疑问，不觉格棱一笑，本来也无心害她，也就收住宝剑，娇声答道："你不是和荒江女侠有意挑战吗？自然来的是荒江女侠本人到此领教，荒江女侠的母亲早已埋骨青山了。"

小鸾方才把剑插入鞘中，向玉琴敛衽为礼道："久慕芳名，只恨无缘见面，适闻香车小驻枣庄，所以不揣冒昧，故意前来小试薄技，聊以相戏，这样才得激动玉趾下临，能还识荆之愿。今夜相见，武技卓绝，果然名不虚传，使我十分钦佩。且请到里面小坐，让我负荆请罪，愿意领教。"

玉琴忙答道："不敢当的，遵命便了。"遂随同小鸾入内，挑灯重见。

小鸾命侍婢献上香茗，让玉琴在自己房里上坐。小鸾的母亲也闻声走至，乃是白发老妇，一见玉琴，也很奇异，低声问小鸾道："这位老太太便是你说的荒江女侠吗？"

小鸾道："是的。但是……"玉琴见小鸾母女还有些疑信参半，便微笑道："不敢隐瞒，我因恐人认识，所以化装到此，今天上午便来探虚实，已瞧见小鸾姑娘了。"遂请小鸾的侍婢端整一盆热水来一过，以便更换面目。

不多时侍婢捧上一盆热水，玉琴即在小鸾妆台前洗拭，霎时间现出花娇玉媚般面庞来，小鸾母女遂深信不疑。玉琴坐定来，又问小鸾此次黉夜盗驴，是否有意向她挑战，还是别有其他作用。

小鸾笑道："此事孟浪之至，还望原谅。因为前有人来传说，枣庄到了名闻关东的荒江女侠，怎样收服金眼雕的惊人异事，我一时激发了好奇之心，很想见见。又听这里的乡人快嘴阿金前来报说，女侠出猎狼牙山，坐着花驴，很是宝贵。我恐骤然晋谒或未能得见玉颜，不如借此激动一下，或可相识，且欲一睹姊姊的本领。方才交手时，果然剑术精妙，胜我十倍，非常佩服。现在愿意和姊姊结个相识，使我也得多多叨教，光荣得很，不知能蒙姊姊不弃吗？"

玉琴初见小鸾剑术也有相当功夫，后见其人婉嫣可爱，吐语温文，不觉起了敬爱之心。便答道："姊姊谬赞了，外边能人甚多，所谓强中更有强中手，如我这般粗具薄技的人，何足称道？姊姊的本领也已到得上乘，荷蒙辱爱，不耻下交，正中鄙怀，岂敢有负美意。"

小鸾闻言大喜道："那么真所谓不打不相识了！"小鸾较玉琴年纪稍轻，便呼玉琴为姊，玉琴称小鸾为妹。二人虽是裙钗，而性情伉爽，无异须眉；所以呵成一气，非常投合。立谈之下，遽成新知。

小鸾又告诉道，自己的亡父讳立三，是大将军年羹尧的后裔。自年将军功高遭忌，清廷杀戮后，子孙逃亡民间，不敢出面。小鸾的父亲因痛祖先之被杀，怀复仇之心，一意练习武术，结识英豪，思乘天下有乱，出而诛灭胡虏。当洪杨之役，举兵北上，声势甚盛，清廷大震。小鸾的父亲便聚合一般同志，很想揭竿而起，赢粮景从，不幸太平军前锋至沧州，为僧格林沁所败，退走山东。清军挟得胜之势，南下压迫，京畿转危为安，后来太平天国同室操戈，一蹶不振，以致渐渐灭亡，满清气焰复炽。

小鸾的父亲知天心尚未厌弃满奴，大事终不可为，遂解散其党，隐居在此。膝下只有这一个女儿，遂把平生武艺一一传授。所以小鸾自幼即精武术，且能飞檐走壁，捷如飞鸟，又擅飞镖，百发百中。常常随着父亲驰马试剑，鹿角沟中乡人都称她为女英雄。小鸾的父亲临殁时，又把他一生佩带的青霜剑传给她，削铁如泥，吹毛能断。小鸾非常珍爱，所以方才和玉琴的真刚宝剑相遇，便发出龙吟之声，不致被真刚所伤了。

玉琴听她娓娓细语，方知她是名将之后，自有家学渊源，更是敬重。小鸾也询问玉琴何以到此？玉琴遂把自己昆仑习艺，石屋杀虎，火烧韩家庄，夜探白牛山为父复仇，归家省墓的经过,大略告诉一遍。小鸾母女听了,更是佩服得五体投地,齐说女侠真天人也。

这时听外面更锣已报四下,玉琴立起身来说道:"枣庄尚有剑秋师兄和王翁等在那里守候回音,此时已过子夜,我要立刻回去报信了,免得他们心焦。"

小鸾道:"既然姊姊要去,小妹不敢多留,即请姊姊坐了花驴回去罢!明天务必请求姊姊惠临,并请剑秋兄同来,借此欢叙一切,千万不要推辞。"

玉琴答应道:"准从妹妹之命,明日再来拜望。"小鸾秉着烛台,伴了玉琴走到后边廊下拴驴的所在。

玉琴过去解下绳子,那花驴虽在黑夜,然而两眼圆睁,在烛光之下,认得主人到临,立即将头摇摇,鸣了一声,四蹄摆动起来,好似欢迎一般。玉琴伸手在驴背上抚摸数下,牵了花驴,随小鸾走出。小鸾母女命下人开了大门,恭送玉琴,幸喜四下无人,小鸾道:"姊姊黑夜回去,识的途径么?"

玉琴道:"我走了两次,已熟了。不然,怎会前来呢?明天再见罢!"看她一翻身,早已坐上驴背,将丝缰一拎,那花驴便放开四蹄,嘚嘚地向东北跑去。小鸾母女便关好大门,入内再行安睡。玉琴骑着花驴,照准方向而跑,五更时分已到枣庄。

这时,剑秋和王翁、于定九座谈时事,烹茗解渴,等候玉琴早归。但是看看已到五更,村鸡喔喔而啼,四处唱和,真是刘琨起舞之时了,仍不见玉琴回来,大家很是疑讶。尤其是剑秋放心不下,不知玉琴此去,和那年姑娘对垒,可能稳稳得胜,取得花驴而归?料那年家姑娘一定也有高强的本领,万一失败,如何是好?又因玉琴有言在先,自己没有随去,虽有危急,不能援助,这都是玉琴好胜心重之故。于定九却以为女侠已有非常精妙的武艺,一定不会败在他们手里的。

正在盼望以际,却听庭中有一阵微微的风声,玉琴已翩然走入,三人一齐立起来相迎。剑秋先问道:"怎样了?可曾得手么？"

玉琴点点头，含笑说道："还好，没有跌倒在人家手里。"遂把自己如何和小鸾交手，以及小鸾战罢，自愿认输，结成新知的情形，告诉三人听。他们听了，无不喜悦。

玉琴又道："我骑着花驴而归，因为不欲惊动他人，便从后园隔墙跳入，开了园门，牵过花驴，照旧拴在廊中，园门也闭上。只是那个园丁却睡得正熟，没有知道，否则他还疑心有人再来盗马呢！"说罢又是微微一笑，皓齿显露更觉妩媚可人，但她身上依然穿着老婆子的衣服呢！

这时天色微明，大家也不再睡了。玉琴到里边去换了自己衣服，众人也已起身，见花驴已还，各人惊奇不置。玉琴用罢早餐，便要和剑秋到鹿角沟去践小鸾之约。王翁和于定九又是千叮万嘱，要求二人仍要回来，多聚几天，二人含糊答应。剑秋带了金眼雕辞别王、于二位，下人们早已牵过花驴和龙驹，各自一跃上鞍，向王翁点点头，鞭影一挥，飞也似的跑向鹿角沟去了。

剑秋因为不识路途，故让玉琴当先；于是玉琴在前引导，行行重行行，不多时已望见狼牙山尖，而鹿角沟也已到了。两人来到年家门前，一齐下马，把驴、马系在大树上，早见一个侍婢，立在门口瞧望的，一见他们驾临，一溜烟地跑进门里去了。两人方踏上阶沿，只见小鸾母女已迎将上来，小鸾已换上一件红色的衣服，格外显得美丽。玉琴便代剑秋介绍一过，小鸾母女即请两人入内宽坐，下人奉上八样细色茶点和香茗。玉琴道："妹妹要我等来谈谈，我等老实不客气便赶来了，但是你们为什么要这般客气呢！"

小鸾的母亲道："菲薄得很，不足以待佳客的。不过尽一点心罢了，姑娘不要说这种话。"

玉琴笑道："老太太这样谦卑，愈使我坐立不安了。"小鸾道："我们都是一见如故的好朋友，不必多叙客套了。"于是四人坐定了，细谈衷肠。

玉琴道："我本有一个弟弟，但自幼儿便被大虫所害，其他并无姊妹，觉得一个人凄凉得很，幸有剑秋师兄伴我奔走，复了不共戴天的大仇。现在回里省墓，又蒙他愿意同行，才使我不致形单影只。在大破韩家庄时，曾遇宋彩凤，意气很是投合，但她早回虎牢关去了。今番忽和小鸾妹妹无端邂逅结个新交，心中快活得很，所以我们如同一家人模样，你们母女俩也不必多礼了。"

小鸾闻言，含笑答道："姊姊的话，真的打入人家心坎。我也自憾没有姊妹兄弟，父母单生我一人，寂寞得很。平时只有一个邻家小姊妹，姓孟名瑶贞，也略晓武技，常和我一起的。她也久慕姊姊的大名，颇思一见，少停我要请她来拜见呢！"玉琴道："很好。"

其时日已近午，小鸾母女吩咐下人大摆筵席，请琴、剑二人共饮，小鸾又命侍婢到间壁去请孟小姐前来。一会儿孟瑶贞款款走来。玉琴是早已在昨日打麦场边暗地里见过的了，小鸾代为介绍。瑶贞见剑秋、玉琴并立着，一个儿如太原公子，仪表不凡；一个儿如红装季布，婀娜刚健，不禁爱慕之心油然而生，说了许多敬爱的话，大家入席。

玉琴、剑秋见肴馔丰盛，又逊谢一番，举杯痛饮。都觉得心里非常融洽。散席后，剑秋又向小鸾要了一只鸡两斤肉，给那金眼雕果腹。金眼雕已饿得慌了，好如风卷残云一般，何消一刻吃到精光。小鸾母女和瑶贞在旁观着，也是惊叹不已。剑秋便把金眼雕放至树上，教它练习口号，玉琴、小鸾都立旁边观看，果然金眼雕给剑秋教得有几分熟了，说来便来，说去便去，一些没有错误。少停剑秋又到外边旷野上，放那金雕飞去后，他口里一声长啸，便见金眼雕在天空中鼓翅飞回来了，瞧得小鸾喜开了嘴拍手大乐。这夜琴、剑二人便宿在小鸾家中。

一连住了三天，小鸾母女竭诚款待。下午时候，剑秋和玉琴、小鸾总是到旷地上去放雕，教得那金眼雕十分灵活，指挥如意，连玉琴、小鸾也都闻声认识；又似略知人言，剑秋又教以寻找三人的口号，试了几遍，已是娴熟。有一次玉琴和小鸾匿在园中，剑秋把一只莱阳大梨用了口号，教金眼雕送去；那金眼雕果能把梨衔着送到小鸾闺中，小鸾叹为神鸟，不可多得。

玉琴和小鸾聚首数日，虽觉快乐，而思乡之念，萦绕心头，便告诉小鸾，日内即须告辞。小鸾知坚留无效，请求他们入关路过之时再来一叙，玉琴满口答应。

恰王翁、于定九着人来相请，二人遂与小鸾母女作别，重返枣庄。临行时握手絮语，依依不舍，小鸾家中也养着一匹桃花骏马，亲自坐着送二人至枣庄，和王、于二人见面。王翁等见了小鸾，也非常恭敬，设宴款接。至晚小鸾跨马别去，还挥洒了几点热泪呢！

琴、剑二人在枣庄又住了一夜，次日一定要动身了。王翁送上二百两程仪，琴、剑二人初时不肯接受，后经王翁几番申说，聊表敬意的，方才受了。在早晨时，二人跨上坐骑，带了金眼雕，辞别王翁而去。于定九送出村口，众乡人也随着相送，赞美不绝，直看到剑秋两人的影子已被山林所蔽，方才回去。剑秋和玉琴一边赶路，一边闲谈在枣庄和鹿角沟的事情，想不到收服了一头神鸟，结识了一个女杰，这真是佛说有缘了。

两人在路上赶行了数天，将近山海关，这天早晨，两人出了旅店，上马扑奔前程。老天却起了一阵大雾，白茫茫的罩遍天地，对面看不见了。忽听前面鸾铃声响，剑秋道："也有客人来了，我们让开些，不要误撞。"

两人遂将坐骑拴过一边，依稀见一个肥大的和尚，穿着黄布衲，雄健得很，跨下枣骝马，在二人旁一瞥而过。玉琴道："呸！原来是个贼秃，我生平最恨那些贼秃。"

剑秋忙指住她道："师妹快不要说！"玉琴道："为什么呢？"剑秋道："请问师妹我们的老师也不是个和尚么？你怎么骂起来。"

玉琴被剑秋这般一说，不觉无话回答，半响又说道："我们的师父是有道的高僧，即仙即佛，至圣至善，岂是那些淫僧可比？草有薰莸之辨，人有善恶之分，我何尝骂师父呢！"剑秋笑笑，二人又行一段路，那迷雾已渐渐的化开，日光下照，稍觉温暖一些。剑秋道："今天不至于下雨了，我们可以多赶些路哩！"

又走了一二里路，前面已到一个小小村落。偶抬头忽见道旁有许多树木，枝干都已削去，如秃顶老叟。二人看了，心中有几分怀疑。进得村来，见有一旅店，门前挤满了许多人，围着一个盲目的男子，正在聚谈纷纭。那盲目男子好似酒保模样，也是指手画脚的讲给众人听，玉琴忍不住勒住丝缰，跳下驴来，剑秋随后下马。

那酒保以为主顾来了，忙上前代拉坐骑，带笑说道："二位在小店里用饭罢！"二人见吃饭时候略早些，但心里要探问事情，便点头道："好的。"那酒保牵去驴马，请二人入内。

二人走进店来，大众见这一对少年男女，珠辉玉润，锦衣龙马，估料必是贵客，也就向旁边散开去。二人到得店堂里，拣一雅洁的座头坐定，那酒保又撮着笑脸，过来问："二位要什么菜？"剑秋随意点了几样，那酒保喊了下去，又来伺候。

但瞧他右眼角里还在淌出血来，剑秋便向他问道："此地是什么地方？你家店号名唤什么？"酒保答道："此处便是葛家店，小店名唤长泰，专接往来客商，且卖酒的。"玉琴忍不住问道："你的眼睛怎会流血？想是新瞎的。我们来的时候，店门前围着许多男男女女，你在那里讲什么？"

酒保将手掩着眼睛答道："这也是我的不幸啊！两位有所不知，昨天傍晚，有一个雄健的和尚，到小店投宿。当他在座头喝酒的时候，外边又跑进一个又矮又丑的汉子来，好似一段矮冬瓜，腰里却缠着黄色灿烂的金带。坐定了，只顾喊：'酒来！'一口气喝了二十斤酒，还不醉倒。我们要不卖他喝时，他便拍案大骂，说他在佟家店喝过四十年前的陈酒，到如今没有好酒喝过，引以为恨。那和尚见他醉态狂悖，冷笑了数声，他便和那和尚争执起来，两下破口大骂。我等恐怕肇祸，连忙向两下劝住。

"那矮冬瓜便付了酒钞，走出店去，出门时对那和尚说道：'今晚你留心一点，倒要试试你的本领呢！'和尚哈哈笑道：'不怕死的前来便了！谅你也只有一颗脑袋，不够我葫芦里的东西一试的！'那矮冬瓜去了，和尚也还到房里去。后来我进去伺候，却见他把一个金边朱漆的小葫芦，恭恭敬敬地放在沿窗桌子上，回头对我说道：'你去知照店里一切人等，今夜早些安睡，不要多管闲事。如有声音听得，也只做不闻，否则若有伤害，我是不管的。'我自以为很乖觉的，便问他道：'老和尚，可是那个矮冬瓜今夜真要来寻事么？'他点点头笑道：'是的，那矮冬瓜乃是著名的飞行强盗，他存心要来太岁头上动土，也是他飞蛾投火，自来送死罢了！我是张家口天王寺的住持四空上人，江湖上哪里不知，岂肯甘心让竖子发狂呢？'我听了和尚的话，诺诺连声而退，便通知店主及同伴，他们都很胆怯，果然闭门早睡。

"独有我喜管闲事，要瞧瞧今夜有什么把戏，必然很好看的，遂暗暗伏在那和尚对面屋里，窗上挖了一个小孔，预备偷窥。但是待至三更以后，仍不见有什么动静。庭中月明如水，寒风呼呼，对面和尚房中，灯光熄灭寂寂无声。我暗笑和尚大言欺人，上了他的当了，不觉有些疲倦，蹲在窗下，正自蒙眬睡去。忽然有一声裂帛似的响亮，把我惊醒。睁开双眸，就小孔里向外窥时，只见从对面房里有两道青光，如箭一般的射出；同时庭中也有一道黄光飞起，青黄二光绕作一团。冷风直吹到我面上来，如利刃钻刺，我大叫一声而倒。苏醒时觉得右目痛不可忍，流血面颊，我的右目已瞎了。听庭外并无声息，我也不敢惊动。直到天明，大家起身，把我救起，无法医治。

"那和尚也从房里踱出，知道我已受伤，便对我说道：'教你不要多管闲事，你不听我言，自取其殃。停会你们到大道上去一瞧，便知厉害了，你的头也有树木那样的坚实么？还算你的便宜！'说罢又从身边摸出三两银子给我，他遂跨着骏马在大雾中登程去了。我们店中人听了他的话，随即赶到大道上看，果见两边树木都已削去枝干。有几个乡民在夜间遥见几道青光，围住一道黄光，在那里盘旋多时，最后黄光从青光中穿出，向西飞去，一眨眼间不见了。可知那个矮冬瓜果来寻事，他们好一场大厮杀，十分厉害，大约都是剑客了。"

那酒保说到这里，厨房里把铁锅敲得当当的响，店堂里早有一个老者喊道："汪三少讲些罢！快些上菜来。"酒保答应一声，向厨房里跑去。

玉琴看着剑秋的面孔，跌足说道："可惜！可惜！"剑秋道："可惜什么？"

玉琴道："你没有听得酒保的说话么？我们方才在大雾中遇见的秃贼，稳是四空上人了。可惜我们来迟一步，否则倒可以加入其中，和那贼秃一较身手呢！至于矮冬瓜，你猜究是何人？"

剑秋笑道："自然是闻天声了，腰间缠着黄金带，能喝二十斤酒，不是他还有谁来？"

玉琴也笑道："他还忘不掉佟家店的陈酒呢！但不知那个独眼龙到哪里去了？若再相逢，一定不肯饶他。"剑秋笑笑。

玉琴又道："我也幸亏遇见闻天声，才明白仇人所在，前去复仇，应该要谢谢他的；本不知他现在何处，谁知他曾到此间，不过如今又是难逢的了。"

剑秋道："那四空上人的飞刀，果如法玄所言，十分厉害。大约闻天声未能得手，脱身远飏了。"

玉琴道："以后我总要领教一下的。"二人正说着话，那酒保早端上酒菜来，二人也就进餐，连那金眼雕都吃了一个饱。付过账，便要赶路。那酒保便很小心的牵过驴、马，看二人个个骑上，飞也似的跑去。

他口里不觉沉吟着说道："这两个佩着宝剑，跨下骑马，带着大鸟，看他们的神气，又是什么剑客了。幸得不在店里住宿，否则我的一只左眼恐怕也要保不住了。"

且说二人星夜赶奔，不多几天，已过了著名东方第一雄关的山海关，天气更冷，二人衣少，各有些寒意。一天走在路上，忽见对面跑来一队人马，似乎都是客商模样，形色仓皇得很。玉琴忍不住勒住花驴，向一个头戴皮帽子的商人问道："你们急急慌慌地做什么？从哪儿来到哪儿去？"

那商人看了玉琴一眼，便道："姑娘，你快不要向前走罢，我们是遇到强盗了！"

玉琴微笑道："强盗有何足畏？大丈夫何必如此？"

那商人又道："我们所遇的盗匪，并非寻常可比，真的非常厉害。因为我们一行都是采办人参和皮货的客商，本请著名的镖师铁臂熊王振一起护送，谁知强盗更是骁勇！有一个舞剑的少年，最为神勇，铁臂熊的左臂膊都被他斩下来，所以货物大半被劫。我们逃生至此，要至山海关求官兵往剿呢！"一边说着，一边用手指着后面数人异着一个大汉，说道："他便是铁臂熊，辽东有名的镖师，现也变成独臂熊了。"

玉琴听到这里，不由得一笑。剑秋也问道："强盗在什么地方？"

商人道："前去二十多里，便是双龙坪，地方十分荒凉，居民极少。相近有个螺蛳谷，山势曲折而峻险，那里有大伙盗匪盘踞。我们深悔取道这里，未免孟浪，也是镖师大言欺人所致。现在他有一个徒弟叫周小熊的，也被强盗杀死了，这真是我们的不幸，遇此大险也。"玉琴听了便道："强盗如此厉害，我们有些不信，那些官兵都是酒囊饭袋，哪里会捕盗匪？不如你们二人快跟我们二人前去，我必要你们的失物夺还，除去那些凶恶的强徒。"

玉琴说了这话，几个商人一齐冷笑起来道："强盗真是勇猛，著名镖师尚且不敌，何况你们两个人呢？料你们虽懂得一二武艺，哪里是强盗的对手，而且小小女子，胆敢去捋虎须，不是去把生命作儿戏么？"又有一人道："你们若去冲犯，说不定女的便要掳去做压寨夫人呢！"

玉琴道："呸！你们嚼什么？休得小视人家，你们既然要请官兵，由你们去吧！好话当歹话，你们被劫之物难以得到了。"便回头和剑秋说道："我们赶路要紧。"把花驴向前一催，剑秋跟着，一驴一马依旧向前跑去。

二人跑了一段路，玉琴回头已望不见那一行人，便带笑对剑秋说道："我本抱着一片热心，见他们被劫得可怜，想代他们去要还货物，不料他们反藐视于我，真所谓肉眼无知了。"

剑秋道："天下事往往有许多热心人，怀着一团好意，很想与人消灾，给人家得好处；而偏偏逢着冷心的，使他们也无可奈何，真是可叹。他们既然相信官军，让他们去请教也好。"

玉琴叹道："现在的官军都是胆小如鼠，平时只会欺压良民，贪图军饷。而一般坐皋皮、绾虎符的，也都是金玉其外败絮其中，也许很像那坝上棘门军一般，不值一战，教他们去剿匪，何能奏效？"

剑秋道："师妹之言不错，今日我国的军队，腐败极了，而外侮却是一天紧迫一天，一朝边防有事，眼见得丧师失地，城下乞盟了。即如他们剿匪，大半是和匪勾通的，兵至匪退，兵去匪来，何尝真的去剿呢？"

玉琴道："年来关东三省，群盗如毛，一般商贾真有'行不得也哥哥'之叹，今听他们说什么螺蛳谷强盗厉害，我倒要去领教一番呢！"

剑秋道："天气尽管冷了，我们赶路要紧，任他们去罢！或者回来时再去试探也好。"

玉琴玉脸微红，将头一偏道："师兄，你今番为什么胆怯起来呢？以前我荒江歼盗时，洪氏三雄也是著名巨匪，却被我一人除去，想起我等既为剑侠，理该为地方上除去害民之物，有司不能负责，我等何忍坐视，否则小民的痛苦不是更深么？我也并非是自夸英雄，好管闲事，总觉得耳里听到了，心上却放不下啊，是不是？"

剑秋道："是是，我也不是真的胆怯，因为师妹急于返乡，所以有此说话。既是师妹为地方上除恶去暴，我也很表同情的，何敢退后，当和师妹一同前去便了。"玉琴闻言，这才回嗔作喜。

二人一心赶路，到日落西山时，已近双龙坪，看看居民寥落，没有几家人家。有一个乡民正挑柴归来，二人勒住坐骑，便问他螺蛳谷在什么地方？那乡民对二人瞧了一眼，冷冷地回答说："不知道。"二人又向前行，又见一个乡妇立在门前，玉琴便向她问道："请问到螺蛳谷去怎么走的？"乡妇白瞪着双眼道："我也没有熟悉，请你问别人吧！"玉琴讨了一个没趣，驱驴便行，又听那乡妇说道："那地方是不好去的啊！预备着脑袋便了！"

玉琴听得，遂对剑秋说道："可恶那些乡人，明明是知道的，却不肯说，大概他们通匪的吧？"

剑秋点点头道："一定是的，我瞧他们的面上也很凶恶，不像良善乡民。"玉琴道："我们自己找吧！"剑秋把马鞭遥指着前面隐隐的一带高山说道："总在相去不远之地了。"

二人又向前跑了一里多路，天色渐渐昏暗，却找不到螺蛳谷，也没有遇见一个人，错过宿头，无处安身。忽见前面有一庙宇，玉琴指着道："好好，我们今晚且住在庙里罢，明天再去探访。"剑秋点点头。

二人赶到庙门之前，见横额上写着"玄坛庙"三字，新近重修过的，庙门紧闭，寂静无声。二人遂跳下坐骑，上前叩门，不多时有一个年轻道童，出来开了门，一见二人，便问来历。剑秋道："我们从关内还乡，因贪赶路途，错过宿店，不得已欲借尊处暂宿一宵，当多多奉谢。"

那道童又仔细向二人打量一番，便答道："既是客人要借小庙暂宿，不嫌简亵，自当扫榻以迎。"遂请二人入内，又把驴、马牵进，缚在里边廊下，关上了门，引二人来到东面一间客室里去。

这时天色已黑，对面殿上灯光暗淡，有一个老道正欲走出，一见二人，忽地退缩了进去，且向二人偷窥了一个仔细，琴、剑二人没有留心着。不多时,又有一个小道童拿上灯来,对那个道童说道:"师父唤你进去。"那道童便匆匆去了。

剑秋便向那小道童道:"你们师父唤什么?何不请他出见?"小道童答道:"我们师父法名清风,年纪老了,今天有些不舒服,所以不能出来款待,请二位客人勿责。"说罢便退出室去。

二人憩坐一番,剑秋放下金眼雕,那雕便飞到室外一株大树上去了。少时,又是那个小道童托着一盘素菜和粥来,放在桌上,对二人说道:"小庙没有准备什么,请二位将就用些斋罢。"

玉琴带笑对剑秋说道:"这个小道童年纪不过十三四岁,口齿却生得十分伶俐。"剑秋笑笑。

二人吃罢粥,小道童收拾而去,剑秋道:"今晚对不起那金眼雕了,只好饿它一顿。"

玉琴道:"或者它自己会出去找食的,不用你担忧。"说时关上了门,回过头去见墙边只有一只炕,被褥十分肮脏,皱皱眉头,便在灯下坐着,和剑秋闲谈。不觉已至二鼓时分,忽听门上有轻轻剥啄之声,二人十分奇异,便问:"是谁?"只听门外有人答道:"是我,特来报个信的。"

剑秋忙过去开门,见有一个香司务模样的人跑进来,对着玉琴说道:"姑娘可就是荒江女侠么?"

玉琴点头道:"正是,你是何人?为着什么事情,这般鬼鬼祟祟?"

那人连忙拜倒道:"姑娘正是我的恩人,姑娘可记得晏堡树上自缢的胡小三么?姑娘今夜有大的危险,快快提防。"玉琴又仔细看了一下,依稀也有些认识,果是那个可怜的胡小三;方欲再问,而胡小三已溜出室外去了。剑、琴二人知道危险当头,十分紧迫,幸有他来报信,不可不防。估料庙中又必有强徒了,遂亮起宝剑,把火吹熄了,伏在暗处,以备不测。听寒风敲窗,十分凄厉,仿佛鬼魅将临。守到三更时分,忽闻室外步履声,门有机关,只消一拨,便自动地开了。便见有一老道,带领方才遇见的两个道童,仗剑飞入,光如匹练,劈向炕上,啪的一声,那炕已裂为两半。

老道见一击不中,知必有变,急忙退出时,二人也即拔剑追出,和他们在庭中战斗起来。

剑光闪烁,老道的剑术十分精妙,而两童的武术亦是不弱,战到分际,那老道忽然开口骂道:"你们可认识山东道上佟家店里的佟元禄么?我的女儿被你们杀害,冤仇未报;今番难得撞在我的手里,岂肯放你们过去?"

二人闻言,方知老道原来便是那独眼龙佟元禄,前天方才说起他,不想在此狭路相逢,无怪他要起歹心了。玉琴也喝道:"瞎眼老贼!她开了黑店,存心害人,遇见我们,也是恶贯满盈,死有应得。前次侥幸漏网,今夜一定不肯饶你了。"于是两边各把剑术尽力施展,奋勇死斗,只见几道白光在庭中环绕,正在这个紧要当儿,忽听顶上泼喇喇一物疾飞而下,直扑老道头上,势若飙风。

第二十三回

温香软玉大盗敛虎威
宝马锦衣小主觑奇险

　　螺蛳谷是大羊山中一个最幽深曲折的山谷，那里面很多空旷的沃野膏壤，可供耕种；但是初起为野兽盘踞，没有人去注意，因为外边的人若要走到谷中去，是非常难走的。谷的形势曲折环抱，隐然如青螺，须得顺着它的山势，一直到底向右转去，方才能够到达。如若走错一个方向，不是走到大泽中去，便是被群山所围，迷途不得了。若从谷中出去，是要照这个样子的，不过一直向左转罢了。

　　附近十分荒凉，所以谷中绝少人类的踪迹。那一年山海关驻兵忽然哗变，便有一队变兵，遁迹到螺蛳谷中来，做了盗匪，干那杀人越货的勾当。其中有一个领袖，名唤闹山虎吴驹，年纪不满三十，性烈如火，善使一对铜锤，重可二百余斤，骁勇非凡，不愧是一条好汉。原来吴驹本在山海关供游击之职，在军营中屡立要功，可是大半功劳都被上司冒去，连年不得擢升，军饷又被上司扣减，因此怨恨不平，跃跃欲动。

　　凑巧一次和一个同袍争功，上司又袒护了他人，吴驹恼羞成怒，蠢然思动，便聚集了自己所率的队伍，秘密会议定在八月十五日夜变动,要一泄往日不平之气。又历数上司的贪婪罪恶,激得一班弟兄们个个怒目切齿,摩拳擦掌,顿时忍不住起来,大家跟着吴驹一齐发作。其时明月皎洁,正在庆赏中秋,忽然闹出这个乱子来,一时秩序大乱,家家闭户,人人匿迹。吴驹率领变兵,放火抢劫了一回,方才遁走,等到别地官兵调来剿捕,早已去得远了。

吴驹和他的部下窜至大羊山,见螺蛳谷形势秘险,大可容身,遂占据谷中而为绿林好汉。可笑他的上司惮他勇猛善战,不敢多事,一面收拾地方,一面蒙乱奏闻,把这事糊糊涂涂地遮掩过去,只苦了百十家被劫的小民罢了!吴驹既在螺蛳谷为盗,吩咐部下无事则在谷内耕田,有事则出去剽掠,积草屯粮,招兵买马,渐渐声势日盛;又新收到一伙别处的盗党,为数可六七百人,盗首姓叶,名霜,别号满天星,也是个杀人不眨眼的魔君,足为吴驹的羽翼。

有一次吴驹率着群盗出去,抢劫了远处的一个村庄。当地官军因为事情闹大了,不得不派兵来剿,却被吴驹奋勇击退,一些得不到便宜,从此装聋作哑,不闻不问了。吴驹做了强盗,美酒肥肉大家吃,黄金白银大家分,竟做了一方之霸,很觉得骄傲,自以为无人能敌,一辈子可以逍遥作乐,所以每天无事的时候,常和叶霜喝酒,非喝到大醉不肯罢休。

这一天,他正在寨中畅饮,已喝得有七分醉意了,忽见他的部下姓邱的头目和几个小卒,慌慌张张地跑上山来。邱头目的左臂已受了伤,向他报告说道:"今天轮着我们的一队人巡山,方才巡行之时,见有个年轻道姑,姿色娇美,单身从山下经过。我们本来无意行劫孤羊,却有一二个弟兄前去将她拦住,和她闹玩笑,不防那道姑从背上掣出双股剑来,一剑便把我们中间一个弟兄砍倒了。我们便围着她一齐动手,谁料那道姑本领高强,毫不畏惧,竟和我们酣战,我们抵敌不住,只得败退谷中,向头领请示。"

吴驹听罢邱头目的说话,哇呀呀一声大叫,飞起一脚,竟把桌子踢倒，桌上酒杯和碗碟一起跌得粉碎，只听他向叶霜说道："哪里来的臭道姑，敢来捋虎须！我闹山虎一定饶她不过！"

便喊左右取过铜锤来，早有两个小卒，捧着西瓜般大的一双紫金铜锤，吴驹接在手中，便向外跑，叶霜也取过单刀率领部下跟着接应。吴驹跑出谷口，在高处一望，那边正有一个穿着杏黄道服的道姑，挺起双剑迎出奔来。吴驹大喊一声："对面的道姑胆敢伤我部下，难道不怕死的么？"

道姑一见吴驹扬着铜锤，威风凛凛，便微笑道："强盗听了，我自然不怕死而赶来，你休得在我面前逞强。你可就是闹山虎么？今天遇到了伏虎姑姑，你的虎威恐怕也发不出了，不要变了虎头蛇尾，快快驯服了罢！"

吴驹本已发怒，一听道姑说话，更加火上添油，立即使动双锤，跳过去向道姑娘头顶上便是一锤。道姑说声："好厉害！"便把双剑架住，还手一剑向吴驹胁下刺来。吴驹见道姑能把自己的铜锤遮过，而且又能迅速地还手，也知那道姑果然本领不浅，未可轻视，遂即将锤法使开了，如雨点一般，向道姑进攻。道姑也把双剑舞得如龙飞一样，迎住吴驹。

两人一来一往，在山坡边战斗六七十回合，不分胜负，那道姑忽然虚晃一剑，跳出圈子，对吴驹说道："闹山虎名不虚传，你家姑姑杀你不过了，休得追来！"回身便跑。

吴驹正杀得性起，见道姑跑掉，哪里舍得不追，大喝一声："不要走！"高擎双锤，在后追来。但看那道姑走着崎岖的山路，十分轻捷，自己却恨赶不上，相去总有数丈多路。这样追过一座山峰，总是可望而不可即，要想舍了她不追罢，可是心又不甘；追上去罢，照这个样子，休想追赶得着。因看那道姑飞跑时，好似很省力的，并无疲乏之象，追到几时休呢？

他正在犹豫之际，前面正有一座林子，那道姑在林子前立定了，回转身驱，娇声喝道："闹山虎为什么这样不济事，你家姑姑很惬意地跑着，你却老是赶不上呢？还要追赶做什么，我见你跑得可怜，再和你战斗一下，玩玩也好。"吴驹听说，暴跳如雷，虎吼一声，连纵带跳地奔到道姑身前，双锤并下，道姑却又一溜烟的逃入林子里去了。

江湖上本有"遇林莫入"这句话，是因为人家在林子里容易隐藏，如若你逞勇追入，十有八九必要吃亏的，所以大都追到林子便止住了。然而吴驹哪里顾想得到，一个箭步跃进林子里来，但见阴森的树木密排着，枝叶屏蔽，哪里有道姑的影踪呢？不觉忍不住喝道："兀那道姑哪里去了？不要藏首藏尾的躲避。"

说话未毕，早听左边树后娇声答道："我在这里候你啊！"果见有一杏黄色的影子，在绿叶中闪动。

吴驹大踏步奔过去，到得树后却不见了，暗想：她如此狡狯，倒很难以下手的，于是也屏息不声，提着双锤，蹑足向前走去。只听右边林子里又有娇声喝道："蠢汉，你想走向哪里？你眼睛又不是瞎的，在这里候你啊！"

吴驹大怒，回头见一株大樟树后，那道姑正露着半个俏面庞，在那里窥着他微笑呢；便举起双锤，飞也似的跳过去，照准那道姑头上一锤打下。以为这一锤可把道姑的头颅打扁了，谁知豁喇一声响，却打折了一只粗如巨橡的老枝，树叶簌簌下落，锤头落地，埋入土中三寸有余，自己身子也向前扑个空，险些跌个狗吃屎。

背后树林里又在那里带着吃吃的笑声道："闹山虎，你这一锤果然厉害，想下毒手么？你家姑姑早已防备着，决不会给你打着的啊！"

吴驹回过身来说道："什么狗姑姑，猫姑姑，你是一个鬼姑姑么？为何这样躲躲闪闪？"又听林中答道："好，你倒骂起来了，我岂真的怕你，便出来和你战个三百回合，也是不妨。"说罢，早见那道姑扬着双股剑，跳出林来。

吴驹咬紧牙齿，双锤一摆，跳过去使个双龙取水式，向道姑腰里合抱打去；道姑不慌不忙，把双剑迎住。二人在林旁又酣战三四十回合，忽然道姑卖个破绽，让吴驹一锤打来，"哎

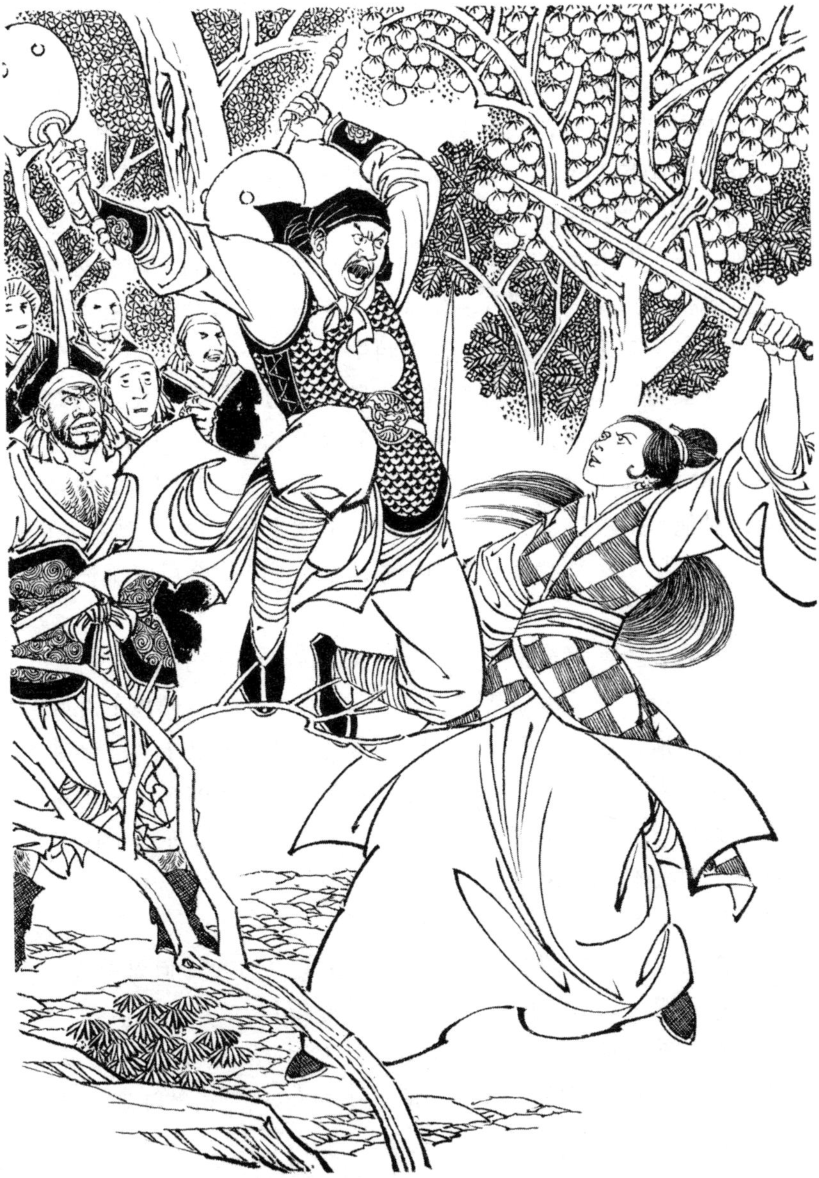

呀"一声，仰后而倒。吴驹大喜，猛喝一声，踏进一步，正想结果她的性命，不防道姑一个鲤鱼翻身，从地上挺起，双足齐飞，使个鸳鸯连环脚，向吴驹下三路扫来。

吴驹不防那道姑有此一着，被她扫个正着，抛了双锤，扑地跌倒在地。这也因为吴驹多喝了些酒，有些半醉，又跑了许多路，心中愤怒不已，鲁莽进攻，遂吃了这个亏，翻跌在那道姑的手里。并且这鸳鸯连环脚是女子的一种绝技，常常倚着这一下，反败为胜的，所以精细的人若把对面女子打倒时，必要防备到这一下了。当时吴驹倒地，丢了双锤，以为自己必然死在这道姑的剑下了，索性闭着双目等死。

哪里知道那道姑反把双剑插入鞘中，施展粉臂，将吴驹双手抱起，搂在怀中，席地而坐。吴驹身上觉得软软的躺在温香暖玉怀中，鼻子里又闻到一阵香味，睁开双目，见那道姑抱着他，对他嫣然浅笑，一些没有恶意，不觉十分奇怪。道姑又用纤手在他的脸上一摸道："闹山虎不要闹了，你今可降服你家姑姑么？哈哈！"

天下最厉害的真算一个"色"字，古今淫狂的妇女，倚仗着这个"色"字，不知制服了多少男子汉大丈夫，使他不由得不死心蹋地，拜倒裙下。所以饶吴驹是个烈性的汉子，被那道姑这样一来，不知不觉刚硬的肠立刻软化，往日的虎威，不知消灭到哪里去了，也就带着温和的声气问道："像你这个样子对我，算是什么？我做了一世的英雄好汉，却失败在你的手里，情愿死了，为什么不杀我呢？"

道姑笑道："你情愿死么？真是好汉。但我却何忍杀你，只是你依我一句话，我就放你了。"吴驹道："依你什么话？"

道姑又对他一笑，低着头凑在吴驹耳旁，轻轻说了一句话。吴驹立刻喜得跳将起来，握住道姑的双手道："你果然真心如此吗？"道姑点头微笑。

正在这个色授魂与的时候，忽听林子外边人声呐喊，有许多人飞奔而来。二人回头看时，却见满天星叶霜扬着单刀，率领众儿郎,如火如荼,冲入林中。一见吴驹和那道姑握手面立,十分亲密的样子,不觉都呆住了。吴驹却问道:"你们可是来援助我的吗?"

叶霜答道:"正是,我们因为大哥穷追道姑不还,放心不下,所以追来。"

吴驹笑道:"不打不成相识,我们都是同道,一伙儿回山走罢!"一边说,一边放下道姑的手,从地上提起铜锤,又对道姑说道:"请你到我们谷中欢聚一番。"道姑点头微笑,跟着吴驹便走。叶霜等仍旧不明白其中道理,但听吴驹如此说法,也只得随在后面,一起回去。

你道那道姑是谁,怎样凭空出来和吴驹厮杀一番,又是这样就跟了吴驹到谷中去?未免写得离奇一些,读者也急欲知道那个道姑是何人了。那么作者乘他们在路上走的时候,先来交代一个明白。读过初集的人,也许能够忆及剑秋和玉琴在东光地方,夜探古塔,遇见云真人的一回事吧!云真人是白莲教中的余孽,特地到山东去传布邪教,勾结徒党,暗植势力的,凑巧被琴、剑双侠识破秘密,除掉了云真人。

但是云真人是翼德真人门下四大弟子之一,还有三个弟子:一个是雷真人,奉命到江浙去的;一个是火姑娘,奉命到云南去的;尚有一个风姑娘,奉命在关外传教,那就是吴驹所遭见的道姑。自然有很好的本领,非寻常妇女可比了。

风姑娘到了关外,仗着她的美色和武艺,去诱惑一般人民来做教徒,可是缺少一个根据之地,好做她的大本营,扩张势力。心中急欲寻找,听得螺蛳谷有巨盗盘踞,颇思到谷中设法收服盗党,以添羽翼,又闻闹山虎骁勇之名,更想用手段来制服他,所以单身前来探访谷中状况。等到和闹山虎交过手后,见他果然猛勇,活像一头大虫,愈思笼络他,引为己助;于是故意佯败至林中,和他巧斗一回,竟把闹山虎稳稳驯伏,达到了她的希望。

古语说得好,云从龙,风从虎。现在风已从虎,如虎添翼，螺蛳谷中更见声势厉害了。吴驹回到寨里，便请风姑娘上坐，这时天色已晚，吩咐堂上点灯燃烛，厨下预备精美筵席，自己和叶霜陪着风姑娘畅饮，以作洗尘之举。风姑娘便把自己到关外来的宗旨和企望，向二人讲个大略，坚请二人加入白莲教中，将来共图大事。且说："我是陕西翼德真人门下的女弟子，同门尚有火姑娘、云真人、雷真人等，在各处传教，秘密进行。教主倪全安在兴平山中，我们不久可以再起了，将来苟富贵，莫相忘。"

吴驹被风姑娘的美色所迷，当然唯唯诺诺，并无反对之意，十分情愿归依白莲教。叶霜是个好勇之徒，见吴驹信教，他也自然赞成了。这夜散席后，吴驹和风姑娘携手而入，自寻于飞之乐。从此以后，风姑娘便在螺蛳谷中布教，以兵法部伍群盗，若想练成一个基本的劲旅。吴驹被风姑娘笼络得如一头驯羊，凡风姑娘说什么他便做什么，所以表面上虽是吴驹为头领，而实际上的权柄都归风姑娘掌握了。众人见风姑娘确有非常本领，又有绝大来历，倒也一致服从，翕合无间。风姑娘在春间又鸠工庀材，建筑了几间精舍，布置得十分华丽，夜夜和吴驹荒淫作乐。

有一天吴驹和风姑娘在谷外相视形势，设置几个陷阱和秘密的机关，以防敌人，远远瞧见有两骑疾驰而过。吴驹一时高兴，回头对风姑娘说道："你看我去截劫这两骑，也许是肥羊吧。"遂从小卒手里接过双锤，飞也似的奔去。恰和那两骑碰个正着，双锤一摆，喝声："休得乱跑，留下过路钱来！"

那两骑马上正坐着两个魁梧少年，一色的蓝缎袍子，面貌也生得仿佛，好似心急赶路一般。忽见对面来了盗匪，一齐把马收住，从腰间拔出佩刀，第一个颔下有一黑痣的少年喝道："哪里来的草寇，胆敢拦阻去路！识时务的快快退去，免得你家大爷动手。"

吴驹哈哈笑道："好小子！你们仗着懂一些武艺，竟敢口出大言，想在江湖上闯走么？可闻得闹山虎的威名，我手中的家伙却不肯轻易饶你了！"说罢跳过来便是一锤，二少年个个使动佩刀，迎住吴驹，斗在一起。

　　风姑娘瞧见他们战得热闹，也从背上掣出双股剑，跑来助战。二少年初和吴驹猛斗，觉得对手十分骁勇，锤头猛烈，现又见来一女盗，未免有些心慌。风姑娘的双剑又如龙翔凤舞一般，二少年哪是他们的敌手，看看支持不住，要想逃走时，忽听吴驹大喝一声，一锤击中马头，黑痣的少年随着坐骑俱倒，早有吴驹的部下赶上擒住。

　　风姑娘也卖个破绽，让那少年急忙把头一低，一顶遮尘小帽已随着剑光飞去，头发也削去一层，少年一个心慌，栽下马来，也被他们擒住。吴驹带笑对风姑娘说道："这两个小子，武艺倒不错，不知是何处人氏，且带到寨中问讯一遍再说。"风姑娘道："很好。"

　　于是吴驹吩咐部下将两人押解上山，自己和风姑娘回到寨中，叶霜迎着，三人一齐在堂上坐定，左右把二少年推上。那两个少年虽是被缚，然皆怒目而视，一些没有屈服的形象。吴驹方欲询问，二少年破口大骂，吴驹勃然动怒地着令左右："推去砍掉了，看他们还能够骂么！"

　　左右得令，推着二少年出去，那黑痣的少年骂道："草寇，今日我等死了，他日自有人来代我等报仇雪恨的。你们恶贯满盈的时候，也难逃斧钺之诛，我等死不足惜，只可惜了袁彪大哥。"

　　风姑娘听那少年说出"袁彪"两字，便吩咐左右："且慢，再把二人推回，我有话要问他们。"左右见风姑娘做主，自然奉命惟谨，仍将二人押回。

　　一少年道："草寇，你们要杀便杀，何必假惺惺作态。"风姑娘问道："你方才说的袁彪，可是锦州的摩云金翅袁彪吗？"

　　有黑痣的少年答道："正是。好草寇，你们也闻得他的大名吗？"风姑娘又道："你们和袁彪可是朋友？"二人齐声答道："袁彪是我的结义兄弟，你问做甚？难道你也和袁大哥相识不成？"

　　风姑娘听了这话，便带笑向吴驹道："你可知锦州袁彪是个少年英雄？"吴驹笑道："不错，我也听人说起锦州有个摩云金翅袁彪，是个侠义之辈。"

风姑娘便命左右速将二人解去索缚，请到堂上来坐。那两个少年见风姑娘前倨后恭，忽然以礼相待，不觉好生诧异。风姑娘遂向二人说道："你们俩不要奇怪，我和袁彪也有一面之缘，你们方才说什么只可惜了袁彪大哥，袁彪现在何处？你们姓甚名谁，快快说个明白。"

那黑痣的少年便毫不客气坐了下来，答道："我们复姓欧阳，乃是弟兄二人，我名仁，他名义。袁彪现在锦州被人陷害，有性命之虞。我们因为想搭救袁彪，路过此处，不料被你们擒住，要把我们杀掉，满腹怨愤，无可发泄，所以说了这句话。"

风姑娘听了欧阳仁说话，面上露出很注意的神气来，又向欧阳仁道："袁彪被人家陷害吗？为的何事？请你对我说个明白。"

于是欧阳仁遂把袁彪被害的情节，详细告诉一遍。著者写到这里，却先要把袁彪的来历叙述一下了。袁彪是锦州人氏，明朝大将袁崇焕的后裔，当袁崇焕遇害时，崇焕的幼子成仁流落在关外，便在锦州寄居，一脉流传。直到袁彪生时，他的父亲不幸便患咯血之病，不满一年，便丢了孤儿寡妇长辞人世了。幸亏有些田地房屋遗留，可称小康之家，不致有冻馁之忧。袁彪幼时即岐异于常儿，臂力甚大，性喜弄武，读书之暇，时时喜欢和里中小儿使枪弄棒。

恰巧近邻有一家复姓欧阳的人家，弟兄两人，和袁彪年岁不相上下，便是欧阳仁、欧阳义了。父亲欧阳怀忠曾任过兴京守备，武艺娴熟，告老家居，遂把平生武艺传授给他的儿子。袁彪和欧阳兄弟在一个私塾里读书，性情十分投合，因此袁彪常到欧阳家中去盘桓。欧阳怀忠见袁彪是个可造之才，遂也把武艺教他学习。袁彪朝晚练习很勤，所以反较欧阳兄弟进步得快，欧阳怀忠十分称许，颇有生子当如孙仲谋的感慨，常对人捻髯说道："袁氏子诚跨灶儿也。"

在袁彪十三岁大的时候，他母亲因为至戚宋氏在奉天八旬大庆，必须往贺，自己年岁老了，怕出外跋涉星霜，儿子渐渐长大，也应该让他出去走走，见识见识。好在袁彪生得气宇昂藏，相面英俊，站在人家面前，很有体面，使他人也知道袁氏有子。遂端整了一份重重的贺礼，打发家人袁福伴送小主人前往奉天祝寿。袁彪见母亲放他出外，很是快活，换了一身锦衣华服，骑着一匹骏马，打扮得如王孙公子一般，带着袁福，拜别母亲，立即上道。那袁福是袁家的老仆，诚实可靠，奉天也到过数次，所以袁彪的母亲托了他，十分放心，想来决不致闹出乱子来的。

谁料他们欢欢然走至半途，相近七里堡地方，忽然遇见一队胡贼，见袁彪形似贵家公子，遂一齐上前行劫。袁彪虽懂得些少武艺，可是赤手双拳，如何和他们对敌得过，起先胡贼看轻他年小无能，动手捉他时，反被他打倒了两个，后来大家蜂拥而上，袁彪遂被他们擒住。袁福吓得手足无措，跪倒地上，向胡匪泣求："饶了小主人性命！"有一个胡匪大声对袁福说道："老不死，滚你的蛋，快快回家去向你家主人说，在一个月之内，预备廿万银子到鸡爪山来赎，过了时期，我们便把他杀成一百块喂给狼吃了。"说罢拥着袁彪连人带马，一齐往北而去。

袁福见胡匪去远，只得从地上立起身，仰天叹了一口气，无可如何，只好带了原来的寿礼，急急赶回锦州。袁彪的母亲见袁福一人回来，却不见她的爱子，又是这样的急忙，寿辰还没有过，为了什么事情呢，十分骇异，急问原由。袁福把这不幸的消息告诉出来，袁彪的母亲又惊又急，不觉昏晕过去，良久方才苏醒，大哭不已。袁福一时没有理会处，连忙去请了欧阳怀忠过来，一同商量。

欧阳父子个个吃惊，一时何从去凑集这笔巨款？袁彪的母亲情愿卖田卖地，借置押款，取赎袁彪，又苦无人前去接洽，袁福挺身愿往。欧阳怀忠慨然答应，到各处张罗巨金，约以十天之期，袁彪的母亲没奈何，也只得如此办法。

不料不到十天，匪窟中忽然秘密投来一封书信。袁彪的母亲接到信时，心中突然地跳个不住，不知儿子是吉是凶。等到拆信一看，不觉心头安慰，眉峰顿舒，连忙命袁福又去请欧阳怀忠过来，把信给他老人家一看。欧阳怀忠看罢说道："这样也好，老太太放心罢。不必准备巨款去赎，将来令郎自会归家的。"袁彪的母亲遂一人独居，再不提起赎取儿子的问题了。

你道为何？原来袁彪这天被胡匪捉去，解到了鸡爪山匪窟，见过匪首贺虬。那贺虬也是东省著名的胡匪，精通武艺，别号"红毛狮子"，善用纯钢飞抓。那飞抓也是江湖上暗器之一，五指张开，形如人掌，落在身上，便会紧紧抓住，深入皮肤，只要用力一拽，敌人即随着仆倒，再也逃不掉的。索子又用最坚韧的，中贯纯钢长丝，虽有利剑也不能把它割断；不过因为使用时，没有金镖和袖箭来得便利，所以用的人不多。

贺虬是自少练就的这种绝技，百发百中，等到遇见贼人本领高强时，便用诈败之计，发出飞抓去取胜，十有九胜的，远近驰名。他做胡匪首领，打家劫舍，扰乱了不少地方，压寨夫人也有几个，可是从没有生育过，这是贺虬的第一憾事。此番见了劫来的袁彪，年岁虽小，而相面英伟，着实使他心中欢喜，遂喝退左右，便亲自把袁彪解去索缚，教他好好坐了，细细问他的来历。袁彪见贺虬不像怀有恶意，也就老实告知。

贺虬知他是明将袁崇焕的后裔，出自名门，更觉敬爱，便留他在山上，要认袁彪为义子。袁彪一时不能脱身，只得答应，但要求贺虬立即写一封信到家中去，安慰他的老母，将来年纪稍长时，许他回家去一次。贺虬许可，照他说话行事，所以袁彪的母亲接到他儿子的信，于无可奈何之中，略略安慰了几分，只要儿子在外平安，没遭盗匪毒手，自然将来还有回来的日子。

从此袁彪拜了贺虬为义父，在匪窟中度那少年光阴。贺虬又把武艺悉心教导，且叫他练习那飞抓，袁彪左右无事，天天用心练习。数年之后，果然练就一身很好的武艺，能跳数丈墙，登山如履平地，使用飞抓尤其迅速而准确，青出于蓝而胜于蓝，贺虬看了十二分的快活。但逢胡匪出外行劫时，贺虬叫他也出外走走，他总托词不从，或长卧病不出，贺虬也不能勉强他。因此同事中和他并不十分投合，说他无意为匪，胸怀别心。

幸有一次贺虬率众出外时，山上仅留少数人看守，官兵探得底细，即派一队人马入山痛剿，却被袁彪率众用计击退，保得匪窟无恙。贺虬回来后，大加奖赏，对众称许不已，因此众人也没得话说了。当袁彪在十八岁的时候，益发长成得俊美的模样，贺虬所有的武艺都传授与他。在匪窟已久，心里思念老母，归乡之念，萦绕脑海，想要和贺虬商量，让他下山一行；好在贺虬以前答应过的，万一贺虬不许，自己已学得一身武艺，要走便走，也可背了贺虬，私自下山的。

主意打定，正要向贺虬去说，不料贺虬以历年奸淫好色，得了痨力之疾，这几天病势沉重，卧病在床。袁彪究竟和他也有数年父子的感情，所以暂时缓起。哪知贺虬一病弥月，日就危殆，一位生龙活虎的草莽英雄，竟撒手人寰，一瞑不视。贺虬既死，照理要推袁彪为领袖，但是袁彪无志于此，大好青年哪肯长此做那打劫的生涯，决意不干，只尽心办理贺虬的丧事。把贺虬的遗骸，用上等棺木殓后，择地安葬，遣散后房姬妾，又将藏金分赠众人，劝他们各自归乡，因此徒党星散。

贺虬一死，鸡爪山的一般胡匪也就散伙了。袁彪便收拾行李，即日离开鸡爪山，回到家乡，拜见老母，觉得他母亲容颜老了许多，益发龙钟。袁彪的母亲数年倚闾，梦寐不安，一日见爱子归来，老颜生花；又看见她的儿子长成得一表人才，如临风玉树一般，更是满怀欢喜，母子二人絮絮地细话过去景情。袁彪的母亲闻得胡匪首领已死，袁彪自由归就，愈觉放心。袁福听了，也是喜不自胜，幸得小主平安归里，自己可告无罪了。

袁彪次日又去拜访欧阳兄弟，其时欧阳怀忠已归山，欧阳兄弟正在丧服之中，然而大家阔别数载，彼此都已长大，自又有一番谈叙。邻里见袁彪回来，都来问讯，袁彪把鸡爪山上的事秘而不宣，亦是含糊对答，但有几家已约略知道一二的了。从此袁彪伴母家居，仍是天天练习武事，预备去考武场，但他生性任侠仗义，年少气盛，不免在里中做了一番打抱不平的事情，名声渐渐大起来。人家代他起了一个别号，唤作"摩云金翅"，因他能在七层宝塔上跳上跳下，捷如飞鸟，所以有此名称。

有一天，袁彪在上午到欧阳兄弟家中去谈天，用了午饭归家，走到门口。袁福笑嘻嘻地对他说道："里面到一女客，要见小主人，老太太陪着讲话，等候多时，快快进去罢！"

袁彪听了，心中不由得一愕，自思：生平并未亲近妇女，何来女客，真是奇怪得很，倒要去看看究竟是何许人呢？遂即大踏步走向内室而去，耳边已听得很清脆的呖呖莺声了，袁彪踏进内室，却见他的老母正陪着一个穿紫衣的道姑闲话，一见袁彪回家便道："彪儿你回来得正好，这位道姑因为仰慕你的大名，特地从关内赶来访你的，等候长久，你去陪她说话罢。"此时那道姑早已立起身来向袁彪行礼。

第二十四回

豪气如云观剧惩太岁
柔情若水劫牢救英雄

袁彪一瞧那道姑生得面貌白皙,意能妖娆,眼角眉梢含有荡意,不像个修道之人,且和自己素不认识,特地前来访我做甚?遂一摆手请道姑坐了,开口问道:"这位道姑打从哪里来的?远道下访有何见教?"

那道姑见袁彪向她盘问,便笑盈盈地答道:"此次是从陕西赶来,因闻袁先生的大名,不烦间关跋涉到此,请求指教,愿从袁先生学习武术。还望袁先生不吝指示,万勿见拒。"

说罢,又从她身边放着的包裹之内,取出四只五十两头的金锭,黄澄澄耀人眼帘,一齐放在桌上,向袁彪带笑说道:"这是我奉上的一些贽仪,千乞袁先生不嫌菲薄,即请笑纳,聊表我一点微意的。"

袁彪见了,不由得面上勃然变色,嗤的一声,冷笑起来,忙向道姑摇手道:"这是什么名目?我袁彪虽不能一介不取,然而非礼之财,也不敢无端收受的,请你还是留着自己用罢!我并非设帐授徒之辈,也不是有多大本领之人,古语云:'人之患在好为人师。'自己功夫还未造绝顶,哪敢做人家的师父呢？至于我的名声，真如萤火之光，哪里敢说名闻四方？大概你听错了人家的说话，问道于盲，使我非常惭愧了。"说毕狂笑不已。

那道姑听袁彪侃侃而谈，语气正严，大有施施然拒人于千里之外的样子，不觉面上突然起来两朵红云。正想重行启齿，却不料袁彪早已立起身来，拂袖向外而去，倒弄得那道姑难以下场。

袁彪的母亲见此情形，很觉抱歉，便对道姑说道："请你不要见怪，我这儿子脾气十分怪僻，只要不合他的胸怀，便不顾得罪人家的。我有累你空走一次了，非常过意不去。"

那道姑也冷笑一声道："袁先生的性子，真令人家难受的。倒有烦老太太了，此处不留人，自有留人处，我今去也。"说罢将桌上的金锭，徐徐纳入包裹之中，又将一只金锭双手捧给袁彪的母亲道："这一些是我孝敬老太太的。"

袁彪的母亲双手连摇，说道："阿呀呀，还是不敢当的，我哪里好受你的金子呢？并且若被我儿知道，也要说我贪财了。"

道姑见袁母也不肯受，暗想：我的金锭都是好好的黄金，又不是假的，何必硬要送与人家呢？遂一声不响地一起放入包裹，便向袁母告别。袁母又道歉数语，送到门口，看那道姑快快地往东而去，背上黄皮鞘中，隐约却插着一对双股剑呢！

原来道姑便是白莲教中的风姑娘，她先到关外，想结识一般豪杰，闻得锦州"摩云金翅"袁彪的名气，又图袁彪是少年英豪，所以特地前来，有心勾合。想先把黄金为利，假意拜师习艺，然后再牺牲色相，和他周旋，不怕袁彪不会入彀，不但自己可得一如意的美郎君，且为教中添一人才，打算未尝不佳。

无奈袁彪是一个顶天立地的大丈夫，一不贪色，二不拜金，见风姑娘来得突兀，想来别有作用，所以毅然拒绝，不假辞色。真所谓鱼儿不上钩，凭你安排香饵，也是枉费心机。风姑娘乘兴而来，败兴而去，便到骡狮谷降服了闹山虎吴驹，别取途径；但是她的一颗野心，对于袁彪依旧有些恋恋呢！袁彪等得风姑娘走后,便仍走到内室去,对他母亲说道:"三姑六婆淫盗之媒,母亲以后再不要招待这种人到屋子里来。"

袁母道:"我见她还很柔和,而且她说闻名而来,一定要见见你,所以我只好待你来了再说。"

袁彪道:"我看那道姑隐隐不是好人,她想把黄金来麻醉我,但我岂易入她的彀?除了得罪她走,没有再妙的方法了。现在白莲教的余孽,听说在四处很是活动,教中很多女流,那道姑大约也是一个羽党,不然她来拜我为师做甚?并且一见她便把黄金来诱动人心,细细一想,就可窥知她的秘密了。大丈夫要建功业,也须堂堂正正走上光明的途径,怎可自趋歧路,埋没了一身铜筋铁骨呢?"袁母点头道:"我儿说得不错,我也希望你将来有光荣的日子,那么你的父亲死在九泉也应含笑了。"

自此袁彪受了这个激刺,胸中的壮志更加跃跃欲动,只苦没有机会。有一天,他同欧阳兄弟到城西卧牛山上去游眺,山风怒吼,平沙无垠,东北面乃是一个古代的战场,只有两三苍鹰回翔上下,远望辽河如一细线,大有"前不见古人,后不见来者,念天地之悠悠,独怆然而涕下"之慨,不觉仰天叹了一声。

欧阳义便问道:"袁大哥,今天我们猎屐游山,玩赏风景,你却仰天长叹,为了何事?"

袁彪拣一块平滑的山石,和欧阳兄弟一同坐了,对他们弟兄两人说道:"我们往常读古诗史乘,见有许多志士豪杰,投袂而起,轰轰烈烈的建一番伟业,留芳百世,名闻九州。彼丈夫也,我丈夫也。我们年纪也不小了,正在奋发有为之年,况目睹当今时局,真是多难之秋,也应抱着澄清天下之志,出去活动活动。若老是这样守在家乡,局促如辕下驹,老死于蓬蒿之中,那不有负此七尺之躯?"

欧阳仁听了袁彪的话,便接口说道:"大哥之言,正合我们弟兄俩的怀抱。我们有时也想到这一层,不甘雌伏,愿作雄飞。现在京中亲王奕劻和我父亲昔日情谊很笃,我父临终时,曾写一封信,嘱我兄弟俩到他那里去拜谒,愿充黑衣之数。奕劻也曾特派差官前来吊唁，并致殷勤，只因我们俩不惯走权势之门，而家中也还有饭吃，所以懒懒的不曾前往。若到了他那里，他终能提拔，不知大哥可有这意找个出路！"

袁彪微笑答道："丈夫的出处也是很要紧的。满奴占据中华，已有二百余年，没有把中国统治得富强和发达，反而丧师失地，败在碧眼儿手里。国势日弱，民生日艰，而东洋的木屐儿又是步步逼人，咄咄可畏，眼见得神州有陆沉之祸，有志之义士，私心慨叹！但是那些满奴却都是颠颟无能之辈，妄作威福，不知大体，只把我汉人欺侮。是可忍孰不可忍，所以我对于满奴甚是怀恨。况我先世崇焕公，也是间接死于满人之手，亦有宿仇。我很想联合有志之义士，把胡虏驱逐掉，光复汉室；否则大好中国将要断送在满奴的手里了。至于奕劻虽是权势赫赫，而其人昏庸不能作为，若去投奔他门下，岂非将千里马卖于奴隶人的么？即如这里的府尹尚荫庭，本来也是个满人，胸中一些没有什么才学；却被他夤缘权奸之门，得了一官，便不顾民怨沸腾，只是狠命的刮地皮，刮入他的私囊去。这样贪官污吏，锦州人无不侧目而视，然而也奈何他不得啊！"

欧阳义道："讲起尚荫庭贪污舞弊，他到锦州来，做了二年的府尹，小百姓受他的荼毒，真是苦不胜言。还有他的儿子小庭，倚仗着他父亲的势头，作威作福，时常在外鱼肉良民，强奸人家的姑娘。在他手下养着四个家将，都是精拳棒的关东大汉，一个名唤一声雷，因他声音洪亮；一个名唤两头蛇，因他生性狠毒；一个名唤三太保，因他最摆威风；一个名唤四眼狗，因他的双目之下有一对黑痣。这四个人是他的心腹羽翼，出入护从，好不耀武扬威。"

袁彪听了便道："你说的便是花花太岁尚小庭么？那厮真可恶，我也久闻他的恶名，有朝碰在我的手里，哼哼，管教他再也发不出威风了。"

欧阳仁打个呵欠，立起身道："别谈了，这些事令人听了怪闷气的，我们再向山中探胜去。"于是袁彪和欧阳义也跟着一齐立起，走向后山去游青龙洞和藏军洞，都是山上的名胜。

游罢两洞，时已不早，便相将下山，告辞回家。临别时，欧阳义又向袁彪说道："明天城内二郎庙演剧助赈，请的都是京津名伶，我们恰被友人强卖给三票，明天午后要请大哥一同前去观剧，好不好？"袁彪答道："左右没事，不妨随你们去。"

欧阳义道："那么还请大哥明日早临，便在舍间用午餐罢。"袁彪道："也好。"洒开大步，跑回家中去了。

到得次日午牌时分，袁彪身上换了一件新制的蓝缎夹袍，走到欧阳兄弟家中来。欧阳兄弟早已端整酒馔相待，三人一同坐上，喝了几杯酒，用过午饭，便摇摇摆摆走到二郎庙来。早见庙前人头拥挤，许多小贩摆着冷热食物摊，高声叫卖。还有许多人要想拥入庙去，但是庙门前站着几个既长又大的收票员，又有一排军警在那里维持秩序，看白戏的人如何容易走得进去。

袁彪上前将两手轻轻一分，众人早已东跌西倒地向两旁闪开，欧阳兄弟随着上前。众人暗想：哪里来的大将军，回头一看，见是袁彪，便道："摩云金翅来了，快让开些吧！"袁彪等走到门前，欧阳仁把三张票子送给收票员，遂和袁彪、欧阳义昂步走入，早有案目引到楼上西面一间包厢里，尚有四位空座，他们三人便占了三个座位坐下。

茶房当时摆上水果盘子来，袁彪先向台上一看，正演着《乌龙院》，扮宋江的恰向阎惜姣讨还那招文袋；又往四下一打量，见正厅上早已坐得水泄不通，正中花楼里也坐得满了。欧阳义便把手向花楼里一指道："袁大哥，你瞧那花花太岁尚小庭也在那里看戏。"

袁彪跟手一看，见花楼正中的一间里，高坐着一个鲜衣华服的少年，身材矮小，面上生得一团邪气，眯着双目，只向下面正厅上打转。旁边站着四个大汉，挺胸叠肚，威风凛凛，正是一声雷、两头蛇、三太保、四眼狗那四员家将了。

袁彪微微笑了一笑，对欧阳义兄弟说道："我看他三分似人，七分似鬼，却要摆什么威风，只好去欺侮一般懦弱的小民罢了！"

此时台上"杀惜"做完，锣鼓闹得震天价响，袁彪取过戏单一看，见是刘月山的"艳阳楼""拿高登"上场了。那刘月山乃是名闻北方的短打武生，能戏很多，但有三出是他的拿手好戏，曾在皇太后面前做过的，乃是"大闹蜈蚣岭""花蝴蝶"和这出"拿高登"，所以他一上场，看戏的人精神也不觉提起来了。

袁彪和欧阳兄弟正看到高登强抢良家妇女时，忽听下面厅上喧哗起来，忙俯身向下仔细一瞧；却见尚小庭身边的两个家将三太保、四眼狗，不知在什么时候，已从花楼里走到正厅上，正向第七排上的一对少年夫妇讲话，其势汹汹，若将动武。

那少妇淡扫娥眉，薄施脂粉，穿着月白色的黑滚边袄子，生得楚楚可怜，匿在少年身后，很见觳觫。那少年身躯瘦弱，像个书生模样，一面伸着双手，护着少妇，一面向三太保等答话。看他的脸上涨得通红，额际青筋坟起，似乎十分愤怒。

大众也都回过脸来瞧着，只是没有一个人帮他说话，早听得四眼狗一声大喝道："不要和他多讲，且带这花姑娘上去再说。"

那少年又向他们分辩时，语音稍低，上面听不清楚了。只见四眼狗狰狞如恶魔一般，施展巨灵手掌，早把那少年拎小鸡般一把提开座位，那少年踉跄跌在一边。三太保便抢过来拖那少妇，好似一头猛虎扑到可怜的小羊身上，只吓得那少妇云鬓散乱，伏地求饶。戏台上正在大战高登，依旧做得热闹，台下的观客也都敢怒而不敢言。

正在这个当儿，嚓的一声，袁彪早从西边包厢里飞也似的跳将下来，把三太保一掌打得抛出一丈余路。四眼狗见平白地有人出来干涉，便走上前喝问道："你可知我等奉了花花太岁尚公子的命令，来此招这花姑娘上去玩笑，谁教她把好意当作歹意，不肯听从呢？你这人可是吃了豹子胆的，敢来管闲事，向太岁头上动土吗？你姓什么？唤什么？快快道来！"

244

袁彪一声冷笑道："小子听着，我姓袁名彪，一生喜管闲事。说什么太岁头上动土，不但动土，且要拔毛呢！待我来问个明白。"这时那个少年立起身，气得脸色发白，立在一旁，袁彪便向他问道："你们是谁？这女子是不是你的妻子？快快实说。"

那少年颤声答道："在下姓严，名文起。住在本城三宁街，得一青衿，现在人家教书，她是我的妻子邹氏。今天一时高兴，我们夫妇二人来此观戏，不料他们两人突然前来，硬说我的妻子是花姑娘，必要拉她上去，侍奉府尹的公子尚小庭。我想我们乃是好好的人家，岂肯受此凌辱？尚小庭虽是官家子弟，也不能倚着威势，强占人妇；所以向他们毅然拒绝，谁知他们竟动手起来了，好不令人憎恨。"说罢又气得索索地抖个不住。

原来花花太岁尚小庭本是个好色之徒，平日的行为在欧阳义口中已述过大略，不必多赘。此次二郎庙演戏助赈，本是慈善性质的公家戏，主持的人知道尚小庭的脾气，所以非但不可向他卖票募捐，反特地折柬邀请他来观剧，尚小庭因此高高兴兴的带了四员家将前来。不料他看戏其名，而看妇女为实；一双眼睛尽向四下视探，早已看见正厅上坐的严家夫妇了。

见那少妇云鬟花颜，十分美丽，和那少年谈笑之间，颊上露出两个小小酒窝，更是娇媚，看得魂灵儿飞去半天，全身骨头都酥软了。遂悍然不顾一切，吩咐三太保、四眼狗下去招呼那少妇上来，只认她是花姑娘一流人，窑子里东西，便可自由呼唤了。三太保等奉着命令，便来用强。以为无人出来干涉，谁知遇见了袁彪，好似半腰里杀出个程咬金，来打抱不平。

袁彪一掌先把三太保抛了一跤，问明真相，便勃然变色，向四眼狗喝道："好大胆的狗贼！敢在此光天化日之下，众目昭彰之地，欺负良家妇女，难道不知国法的么？还有堂堂府尹之子，不知自事，指使你们这辈爪牙，不问皂白，强抢人妇，真是其罪不赦！唤他快快滚下来，我袁彪要教训他一番呢！"

此时台上也已停了锣鼓,"拿高登"等诸剧员呆立在上面旁观,后台的人知道双方都是强硬的人物,此事恐要弄僵了,赶来相劝。花花太岁尚小庭在楼里往下瞧得清楚,认得是"摩云金翅"袁彪,虽知这也是一位不好惹的好汉,但自己的颜面要紧,不可跌翻在人家手里。倚着人多,又命一声雷和两头蛇快下去相助,一齐把袁彪驱逐出庙,方显得自己的威风。一声雷和两头蛇也是十分愤怒,急忙下楼来。三太保在这当儿,也已爬起,见同伴全到,不由得声势顿壮,提起两个拳头,一同奔到袁彪面前。

欧阳弟兄这时也已走到正厅来看风势,万一袁彪敌不过他们,也好相助。袁彪见四人拥上,哈哈大笑道:"你们这些鼠辈,要想倚着人多,向我来动手么?可知我这里一对拳头不是好欺的啊!"

两头蛇首先跳过来,使个独劈华山式,一掌向袁彪头上打下。这是两头蛇的一记杀手拳,非常难当的。好袁彪屹然立着不动,并不退让,待到一掌下来时,举起右手,将两头蛇的手掌托住,顺势一翻手抓住他的手腕,向外一送,说声:"去罢!"咕咚一声,两头蛇早已跌翻在地。

这时一声雷疾飞一足,袁彪侧身向旁边一让,避过这一脚,急忙伸出二指,使个蜻蜓点水式,去点一声雷的咽喉。一声雷向下一低头,直钻到袁彪胁下,一头撞来。袁彪险些给他撞个正着,幸亏他眼明手快,趁势一拳,打在一声雷的背上。一声雷哇呀呀一声大吼,跌倒在地,背脊已被袁彪击断,只是在地上挣扎不起。

四眼狗和三太保又惊又怒,两人向袁彪左右夹攻,怎禁得袁彪勇如虎豹,捷若猿猴,觑个间隙,飞起一腿,正踢中三太保的后臀,好似踢球一般,滴溜溜地抛向台上而去。饰高登的刘月山立在台边看得出神,暗暗发奇袁彪的武术不差,不防三太保正跌在他的身上,两人一齐跌倒。刘月山平白地吃了一跤,心中大怒,倏地翻身立起,将三太保抓在手里,喝道:

"滚你妈的蛋!"向外一送,又把三太保掷下台来,跌得三太保屎尿直流。

四眼狗见情势不妙,刚才回身溜走时,袁彪早踏进一步,抓住四眼狗的脑后一条大辫,缚将起来。这时尚小庭还倚身在花楼上看着下面打架,见袁彪把他手下四员家将打得落花流水,心中又愤又急,两手频频搓着,额上流汗,只说:"怎的? 怎的?"

袁彪看个准,便把四眼狗直抛上花楼来,喝道:"瞧家伙!"尚小庭急忙闪避,四眼狗一个跟斗,撞在柱角上把右眼都撞碎,鲜血直流,变做了三眼狗,只躺在地上哼个不住。尚小庭连忙一溜烟地向人丛中逃去了。袁彪还向着花楼上大骂不止。

此时一般观众本要看全武行的"拿高登",不料来了个摩云金翅,竟和花花太岁闹起真的全武行。大众都怀着城门失火、殃及池鱼之戒,各自纷纷逃走,乱得乌烟瘴气。庙门口虽有军警在那里弹压,怎生禁止得住。

欧阳兄弟见袁彪演出这个武剧,又知尚小庭也不是好欺的,遂劝袁彪归去,说道:"花花太岁已走掉了,大哥这一场很是打得痛快,足以寒贼子之胆,快众人之心,现在我们也好走了。"

袁彪点点头说道:"我还嫌打得不痛快呢!没有把尚小庭捉住,赏他两下巴掌,还是便宜了那厮!"于是大踏步和欧阳兄弟走出庙来。

军警见了袁彪也不敢上前去拘捕他,只是白瞪着眼,瞧他们走远去了。闲人挨拢来看时,却把皮鞭狠命地乱抽,戏场里掉簪失履,秩序骚乱得不可名状。四眼狗和一声雷、三太保等被袁彪打得伤势很重,经人扶起,异回尚家去,惟有两头蛇受伤最轻,临走时恨恨地对众人说道:"可恶的袁彪,蛮横到如此地步,回去禀告老太爷,决不和他干休!"又对军警们说道:"你们为何不将袁彪拘住,擅自放走,也脱不了关系的啊!"气愤愤地去了。

那一对少年夫妇，见袁彪为了他们闹出这个岔子来，吓得什么似的，也已偷偷地归去。此时街坊上一传十，十传百，大家都知道二郎庙里闹的这样全武行，人人觉得很是痛快。尚小庭平日太作威作福，今天也遇到强硬的对头了。

袁彪归去，明知这场祸闹得很大，但自己心里估量，这也是尚小庭自取其祸，谁教他硬行凌辱人家妇女呢！他若要来找我，我也有话对付，不怕他的。只因母亲素来胆小，不敢在她的面前露一句风声。欧阳兄弟归家后，料想尚小庭吃了这个大大的亏，回去必要向他老子哭诉，恐怕袁彪早晚要受累的，然而事已如此，且看以后情形如何再说了。

次日上午，欧阳兄弟本要来看袁彪，恰巧来了一个朋友，谈了好久的话，等到朋友走时，已近午刻。二人索性吃了午餐，刚要走到袁彪家来，却在半途遇见袁福满面惊惶，急匆匆地跑来，见了他们便把足一顿道："二位官人不好了！我家小主人被府里差役拘捕去了。老太太在家中急得没路走，特地命我来请二位官人前往，一同商量个办法。"

二人听说，明知昨日二郎庙的事发了，便三脚两步的和袁福一齐赶至袁家。袁母告诉二人说："今天上午有府衙里大批差役前来拘捕我儿，我儿挺身而去。只把老身急得发昏，不知我儿所犯何罪，故呼袁福请二位前来，可有营救的方法？"

欧阳兄弟遂把昨天二郎庙打伤尚小庭手下家将情形，大略告诉一遍，且说："大约也没有不了的事，尚小庭自己也有不是，国家自有法律，决不能徇私灭公。且待我们兄弟前去打探得情形后，再来告知老太太，现在不必发急，快请宽怀。"

袁母听说是打架的事，那么并无大罪，儿子不日可以释放，用去些金钱也是小事。但是那些差役们为何气势汹汹，全班到临，好似捉拿强盗一般呢？欧阳兄弟便在这天下午，别了袁母，来到府衙左右来探听底细。恰巧遇见一个府衙里姓姚的幕僚，平日和欧阳兄弟有些相识的，二人便向他打听袁彪捕去的情形。

那姓姚的皱皱眉头答道："这件事却闹得很大，恐怕袁彪还有性命之忧哩！"二人闻言，齐吃一惊，忙问："怎的？"姓姚的悄悄地说道："这里不便讲话，二位随我来。"

于是二人跟着他，走到旁边的一条小巷里，四下无人，姓姚的遂告诉二人说道："二郎庙闹把戏还是小事，现在我们府太爷定他的罪，不仅为此，却因袁彪以前曾做过胡匪贺虬的义子，在匪窟中住了许多年，他的武艺也是胡匪教授给他的，昨夜便有人告密。尚小庭曾向他的老子哭诉，定要借此以治袁彪的罪，方可害袁彪的性命。所以今天府太爷将袁彪拘到，严刑讯问口供。袁彪并不抵赖，但言虽为盗子，未犯盗案。然而这句话哪能够撇得清呢？于是袁彪便铁索锒铛，下在牢里，不盗也是盗。现在府太爷已照盗案办理，先上公文，到巡抚那边，大约不日等京详文书回来，袁彪必要处决，因为他们父子把他恨如切齿呢！可惜了这一条英雄好汉！"

欧阳兄弟听到这里，大吃一惊，知道事情弄大了，难以营救。姓姚的又道："我再给一个信息给二位听罢！尚小庭害了一个袁彪还不算数呢！他以为袁彪朋友很多，难免不也是匪类，要想趁此一网打尽，罗织大狱。我知道二位和袁彪是至好，所以劝你们早早避开去，明哲保身，古有明训，不可不防。"

二人听了姓姚的一番说话，又惊又怒，向姓姚的道谢而别。回到家中，弟兄二人坐定商量，欧阳义道："如此情形，我们也只好走了。但是袁大哥受此不白之冤，性命便在眼前，我们为义气起见，断不能丢了他袖手不救。"

欧阳仁道："尚小庭是个满奴，炙手可热，地方上有谁出来主张，代表大哥洗清一切？我们弟兄俩不如就此星夜赶上京师，去拜谒亲王奕劻，恳求他想法把袁大哥减轻罪名。想他顾念旧谊，必不至于拒绝吧。"

欧阳义也想不出别法，说："哥哥之言甚是，事不宜迟，我们今天便可动身。"于是二人又到袁家来，不敢将这事真相奉告，只说："袁彪要拘禁数月，不能立即释放。我等即至京

249

中，托亲王出来做主，好把他放出牢狱，现在狱中事有我等照料，请老太太不要忧虑。"袁母听说，向二人千谢万谢。

二人又叮嘱袁福等下人，千万不要将外边得来的信息传给老太太知道，我们到京中营救你家公子了。袁福唯唯答应。二人又回去写了一封密函，以及一百两银子和被褥用品等类，前去拜托姓姚的送往狱中，以安袁彪之心。然后带了他们父亲的遗札，别了家人，跨着两匹快马，星夜上道，投奔京道，想去亲王奕劻那里设法，不料道出螺蛳谷，半途遇见吴驹和风姑娘，被擒上山。

当下风姑娘听了欧阳兄弟详详细细一番告诉的说话，都代袁彪不平，尤其是风姑娘扼腕不顾。静默了一歇，风姑娘忽然慷慨地说道："袁彪乃是当今一位英雄，不幸被尚贼陷害，非常可惜。你们昆仲二位去京师想法营救，固然是很好的事，足见你们的义气深重，我们江湖上人最为钦佩的。但是远水救不到近火，况且奕劻那厮也是满奴，他们总袒护自己人的，即使你们前去恳求，有效与否，尚未可知。我想不如直接痛快，用别的方法，赶紧去把袁彪救了出来才是。"

欧阳仁道："此语不错，但是有什么直接痛快的方法呢？"风姑娘微答道："劫牢。"

欧阳仁道："我们起初也想到这个办法，不过想此事很为冒险，况袁老太太也在城里，万一不成，岂非连累了他们母子两个，所以我们不敢。"

风姑娘笑道："你们也太胆小了，区区锦州城里的官军，也不在我们心上，何况袁彪也非无能之辈，又何足畏？现在要救袁彪，不如由我们这边螺蛳谷中人马前去，倒是易如反掌，比较求教奕劻来得简便而速速了。"

欧阳兄弟听着，踌躇片刻，欧阳义道："恐怕袁兄心上不欲如此，否则凭他这身本领，也可越狱脱逃的，只是从此以后，难以出面了。"

风姑娘冷笑道："目今豺狼当道，英雄埋没，天下将乱。

我们啸聚山林，待时而起，将来自可立图富贵。自古英雄豪杰，都出在草莽中，拘守小节，老死窗下，有何益处呢？我们不如把袁彪救了前来，共图大事，强如受那贪官污吏的凌辱。"

欧阳仁等见风姑娘肯出来相助，便道："也好，我们反了罢！满奴的气运也不久了，待文王而后兴者凡民也，我们不妨暂时隐身草泽，一朝龙蛇起蛰，便可兴汉灭满。"

风姑娘道："你们二位既然赞成这个办法，我等便可照此行事。"又回头问吴驹道："好不好？"吴驹点头答道："如此也好。"

风姑娘道："那么我们明天即能前往锦州劫牢，救出袁彪来了。"欧阳兄弟已领教过风姑娘和吴驹的武艺，且见螺蛳谷中地势险要，人马雄壮，有他们相助，包可救得袁彪性命，只不知袁彪心里愿意不愿意罢了。然而为丛驱雀者鹯也，地方上有了那种贪官污吏，自然容留不得一辈俊杰之士，官逼民反，便是此意。以前梁山泊上的好汉，如林冲、武松之辈，也是逼迫不已而落草的。英雄不怕出身低，还管什么呢？于是二人遂向风姑娘、吴驹等致谢，当夜二人留在山中，自有宿处，安睡一宵。

到得天明，大家起身，风姑娘遂请叶霜留守螺蛳谷，欧阳仁和十数部下，改扮商人模样，一同到锦州，先接袁彪母亲和欧阳兄弟眷属前来。自和吴驹一个头目，装作卖解的人，混入锦州城，至半夜便入狱中去救袁彪。一面且和欧阳义同时入城，至黄昏时，在府衙后会合，以便探得监狱所在。又请吴驹率领五百喽啰，在半途接应，倘锦州城里发觉此事，有官兵来追时，便可袭击。欧阳兄弟见风姑娘调度有方，知道她虽是女子，很有计谋，吴驹不过一勇之夫罢了。于是众人陆续下山，向锦州去营救袁彪。

袁彪自从在那天被尚荫庭拘去后，他以为二郎庙的事情并无大罪，十分放心，坦然到公堂上对质。不料尚荫庭对于二郎庙的事，只略问一遍，却把盗匪的罪加到他身上，禁闭监牢，一心要害他性命。他为了老母之故，不敢鲁莽行事，只得在缧继之中，看尚荫庭如何发落，想来终不至于有重罪的；又得到欧阳兄弟给他的密函，知道二人正往京师想法营救，所以更觉放心，狱卒敬重他是一位英雄，所以刑具虽上，而不敢苛待他。

这一夜已近三更，袁彪正横卧着蒙眬睡去，自己突然惊醒，张目一看，见有两条黑影立在身前，便瞧得分明，右边的很像欧阳义模样，这时那黑影凑在他的耳朵旁说道："袁大哥，小弟欧阳义特来救你，快快走罢！"说话时，两条黑影自拔出刀来，将袁彪身上的铁链砍断。欧阳义又递过一把腰刀，袁彪接在手中，三个人扑扑扑地从铁窗中跃出，早到屋面上立定。

借着星光，袁彪才瞧得出和欧阳义同来的乃是一个女子，便问欧阳义："此位何人？"

欧阳义低低说道："这是螺蛳谷的女寨主，因慕大哥英名，一同前来相救，在这种暗无天日的时代，我们不如隐身草莽，另谋发展罢！所以我们来此劫牢，不管犯法不犯法了。"

袁彪听说便道："别讲法律罢！你说得很是爽快，我们从此反了。"又向风姑娘拱手谢道："有劳盛情。"

风姑娘含笑还礼道："我们也因贪官诬陷英雄，所以来此援救，即请英雄暂时到我们螺蛳谷安身，共图大事为幸。"袁彪答道："很好。"

原来以前袁彪和风姑娘仅晤一面，话不投机，袁彪立刻返身一走。此时风姑娘已改扮作卖解女模样，非复道姑装束，又在黑夜，袁彪万万料不到她会来相救的，所以不认识了。袁彪又问欧阳义道："令兄在哪里？只是我老母如何？"

欧阳义道："大哥不用担忧，我哥哥早把令堂迎接到山中去了。我们不要在此多谈，恐防内里发觉，快快走吧！"

袁彪把手一拦道："且慢，我还有一件事情未曾做呢！请你们二位稍待一下。"欧阳义欲问何事，不防下面早有一个更夫走来，他因急于拉屎，所以没有敲着更锣，匆匆走过时，闻得上面人声，抬头瞧见了三人，便喊："有贼！"三人不觉吓了一跳，没处躲避。

第二十五回

大闹风虎堂波兴醋海
双探螺蛳谷身陷重山

这时袁彪早如飞鸟落地一般，从屋面上跳到那更夫背后，一抬腿把他踢倒在地，跟手将腰刀在他的颊上磨了一下，说道："不许声张！"风姑娘和欧阳义也已一跃而下。

那更夫见了他们三个人手内，各执着明晃晃的兵刃，知是飞行大盗，哪敢还透一透气；幸喜内外人等都已睡熟，没有听到声息。袁彪遂向那更夫道："你快快实说，那尚老头子和尚小庭睡在什么地方？若有半句虚言，一刀两段，送你到鬼门关去。"

更夫战战兢兢地答道："我就实说，请好汉千万不要伤害我的一条性命，因为小的去年方才娶得一个娘子，怀孕六月，没有生产，若是小的死了，如何是好？我那娘子年纪还轻，不懂什么的，她只懂……"

风姑娘在旁听那更夫絮絮叨叨说那不相干的话，忍不住掩着樱桃小口，几乎要笑将出来。袁彪把脚一蹬道："不管不管，快说尚老头子现在究竟睡在何处？"

说罢又把手中腰刀一扬，似乎要砍下来的样子，那更夫才双手捧着头说道："府太爷住在内屋第三进东边第一个大套房内,今晚是三姨太侍寝,公子爷却住在第四进楼上,靠右首的房间里。"

袁彪听他说出了地方,便从他身上取下一根带来,把他四马倒攒蹄地缚住,口中塞着一块割下的布襟,抛在暗隅。便对风姑娘和欧阳义说道:"我方才说要请你们二位稍待,便为要除掉那两个贼子,凑巧那更夫前来,给我探问明白了地方,我却要去走一遭呢!"

风姑娘抢着答道:"袁先生,你去诛却尚小庭,我们去寻老贼,分头下手,比较省些时光,仍在此地会合,一同出去,好不好?"袁彪道:"很好,那老贼的头颅交给你们二位身上了。"一耸身便上了屋,如飞的往后面行去。

照着更夫说话,已到了尚小庭楼房上面,在屋檐边使个蜘蛛下坠式,将手指戳开纸窗,向房里一看。见罗帐下垂,灯光半明,又听得帐中吃吃的笑声,有妇女的媚语声。袁彪一想,尚小庭死在头上还不知道,方在作乐呢,好,我就了结了他们吧!遂用腰刀撬开窗户,飞身而入,掀起罗帐,见那尚小庭赤身裸体,和一个年轻妇女睡在床上,便大喝一声。

此时尚小庭也已瞧见袁彪,不觉喊声:"唉哟!"袁彪一刀已向他的头顶劈下。尚小庭躲得快,将头一偏,但是一只肩膊已砍将下来,痛得倒在床上;袁彪又是一刀,把他的头颅割下。那妇人吓得只往床里爬去,没处躲避。袁彪道:"也送你一起去罢!"瞧准她胸前戳去,红雨四溅,也结果了性命。

袁彪遂提起尚小庭的头,仍从窗中跃到屋面,回转原处,却见风姑娘和欧阳义已在那边等候了。风姑娘手中提着一颗血淋淋的人头,正是尚荫庭的那颗秃头,袁彪不胜欢喜,即问道:"你们已得手了吗?好快啊!"

风姑娘答道:"我们前去时,那老贼正在睡熟,被我一剑割下了他的秃头。可笑那个姨太太还没惊醒,明朝醒来时,终要吓得她三魂出窍了。"

欧阳义道:"我们已取得仇人性命,快快走罢!"三人于是飞也似的翻房越屋，早到了府衙门前，飘身跃地。

袁彪道："我们将这两颗头颅如何处置？"风姑娘微笑道："交给我便了。"袁彪便把尚小庭的头交与风姑娘手中，只见风姑娘跑到左边旗杆下，猱身而上，竟把两颗人头高高地系在旗杆顶上，一跃而下，渺无声息。袁彪见了，暗想：莫小视这螺蛳谷的女寨主，竟有这般本领，也是不可多得。

那时右侧忽地窜出一条黑影，袁彪疑心有敌人来了，挺起腰刀，正想迎敌，风姑娘早击掌两下。那黑影也击了两下掌，低低问道："得手吗？"风姑娘道："办妥了，我们一起出城要紧！"原来那人便是和风姑娘一同来的头目，四个人急忙向前飞奔，越出锦州城，向螺蛳谷回转。

走了一大段路，天色已明，袁彪方才瞧见姑娘的庐山真面，似乎在哪里见过的。一头走路，一头寻思，良久遂想起以前那回事来，这女寨主便是以前的道姑，只是她既有高深的本领，为什么要来从我习艺呢？这事真有些蹊跷，现在不便盘问，况且自己的母亲已到了山上，且待我到得那里后相机行事。风姑娘只对着他微笑，心中十分怡悦。欧阳义只顾赶路，哪里知道他们心里的事呢？

锦州城里出了那个乱子，到天明时一齐发觉，这消息传遍全城，因为狱中人不见袁彪，定知是袁彪下的毒手。等到捕役再至袁家时，一个人影也不见了。至于尚家父子的头颅，自有人设法取下，缝在项上安殓。一面禀告巡抚，画形图影捉拿凶手袁彪，兵马满街走，闹得人心慌乱，却不知袁彪早已高飞远飏了。

袁彪等星夜赶路，行至半途，遂见吴驹率领山中健儿前来接应。欧阳义便介绍袁彪和吴驹相见，袁彪见吴驹魁梧奇伟，吴驹见袁彪义风侠骨，大家十分敬重。问讯之下，始知欧阳仁接了袁母，和他家中的眷属过去了，袁彪更觉放心，一行人遂回到螺蛳谷。

袁彪相视山势，果然又曲折又幽险，便是千军万马也不易攻进来的。到得山寨里和欧阳仁见面，又介绍与叶霜认识。欧阳仁遂请出袁母使他们母子相见，又悲又喜。风姑娘也上前和袁母行礼，袁母瞧了她的面庞，也有些记得，只不知其中情由，后来私下问了袁彪方才明白。山寨中房屋很多，袁母和欧阳兄弟的眷属住在一起，不患寂寞。

袁彪既到了谷中，虽知风姑娘是白莲教中人，自己不甚赞同；然而外面已犯下了案子，无处栖身，风姑娘等又是一番好意相救，一时也不便他去，只得全心住下。风姑娘因为袁彪英才盖世，胸有经纶，不比吴驹是个粗莽武夫，所以请他协助寨中事务。袁彪也恐官军闻风要来征剿，遂一同帮着他们苦心擘画，把螺蛳谷布置得十分严密，无隙可乘。暇时和欧阳弟兄闲谈衷曲，每日晨昏，常到袁母那里问安，虽然做了草莽英雄，却也平安得很，没有官军来剿袭。螺蛳谷的一切事业逐渐兴盛，风姑娘都归功于他，袁彪却很恭谦，对他们非常客气；尤其对于风姑娘步步留心，不要受她的诱惑，失却自己的本性。

有一次出劫某村，在一乡人家中得了一口宝剑，镌着"飞龙"两字，确是稀世难得的利器，他得了十分欢喜，却不知那宝剑是何人使用的？如何埋没在乡人家里？这个闷葫芦却无从知晓呢！有一天，他正和风姑娘闲坐寨中，吴驹等出去巡山了，风姑娘的一颗心仍不能忘情于他。

虽然前次在袁家讨了一场没趣，然而后来亲往劫牢，将袁彪救出，自以为袁彪理当领受她的好意，应表同情。何以到了山寨多时，袁彪却终是和她若即若离，不肯十分亲近。自己又被吴驹常常监视着，反而无机会和他接近，心里痒痒的，兀自放不下。所以此时便把言语又去试诱袁彪。无奈袁彪早已存心防范，正襟危坐，避开她的话锋，只和她谈山中防务，并不谈风花雪月，风姑娘奈何他不得。不多时，吴驹和欧阳弟兄都已回来了，再没机会了。

到得这天晚上，袁彪独自一个人正坐在他卧室里，灯下看书，忽听门外莲步细碎之声，走近门前。他的房门尚虚掩着，没有下闩,回过头来看时,见两扇房门轻轻向两边分开,一个倩影翩然而入,正是风姑娘,里面穿着浅红色的短衣,外头拥着狐裘,含情凝视,妖冶动人,对他微微一笑,说道:"袁先生没睡么,可觉得孤寂?"

袁彪立起身来,正色答道:"方在看书,女寨主来此何事?"

风姑娘却向桌前一只椅子上坐了下来,说道:"没有什么事情,不过到此谈谈,你讨厌我么?"袁彪又慢慢地说道:"哪有什么讨厌,但是在这个时候,你突然而来,瓜李之嫌,不可不避,有话明天再谈也好。"

风姑娘又对袁彪紧瞧了一眼,带笑说道:"袁先生,你倒是个守礼君子。我老实和你说了罢!好在此刻你也知道我是白莲教中人,前回我钦慕你的英名,特地到你府上来,伪言从师学术,其实我欲假此为教中网罗人才罢了!不料你一味峻拒,没有达到我的期望。以后遂到此间结识了闹山虎吴驹,只是他虽然骁勇,究属是个莽汉,哪里及得上你这样人才呢?所以我听得你被尚家父子陷害的消息,遂亲来劫牢,援助你们母子上山,你该知道我的一番情意啊!吴驹为人不足与大事,你若然和我相好,谷中由你为主,他日起事,尽可禀白教主,富贵与你同享。我一辈子跟着你,千万不要辜负我的美意,还请三思。"

说罢秋波送媚,万分有情。袁彪觉得她吹气如兰,有一种香气,中人欲醉,换了别人,早已心惑,不能自持了。但是袁彪意志坚定,他明知风姑娘淫心不死,仍要来和自己缠绕,初时本想变脸和她决裂了,到别处去,后来想到老母的关系,只得按捺下。眉头一皱,计上心来,遂也带笑对风姑娘说道:"女寨主的好意,我也理会得,多蒙雅意,岂敢辜负美意?不过因以前学习功夫的时候,曾当天立誓,须下十年苦功,在十年之内,不亲女色,所以我不能听从女寨主了。区区苦衷,还望你原谅才好。"

风姑娘听了袁彪的话,摇头笑道:"袁先生,你这话是真是假?"袁彪道:"哪里敢在你面前说谎?承你这样爱我,我非鲁男子,岂存不知情的呢?"

风姑娘点头道:"本来我也疑心你是鲁男子第二了,我如此爱你,怎么不动心的呢?"袁彪笑道:"岂有不动心之理?只因我有这个缘由,未免有负了。"风姑娘又问道:"你所说的十年之期,何时始满呢?"袁彪佯作屈指计算正色答道:"还有一年。"

风姑娘叹一口气道:"这一年光阴,计有三百六十天,日长如年,教我如何等得及呢?"

袁彪方欲回答,只听窗外一声大喝道:"好,你们真不要脸,黄昏人静,作何勾当,以为别人不知道的么?"

袁彪听得是吴驹的声音,连忙和风姑娘走出房去瞧时,却见满天星斗寒风凄厉,哪有吴驹的影踪。袁彪道:"好不奇怪,明明是吴……"

风姑娘冷笑道:"真是他亲来也不打紧,你不要虚怯,我准等候你一年便了。好人,但是你不要欺骗我呀,我就去了。"说罢回身往里面走去。袁彪仰天微噫,也走回房中,闭了房门,无心看书,闷闷地脱了外衣,到榻上去睡了。

明天袁彪起身走出,来到风虎堂上,那风虎堂本名忠义堂,是他们聚集商量大事之处,自从袁彪来后,便换了风虎之名,不过取合风姑娘和吴驹二人的名称罢了。欧阳兄弟正坐在那里,遂也坐着闲谈,袁彪很想把昨夜一幕的事情告诉欧阳兄弟二人知道,但觉得难于开口。

忽见吴驹气昂昂地跑来,手握着一对铜锤,面上充满怒容,袁彪一看情形,知道不妙。吴驹道:"我们救你到了山上,你不思知恩图报,反要想夺人之爱,罢罢罢!我今天和你拼一个你死我活了!"跳过来便向袁彪当头一锤。

袁彪将飞龙剑拦住铜锤,跳在一边,并不还手,只说道:"吴驹,此事你应该问个明白,是不是我有意。"

吴驹道:"不管,王八羔子,须吃我一锤!"又是一锤打来,袁彪仍将剑架住。

欧阳兄弟忙上前解劝道："你们为了何事，这般同室操戈呢？有话总好说的。"吴驹不答，高高举起铜锤，照准袁彪胸前打来。

袁彪又把剑拦开锤头，对吴驹说道："姓吴的，你不要这样欺负人家，我已让你三锤。你若再要动手，我袁彪也不是个懦弱之辈，谁来怕你？便和你决一雌雄，又有何妨！"

两人正要交手，屏风后面忽地闪出风姑娘来，将手指着吴驹道："我昨夜怎样和你说明白的？千万不要鲁莽行事，我自有主张。这并非错在袁先生的，你却倒翻了醋瓶，只是不肯罢休的做什么呢？又要恼怒了我，教大家立刻拆散场子，看你也有什么颜面，快快住手罢！"又对袁彪说道："袁先生不要动怒，为这些小事，难道自家人要火并起来么？"

说也奇怪，吴驹见风姑娘前来，顿时软了一半，收住双锤，对袁彪喝道："看她的面上，暂且饶你这一遭。"说罢走开去了。袁彪却自怒气勃勃地立着。

风姑娘走到他的身边，把他轻轻一推道："他是一个粗人，你值得和他较量吗？快不要生气，万事有我在此，也不使你受一点儿委屈，你看在我的脸上，不必和他动气。"袁彪听了，也只得将剑插入鞘中，重复坐定。风姑娘眉开眼笑的伴着他谈了一刻话，也回到里面去了。只弄得欧阳兄弟如堕五里雾中，莫名其妙，不知怎么一回事。

袁彪遂把二人引至僻静处，将昨夜的事前后因果，告诉他二人知道。且说："我等久居于此，受人之气，也非久计；风姑娘性情淫荡，又是白莲教中之人，虽说有几分姿色，断乎不在我的心上，将来终觉得缠绕不清。最好有机会时，我们三人把他们二人除掉，自己管螺蛳谷，倒也是一件很好的事！"二人赞成袁彪说话，也嘱袁彪暂时忍耐徐图善策。

那闹山虎吴驹也对于袁彪十分妒忌，和他的心腹叶霜商量，亦欲俟有机会，把袁彪逐走，只因他慑于风姑娘的狮威，还不敢造次行事，也忍住怒火，勉强过去，然而从此两方各有仇视之心了。后来螺蛳谷又来了一个新人加入伙，此人便是在山东道上开佟家店的瞎眼老翁佟元禄了。

他自被琴、剑二人识破秘密，把他的爱女杀死，自己又被闻天声赶得无处可躲，到底堕在厕中得免。他受了这个创痕以后，不敢回转原地，便投奔北方来。在德州城外玄都观中，逢着一位老道劝他修道，他遂做了道人，后因和老道有些意见不合，他又北上，凑巧遇见叶霜。叶霜已故的父亲叶老七，曾和佟元禄相识，所以叶霜介绍他到螺蛳谷中来。风姑娘听说他本领高强，自然欢迎，宛如韩信点兵，多多益善。

有一天风姑娘发现螺蛳谷外有一座荒废的玄坛庙，她忽然转着一个念头，便把那庙宇修理一会，要请佟元禄在庙中主持香火，借此为山中耳目，好比梁山泊设立酒店一般。佟元禄已为道人，当然应诺。风姑娘又在山中挑选两个年纪很轻的童子，一名张华，一名钱德，跟随佟元禄去做他手下的道童。两人武艺都是很好的，佟元禄又把剑法教授给他们，所以变了他的左右手，很是得力。从此螺蛳谷十分巩固，好在他们并不行劫附近乡民，所以乡民反多袒护谷中盗党了。

这次玉琴和剑秋闻得螺蛳谷盗匪猖獗，特地前去探问，凑巧投宿在那庙里，被佟元禄窥见，暗想难得仇人自来送死，前仇不可不报，遂守到夜半，进房来行刺，却不料琴、剑二人经胡小三的报告，早有防备了。

那胡小三自在晏家堡为玉琴救助之后，便到京中去做买卖，不料时运不济，连本蚀光，于是他想投奔关外一个友人处，行至螺蛳谷遇劫。他是一个穷汉，哪里有钱，所以便留在玄坛庙中作工。他本来没饭吃，也就住下。现在听得老道要行刺琴、剑二人，他认得玉琴是他的恩人，也知她便是大名鼎鼎的荒江女侠，知恩图报，遂偷偷地来报了一个信便走，琴、剑二人因此也没有遭着暗算。

两边遂在庭中恶战一场，忽然头顶上泼喇喇的一声，那头金眼雕也飞来助战了！玉琴和剑秋精神陡增，剑光愈舞愈紧，道童手里一松，早被玉琴一剑刺倒。那金眼雕只管在佟元禄头上盘旋，伺隙下攻，利不可当。佟元禄心中益发慌张，知道久战必败，自己够不到了，还是走罢。所剩一只独眼，不要被那金眼雕啄去了，那就变成废人哩！遂虚晃一剑，把剑先逼住玉琴的剑，趁此机会，飞身跃上墙垣，玉琴哪里肯放他，赶紧追去，一人飞也似的出庙去了。

那小道童张华见势不佳，也想逃走，早被剑秋猛喝一声，一剑扫去，半个头颅已飞去了，跌倒在血泊中。金眼雕见敌人已死，大功告成，依旧飞到树上去栖宿。剑秋见玉琴去追老道，不见回来，放心不下，也就从墙上越到庙外。一片旷野，四周黑暗，哪里知道玉琴走向何处去呢？正在踌躇之际，忽见那边有一条黑影疾驰而至，忙问道："来者莫非玉琴师妹么？"

便听娇声答道："剑秋兄是的。我追赶那瞎贼，不到一里路，却被他东绕西转地走不见了，此处都是山坳，很难分别的，所以只得回来，庙中可有人么？"

剑秋道："那个小道童已被我结果了性命，大概没有敌人哩！"两人说着话，一齐返身走入庙中。

却见胡小三提着灯笼，正在廊下探出了头张望，一见二人到来，连忙出见，带笑说道："两位本领真好，那一对道童已送了命，还有那独眼龙呢？"

玉琴道："被他逃走了！"胡小三道："他这一去，必然向谷中报信去的。"

玉琴不由得一愕道："你说什么谷，可是那独眼龙和螺蛳谷中的盗匪相通的么？"胡小三点点头，便把螺蛳谷中的情形，以及佟元禄在此为山中耳目，和自己到这里来做香司务的事，大略告诉一遍。

玉琴便对剑秋说道："这是再巧也没有的事了，此时正在三鼓时分，我们索性谷中走一遭，省得他们前来何如？"

剑秋道："我们又不认得途径，何不以逸待劳，等他们来送死。"玉琴将头一偏道："他们倘然不来，我们候到几时呢？

我以为还是去的好。"便问胡小三："去谷中有多少路,你能引导吗?"胡小三答道："路程不到二三里,但是谷势曲折,我到这里不久,谷中去过一趟,现在正是黑夜,哪里还能够认得?好在庙中尚有一个火工,名唤做谢八,他是熟识山中途径的,二位若要前去,只消唤他领便了。不过谷中的头领,如闹山虎、摩云金翅和风姑娘等,都是有非常本领,二位也须小心。"

玉琴笑着说道："我们却不怕的。那么谢八现在何处?"胡小三道："大约他睡在后面,还没有知道呢。等我去唤他前来可好?"

玉琴点点头,胡小三回身走到里面去,不多时领着一个满身肮脏的中年汉子走来,剑秋将剑一扬,喝问道："你就是唤做谢八么?"

谢八跪倒在地,说道："正是,请两位大人饶命。"玉琴道："你快快领我上螺蛳谷去,方饶你的性命。"谢八磕了一个头,立起身来说道："小的便引导两位前去。"

玉琴遂对胡小三说道："我们去了,却有一件事相托,这里还有我们的坐骑,我们不便坐着去,请你带了,先到前面第一个小镇上等候。好在那花驴本来是你畜养的,并不费力,料这里你也难以容身了,我们自有法儿代你设想,你放心便了。"胡小三诺诺答应,自去收拾包裹,牵着花驴和龙驹,连夜赶奔路途,他也恐怕谷中盗匪,不肯轻恕他呢!

琴、剑两人却押着谢八,出了玄坛庙往东边山中走去,未及半途,只听背后刷的一物飞至,原来那头金眼雕追随他的主人来了。剑秋带笑对玉琴说道："可爱的金眼雕,它是忠勇的侍卫,我不论到哪儿,它总会找着我的。"玉琴道："是你的得意门徒,它与你可说三生有缘了。"二人一边说一边走。

谢八全身如筛糠似的,硬着头皮做向导。约莫走了一里路,转过一个山坳,便见重重的山,叠叠的峰,黑夜中望去,令人可惊,玉琴又跟着谢八顺手转了两个弯,有些不耐,便问道："到了么?"

谢八低声道："到了。"正说着话，只见前面山旁突现许多火把，好似一条火龙，蜿蜒而来。谢八道："不好了，他们来哩！"双手捧着头，便往林子里躲避。玉琴和剑秋个个挺着宝剑，走上前去，但见一队健儿跑到近身，大叫一声，便把两人围住。

队中闪出两个少年，各拿朴刀，就是欧阳兄弟了，向两人喝问道："你们是谁？胆敢来捋虎须，须知螺蛳谷中的英雄不好欺的啊！"

玉琴冷笑一声说道："今夜特来收拾你们一辈强徒，看你们还能够称雄么？"说罢，剑光一起，直奔两人。

欧阳兄弟使开朴刀接战，战得几个回合，两人的刀头碰在玉琴的真刚宝剑上都被劈断；欧阳兄弟知道自己不是她的对手，回身就走，众人也跟着退去。才转了一个弯，又见火把大明，风姑娘和吴驹、叶霜等率众前来接应。

原来佟元禄逃至山中，先遇欧阳兄弟巡逻，教他们先去抵挡，自己又去唤起寨中众人，告诉他们说著名的荒江女侠来到庙中，把他杀败了。风姑娘不服气，遂同吴驹来杀过，又命袁彪和佟元禄埋伏，以防失败。

当时玉琴见盗中来了一个道姑，拥着一体玄色的海东青外，手里握着双股剑，众盗簇拥着，好似一个首领，大约就是胡小三口说的风姑娘了，就把宝剑一指道："女贼，快来送死！"

风姑娘娇叱骂道："你就是荒江女侠么？别人见你畏惧，独有你家姑姑却是不怕的。"说罢，舞动双股剑，就和玉琴交手。

吴驹大喝一声，擎着两个铜锤跳过来，剑秋上前接住，四个人奋勇大战。叶霜也舞动大砍刀来助风姑娘，欧阳兄弟也换了两柄大刀来助吴驹。玉琴、剑秋两人绝不馁怯，各把宝剑使开，两道白光，如玉龙一般，闪闪霍霍，只来众人头上、身上环绕。这一场大战，真是惊天震地。

这时金眼雕已从天空飞来，疾向吴驹头顶上扫击，吴驹抵挡不住，只得退走。这里玉琴使个苍龙取水式，一剑削去，早把叶霜的大砍刀劈成两段，等得刀头落地，宝剑顺势进刺；叶霜急避时，肩头上已着了一剑，幸得风姑娘的双股剑架住，叶霜背转身就逃，风姑娘也就回身退走。玉琴、剑秋二人见盗贼败退，哪里肯放过他们，喝一声"追"，立即在后追赶，金眼雕也飞上前去。

转得两三个弯，忽听呐喝一声，左右山坳里又杀出两队盗徒，点着红绿色的灯笼。左边佟元禄杀来，右旁有袁彪挺着飞龙宝剑，大呼："来人不要逞能，可识得摩云金翅袁彪爷爷么？"

玉琴一见佟元禄，便骂："瞎眼老贼！你却躲在这里！"挥动宝剑就和佟元禄斗在一起，风姑娘也舞动双股剑回身助战。

袁彪却和剑秋接住，个个放出平生本领，两支剑使得神出鬼没，但见两团白光滚来滚去。吴驹迎风摆动铜锤跳过来时，金眼雕也飞上助战。吴驹就接住金眼雕，不放它下来，金眼雕也忌他的铜锤凶猛，只是飞上飞下地扫击。

斗到分际，袁彪见剑秋剑术高强，没有半点松懈，知道难以力胜，遂虚晃一剑，佯作败走。剑秋追上数步，却见袁彪很快地从腰际掏出一物，对他一举手，就有一物疾飞而至，向他头上落下，剑秋急让时，已中左肩。原来是袁彪的纯钢飞抓来了，五指开锋，将剑秋肩头紧紧抓住。剑秋叫声不好，连忙把宝剑去削绳索时，早被袁彪用力一拽，剑秋禁不住脚一滑，身子就向前跌倒，宝剑也抛在一旁；欧阳兄弟忙上前将剑秋缚住，拾起宝剑。

玉琴见剑秋被擒，心中又惊又怒，自己却苦被风姑娘和佟元禄紧紧逼住，不能前救；又见欧阳兄弟押剑秋往谷中去了，心中非常着急，将手中剑舞得十分紧急。

此时风姑娘也是虚晃一剑，跳出圈子，对玉琴说道："领教领教，你家姑姑杀你不过了，休得追来！"说罢回身便奔，玉琴虽见风姑娘战到酣畅时，突然败走，疑心她是有意诱敌，然而剑秋已被他们擒去，自己不得不冒险去救，所以跟着追赶。

风姑娘转过一个弯，至一狭窄之处，回头带笑向玉琴说道："你好厉害，果然追来了，我岂真的怕你？"扬着双剑立定脚步。

玉琴刚跳过去，风姑娘却把剑在左右边石壁上轻轻一点，地下登时现出一石坑，玉琴不防，收不住脚步，一翻身倒将下来。风姑娘哈哈大笑道："你中了我的计也，这就是你埋骨之所了。"又把剑向左边石壁上一点，便有一块大石倒下，把那石坑紧紧盖住。

佟元禄在后看得亲切，也狞笑道："荒江女侠，今夜大概是你的末日到了。"风姑娘又道："天色将晚，我们回去歇息一下罢！"遂召集队伍，一齐进山去。空山寂寂，朔风呼呼，只有一颗晨星在天上亮着，好似在那里作壁上观呢。

当玉琴跌入石坑的时候，自知不妙，一个翻身早落到坑底，幸亏她是有功夫的人，不致跌伤。坐在坑底，镇定心神，一柄真刚宝剑还握在手中，抬头见上面漆黑，知已给人家盖住；四面一摸，都是很厚实的石块砌成，一些也没有出路。自悔一时孟浪，只管追人，脚下没有留心，反中了那道姑的诡计，身陷绝地，难以逃生。

想起以前夜探宝林禅院，也和剑秋上了贼秃的当，坠入地窨，几乎送掉性命，今番剑秋又已给人家擒去了，更有谁来救助呢？想剑秋本来不欲我多管闲事，都是我极力主张，要冒险来探螺蛳谷，不料我们二人陷在谷中，后悔何及？但一转念间，自己虽坠陷坑，然而还没有死，总能想法出险的，何必这样自馁呢？想至此，不由得精神陡振，只苦坑底黑暗，无从下手。

踌躇了一回，忽地有一线光明，从上面漏下来，知道天已明亮，恐怕他们要来收拾了。正把宝剑挺在手里，准备抵抗，却隐约听见上面有鸟翅振扑之声，才恍然大悟，知是神雕所为。原来那金眼雕见玉琴误坠石坑，上面盖着大石，急切不易脱逃，它倒十分乖觉，藏在林子里，待到风姑娘等走后，便飞下来，立在坑边，用力把铁钩似的嘴，推动大石。

推了多时，怎奈石大力微，只推了数寸空间，依旧不能救出玉琴；可是玉琴却已喜形于色，心想既非敌人到来，正好乘此脱身。细看四壁陡峭，丝毫没有攀缘之处，脚下所立处都是骷髅；心上不禁一怔，不知道以前有多少人枉死在此。

后来忽然心生一计，就在骷髅堆中择取几根四肢硬骨，用宝剑削成了尖头，再把宝剑向石坑的裂缝隙挖掘了一个小窟窿，然后把削尖的肢骨塞进去。一端可以容足，她就使用轻身法，轻轻地立在上面，再用宝剑向上面的石壁空隙，把肢骨当踏板，一步一步登上去。足足费了一个多时辰，才得攀住了坑上的大石，用力向前一推，将身一耸，就到了上面。那时给神雕看见了，便向她四周飞绕，表示它的高兴。

玉琴出了石坑，想起剑秋被擒，非去救他不可。自量单身，恐怕难敌，不如先自离开此地，再从别路进去，好乘其无备。因此急急觅路而行，金眼雕也跟着她飞行。无如这螺蛳谷曲折盘旋，要不是熟识路途的，万难出险。玉琴走来走去，走了大半天，还是在山后，没有远离，可是方向大致不差了。看看天色将晚，不敢怠慢，挨着饿，翻山越岭而行。直走到日落西山，方见前面隐约有些灯光，但是路途并非直捷，也走了许多时候，眼前现出一座古旧的庙宇来。

那时灯光反而没有了。从月光下瞧出庙门上一张蟠龙红底金字的匾额，写着"敕建三清寺"五字。

第二十六回

走古刹无意遇能僧
歼巨盗同心成美眷

玉琴把庙门推了几推，只是不动，又把剑柄撞了几撞，也没有答应声响。绕过左边去，想找短墙跳进去，猛听得里面有打斗的兵器打击声音，心中甚是惊奇。看那三清寺，虽是敕建，规模并不巨大，如何也有教武的和尚？她想此时独力无助，倒要小心，便先跳上墙，向下张看。

月明如昼，照见一片场上，有两个头陀，在那里恶斗。一个胖得像弥陀佛一般，使着一柄月牙铁铲；一个瘦得像夜叉一般，使着两把戒刀。看他们虽是斗得很厉害，却处处照顾保护，知道他们在那里练武。看他们练得出神，不防神雕也飞了下来，伏立在一株松树上。这飞动的声音，早把两头陀惊住了手。那胖头陀更是机警，已给他照见玉琴的影子，巍巍立在墙上。他不问青红皂白，便从袋里摸出一支钢镖，向玉琴飞来。

玉琴见他们突然住了手，知道已被发觉，便静候他们的举动，果见有一镖飞来，她急忙用手接住。刚把那镖插在腰带里，第二镖又突然飞上来了；她仍用手接住，再次接第三镖，谁知等了一回，并没有飞来。她便放了心，大胆飞身跳下墙去,直立在两头陀的中间,握着宝剑问道:"你们是出家人,为什么不去方丈室拜禅佛殿念经,倒在这里使刀弄棒?"

胖头陀见两飞镖飞去,都给她接住,早忙了手脚;又见眼前立着的是一个年轻女子,手里宝剑寒光逼人,心知此人必非寻常卖解之流,自然不敢不实说。便指着瘦头陀说道:"他名法明,我名法空,同在此寺安身。因今夜月色甚好,故在此练习一下。还问女菩萨何方人氏?深夜到此,有何事故?"玉琴见两头陀面目并不恶,就是量力也还敌得过,因此便老实通了姓名,又把深入螺蛳谷的前后始末,说个详细。法明道:"原来玉琴姑娘是一位女英雄,且和我们是同道呢!此地非说话之所,请到方丈那里详细奉告。"

说着便先自引路,玉琴随着走去,法空在后,到了方丈室,法明道:"姑娘挨了一天一夜的饿,还有这样的精神,真是佩服。"法空笑道:"我们也闹糊涂了,既然知道玉琴姑娘饿着,为什么不去做饭来呢?"使唤一个小和尚到厨下端饭菜出来,法明道:"姑娘不要客气,不过是残羹冷饭了。"

玉琴道:"饥者易为食,多谢两位师父厚待,哪里还再客气?我一边吃饭,一边请你们把怎样和我同道的原因,说出来。"

法空道:"这里是小羊山,我们来此已有多年,和大羊山的螺蛳谷只隔一山,那边的事,时常有得传来。我们只抱着各人自扫门前雪,不管他家瓦上霜的主意,明知他们所作所为,大不合理,也懒得去问讯。可是我们的行动,也引他们的注意,那风姑娘特地过来几次,请我们上山去,同享安乐,共图大事。我们见她甚是诚心,不好固却,只得从她上去。谁知到了山上,住了几天,察言观色,知道他们都是邪教余孽,我们如何可以为虎添翼呢?便托故离山,还到庙内,从此就不和他们往来。心知他们也不满于我们,说不定要来寻仇,所以我们日日习练,以备不虞,既听姑娘欲除此恶,我们正可来相助了。"

玉琴道:"刚才我立在墙头,不防有镖飞至。这是哪一位所发?甚有功夫,我要是疏忽一点,必然无幸了!"

法空谦逊道："是贫僧所发，多多冒犯。"玉琴从腰里摸出两支飞镖来，还了法空。

法明道："说起这钢镖，也曾做过些小事。我和他同在青海齐天寺光聪大师那里一起习武，我学了一年还不能得诀窍，因此就抛弃不学。他却很是心灵手快，在数百步内，可说是百发百中。从青海到这里来，不知经过多少路途，遇见多少挫折，全仗着这钢镖救了，可是从没有见过像姑娘那么的能耐，可以空手连接双镖的。"

法空道："我这镖可以连珠续发五支，我师父可以连发九支。任你天大的本事，生了三头六臂，也要手忙脚乱了。"

玉琴道："我在白天或者可以应付，不过黑夜里就难些，若师父再连发二支，我就心慌了。"

法空道："实在我非到万不得已时，决不放镖。因为放了镖一时收不住，难免要误杀好人。方才姑娘连把两镖接住，我晓得必是有大本领的。这小羊山一带是没有的，要是从远方来的，一定有些来历，所以第三镖就不再发放；万一误伤了，少停如何见面？那年我们在山东黄河上时，和一个水贼相斗，我也放了一镖过去，给他接去。我把第二镖放去，可是他也把接住的镖放过来，两镖在空中头对头碰个正着。我一时性起，放出第三镖去，他正在看两镖在空中打对，心神一慢没有准备，就着了一镖在胸前，穿着一个窟窿，倒地而死，至今我还可惜；若然收服了，指示正道，未尝不是一个有用之材。因此我见了姑娘有此本领，就有敬爱之心了。"

玉琴笑道："这算是一念慈悲了。"法空道："法明师弟也有一种绝技，他练得一手好铁弹，可以五个齐发，名唤梅花弹。因为弹子很细，好似一粒蚕豆；着在身上，直贯重衣，嵌到肉里，急切拿不出来，所以他也不肯轻发。"玉琴道："两位师父既有如此本领，还怕那道姑则甚？"

法空道："自古说的寡不敌众。螺蛳谷里有六七个全是武艺能人，其中还有一个名唤'摩云金翅'袁彪的，确有高深的本领，非常人所敌。还有许多贼徒们，我们两人怎敌得过他们呢？现在姑娘到来，我们多了一支生力军，自然胆盛了。"玉琴道："今夜乘着月色甚好，就杀上山去可好？"

法明道："这里到螺蛳谷，走近路甚是险峻，大概姑娘走的就是那路，我们再走那路太费力了。若然绕弯路，要加上一半的远。我们走到谷里，已近天明，那时倒不便当了，不如在此权度一夜，到了明天晚上前去，来得适当些。"

玉琴踌躇道："别的没有什么，只是我的师兄剑秋在谷里，一条性命难保，我们早一时前去，或者可以救他出来。"

法明道："听姑娘说来，岳公子也是一尊人物，他们未必就下毒手；若要下毒手，恐怕现在就去也来不及了。"

玉琴听了，也就不说，吃完了饭，各自把平生经验说了些，三更以后，分头安睡。可是玉琴身在三清寺，心在螺蛳谷，哪里睡得着？在炕上翻来覆去，直到天色微明，方有些倦意，只蒙眬睡了一刻。醒来时已是红日满窗，急忙起身，去唤法明、法空，谁知两头陀已失所在，甚是惊诧。心想我太直爽，把真话和盘托出，说不定是他们的耳目，现在去报信了。这可糟了，不如早早离开。刚走到门口，见法明、法空急匆匆地走来，手里提着鸡和蔬菜，叫道："姑娘到底有了心事，这么早已起身了，饥了肚子去，哪里来的气力呢？我们打听了一个好消息，正好安慰姑娘呢，请到里边去罢。"

玉琴听了有好消息，先自放了一半心，便随着两个头陀到了方丈里，法空去杀鸡炊饭。这里法明便对玉琴说道："刚刚我们到前村去买鸡，碰见了螺蛳谷一个小徒，他是有些认识我们的，我们便和他闲谈。他说，昨天捉住了一个少年，甚是厉害，吴头领数次威吓他，他只是不怕！风姑娘要他降，他也不降。吴头领已下令要把他杀死，那袁头领却替他说情，说是包管三天以后，可以说动他的心。风姑娘也说这人少年英俊，杀了可惜；大家都忌惮风姑娘的，所以就依了她，只把那少年监禁住，不许他单独走动，防他脱逃。这个消息，不是大可以安慰姑娘的心么？"

玉琴听了，自然又放了一半的心，等法明把鸡煮熟，饭烧好，端正来一同饱餐。玉琴想起一个助手来了，便向法空要了纸笔，写了几字；走出方丈室，向空中打了一个胡哨，那神雕从一枝树上扑扑地飞到她跟前。玉琴把纸儿卷了一卷，从腰带上抽了一根丝条，缚在神雕的右足，对他说道："快到鹿角沟去，给信与年姑娘。"那神雕好似听懂了的，带了纸儿，振翅高飞，一会儿就不见了。

玉琴告诉两头陀，年小鸾如何出身，如何武艺。又说："我们要踏平螺蛳谷，非预备充足不可，此去大概两天可以唤到了。"两头陀也说："多一个助手，自然容易奏功，我们在此等着罢！"

且说小鸾那天正在鹿角沟家里的楼上看书，忽地眼前一暗，好似天上飘下一朵黑云来。急忙看时，见是一头大鸟，那时金眼雕已飞到窗门上立着，倒把小鸾惊了一跳。定心细看，方知是玉琴的神雕。心想她没有急难不会飞来的，但是雕儿虽通性灵，到底不会说话的，不知道是怎么一回事？见雕把嘴只管向左右啄着，小鸾走近去，见右足上有一个纸卷儿，便用手去摘下来。展开看时，方晓得剑秋、玉琴都陷身险地；玉琴虽已脱身，剑秋尚未救出，要请去助她杀上螺蛳谷。小鸾便结束一下，拜别家人，提了青霜宝剑，随着神雕，骑了骏马，出山海关去。日夜赶路，到了第二天，方到三清寺，下马入内，和玉琴见面。玉琴也把两头陀介绍了，彼此一见如故，当下商量如何上山的计策。

法空道："这螺蛳谷的路途，我们是很熟的。他们哪里有机关，哪里有埋伏，都了如指掌，两位姑娘随着我们走，决不会上他们道儿的。"

小鸾道："白天他们耳目众多，不如今夜就上山去。"玉琴巴不得立刻前去，可是两头陀也以小鸾之言为然，就耐过了半天。

到了天黑时分，四人各带了武器，一齐上山，金眼雕也随着同往；法明、法空打前，玉琴、小鸾打后。峰险路转，柳暗花明，不知走了多少曲折的冤枉路，刚到了谷里，四人各握了武器杀进了，且喜小贼徒都没有一个碰着，便放大胆走着。

将近风虎堂上，突见面前跳出一个女子来，使着双股剑，杀气腾腾地扑来。玉琴见是风姑娘，心想前天也是上了她的当，几乎葬身石坑，正是仇人相见，分外眼红，急忙握剑迎上前去。两下一进一退，一迎一拒，各不相让。

论起武艺来，风姑娘不及玉琴，况且玉琴今天急于要救剑秋，自然格外勇猛，风姑娘更非敌手。一把双股剑渐渐的杂乱无章，只有招架，不能进取了。那真刚宝剑却使得寒光眩目，阴气逼人，好似一条白练，左右上下，飞舞盘旋。风姑娘实在抵挡不住，便把双股剑虚晃了一阵，抛了玉琴，向法明杀来。

那法明正要向后面杀上，却给风姑娘拦住，只好和风姑娘打杀。风姑娘虽和法明、法空相识过，却没有较量过，因此双方各自用心用力，不敢疏忽。法明那把戒刀，恰巧和风姑娘的双股剑捉对儿，四道雪白的光，如银蛇舞动，在明月之下，更是好看。法明见风姑娘渐露弱点，便赶紧几步，使动戒刀杀过，风姑娘只是向后退却，直退到廊下。

她把身一闪，闪向左边去。那时法明只顾追赶，没有防备，前面有一根擂木横在廊下，脚下一动，身体就向前撞去；一时留不住，跌了下来，给风姑娘飞起右腿，把法明的一把戒刀踢开了去，要用梅花弹，也来不及措手。

风姑娘双手抓起法明，在身上解下来丝条，将法明反手缚住，倒在廊下；重新走到前面，见吴驹、欧阳仁、欧阳义、袁彪、叶霜以及众贼徒，灯火照耀都杀进来了。

她心上大喜，只不见佟元禄；还有尚在监禁中的剑秋，也不见踪迹。不要他也杀了出来助战，又多了麻烦。正自寻觅，忽听"啊呀"一声，接着阵阵血腥气，在身后冲来。转身看时，原来佟元禄已倒在廊前，剑秋正扬着剑赶来。剑上血迹未干，血味未退，佟元禄就死在他手。她便舞动双股剑相迎。法空和玉琴见法明被捉，无明火何止三丈，联合着向风姑娘杀去。三人像车轮似的，把风姑娘围在中间，不放她出去。

风姑娘正想唤吴驹一人前来助战，不料一眼看见袁彪和剑秋围住吴驹相斗，甚是奇怪。心想：他说三天之内，可以说动剑秋，如何三天以后，反和剑秋走在一起，倒戈相向了？我真糊涂，没有知人之明，只为了爱心一动，弄得颠倒迷离，知势不能战胜，不如早些脱身为妙。她便用生平之力，把双股剑左一劈，右一刺，声东击西一阵，观着一个空隙，拚命跑出重围，仗着身轻如燕，不多时已跳出墙外。玉琴晓得她诡计多端，在此夜色苍茫中，路径又不熟悉，不要又中了她的诡计，因此也不追赶。

那时，袁彪已和剑秋把吴驹诛掉，闹山虎直直躺在血泊里，再也不会闹了。原来这天晚上，风姑娘和吴驹回到房中将睡的时候，二人忽然心惊胆跳起来，以为不祥。风姑娘也知道玉琴已经兔脱，估量她是不好欺的，或者再要前来寻仇，救她同伴；所以她很不放心，带了双股剑悄悄地出去察看，不料果然遇见了玉琴，便大杀起来。吴驹闻声，也握着双锤赶来，却被袁彪和剑秋两人拦住，吴驹方知袁彪变心，勾结敌人，遂破口大骂。但是他虽然勇猛，怎敌得过二人的剑光锐利？金眼雕又飞来顶上助战，因此他一个心慌，竟死于袁彪的飞龙宝剑之下。

当时玉琴便和剑秋走近相会，且把法明解了丝缚，拾了戒刀，大家通了姓名，只不见了小鸾。玉琴甚是惊惶，便叫道："大家寻小鸾姑娘。"忽地远远一声尖俏的声音喊道："我在这里。"大家寻声走去，见小鸾提了血淋淋一个人头，笑吟吟地走来说："我为要报功，杀死了这贼，不肯罢手，再要割他的头，无奈他甚是强硬，所以费了些时候。"说着把头呈上来。

袁彪道："这是叶霜，计算起来，只走了风姑娘，其余的都给我们杀死了。"袁彪便请大家到里面去，团团坐下，唤喽啰们上来，吩咐他们道："你们愿意从我们的，留在这里，不愿意的，尽去不妨。"

喽啰们齐声道:"世乱年荒,我们本无容身之地,袁头领是有心计的人,说不定将来招安了,都有一官半职呢!"大家听了,都好笑起来。

剑秋道:"我们今天除了恶徒,便应重整旗鼓,请袁彪兄做螺蛳谷之主,大家可有异议?"袁彪正要推辞,众人已齐声欢呼万岁,剑秋便把袁彪推上首座,接着又推欧阳仁、欧阳义兄弟为二三把位。

袁彪吩咐部下快去收拾死尸,一边又命厨下拿好酒畅饮。席间玉琴问剑秋道:"我们忙着杀人,忘了问明,你怎样会和袁头领联合的?"

剑秋道:"我们这里,多蒙袁头领特别垂青眼,向吴驹说了许多话,把我软看住,劝我投降。我就乘机向袁头领反复讲述白莲教的罪恶,我们须设法剪除他。而且袁头领是明室大臣的遗裔,正好在此先作一基础;等势力雄厚了,就联络各方志士,共起推翻满清。不胜似在邪教中鬼混么?袁头领听了我的话,很以为然,就想来救你。谁知到了石坑边,见石盖移动,上面已空空如也,知道你已脱身。

"既然脱身了,一定会来救我的。因此我又和袁头领说,我们正好在此数天之内下手,玉琴若然在外面杀来,不是可以里应外合么?袁头领就和欧阳两头领说知,他们是袁头领的知己朋友,自然是言听计从,共守秘密,预备等你们杀上山来,我们也一齐动手。

"谁知等了两天,不见动静,好不心急。我是和袁头领同睡一室的,刚刚我已入睡了,听见房外脚步声响,便和袁头领起来,开门看时,见佟元禄提着剑,气喘吁吁地走过。袁头领问他何事,他说三清寺里和尚杀上山来了。我也不管和尚道士,心想来打螺蛳谷,总是我们的同志,便也提了剑,和袁头领一起追出去。那小子见我跑去,知道不妙,回身和我大战一场,也是那小子命尽缘绝,竟有尘埃迷了他的独眼。所以我乘势了结他的性命,好让他们父女俩在地府去见面了。只是师妹已陷绝地，怎会和小鸢姑娘等杀入山来呢？真弄得我如在五里雾中了。"

玉琴笑嘻嘻地把金眼雕如何援助她出险，又如何遇见法明、法空两头陀，又如何系书雕足，令它飞至鹿角沟去请小鸢来参战等情，大略告诉一遍。剑秋大喜道："我们二人此次竟会绝处逢生，真是天意了。且喜巨盗闹山虎业已授首，叶霜也被小鸢姑娘杀死，只便宜了那个罪魁的风姑娘，不知逃到哪里去？她是白莲教中人啊！"

袁彪道："一个人真是近朱者赤，近墨者黑！我自从到了这里，和他们混在一起，耳濡目染，只是做些杀人放火、谋财害命的事。我虽没有把天良完全泯灭，都已差不多与他们同化了。加着吴驹妒忌成性，他常疑心我和风姑娘有什么兜搭。老实说，像风姑娘这种淫荡凶恶，如何可以做我终身伴侣？因此我常在这里想，觅几个同道，好做准备。那天瞧见他们把剑秋兄捉住，我见他一表非凡，决非常人；又听佟元禄说他的武艺出众，更生爱敬之心。我早观透风姑娘，见了他也疯痴了，所以也和我一般说话，把他释放。谁知我的爱他，和风姑娘的爱他，截然不同的。真所谓殊途同归，徐图大业，所以我很希望诸位，都在此团聚，势力也雄厚些。"

剑秋道："塞外龙骧寨有宇文亮兄妹和李天豪等，我皆可以去向他们说知，来和这里联络，都是有本领的英豪，我正要在风尘中物色奇人，好把一盘散沙聚合拢来。"

袁彪又对两头陀道："两位师父你肯相助么？"玉琴也怂恿道："两位师父正好把三清寺抛开，上山来助袁头领呢！"法空、法明道："很好很好。"剑秋便推法空坐第四把交椅，法明坐第五把交椅。

袁彪道："小鸢姑娘如何？"

玉琴道："她是在鹿角沟做惯千金小姐的，这回也是一百个人情，才来露脸，怎好请她来落草呢？"

小鸢怨了她一口，低下了头不响，袁彪也是呆住了两眼，

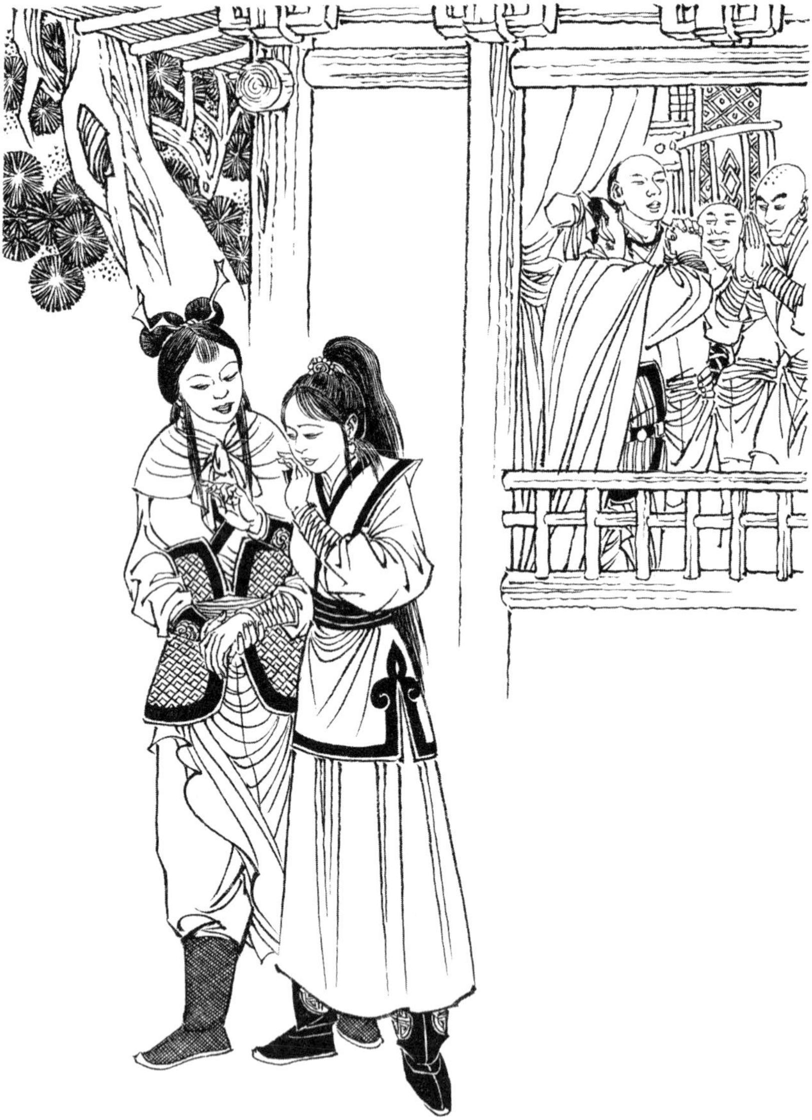

对她看。玉琴把小鸾一拉,走出厅来,对她笑道:"我替你做一个媒人可好?"

小鸾道:"你又要取笑了。"玉琴道:"并非戏言,我看袁彪少年英俊,武艺高强,他能不为风姑娘所惑,意志坚定,是个出色人物,将来一定有所作为。若然鸾妹嫁他,助他应付一切,不是相得益彰么?"

小鸾道:"谁耐烦做压寨夫人?"玉琴道:"你太自轻了,难道他会一辈子老在山上做强盗勾当么?"

小鸾不响,玉琴道:"这是我方面的意思,还没有问袁彪;因为你的脾性古怪,所以先来问你,若然你愿意了,那袁彪自然没有话说了。"

小鸾还是不响,那时剑秋也走出来了,问:"你们有什么秘密的话,不到大庭广众前说出,在此喊喊喳喳的,做尽了儿女之态。"

玉琴把想做媒人的话说了,剑秋拍掌道:"真是天生一对璧人,我去向袁彪说去,不知道要喜得他什么似的!"

说着三人重到厅上,剑秋立即说:"袁头领有太夫人在山,少乏侍奉北堂之人;小鸾姑娘择人甚苛,我们见袁头领人才出众,正好和小鸾姑娘做成一对。小鸾姑娘已默许了,想袁头领也是欢喜不迭呢!请头领先干了一杯,算是文定之酒罢!"

当下剑秋逼着袁彪,玉琴逼着小鸾,貌似勉强心实乐从地各饮了一杯,大家更是欢喜,直饮到天明方散。剑秋请袁彪引着众人到后堂拜见袁老夫人,把替袁彪、小鸾撮合的话说了,就推小鸾上前见礼。小鸾尽是脱略,到此时也难免矜持。玉琴笑道:"你又不是丑媳妇,怕什么?"

袁老夫人见小鸾花一般的貌,玉一般的身,怎么不喜心翻倒?不等小鸾跪倒,早已双手扶住,请大众坐下。袁老夫人问起风姑娘一伙子哪里去了?袁彪把一夜血战的事禀告,袁老夫人大惊道:"怎么你们干了这样大的事,我一些没有知道呢?"

袁彪道:"恐怕母亲受惊,所以没有禀知。"袁老夫人道:

"风姑娘也很可爱,只惜她太不修边幅了!你的性命总是她救出的,也不可忘记。不知道她现在逃到哪里去了?若然她老是不改,恐怕也难免死于非命呢!"大众点头称是。

玉琴道:"鸾妹家里还有老母,此时恐怕不便留在这里,那么一起去罢。"小鸾那时已失了主宰,悉听玉琴调度。袁老夫人从头上取一枝碧玉簪来,给小鸾道:"这簪还是我家老祖宗经略相公的太太,从大明的宫里得来的。虽不是什么宝物,却有些意思,请年姑娘收了,算是见面礼吧!"小鸾接着谢了。袁老夫人叮嘱小鸾,把家事摒当,这里派人来接太夫人和姑娘一齐上山。小鸾答应了,然后告别而去,大众也一哄而退。

到了堂上,剑秋对玉琴道:"我们好走了。"袁彪哪里肯放,说道:"这时草创伊始,什么都没头绪,二位既然以重任相委,也得见教些方略。"

剑秋道:"袁兄天大才艺,在这里不是小用,何劳兄弟饶舌?好在这时候还不过养精蓄锐,藏器待时。第一总是招纳英雄,第二可是积累军实,能够不到山下去惹事生非最好;否则给官府知道了,又多麻烦。我此去若有所遇,总拉拢过来,以壮声势。"

袁彪抱掌道:"金玉之言,铭诸座右。不过昨夜累得慌了,今天也得再欢饮一回。一来也算替两位饯别,二来也算替大家庆功。"

玉琴笑道:"吃了大半夜的酒,还不够么?过了些时,我们来吃喜酒罢!"袁彪见他们去意甚坚,也不再苦留,就和众人送出螺蛳谷来。

那时剑秋想起了神雕,便向着空中打了一个胡哨。等了一回,不见飞来,大众向四处找寻,也不见影儿,甚是觉异。玉琴道:"它自会飞来找我们的,我们慢慢地先走不妨。"

走出螺蛳谷,却听见前面树上扑簌有声,果然神雕在那里振翅前导。袁彪道:"好个金眼雕,它竟知道你们大功告成,快要走了,先在此谷外树上等候了。"

剑秋又打了个胡哨,那神雕便突的飞出来,立在剑秋的臂上,把尖嘴在臂上摩擦。剑秋一边抚着他的羽毛,一边向袁彪等点头道:"诸位请回去罢!"

玉琴也回头向小鸾笑道:"你和袁头领有什么快说,将来累着人带信,岂不周折。"小鸾照玉琴肩上一拍,玉琴缩短了半截道:"好厉害的家伙,袁头领倒要留些神呀!"说得大家哈哈大笑,直走到山谷方才分别。

袁彪等回山整顿兵马,准备起义,按下不表。玉琴、剑秋、小鸾三人到了山谷,又说了一番珍重的话,各自分路而行。小鸾因有袁彪赠送的坐骑,所以也不再到三清寺取马了,独自回转鹿角沟。法空、法明也在此时辞别袁彪,回三清寺去收拾一齐,重到谷中相聚。

且说玉琴、剑秋二人,离了螺蛳谷,行至前面一个小镇上去,胡小三在那里等候,得知谷中换了新头领,佟元禄业已授首,好不欢喜,遂把花驴、龙驹交还二人。玉琴、剑秋一商量,便修书一封,吩咐胡小三到螺蛳谷去安身,包管袁彪对他优待,胡小三遂拜别而去。到了谷中,袁彪接信看后,便教他仍到玄坛庙里去管理香火,那两个小道童早已掩葬去,谢八仍旧走了回来,和胡小三住在一起,庙中也不再另用黄冠之流了。

玉琴、剑秋二人破了螺蛳谷,又多识得一位英雄,心中很觉快慰,上马加鞭赶奔前程。前面又是几座山岭,山径也颇平坦,二人并马而驰。剑秋想起金眼雕,口中打了一个胡哨,忽见那金眼雕在后飞来,嘴里还含着一小块兔子肉。剑秋笑对玉琴说道:"原来那雕儿正在觅野食,我倒打断了他的大嚼之兴了。"

玉琴道:"剑秋兄,你收服得这个徒弟,真是不错。那夜我在螺蛳谷,陷身石坑之中,实在没有出路可寻,幸得它不知怎样的,用尽了它的气力,把上面的石盖移动,因此救了我出险,其功非小。我回到荒江家里以后,总要好好豢养它一番。"

剑秋笑道:"当我在狼牙山收服它的时候,也不过一时好奇而已,不料竟有这般大的用场。莫小看它是个畜牲,却很有忠心。"

玉琴点头微笑，将玉手向坐着的花驴一指道："雕也驴也，都可算是禽兽中的出类拔萃者了。"

剑秋又道："一个人的命运真不可知，师妹有雕救助出险，固属幸事；即如我被捉以后，自以为性命很危险了，谁知袁彪有心结纳，缚住勿杀，反因此促成了他们山寨中一场火并，真是出人意料之外。本来袁彪智勇双全，不愧是个好男儿，却和风姑娘等混在一起，未免可惜。莫怪他们意气不合，即使没有我等前去，他们早晚也要演出这戏的。"

玉琴道："不错，我看袁彪的相貌，也非寻常盗贼可比。螺蛳谷那个地方真是幽险，不次于龙骧寨；占据在那里，将来和龙骧寨联络，李天豪等也得到大大的臂助。小鸾嫁与他，也是一对佳侣，我这个媒人做得不错呀！"

剑秋笑道："将来我们重去时，他们俩要重重谢你。"玉琴笑笑，隔了一歇，忽又把鞭子挥着道："可惜可惜，便宜了她。"

剑秋问道："可惜什么？便宜了谁？"玉琴道："那个道姑名唤风姑娘的，不是白莲教中的妖人么？大概她和那云真人都是一样之貉，诡计多端。此次却被她逃去了，没曾一尝我的宝剑，岂非很可惜的么？"

剑秋道："是的，我以前在山东九天女庙里遇见祥姑的时候，也曾听他们说起教中风姑娘，正在关外，还有什么火姑娘。那风姑娘虽是女子，本领却也不小，我们疏忽一些，遂被她逃走了。现在那边有袁彪、法空、法明等众人，势力雄厚，也不怕她。且喜我们到螺蛳谷厮杀一场，佟元禄已死在我的剑之下，了结以前一重公案，未始不足以称快。说不定他日风姑娘重和我们相遇，迟早要把她除去的，师妹何必可惜不置呢！"

二人一边说，一边跑，赶了许多路程。天色将晚，又到了一个小镇，找着逆旅住下，把大块的肉喂给金眼雕饱食一顿，夜间各自安寝。次日一早动身，又向前赶奔。

这样过了几天，相去奉天省城不远，只有三十多里的路了。一轮红日已落到地平线下去，四边暮色笼罩来了；二人估料时光已晚，赶不进城，催动驴马，跑到了一处小小村集，要想找一家逆旅，暂过一夜。寻来寻去，只有数十户人家，并无旅店，只得向人家告借了。跑过一条石桥，桥下流水淙淙，十分清响。在那桥东却有一座很大的巨厦，墙里露出一二亭台楼阁的屋顶，以及秃枝的老树，像是富贵人家的别墅模样，想不到这里竟有此等邸宅。

正要前去商量一下，二人转到前面，见门前有株槐树，枝干长得如虬龙盘曲一样，大门上磨细方砖，刻着朱红色的"东海别墅"四字，很见富丽。

门前石阶上立着一个五十多岁的老人家，身上衣服穿得很是臃肿，颔下有些短须，额上皱纹很多，手中拿着一管旱烟袋，一边吸烟，一边对旁边立着的一个乡下人说道："王阿大，你今晚仍来伴我一起睡罢。你的妻子没有生大病，不碍事的。"王阿大点头道："老李你别害怕，我准来的。"二人说话时，瞧了玉琴、剑秋，都回转头来，那老爹惊讶似的注视着他们。

琴、剑二人跳下坐骑，剑秋牵着龙驹向前走数步，向李老爹说道："我们二人错过了宿头，赶不到城里了。敢向尊处商量，暂宿一宵，请你进去告知你家主人，明天走起，多多谢你。"

李老爹听了剑秋的话，面上露出很尴尬的模样，摇头答道："你们二位来得不巧，我家老主人不在这里，恕我不能招待，请你们别处去罢！"

剑秋又道："只因这里没有旅店可宿，所以向你家情商。主人虽然不在，总有旁人的，烦你进去通报吧。"

李老爹听了，不由得对着王阿大微微一笑道："别人家都要躲避开去，你看他们倒要送上来了。"

说完，依旧吸着旱烟，不睬不理，却弄得琴、剑二人一齐愣住了。天下的暮鸦一阵阵飞回巢去，村中炊烟缕缕，天色愈觉黑暗，凛乎不可久留。那金眼雕也扑簌簌地飞到槐树上，预备在上面栖止了。

第二十七回

魅影鸱声邸中捕鬼
雪花血雨岭上救人

剑秋见李老爹这种冷淡情形，不由得勃然色变，正待发作时，王阿大却带笑说道："李老爹说话总是这样吞吞吐吐地不爽快。这位官人不要发怔，待我老实告诉你罢！这里有鬼，屋子里的人都吓得走开了。你们借宿做甚？"王阿大说到"鬼"字，声浪带低一些，又向左右望望，好似很虚怯的模样。

剑秋微笑道："有鬼么？你们怕鬼，我们不信有鬼，你们不要假推托。你家主人不在家也罢，须让过路人借宿一宵，与人方便，就是自己方便。你们若答应了，我们也不亏待的。"玉琴也将纤手拍着花驴上的包裹道："我们自有大块的银子相谢。"

李老爹斜睨着驴背上系的包裹，果然十分沉重；又见他们两人丰神俊秀，不像贫穷的旅客，便把旱烟袋向地上敲去烟灰，徐徐答道："你们两位既然一定要借宿，我也只得背了主人应允你们。不过宅中实在有鬼怪，你们住了进去，不要懊悔。我是不负责任的。这话须得先讲明。"

剑秋道："当然不来怪你，我早已说过我们不怕什么鬼的。"李老爹点点头,遂和王阿大上前代琴、剑二人牵了龙驹和花驴,回身引导入内。

二人走到里面,见庭院轩敞,花木幽深,李老爹便将骡马系在廊下柱子上,回头对二人说道:"客人,我又要说明一声,内里的房屋主人走的时候,都已锁闭,无从进去,且因夜夜有鬼魅出现,我们自己也裹足不入了。只有大厅旁一个外书房,钥匙留在这里,内中也有一大炕床,只得有屈两位权宿一宵了。"剑秋点点头道:"这样也好的。"

其时天色已黑,李老爹又吩咐王阿大快到门房里去取火和钥匙来。王阿大便到外面去点了一枝红烛,掌着烛台走来,李老爹遂引琴、剑二人到得大厅上,开了外书房的锁钥,让二人走到里面。王阿大便把烛台放在沿窗一张书桌上,李老爹取过一把鸡毛掸,四下拂拭灰尘,口里叽咕着道:"老主人走得还不满一月光景,却已蛛网尘积了。"

剑秋、玉琴四下一瞧,书房中桌椅都很富丽,而陈设都收拾净尽了。书桌上堆着几本书籍和笔砚等类,靠壁有一张红木大炕床,只是没有炭火,寒冷得很。玉琴便从衣袋里摸出二三两银子,交给李老爹道:"室中没有火炉,我们实在不能耐冷,请你快去设法。这一些你可拿去,如若不够时,明天再补给你便了。"剑秋也道:"我们的晚餐请你早一点预备,我们肚子里饿得很。"

李老爹接过银子,连声答道:"我都理会得,二位请宽坐。"说罢便和王阿大回身走出去了。

剑秋把带来的包裹放在一边,又解下惊鲵剑,玉琴也将真刚宝剑解下,剑秋接过宝剑,一并悬在壁上,便在桌子前坐下,回头见玉琴倚在炕上憩息,遂含笑问道:"师妹有些疲乏么?"玉琴笑笑。

不多时,王阿大已送进一壶香茗和两只茶杯来,代二人斟上两杯。剑秋把一杯茶递与玉琴,自己把一杯茶一饮而干,玉琴喝了半杯,放在桌上,只见李老爹捧着一只火炉进来,带笑说道："请二位将就烘一下罢。"

玉琴见炉中炭火甚炽，便走过来和剑秋对坐炉旁烤火，王阿大和李老爹又退出去了。琴、剑二人烤了一回火，觉得大有暖意，随意谈笑。玉琴道："金钱这样东西真是不可少的，莫怪世人要攘夺了。你看李老爹前倨后恭，怕不是看在金钱的面上么？方才他们说有鬼，或者他们故意哄人的。"

剑秋道："这些小人自然非钱不可，但一般所谓王公大人之流，也不是这样么？至于你说他们哄人，我看也许真有其事的；不然这样宏大的一座邸第，怎样一人不住，留着铁将军把门呢？少停待他们进来，不妨问个明白。"

二人正说着话，李老爹和王阿大早托着一大盘酒菜和一锅粥来，放在正中方桌上，说道："一些粗肴，请二位将就用罢，我们来不及准备了。"剑秋道："很好。"于是他遂和玉琴对坐而饮，李老爹立在旁边伺候，王阿大却走了。

剑秋喝了三杯酒，玉琴只喝了一杯，二人便盛粥吃，觉得又热又香，腹中很适意的。二人吃罢，李老爹上前收拾残肴，剑秋忽指着碗中的鸡问道："你们这里可有活的鸡么？"

李老爹答道："有的，我自己养着三只，现在杀了一只；还有两只，一雄一雌，不知客人有何用处？"剑秋笑道："那么你快去取一只雄鸡来，我自有用处。"李老爹答应一声，托着盘子向外去。

玉琴向剑秋微微笑道："你倒心心挂念你的徒弟，须知它自会觅食的，何必你多费心呢？"剑秋笑道："我不过偶然想及罢了。"

一会儿李老爹右手提着一只又肥又大的雄鸡进来，说道："客人，雄鸡在这里了。"剑秋一瞧那雄鸡足有五六斤重，便接在手中，和玉琴走到室外庭心里，口中一声胡哨。便见空中有一团黑物飞也似的前来，盘旋而下。剑秋即将雄鸡向地上一掷，喝道："取去当一顿晚餐罢！"

李老爹在旁很惊讶地注视着，只见那黑物迅速地落下，抓着雄鸡又飞上天去，一瞬眼已不见踪影了。方才眼见他们二人前来时，有一头很大的雕，飞到门前槐树上去的，估料这黑物必然是那雕了，好不厉害！剑秋便对他说道："吃去了你的雄鸡，明天还给你银子罢！"李老爹道："不要紧的，客人养得好大的雕儿。"

琴、剑二人回至室中，李老爹又去取来一支蜡烛和一小篮炭，带笑说道："二位请早睡罢！可还要什么？"

玉琴道："别的东西是不要了，但有几句话要问你，请你坐下直说无隐。"李老爹哪里肯坐，垂着双手，立在一旁说道："姑娘有什么问询，我总老实说的。"

玉琴一边将铁棍拨动炉中的炭火，一边正色问道："适才进门时，你们不是说邸中有鬼么？这话是真是假？"

李老爹答道："这事怎么可以说谎？实在有的。我因两位一定要在此借宿，所以斗胆留下，二位莫非……"说到这里，剑秋急忙抢着说道："我们是并不怕鬼，不过我们喜欢问个明明白白。请你快些告诉我们是怎样有鬼？你家主人是谁？如何这样不济事，竟把偌大一座别墅让给鬼去胡闹呢？我们倒要知道一些。"

李老爹叹了一口气道："客人有所不知，我家老主人姓徐名太和，今年已有七十一岁。以前曾做过翰林院编修，本是奉天人氏，现在告老回乡，林泉颐养。因为城中尘嚣，特地迁到这里别墅中居住。这别墅本是此间冯氏的产业，子孙不能继续，家道式微，遂出售给我家老主人了。老主人又把屋子内外修葺了一番，才和他的小妾以及大少太太、二少太太、六少爷等来此住在一起。大少老爷、二少老爷都在京中任事……"

李老爹正在同梳头般滔滔而讲，玉琴却拦住道："且慢！什么大少老爷、二少太太，我们都不管，只要你快快把闹鬼的情形讲出来。"

李老爹咽了一口唾沫，又道："姑娘不要性急，我正要讲哩！我家老主人相信学佛，所以每天早晚必要焚香念经，习以为常。当他念经的时候，不许任何人到他室里去惊动。那地方是内书房之后，一个月亮门里面，庭中栽着不少花树和一座玲珑的假山，十分幽静。恰巧有一个黄昏，晚餐已用过了，老主人独坐在室中，对着灯光念经，朗诵佛号，大家也不以为奇。小婢春兰方从室旁经过，忽听老主人念到分际，突然停住，发出惊呼的声音，说一声：'哎哟，不好了！'以后便寂静无声。春兰知道事情不妙，连忙跑到里面，报告给大少太太知道，大少太太连忙喊了二少太太，又去唤了老姨太太，大少太太又命春兰到外面来喊我们进去。那时大少太太也不知何事，便和二少太太……"

玉琴听着，忍不住格格地笑出来，对剑秋横波一顾道："又来了。"

李老爹也已明白，便道："我们众人跑进室中一看时，只见老主人颓然倒在太师椅中，两目呆瞪，口边流出白沫。老姨太太以为他中风了，吓得什么似的，忙用姜汤灌进口里，又在他胸前抚摩了好一会儿，老主人方才开口道：'不好！……不好……吓死我也。'大家忙问老主人受了什么惊吓。老主人一手指着窗外道：'有鬼。'我们仗着人多胆壮，一齐走到庭中。阴沉沉的，花木风吹微动，哪里有什么鬼呢？便进去说道：'没有鬼啊！莫不是老主人眼花了。'

"老主人连连摇头道：'非也，方才我正在念经，念得出神，忽见一阵风过，窗外现着一个很大的黑影。我方惊疑，忽地窗开了，有一个青面獠牙的鬼头，很大很大的向窗里探首进来。我惊喊一声，便失去知觉了，直到你们来时，才能开口说话，这真是吓死我也。魑魅魍魉，信之有矣。但是佛法无边，鬼怪如何敢来缠扰？'大少太太道：'爸念的不是《金刚经》么？传闻鬼要抢《金刚经》的。'老主人点点头，众人遂将他扶入内室安寝，明天便生起病来，生了足足六七天病，方才告痊。

"可是从此以后，邸中大闹其鬼了。二少太太临睡的时候，瞥见一个矮脚赤面的鬼，从床后跳将出来，奔出房去；厨子阿二看见有一火球从屋上滚过；绣贞小姐也在楼梯边瞧见赤面矮脚的鬼，从楼上跳下，吓得她跌倒在地娇呼救命。又在黄昏人静时，东面有怪声，西面有鬼叫，吓得众人一到天黑，躲在屋子里，不敢出来了。

"又有一次，春兰小婢在傍晚时走过园中六角亭，听得亭中有谈话声音，吓得她连呼有鬼，逃将进来，只弄得一家上下都不安宁。最可笑的，书童徐贵口口声声说不怕鬼，却不知怎样的，有一夜竟被鬼将他剥去衣裤，赤裸裸地吊在园中树上。他虽大喊救命，也没有人听得。直到天明时方才知道，将他放下，从此他再也不敢夸口了。

"老主人见邸中闹鬼闹得如此厉害，弄得没有法儿想。城里有一家姓张的亲戚，闻得这个消息，遂推荐一个蒋法师来捉鬼。三面言明，奉酬三百两银子，先付一百两，余数等鬼捉去后照付。隔了几天，那蒋法师果然来了，带了三十六位道士，先到我家大吃大嚼，便在后花园里预先搭下一座高台，各种物件都依蒋法师的话端整齐全。待到晚上，我们都掩伏在黑暗里偷瞧，只见三十六位道士，点着青、红、黄、白、黑五色的长杆灯笼，高高举起，分作五起，立在坛的四周，恰成东西南北中的五处，倒很好看的。

"蒋法师穿上道袍，披发仗剑立在坛上，左回右旋地滔滔念咒，口喷符水，化了三道符，正在不住地念着什么'王灵官伏魔大帝'，把灵牌一二三地拍得很响；忽然朝阳庭上滚下几个火球，霍霍地在坛前乱转。屋瓦如雨点一般飞下来，打得三十六个道士丢了长灯，双手遮着头，逃将进来，齐声喊道：'不好，鬼怪来了。'我们都吓得再也不敢出去。乱了一夜，待到天明日出，大家壮着胆子，走到园中去寻蒋法师。坛上不见影踪，寻来寻去，走到园旁厕边，才听得有人哼声。进去一看，见蒋法师被妖魔鬼怪吊在厕中，口里还塞着一团屎呢！大家把他放下，吐下了屎，问他怎样情形。

"蒋法师皱眉哭脸地答道：'你们走的时候，却见有一个青面獠牙的大鬼和一个矮脚赤面的鬼,从朝阳亭的上面飞到坛上。我吓得跌倒了,不省人事。及至醒来,已吊在厕中了。这鬼怪果然非同小可,大约我的法力还够不到,须请我的师父亲来呢。'大家又好气又好笑,便去老主人面前复命。老主人摇头不语,戚戚然有忧色。那蒋法师便带了同来的道士束装而去,他也无颜再要银子了。

"过得一天,老主人恐有后殃,决定全家迁移入城,遂把这别墅锁闭,留我一人在此,我终觉有些胆小,便教这乡人王阿大来伴我同宿,幸喜鬼怪并不到前面来闹的。且自老主人等迁去后,也不大闹了,有时只闻得一二鬼怪的啸声罢了。以上都是实话,我告诉了你们,请你们不要胆小。"

剑秋笑道:"我们哪里怕鬼?胆小的也不敢住下了。"玉琴微笑道:"我们非但不怕鬼,鬼若来时,我们也会捕鬼,决不致像蒋法师那般银样蜡枪头,毫不济事的。"李老爹道:"很好,那么请客人早些安睡罢。"遂告辞出房去了。

玉琴对剑秋说道:"你相信李老爹的话么?这事倒有些奇怪,我生平没有见过鬼的。"

剑秋道:"子不语怪力乱神。见怪不怪,其怪自灭。世人怕鬼,大都心自虚怯,遂生变异。所谓妖由人兴是也。况且风声鹤唳,草木皆兵,全是自吓自罢了。"

玉琴道:"师兄的话倒足当得一篇无鬼论了,可是李老爹说得实有其事的,未必都是他捏造啊!"

剑秋道:"我们在此权宿一宵,管他什么鬼不鬼,好在我们都不畏怯的,由他去闹。"玉琴听了剑秋的话,打了一个呵欠,默然无话。

剑秋道:"师妹大约很疲倦思睡了,这里只有一张榻可睡。我们可分作两起睡息,师妹先睡上半夜,我睡下半夜;留一人醒着,以妨妖魔。"

玉琴道:"那么我就先睡,不过倘有鬼怪来时,你千万要喊我起来的,待我瞧一瞧鬼的面目。"剑秋道:"一定唤你的,请你放心先睡罢。"

玉琴因为下半夜就要起身，所以和衣拥衾而睡。不多时早已深入黑甜乡了。剑秋恐她受凉，轻轻地走过去，把上面的棉被，代她在身边塞紧；又把火炉移至炕前，添了许多炭火，便熊熊地大炽。他自己却坐在桌子前，把蜡烛剪去了煤绳。坐了一刻，觉得无聊，顺手在桌上取过一本书来，展卷一览，乃是《古文观止》。

自思此书还是小时候读过。频年以来，弃文习武，奔走天涯，把文艺荒落久了，大有感叹。先看了一篇陶渊明的《桃花源记》，不觉神往久之。想起了龙骧寨中的李天豪和宇文亮兄妹一干人，那里倒是个世外桃源，但是他们却雄心勃勃地想图大事呢！

又信手翻到那一篇《吊古战场文》，默诵之下，觉得阴森森如有鬼气侵逼。

这时庭外树上鸱鸦在那里啾啾而鸣，其声凄厉若鬼哭，使人听了，汗毛也要竖起来；又想起李老爹的话，回顾玉琴正在睡熟，梨梦深酣，鼻息微微。又回过头来时，忽见窗帘有些摇动，他遂凝神注视，猛地有一阵冷风从窗隙里直吹进来，吹得烛光摇摇欲熄。对面两扇窗忽然开了，窗外陡现一个青面獠牙的鬼头，大如栲栳，睁圆着一对铜铃般的怪眼，向内张望。

此时换了别人，早已吓得魂不附体了。

剑秋不慌不忙，喝一声："何物鬼魅，敢来扰人，我岳爷却不肯饶你！"霍地立起身，向墙壁上取下惊鲵宝剑，回头来时，那鬼头倐已退去。他遂一纵身，从窗内跳到庭心里，四下一瞧，静悄悄的，哪里有个影子？抬头见天空一钩凉月，被云掩蔽了，却见得昏黄。寒风凛凛，肌肤起栗，不觉自言自语道："这真见鬼了！"仍由窗中跳入室内，走到炕前，把玉琴轻轻推动。

玉琴醒来，将两手搓着星眸，说道："师兄唤我，莫非果有真鬼么？"剑秋点点头，喜得玉琴将被一掀，直跳起来道：

"难得的,我要见鬼,鬼真来了,鬼在哪里?"剑秋便把方才见鬼的情形告诉她。玉琴把足一蹬道:"唉,你为什么不早些唤我,却被鬼逃去了。"剑秋道:"那鬼十分神速,当我跳出去时,早已不见。"

玉琴道:"来而不往非礼也,他既然来了,我们不可不去答拜,总在这个邸中的!我和师兄快去找寻,从前钟进士能捉鬼,我们不能让古人独擅其能啊!"

剑秋笑笑,玉琴又道:"快快快!"便从壁上摘下真刚宝剑,两人扑扑地跳出窗来,好似一对燕子飞出珠帘,一些没有声息。玉琴将宝剑靠在臂后,见那边廊下有一小门紧紧闭着,想走过去破门而入,走得几步,似乎左边屋上有个黑影一闪;玉琴何等敏捷,掉转身跃上屋面,却不见什么,翻过屋脊去四下一瞧,哪里有半点影踪。

剑秋也跳上屋来问道:"师妹瞧什么来?"玉琴道:"我似乎瞥见有一黑影,但上了屋却并不见什么,好不奇怪,这真见鬼了。若是人时,任你跑得怎样快,影儿总要瞧见一些的。"

剑秋道:"莫非师妹眼花么?"玉琴笑道:"我也只好承认眼花了。"二人一边说,一边跳下屋来。

忽听小门里裂帛似的一声响亮,接着几声凄厉的鬼叫。小门开了,跳出两个鬼来,一长一短。一个身长一丈,头如栲栳,青面獠牙,手中握着两根狼牙棒,正是剑秋适才所见的;一个赤面矮脚,举起一柄钢叉,直向二人走来。琴、剑二人个个挺着宝剑迎去。

那青面獠牙的鬼先将左手狼牙棒向剑秋打来,剑秋将剑往上一迎,顺势削去,呛的一声,那狼牙棒已变成两段,棒头落地;又把右手的狼牙棒恶狠狠地向剑秋胸前直捣。剑秋跳过一旁,还手一剑劈去。那鬼想把棒来架开,不料棒头碰在锋上,又被削成两截。那鬼说声:"不好!"丢了短棒,回身一跃,已上屋顶。剑秋一声:"哪里去?"跟着追上,眼见那鬼晃着大头,跳向外面去。剑秋飞身追赶,一霎时那鬼已飘落下,来到外面,只往田野间逃去。

剑秋也跳下往前追,却见那鬼跑得非常之快,自己虽有飞行术,还是一时追不上,相距总隔一丈。前面有一丛林,那鬼一闪身到林中去了。剑秋追赶进林子一看,忽听地下有人哼哼之声,向下一瞧,不由得大喜,见那鬼已跌倒在地,一个青面獠牙的大头鬼滚在一旁。再一细视,原来并非是鬼,乃是人装扮的。那鬼头是皮制的,涂上颜色,露着两个眼孔罢了。

那人露出庐山真面目,也生得很是丑陋,身上已有带子,将他两手两足缚住。不知怎样的会被人家捆住?却不知缚者何人?四望林大丛深,无影可寻,剑秋也只得不顾,便把那人扛在背上,一手又提着那个皮制鬼脸,回身走转。却见玉琴横着宝剑,正立在墙畔张望,一见剑秋便问道:"得手么?"

剑秋笑道:"捉来了,但惜不是鬼,却是人。你对付的那个呢?"玉琴吃吃地笑道:"当然一样的,我要看鬼,却都是人,好不晦气!"两人说着话,一齐跳进墙来,回到原处,只见李老爹和王阿大提灯笼,正在照着地下躺着的那个矮脚鬼,喃喃咒骂。

原来剑秋去追鬼时,玉琴也已使开宝剑和那矮脚鬼斗在一起。那矮脚鬼将钢叉舞得十分紧急,但他哪里是玉琴姑娘的对手呢?玉琴屡经大敌,区区一人怎在她眼上?乘个间隙,飞起一足,便将那鬼踢倒。细细一看,那鬼脸也是假制的,便将他缚住,夺去钢叉,丢在地上。高声唤起王阿大和李老爹,说他们已将鬼捉住了。二人披衣起身,点着灯笼,大胆走来,一见不是鬼怪,心中安定。

玉琴因剑秋追鬼很不放心,故出来探望的。此时大家讲个明白,那个假鬼横在地上一声儿也不响。剑秋便扬起宝剑,向那长的喝问道:"你们究竟是何人?为什么装鬼?快快实说,否则一剑两段,断送你的残生,好让你们真的去黄泉路上做鬼。"玉琴听说,不觉笑将起来。

那长的一个叹了一口气说道:"该是倒灶,偌大一个奉天城，密布着军警捕役，也由得我们要来便来，要去便去。不料跌翻在你们手里，该是我们倒灶了。"

剑秋道："此话怎讲？"长的又答道："我老实说了罢！我姓唐名阁，别号飞毛腿；他姓袁名鼎，别号矮脚虎。我们二人合伙儿到奉天来，专一盗取富贵人家的金银宝物，可称得来无影去无踪。城里不少著名的捕快四下查缉，却没有破过案，至今已有两个多月了。只因我们盗来的东西，须觅一个安稳的所在保藏，若在旅店里容易露眼；凑巧被我们找到这个东海别墅，地方既幽静，而亦离城不远，对于我们很便利的，大可借此隐匿。怎奈邸中有许多人住着，大是不便，所以我们想出这法儿，闹得他们不安，好使他们避开去。果然他们禁不住我们俩的恐吓，尽行迁徙而去。我们便得在邸中任意逍遥，白昼睡眠，夜间活动，却不想今夜有你等二人前来。我们听得人声，疑是城中派来的人，或者事情发觉了，故欲把你等吓走，不料反为你等擒住。又有何说，任凭你们怎样办罢！"

剑秋指着二人说道："原来你们正是飞行盗贼，故意闹鬼。既然犯案累累，可说今夜恶贯满盈，遇见我们二人，我们也不来伤害，明天由城中官府发落罢！"遂把二手提起，走到厅上，抛在一隅，吩咐李老爹和王阿大好好看守，明晨再说。

于是二人回到屋中，把手里宝剑插入鞘中悬挂原处。因为不久便要天亮，二人索性不睡，将炉火添得炽些，烘火取暖。玉琴笑着对剑秋说道："想不到我们今晚破获了一头巨窃的奇案，官府里应该感谢我们的。明天还有那个徐老头儿闻得这个消息，不知要怎样快活呢？我们回乡要紧，明天一早赶路，不要再管闲事，免得有无谓的纠缠，只是我要见鬼，鬼却仍没有瞧见呀。"

剑秋道："我本来不信鬼的，世人都是迷信罢！不过方才有一件事，倒很觉得奇怪的。师妹和我起初出来寻找鬼的时候，不是你跳上屋去，说看见一个黑影的么？"

玉琴点头答道："不错呀，我是看见一个黑影的；你说我眼花,我也只好认了。师兄问他做甚?"

剑秋道:"我追那飞毛腿的当儿,一时却赶不近身;飞毛腿这个名称,果然名不虚传。后来他逃入林中,我进去时,那贼早已不知给谁缚了,跌倒在地,鬼脸也去掉了。我始终没有见过人影,这不是很奇怪的么?若和师妹所见的凑合起来,可知我们捕鬼的时候,一定有一外人到此,他在暗中助着我把飞毛腿捉住。而且那人的本领只在我们之上,不在我们之下。他能见我们行事,我们却不能看出他的活动,好不惭愧!"玉琴拍手道:"对了,明明有人的,我们何不问一问飞毛腿?"二人遂走出书房,来到唐阊身边,剑秋问道:"我们有一话要问你,你逃至林中,却被何人把你拦住的?"唐阊道:"你问这话,难道不是你的同党么?我也只见一个黑影,将我一脚踢倒,动手缚着的。但在你走入之时,却又不见了,我只当你们预先埋伏着的呢!"

剑秋听了,和玉琴面面相视,默默无语,重又返身入室。只把玉琴难过得了不得,不知何人弄此狡猾,这又是一个闷葫芦,一时无从打破呢!停一会儿,天已大明,李老爹早将面汤端上,又煮了麦粥,请二人早餐。二人食毕,便要动身,李老爹拦住道:"难得二位前来,破了真相,且把著名窃贼捉住,老主人总要拜谢的,怎么便要去呢?"

剑秋道:"我们不用酬谢,急于回乡,不便久留。你们千万将这二贼看守稳当,一面快去城里通知你家主人,他自会回来办当的。邸中藏着不少贼赃,你们切不要疏忽,将来你们俩也有功劳,我们从此去了。"便又取出一锭银子给李老爹。

李老爹不肯受,推辞良久,方才谢了受下,又问二人姓名。剑秋道:"我们姓岳,是兄妹二人,到处为家的;这些小事,不足为奇,何用留名?"

二人走出室来,见飞毛腿和矮脚鬼躺在地上,四只眼睛睁大了,向剑秋、玉琴二人注视不瞬。玉琴笑了一笑,转身要走,飞毛腿口里却叽咕着说道:"你们不要得意,须知我们也

293

是奉命而来。红叶村的贾家兄弟是不好欺的,将来自有人代我们报仇雪恨。"

玉琴听了,掉转身来问道:"你说什么,红叶村在何处?贾家兄弟又是何人?究竟怎样厉害,我们也不怕的。"

飞毛腿正要答话,矮脚虎很快地对飞毛腿说道:"老哥,我们死也罢,活也罢,多说什么闲话呢?"飞毛腿被他这一话提醒,便不说了。

玉琴还问道:"快说快说。"飞毛腿却变作闭口无言。剑秋知道他不肯说了,便道:"我们去罢,他不肯说了。"

玉琴恨恨的过去将矮脚虎踢了一脚,只踢得矮脚虎滚了一个翻身,嘴里叫了一声:"痛死我也。"玉琴、剑秋两人遂回身走去。

李老爹代他们背上包袱,王阿大牵过驴马,一齐送出大门,看他们跨上坐骑,将包袱系好,鞭影一挥,向大道上驰去。剑秋口中一声胡哨,金眼雕早已飞来跟着同行。两人回进室去商议,如何报告主人等情。著者要节省笔墨,按下不提,等到将来再行表明。

且说玉琴、剑秋在路上加鞭疾驰,日中时已进得奉天省城,在一家饭店里打尖,只听得人家纷纷传说,城中飞行盗贼连窃巨室之事,两人暗想,停会儿他们便知道快要破案了。饭毕,两人重新赶路,因为途中无事阻碍,所以在腊月中旬,已回到了荒江,玉琴见了故乡景物,大有感触。

这天恰值有些小雨。"昔我往矣,杨柳依依;今我来思,雨雪霏霏。"这四句诗可为玉琴咏了。且喜奔走多时,父仇已报,可到亡父墓前告一个无罪了。当玉琴、剑秋两人走到门前时,个个跳下坐骑,玉琴指着自己的屋子对剑秋说道:"这就是寒舍,不嫌简慢,便请进去。"

剑秋笑道:"师妹还要说客气话么?"其时玉琴以前雇着的长工陈四,正开门走出来,一见两人,初时有些突然,玉琴对他笑问道:"陈四你可认识我么?"

陈四注视了一下，不觉笑嘻嘻地说道："原来是琴姑娘回乡了，容貌较前丰采得多，几乎不认得呢！"说罢，代两人牵了驴驹，一同走进屋中。家里后园本有一株大松树，金眼雕好似通灵一般，扑扑地飞到树上去了。

剑秋随着玉琴走进里面，见屋宇虽旧而很宽大，玉琴一一指点给他看，说："这是我父亲静坐的书室，这是我少时习武的地方，这是小圃，这是花房。"又取钥匙开了房门，说："这是我母亲的寝室。"请剑秋坐定，阿福闻信也来见面。陈四献上香茗，又端两火盆，请两人烤火。玉琴吩咐邹阿福把花驴、龙驹好好牵到厩中上料。

陈四又笑嘻嘻地问道："姑娘出去多时，老主人的大仇可曾得报么？"

玉琴道："老主人被大盗'飞天蜈蚣'邓百霸所害，我寻至塞外白牛山，深入虎穴；赖老主人在天之灵，把仇人诛掉，总算报得杀父之仇了。"

陈四道："恭喜姑娘一片孝心，如愿以偿，不负姑娘昆仑习艺的苦功了。但这位是谁？是不是姑……"说到姑字却停住，似乎不好启齿。

玉琴不由得两颊微红，忙答道："这是岳爷剑秋，是我的师兄，多谢他帮着我，一齐前去复仇的。"说罢，又对剑秋一笑。

陈四便去厨下端整午饭。窗外的雨渐渐下得大了，剑秋想起金眼雕，便请玉琴吩咐，邹阿福即在廊下扎起一个较大的柴巢来。等到柴巢扎好，剑秋胡哨一声，金眼雕闻声而至，剑秋指着柴巢说道："你就宿在这里头罢！"那雕便敛翅飞入去了。剑秋又命邹阿福每天早晚给它一顿肉吃，其余让它自己去觅食。

两人回到客堂，陈四已将午饭端出，请两人同食。饭后玉琴又唤陈四前来，问问故乡情形。陈四先报告了一些家中账目以及杂务，又说："青龙岗的洪氏三雄，自被姑娘歼灭之后，安静好久。今年秋间忽又有一股盗匪占据，听说为首的姓罗名普安，本领高强，时常出外行劫。饮马寨中乡民很是惊慌，已举行民团自卫，这里却很安宁，大约他们目标不在这里，也不可不防。现在听说各乡村联合向官府告急，宾州鲍提督将率大军来征剿了，现在姑娘已回，我们更可高枕无忧哩！因为在这里提起姑娘的大名，没有不知道的。"

玉琴眉峰一皱，对剑秋说道："群盗如毛，真所谓野火烧不尽，春风吹又生。他方如此，故乡也是如此。一般善良的小民可怜极了。"

剑秋也道："内政不修，民生日艰。蚩蚩者氓，自然迫于饥寒，挺而走险。杀人以刃与政，果然没有两样的。率兽而食人肉，此辈之罪难逃了。"

陈四看见两人有不欢之色，也就退了出去。两人谈谈说说，不觉天晚。玉琴又收拾一间客室，请剑秋下榻；一住三天，很觉安静。

第四天宿雨初晴，天气明朗，玉琴在午后便陪同剑秋到四下去走走，但是人烟寥落，还不及枣庄、鹿角沟等稠密，所见的都是山峰树木，如空谷逃虚，孤寂得很。

玉琴道："现在荒江已冰冻了，否则可以钓鱼。还有松花江边风景也还不恶。"遂和剑秋至她父母墓前拜奠一回，对着黄土，洒了几点眼泪，剑秋用话安慰。又至石屋岭徘徊良久，指点昔日杀虎之处；想起了她的亡弟，不禁悲然。

次日，玉琴又想起饮马寨，便和剑秋跨着驴马前去。饮马寨中乡民也已闻得女侠回乡的消息，早由寨主崔强率领着两百名大汉，前来迎接；路上相逢，欢喜无限。玉琴见崔强生得长眉广耳，躯体雄伟，果然是一位壮士。崔强下马致敬，团丁中有大半认得玉琴的，大家都欢呼"方姑娘""荒江侠女"，声如雷动。玉琴便代剑秋介绍了，一同进寨。寨中许多父老以及妇人孩子，争相欢迎，一看女侠丰采，玉琴一一点头答礼。

崔强把两人招待到团部中去，设备丰盛的筵席，宴请两人。席间谈起往年玉琴独歼三雄的事，大家感德无边，称美之声不绝于口；且知女侠此番复仇归乡，尤敬佩她的孝勇双全。玉琴逊谢不迭。崔强又说起青龙岗盗匪猖獗，恐怕他们要来骚扰；民团势力薄弱，若遇危迫，要请女侠再来帮忙，玉琴自然一口答应。这天宾主尽欢而散，剑秋见乡人如此欢迎玉琴，他心中对玉琴越觉拜服。

这样在荒江住了十多天，已到除夕，烹羊刨羔，饮酒为乐，在那爆竹声中过了新年。天公却下起大雪来，满天玉龙飞舞，一连下了三天，地上积雪盈尺，弥望尽白。剑秋在窗口看见远远的山峰，都如白衣老人，映着初出的阳光，明晃晃地耀人眼睛。觉得坐在室里有些沉闷，遂和玉琴商量，想要出去打猎，且赏雪景，玉琴欣然赞同。

遂在这天早晨饱餐了，各换上草鞋，佩了宝剑，带了干粮。玉琴又到后面室中去搜寻出两张弓和十几支箭来，笑嘻嘻地对剑秋说道："我们行猎，遇见飞的，便可用弓矢射中。"

剑秋道："玩这个也好。"两人各把弓箭系在身边，交代陈四看守门户，预备酒食，回家时可以吃喝。两人出得门来，先向石屋岭走去，玉琴道："师兄的徒弟可要唤它同来？"

剑秋道："我看他这几天也很懒于飞动，不如让它躲懒一下罢。"玉琴笑笑。

那山路被雪盖满着，铺得绝平，两人走在上面，如蹈玉屑。剑秋沿途观看雪景，不觉喝彩道："如此河山如此雪，天公绘与英雄看，世上能有几个如我们的豪兴呢！"玉琴也唱着木兰从军歌，一路走下石屋岭，全无人迹。

忽见天空有一头鹰在那里回旋觅食，剑秋道："鹰是最难射的，我们不妨试试。"于是两人个个拈弓搭箭，引满待发；剑秋瞄准鹰身，先自飕的一箭向上射去。只见那鹰十分灵觉，将身一侧，掀动大翅，将那箭卷在翼下。剑秋正喝一声"可惜！"时，又见那鹰一个翻身，飘飘地早已跌落山崖下去了。

原来那鹰避过一箭，不防玉琴跟手一箭射至，不及躲闪，正中其胸，遂落下来了。剑秋便向玉琴称赞她的眼力高强，玉琴微笑。两人又到峰后猎得一些野兔，剑秋负在背上，不知不觉行了许多路，看见青龙岗已在前面。

玉琴将才指着一个高高山峰，回头对剑秋说道："这是青龙岗的后山，他们都说岗上盗匪怎样厉害，我们何不前往窥探一下？雪下得这样深厚，野兽遇见得很少，若遇盗匪，斗个几回，也很有趣的。"

剑秋不欲拂逆她的意旨，遂说："好的。"两人便踏着雪，翻到青龙岗的后山，连峰际天，草木塞道，两人走得也有些力乏了，便在林旁一个大石上，将剑扫去了雪，并肩坐下。剑秋放了兔子，取出干粮和玉琴食了少许。

又坐了一刻，四下白雪霏霏，虽有日光，却一些没有融化之意。玉琴道："我们登山越岭，走了大半天，一个人没有遇见。"剑秋道："这般大雪，自然还有谁来山中做什么勾当呢？"

两人话说方毕，忽见西首草莽之中有簌簌的声音，树木摇摆，雪块望下直坠。两人以为有野兽来了，却见一个汉子满身沾着雪花，钻将出来。玉琴不觉叫了一声："呀！"那汉子也已看见这边两人，要想退缩进去，却来不及了。正在趑趄的时候，剑秋早已一个箭步跳到那汉子面前，说道："你这般鬼鬼祟祟的，从何处钻将出来？做什么事？"

那汉子一声不响，握起一双拳头，向剑秋打来。剑秋一闪身，飞起一腿，将那汉子蹴倒在地。一脚踏住了，在他身上一搜，见有一柄利刃和一封书信。这时玉琴也已走来，剑秋拆开书信，和玉琴共看，只见上面写着道：

混世王樊大哥鉴：

我们正被那些狗养的官兵围住，行将绝粮，特差儿郎到哥处请援。见字请即率队前来援救，不胜盼望，想我等有福同享，有难同当，大哥必能允许也。

盟小弟罗普安百拜

玉琴看了，便对剑秋说道："呀，原来便是青龙岗巨盗请援的小喽啰,我们断难放他回去。"剑秋接着把那书信一条条抛了,回头对玉琴说道:"我就收拾他罢!"遂施展双手,将那汉子提起,走到悬崖边,望下掷去,一落千丈,早已跌到不知哪里去了。

玉琴瞧着地上的脚印,在白雪上面很是清楚的,便道:"他从哪里来的呢?我们倒要侦察一下。"剑秋点点头。于是两人伛偻而入,雪花落得满头。走得十数步,却见岩石之下有一个黑暗的小洞,被雪光映着,看得分明;那地上一脚一脚的脚印,便在这洞口起始,可知那小贼徒是从那洞里出来的。

玉琴便对剑秋说道:"师兄,这洞必然是他们的秘密出路,今天却被我们发现了,何不进去窥探一番?"

剑秋道:"那洞中说不定又有什么机关埋伏,我们须审慎一点,改日带了火炬再来吧!冒险进去,要吃人家的亏。"

玉琴见剑秋不欲进去,只得暂且忍住,两人记好了这个地方,便退出来,绕道而行,想至岗前窥探虚实。

前面正是有一座丛林,枝头积雪,望去好似银海一般。剑秋依旧背着野兔,随在玉琴身后,走入林中,想穿过林子去;脚下踏着白雪声息全无,也没有遇见野兽。树上的雪一阵阵地随风飘坠,襟袖上倒沾了不少雪花。

两人将要走完这丛林时,忽闻林外有厮杀的声音,金铁相击,十分清楚。玉琴掉转脸来,对剑秋说道:"你听得么?"说时精神很兴奋地露出。剑秋点头答道:"我们又有热闹瞧了。"玉琴道:"快走吧!"

两人赶紧跑出丛林,一看山坡边雪地上,正有一小队盗匪,围住两人,走马灯般斗得紧,地上的雪被他们践踏着,一块块地飞起来。群盗中间有一个巨形大汉,全身黑衣,戴着獭皮高帽,舞动两柄纯钢板斧,使得上下左右都是斧影,十分骁勇。那被围的两人是一老一少,似乎樵夫模样。那少年的面貌白皙,手中舞一柄樵斧;老的长髯飘拂,相貌严肃,手中使一对黄金锏,锏法使得很妙,不慌不忙,和群盗轮流战着,但那少年却是斧法散乱，有些不济事了。

剑秋便把背上的野兔放在地上，二人同时拔出剑来，走上前去。那少年正自一斧向那汉子腰里劈去，被那大汉大喝一声，回转斧背一拦，早将那少年的斧当的一声击落在地；跟着蹿进一步，一斧照准少年头上劈去。那少年招架不及，叫声"啊哟"，正要闭目等死；忽地眼前一亮，有一道白光飞至，早将斧头拦住。一看乃是一个妙龄女郎，舞动宝剑，已和大汉斗在一起。

这时剑秋也舞起宝剑，助着老者共战众盗。盗党虽然勇猛，怎敌得过玉琴、剑秋两人的两道剑光？闪闪霍霍，如神龙夭矫，莫能捉摸，雪地里早已跌倒了四五个，红雨四溅，白光飞舞。老者见有人前来助战，精神突增，一对铜锏滚来滚去，大喝："不要放走了强盗！"

那大汉自知不敌，虚晃一下，跳出圈子，回身便走，玉琴握剑追赶。忽见那大汉回转身，右手一扬，便是一个流星铜锤，直向自己胸口打来。玉琴何等敏捷，即将左手拿住铜锤，右手的剑向索上一割，铜锤已到手上，喝一声："狗盗也吃我一锤！"顺手一锤飞去，正中那大汉后背，打得口吐鲜血，狼狈而走，余党也随着遁去。

玉琴、剑秋二人只因雪地路滑，不知虚实，所以止住不追，收剑入鞘；看着雪地里横倒的死尸，鲜红的血和洁白的雪相映着，倒是越显红白。此时那老者和少年走上前来，老者把一对黄金铜悬在腰旁，双手向两人拱拱道："两位剑术高妙，真天人也。在此荒山雪地之间，承蒙两位拔刀相助，杀退群盗，义侠可风。愚父子借此幸脱虎口，云天高义，无限感谢。敢问两位英雄姓名，尚望不吝指教！"

玉琴、剑秋二人见那老者吐语出言，不类樵夫行径，相貌又是十分尊严，且又有很好的武艺，能和巨盗恶战一场，不知他俩究竟是何许人物？一时倒呆住了，微笑不语。

第二十八回

得伪书魔王授首
亲香泽公子销魂

老者见两人不答,重又很恭敬地致词道:"老朽生平最佩服的便是游侠之流,但惜荆、聂不作,朱、郭云亡,山深林密,徒深他人之思。今天萍水相逢,得遇两位,怎可错过机会?且蒙舍身相救,更感谢不忘,务请两位不弃。"

玉琴听见他说得这般诚恳,便忍不住答道:"我姓方名玉琴,家居荒江之滨;这位是我的师兄岳剑秋,今日我等入山打猎,赏玩雪景,听得打杀之声,遂跑来相助。不知老丈何事蹈险地?致为鼠辈所困。"

老者听说,又是深深一拱道:"原来姑娘就是名震荒江的女侠,老夫闻名久矣!只恨无缘见面,今日相逢,三生有幸。既然姑娘实说了,我也以实相告吧!老夫姓鲍,名干城,接任宾州提督。"又指着少年说道:"这是犬子文远。"

玉琴、剑秋二人齐声说道:"老丈便是鲍军门么,失敬失敬。听说军门统率大军来此剿匪,却何以同着令郎单身走入虎穴?"

鲍干城道:"二位有所不知,盗匪猖獗非常,为害民间,我于前数天率领一干部下,至此痛剿。那盗匪死力顽抗,两下见过三次仗，各有胜负。他们果然厉害，适才被姑娘击走的大汉便是盗首罗普安。我因山势峻险窈深，不明地理，恐吃他们的亏，所以只把他们围住，没有进兵。连日下得好大雪，两边都不能交战。今天我遂和小儿文远扮作樵夫模样。亲自冒险，窥探虚实，不料被他们巡逻队看见，报告罗普安知道，领众前来围住。若没有二位相助，我等寡不敌众，性命休矣！"

鲍干城只顾说话，他儿子文远却立在背后，一声不响，只把眼睛频频向玉琴偷瞧，自顶至踵被他看了一个饱。剑秋说道："军门武艺精明，贼辈小丑，弄兵潢池，终难敌大军的痛击，不久自当扑灭。军门还请勿亲身犯险，回去可以派得力队伍进剿，即可荡平的。"便把他们方才在青龙岗后山发现秘穴和盗觉请援的事报告。

鲍干城道："所谓混世魔王樊大哥便是樊大侉子，即在离此百余里的东华山上占据。我也探听得他那里有五六百盗匪，纵横无忌。我本想剿灭了这里，再到那边去收拾他们；无奈老朽自己本领不甚高强，年老无能，小儿又不济事，部下也乏得力的膀臂，所以不能一鼓而下，惭愧得很。两位既然发现了这个秘穴，这是天诱其衷，狗盗末日至矣！尚望两位不要见弃，助我一臂之力，官军幸甚！小民幸甚！"

二人听了鲍干城的说话，不愿意即时答应，也不好拒却他的诚意。剑秋便说道："军门请回营去罢！防他们再来掩击。军门只要整顿劲旅，分两路攻山，青龙岗不难破也。我等懒散已惯，不受缚勒，如能效劳之处，总当尽力。"

鲍干城道："很好，容愚父子改日再行拜访，奉请出山，共破盗匪。"玉琴、剑秋两人笑了一笑，当即和鲍提督父子告别。

剑秋从地上背起野兔，和玉琴仍向原路走回，鲍干城父子也就回去。玉琴、剑秋二人踏着雪回到家中，已近天晚了。陈四已将火炉端整，两人遂坐下烘火。因为天气实在很冷，活动时候还有勇气忍受，坐定后反觉寒冷了。陈四把二人猎来野兔交给阿福，一同剥皮开肚，把米煮熟，晚上做一顿精美的肴馔。

玉琴、剑秋两人对坐饮酒，玉琴素来不喜喝的，今晚也喝了三四杯，面庞红得如玫瑰一般，笑着对剑秋道："你看鲍干城武艺很好，为人也彬彬有礼，不像武夫。"

剑秋道："是的，他做到提督之职，本来也不容易！"

玉琴道："只是他的儿子鲍文远，却是个脓包，不中用的，哪里可以称得将门之后呢？"

剑秋叹道："所以古人有'生子当如孙仲谋，若刘景升儿子猪犬耳'这种感语了。"

玉琴道："今天救了鲍家父子，他们表示感谢之意，大有请我们前往帮助之心。若然那鲍干城要来请求时，我们答应他，还是拒绝的好？"

剑秋喝了一杯酒，说道："谁耐烦到军营中受他们的约束？他们剿匪的目的是升官发财，岂真关心民疾？鲍提督的为人估量还好，若他前来固请，不妨姑且允许走一遭，剿灭了青龙岗的盗匪，我们便走，不必受他们缚系。"

玉琴点头道："是的，我心里也想我们并非愿意为鲍干城一人效力，不过为地方除害而已。富贵于我如浮云，谁肯去做功狗呢？"

剑秋哈哈笑道："师妹真我之知己也。"这夜玉琴多喝了些酒，不多时早已陶然醉倒，先回房去安寝。剑秋又喝了一个畅，也就归到客室，一枕横倒，不知东方之既白。

次日上午玉琴、剑秋二人正在家里闲谈，忽见阿福急急地从外面跑进来报告道："姑娘，外边到了几辆大车，许多马匹，又有七八名士兵，护从着一个貂帽皮裘的官儿，说是宾州的鲍提督要来拜见姑娘。"说罢便将大红名刺呈上。

玉琴接过，丢在桌上，对剑秋笑道："他果然来了，我们倒不好意思不招待呀！"剑秋勉强和玉琴立起身来，一声"请"，两人一齐走出大门。早见鲍提督换冠带袍服，越显得尊严，仿佛干城之选。背后随着鲍文远，裘马翩翩，摆出风流模样。七八名护兵手里托着朱漆大盘，盘中放着金银彩缎，耀眼

第二十八回　得伪书魔王授首　亲香泽公子销魂

生辉。

鲍提督一见剑、琴二人,慌忙打恭行礼,文远也上前相见。剑秋道:"野人不知礼节,何蒙军门纡尊降贵,辱临草庐,我等惶恐得很。"玉琴也笑颜相请,把鲍提督父子请到里面客室中坐下。

八名护兵捧着盘子跟进来,立在阶下,鲍提督把手一挥道:"你们小心放在桌上,退出去罢!"护兵们便如言安放而出。鲍提督父子坐定后,陈四一一献上香茗。鲍提督遂对二人说道:"昨日幸逢二位英豪,归后缅想无已。玉琴姑娘芳名传播遐迩,群盗寒心,所以不揣冒昧,登门奉谒,拜请二位出来相助。灭得草寇,不独鲍某一人之幸,亦是地方人民之幸,谅二位必不致于见弃也。"

玉琴心直口快,随口答道:"做官的当然代民除害,保障一方的平安,使一般小民安乐度日,方不失为民上者的天职。我等虽是草野平民,也怀着锄恶扶良的心肠,青龙岗的盗匪骚扰四处,我已闻得乡人传说。难得军门冒着风雪,亲往进剿,我们看在这一点儿上,既承军门下临,自无不愿追随鞭镫之理。"

鲍提督见玉琴说话已表示允意,便大喜道:"能蒙女侠惠诺,不虚此行了,感谢之至。"文远也说道:"玉琴姑娘身怀绝技,昨日一锤,已寒贼人之胆;有姑娘同去,可稳取荆州,罗普安这颗头颅已挂下号了。将来得胜而回,我们必不忘二位扶助之功,自当……"

文远正要再说下去,剑秋抢着说道:"鲍公子,我们此番答允同灭草寇,是为了地方除害;也为了尊大人一片诚意,未可辜负,并不想什么一官半职。我等如闲云野鹤,疏散已惯,萍踪不定,富贵无望,哪里敢说什么功呢?"

鲍提督听得出剑秋话中之意,忙道:"侠士所言甚是。难得二位鉴谅我的诚意,慨然应许,我等自不敢以常人之礼待二位。望二位即刻屈驾光临小营,同商破贼之策。兵贵神速,二位当不以老朽的话为河汉,鲍某非常光荣。"二人见鲍提督说话非常中听，他也是为国为民，出于至诚，断难推辞不去，方才颔首允诺。鲍提督见琴、剑二人已允，心中大喜，又指着桌上一盘盘的金银彩帛说道："这是一些礼物，不腆之敬，尚乞二位莞纳。"

玉琴道："呀！这虽是军门的美意，但我们不用这些贵重的东西，军门何必多礼？此间附近各村庄乡民多受劫掠的苦处，我们以为军门不如把这些东西分散给他们罢！"

鲍提督听了，面上不由得一红，嗫嚅着说道："这是我的一些小意思，并非轻视女侠，务祈哂收。"

玉琴道："那么我就受了一盘彩缎吧！其余的请提督带回去，能依我的说话最好。"鲍提督诺诺连声，于是玉琴把一盘彩缎受了，放入房中。又收拾了一番，把门锁上，对剑秋说道："我们便随提督同行何如？"遂唤进陈四，叮嘱数语，教他好好饲着那头金眼雕和花驴、龙驹，我们不久便要回家的。

说毕，遂和鲍提督父子一齐走出，护兵们早将大车拉过来，鲍提督请二人进入车厢，自和文远骑马相随。一行人离了荒江，往官署驻扎的地方赶去，早惊动了荒江附近乡民，纷纷传说，还以为女侠等去做官。那鲍提督的军队扎营在青龙岗前飞凤坡下。这时大雪未融，红旗翻风，映着白雪，煞是好看。团团十几个营寨，军容严整。

鲍提督到得营前，连忙下马，请琴、剑二人出车，一同走入大营。早有一小队兵士吹号打鼓，一齐擎着豹尾枪，欢迎佳客。来到中军帐里，分宾主坐定，鲍提督又命部下准备酒席，请二人入座，敬了一杯酒说道："军中无佳肴，有慢新宾。如蒙二位赏脸到此相助，鼠辈无噍类矣！"

剑秋道："事不容缓，即请军门发令进兵，向青龙岗正面猛攻，我等二人愿率一百敢死之士，端整火炬，便向后山秘穴攻其不备；内外夹攻，可以歼灭草寇了。"

鲍提督道："侠士之言是也。"遂即出令部下，照此行事；自有一百名精壮愿随琴、剑二人前去，二人遂带着兵向后山抄

第二十八回　得伪书魔王授首　亲香泽公子销魂

去。这里鲍提督父子率领大队官军敲动战鼓,向岗上进攻。

且说琴、剑二人来到那个秘穴地方,正在午后申刻光景,日光已渐渐移向西山,剑秋使命众兵士燃起火把,鱼贯而入,自和玉琴当先。因为那洞中十分逼仄,山石高低不平,很难行走;二人非常留心,恐有埋伏,一步一步地向前进。走了多时,渐渐由狭而阔,有些光亮透入,再走了一段,已出得洞口。但见前面有壁转侧处,一片山地,有许多房屋排列着,屋顶上插着一面大红旗,随风飘荡,屋后一丛树木,正好作个屏蔽。琴、剑二人知道已到贼巢后面了,便拔出宝剑,率领部下一百名敢死之士,呐喊一声,往前冲杀过去。

那盗魁罗普安自在前天察觉鲍提督父子扮作樵夫入山窥探,便率部下把他们围住;正在得势的时候,不料半空里杀出玉琴、剑秋二人;又被玉琴打了一锤,受了重伤,睡着休息。午后,喽啰们忽报飞凤坡的官军整队杀至,他遂请手下两个兄弟,一个姓孟名得胜,一个姓谢名豹,出去抵挡,只许守,不许攻。谢孟二人武艺也还来得,带了部下在岗前死守。

罗普安正想:日前派人去东华山混世魔王樊大侉子那里去讨救兵,樊大哥若然答允,今天可以来了,怎么没有回信呢?不防琴、剑二人这支兵从背后秘穴杀出,好像飞将军从天而下;寨中又是空虚,二人直杀进来,如入无人之境。罗普安闻得惊耗,勉强起身,握着两柄板斧,同数十名部下出来抵御。一见琴、剑二人,不由得呆了。

这时琴、剑二人左右来攻,只见青、白两光如箭一般地射去,尽在他身前身后飞舞。罗普安慌了手脚,挥动板斧抵挡,但那剑光几下,罗普安早已身首异处了,部下喽啰被一百名官军杀得一个也没有逃走。琴、剑二人破了山寨,一边命官军搜获辎重,一边放起火来。登时黑烟四起,红光烛天,琴、剑二人又分了一半人到前山来接应。

那孟得胜和谢豹正在竭力死守,正大吃紧的当儿,忽见山寨中起火,一齐心慌意乱,纷纷退却。鲍干城见了情形,知道琴、剑二人已得手了，急命官军猛攻，杀上青龙岗来。孟得胜还想在后抵挡，早被鲍干城一锏打倒，剁做肉酱。谢豹率众退到寨外，逢着琴、剑二人拦住去路。谢豹急往斜刺里逃走，剑秋追上去，手起剑落，把谢豹挥做两段。前后夹击，杀得那些盗匪无路逃生，死了一大半，其余的都被官军生擒。

鲍提督父子破了青龙岗，和剑、琴二人晤面，感谢二人援助之功，便命部下将火扑灭，整队回营。天已大黑，鲍干城十分快活，一边犒赏他的部下得力将士，一边设宴款待琴、剑二人。鲍提督捋着须髯，对二人说道："这一回若没有二位侠客相助，恐怕不易即破，但那东华山的樊逆十分厉害。我想趁此时机，率兵前去，也把他剿灭了，好使地方安宁，不知二位有何见教？"

剑秋道："军门若要剿除樊大侉子，不才倒有一条妙计在此，军门若把照此行事，很是省力的。"

鲍提督忙问侠士有何妙计，剑秋先向四下一望，鲍提督早令左右退避，只剩琴、剑二人和鲍提督父子四个人在座。剑秋才说道："兵贵神速。明日一早我等即同数十敢死之士，穿着盗匪衣服，伪造书信一封，赶到东华山去。只推说我们是从青龙寨逃出来的，罗普安已受重伤，山寨被官军围攻，十分危险，请求樊大侉子速去营救。他当然中计的，待到半路，军门可遣兵马迎战，我们在他身边相机下手，饶他猛勇，难以幸免了。"

鲍提督闻言大喜，向琴、剑二人拱拱手道："妙计妙计！得二位相助，天佑我也，敢不惟命是听？"

剑秋道："好在罗贼所写书信上的语句，我都记得，只要照他的口气便了。"于是鲍提督又向二人敬酒，直饮到夜深，方才散席，琴、剑二人便留宿在中军帐内。

次日清晨，琴、剑二人挑选了二十名健卒，各把投降的盗匪身上衣服脱下，各人改扮。玉琴也扮了一个男子，和剑秋并立着，真是玉树成双，无分轩轾。两人遂带了健卒，赶奔东华山去。将近午时，已到山上，早有山上盗党接着，问清缘由，领到樊大侉子那里去见面。

两人见山寨形势雄壮，比较青龙岗布置严密，那樊大侉子箕踞而坐，满面疤痕，身躯魁梧，活似一座钢铁黑塔。琴、剑二人上前见过礼，剑秋将书信奉上，樊大侉子不识字的，便唤手下一个心腹，将信念给他听。樊大侉子听完这信，把脚一蹬道："他妈的！杀不完的官军，胆敢逼迫我的盟弟！我必要倾全寨的儿郎，去和他们拼上一拼！"又向剑秋道："现在罗兄弟怎样了？"

剑秋答道："罗头领受了重伤，睡在床上，不能抵敌；所以差遣我等突围而出来此求救，望这里快快帮助，不胜感激。"

樊大侉子道："好！我们立刻出发便了！"遂命左右吹号归队。号角鸣鸣，不多时聚集了几百健儿，合着剑秋、玉琴等一行人，动身出发。樊大侉子跨上乌骓马，左右抬过一柄九环泼风大刀来，足有七八十斤重。樊大侉子握在手中，喝一声："儿郎们，快向前进！"下得东华山，赶奔青龙岗而来。

行至半途，忽见前面旌旗招展，尘土大起，原来鲍干城率领大军杀至。樊大侉子瞧见了，便骂道："他妈的！我们没有赶到，他们却来了。杀他一个落花流水，方快我心。儿郎们，不要退缩，把这些狗养的官军杀尽，我自有重赏。"

这时琴、剑二人正随在马后，剑秋暗暗拔出宝剑，赶上数步道："樊头领，我们快快杀啊！"乘势一剑，向樊大侉子劈来。樊大侉子不知剑秋乃是奸细，没有防备，不及闪避，被剑秋一剑砍中左臂，连膀子都砍了下来；一柄泼风大刀落在地上，只痛得樊大侉子狂吼一声。剑秋何等敏捷，又是一剑向他胸窝刺个正着，樊大侉子一个翻身从马上跌下，双足一挺。这位杀人不眨眼的魔王便脱离人间，呜呼哀哉了！

同时玉琴和带来的死士，一齐飞动兵刃，把众盗匪砍瓜切菜般的乱杀，众盗匪不知真相，一见头领已死，登时大乱。鲍提督一马当先，使开黄金锏，带领官军杀上，只杀得众盗匪无路可走，尸横遍野；乘势杀上东华山，把贼巢荡平，奏凯而还。

玉琴、剑秋见两处巨盗剿灭，遂向鲍提督告别，要回荒江老屋去。鲍提督哪里肯放二人便走，很恳切地对两人说道："两处盗匪危害民间，幸有两位剑侠仗义相助，方能把巨盗歼灭，不但鲍某私心感谢，此间民众亦当感德。两位虽然襟怀清高，然而鲍某心中何可忘之。敢请两位屈驾至宾州畅聚数天，待我稍尽一些感谢的情谊，想两位不致拒绝吧？"

剑秋道："这些小事何足言谢，我们也是一时有兴，作快心之举。军门自有公务，我们不敢打扰了。"

鲍提督又道："两位千万要赏面给我，不要推却。"玉琴见鲍提督态度诚恳，便对剑秋说道："我们就到那里去游览也好，军门盛意也难辜负。"剑秋听玉琴这样一说，也即应诺。

鲍提督十分欢喜，一边下令班师，一边招接两人来到宾州提督衙门里，特辟上等精舍各一间，为二人下榻。至于报捷犒赏等事，自有幕府中人代为办理。鲍提督又邀集宾州城内文武官僚，欢宴琴、剑二人。席间，极口称赞两人的侠义勇武，大家久慕荒江女侠的盛名，得见玉琴芳颜，更是敬佩；一迭连声地向他们二人恭谀，倒弄得琴、剑二人难以为情。

散席后，鲍提督又介绍他们和他的夫人以及内眷们相见。鲍太太见了玉琴，十分敬爱，拉着她的手儿，说长道短，亲近得如自家人一般，款待更是优渥；定要多留几日，玉琴却不过盛情，只得住下。提督父子时时伴着剑秋闲谈一切，但是他们两父子事务很忙的，剑秋不欲耗费他们的光阴，所以时常独自一人到外去驰马试剑。他的心里早要和玉琴回荒江去了，只因鲍提督夫妻再三再四的挽留，玉琴也无可无不可地住了下来，他也勉强过几天无聊的光阴。鲍提督常常设备丰盛的筵席款待他们。

有一天下午，玉琴在鲍太太房里闲谈了好一回话，走将出来。这时剑秋出去了，鲍提督也有公务在外，衙中很是清静，玉琴信步走到花园散步。那园中有一处种着百数十株梅树，花影横斜，暗香浮动，在这初春天气，梅花盛放，很是好看。梅树的前面有一小阁，玉琴走至小阁中凭栏小立，觉得香沁肺腑，大可人意。

忽听背后脚步声，回头一看，乃是鲍文远，戴着獭皮帽子，身穿狐裘，背负着手走来，向玉琴笑嘻嘻地说道："姑娘一人在此赏梅，不嫌寂寞么？"

玉琴正色答道："偶然至此，见红梅怒放，故而小立，有何寂寞？"

文选走近身来又说道："姑娘为巾帼英雄，横剑杀贼，勇冠三军，我真佩服到极点。不知姑娘可能常常住在这里，教我一些武艺，使我得以进步；况且我又没有姊妹的，姑娘便是我的姊姊，我的敬爱的姊姊。"

玉琴听他这般说话，未免有些轻薄，娥眉一竖，便想和他翻脸；继思万事都要看鲍提督脸上，鲍提督待己不错，何苦和这种人去一般见识呢？遂冷笑一声道："公子的武艺家学渊源，自有功夫，何须我来指教呢？"

鲍文远听了，不由得脸上一红，急辩道："姑娘言重了！似姑娘这样武术，巾帼中所少有，我也久慕芳名，虽得遇合，也是天做之缘，所以要请姑娘不吝指教。至于我的武艺，实在不济，姑娘何必客气呢？"

玉琴听他又说什么天作之缘，知他疯魔了心，没有好意，横竖自己抱定宗旨，任何人不能动她的心。区区鲍文远，黄口孺子，不在自己眼上，只要和剑秋早回荒江，他自然再也不能来缠绕，免得他空相思，于是佯作允诺了。文远伴着她在园中闲游一番，玉琴处处觉得文远有意来逗引她，心中不免暗暗好笑；但是文远心里却变得着魔一般，癞蛤蟆想吃天鹅肉哩！

到得晚上，玉琴和剑秋相见，剑秋催促玉琴回去，且说："我们在此受人豢养，很没意思，不如返去荒江。再住几天，便动身上昆仑山拜见师父去。"玉琴点首称是。

明日下午，玉琴走到鲍太太房中来，说要告别，刚走到房门口，忽听鲍文远在里面讲话，她便轻轻站立在帘外窃听。

鲍太太说道:"莫怪你要爱她,便是我自从她来了也十分喜欢她,心中早想代你和她订下婚姻,已和你父亲谈过。只因她艳如桃李,凛若冰霜,说不定她已默许了姓岳的了。"

接着文远开口说道:"都是那个姓岳的讨厌东西,常要和她一起,把她勾搭上。若没有姓岳的贼,敢怕她此时不爱上我么?我若要和她成一对儿,那应必须使姓岳的和她脱离关系才行……"

玉琴听了这话,暗骂一声:"小辈痴心妄想,竟对师兄横眼,这里我确乎不能再留了。"这时外面履声橐橐,鲍提督走将进来,玉琴欲避不得,只得一声咳嗽,揭帘步入。鲍太太和文远正讲得出神,看见玉琴走入,不由得一怔,又见鲍提督也随后走进,遂一齐叫应了,坐定说话。玉琴当着鲍提督夫妇之面,婉言道谢,且向他们告别说:"明天一定要回乡扫墓,不克多留。"

鲍提督说道:"二位一定要走,我也不留,只是我在明天要到省城去走一遭,几天就要回来,务请你们再宽住几天,待我回家后饯行可好么?剑秋兄前我已向他说过了。"

鲍太太也苦苦相留,玉琴无奈只得许诺。文远暗暗欢喜,他一人坐着不多说话,眼珠滴溜溜地转动,正自想他的计划。鲍提督谈了一刻,遂和文远走出房来。玉琴又和鲍太太略谈数语,便到书房里来找剑秋。

剑秋正在室中观书,玉琴把鲍提督苦留的话告诉他听,剑秋皱着眉头笑道:"鲍提督虽是好意,但我却在此非常厌倦,无论如何,我们待到鲍提督由省回衙时必要走了,不能再徇情面,况且我瞧鲍文远那厮颇似轻薄子弟,和他的父亲相去甚远呢!"

玉琴道:"师兄之言说得不错,谁耐烦和他们长久敷衍下去呢?鲍提督此番回来,我们必要告别,若再苦留,我们悄悄一走便完了。"剑秋笑了一笑。次日鲍提督带着护从上省去了,夜间鲍文远请琴、剑二人在花厅上饮酒,拉了几个幕府中的师爷们相伴。二人不好推卸,勉强坐着,觉得这辈人俗不可耐,谈来谈去，都是功名富贵的，令人头脑都要胀裂。未及酒阑，二人诡言腹痛，一齐避席，弄得鲍文远好生没趣。

明天剑秋一早起身，天气甚好，只觉得没事做，因为玉琴隔离在内室，不能晤谈，遂又独自至野外打猎。到午时回来，当他走过外书房时，只听得里面有几个人在那里窃窃私语，又听得"姓岳的"一句话，不觉立停脚步，侧耳细听。

正是鲍文远的声音，方才说话道："你们二人都已知道我的意思了。那方姑娘未尝不愿意的，不过碍在姓岳的一人，趁此时候，我把这条计策实施，包管他要上当，只要你们小心下手。因姓岳的本领甚高，你们二人虽懂武艺，还不是他的敌手呢！将来我父亲万一知道了，有话说时，我自会代你们二人包谎。若能取得姓岳的性命，我说过的话决不爽约，你们二人的前程当然青云直上了。"

鲍文远说完这话，接着有一粗暴的声音答道："公子你要托了我们，可以放着了枕头稳睡，我们自会见机下手。自古道：明枪易躲，暗箭难防，凭那姓岳的本领怎么样大，决难逃过我们的手里呢！"

剑秋正想再听下去，又听外面有脚步声走来，急忙轻轻掩回自己室中，坐定了，暗想：鲍文远那厮态度轻狂，果然不怀好意，不知他想什么计策来害我，但我岂是惧怕他的呢？正在思索，早有下人来请午饭，遂出去和文远相见，同桌而食。

午饭过后，文远忽然拉着剑秋到他的书房中去坐，很庄重地对剑秋说道："岳先生，我有一事奉托，不知足下可能允许？"

剑秋道："什么事？"文远道："只因我父亲前天上省城去，忘记携带一份重要的公文，以及一些送与友人的重宝，我本想差人送去，但是这条道路十分难走，盗匪出没无常，恐有不测，所以要拜烦岳先生走一遭，那就千稳万妥了。"

剑秋明知这便是他的计策了，毅然答应道："公子委托，岂敢推辞？"文远大喜道："那么便请岳先生明天动身可好？"剑秋点头道："好的。"

二人又谈了一刻，剑秋走出书房，回到自己室中。坐不多时，恰巧玉琴走来，剑秋便把自己窃听的说话，以及鲍文远拜烦他往省城走一遭的事告知玉琴。玉琴听了，不由得脸上一红，说道："文远那厮煞是可恶！我前天也窃听得他说出恨你的话来，岂非可笑！都是鲍提督夫妇再三苦留，否则我们早些走了，倒省却许多烦恼。"

剑秋又道："那厮要我上省城去，明明设计害我，否则你想鲍提督特地外出，岂不将珍宝带着的么？"

玉琴道："不错的，狼子野心，不可不防。师兄去时，途中倘有生变，师兄不妨决然下手，然后先返荒江，带了你的徒弟，即速上螺蛳谷去，我在此间小作勾留，倒要看那厮如何来对待我呢！以后我回家一行，也到螺蛳谷和师兄见面，这样好不好？"

剑秋道："好的，我们约定了照此行事，师妹说的话我总听从的。"秋剑口中虽然如此说，但他的心里却不以为然。他主张最好和玉琴就此一走了事，鲍提督也没奈何他们，何必虚与委蛇，反和他们勾心斗角的较量呢？不过他不欲拂逆玉琴的主意，只好应允了吧。

次日上午，鲍文远请他到外边，双手奉上一束文卷，密密封好，又有一个红漆小拜匣，也是严加扃固，不知里面是什么东西。对剑秋说道："拜托拜托。"剑秋接过，放在怀内，文远又取出一百两银子交给剑秋，作为此行的路费，且说道："我恐岳先生一人前去，不识道途，故欲添派两个得力家将，追随左右。"

秋剑佯作喜欢道："有同伴前往，这是最好了。"鲍文远遂将两名家将传唤来，和剑秋相见。剑秋一看两人都是很有臂力的大汉，内中一个满脸凶恶相，声音粗暴，剑秋听得出便是昨天说话之人，经文远介绍，始知那人姓高名金镖，另一姓孙名殿尊，望去都像有武术的人，腰里个个佩上单刀。

鲍文远对他们说道："你们可以跟着岳先生前去省城，一路小心服侍岳先生，回来时自有重赏。"二人齐声应诺。

　　剑秋暗想：你教他们来服侍我，这就是一句暗号了，但是死神却已是在他们头上盘旋呢！但因已和玉琴约定，所以也不用告别；假托文远通知她一声，于是一同走出衙来，早有护兵牵过三匹高头大马。剑秋择一匹黄色的大马骑上，高、孙二人也各跃上坐骑，文远又向剑秋拱拱手道："早去早回，我准备筵席洗尘。"剑秋也说一声："再会。"三匹马泼喇喇的往大道上跑去了。

　　文远以为剑秋中了自己的妙计，不出三日，性命休矣！所以很得意地走进内室，见了玉琴，把剑秋上省城去的消息奉告。玉琴早已知道，坦然得很。又过了一天，用过早饭，玉琴坐在鲍太太房中闲谈，鲍文远从外走来，要求玉琴到后园去教他舞剑。玉琴虽然口中答应，态度却很不自然。

　　鲍太太也笑微微地向玉琴说道："姑娘的武术高妙到极点，小儿颇喜习武，要请姑娘不吝指教。且他没有姊妹兄弟，见了姑娘，甚是敬爱，所以请姑娘认他做一个兄弟也好。"玉琴不答，立起身来，跟着文远一齐到后园去。

　　她心里暗想：我这个不祥之身，以前在曾家村避雨邂逅曾毓麟，病倒在他家中，曾太太也很想我和曾毓麟做终身的伴侣。但是像曾毓麟这样温文尔雅的人，尚且不在我心上，何况鲍文远这种脓包呢？鲍文远不知玉琴心事，他却十分喜悦，到得后园，在池东一片旷场上，鲍文远先取了一柄宝剑，舞了一下。玉琴在旁瞧着，暗暗好笑，这种剑术再浅也没有了。

　　鲍文远却收住剑，气喘吁吁，请玉琴教他几路剑法。玉琴遂从腰际拔出真刚宝剑，教他一二梅花剑法，文远依样画葫芦地学会了。又打了几套罗汉拳给玉琴看，玉琴眼中哪里瞧得起，也舞了一路猴拳。芳心懒懒的，如何肯献本领？天色将暮，二人坐在太湖石上闲谈。

　　鲍文远忽然对玉琴说道："玉琴姑娘，我有一个请求，希望你应许我，不要推却，不知姑娘可能够么？"玉琴觉得文远的话太突兀，不明白他有什么意思，静默着不答。

文远再催一句道："姑娘……如何……"玉琴正色问道："你有什么请求呢？"

文远道："今夜月色谅必很好，我欲端整佳肴美酒，在迎素阁上和姑娘畅饮数杯，谈谈心腹的话，请姑娘不要拒绝。"玉琴暗想：文远不怀好念了，我姑且允许了他，看他如何处置，再作计较，遂佯笑道："那么要叨扰你的美酒佳肴了。"

文远道："只要姑娘肯赏脸，这是小弟三生之幸。"玉琴听他自称小弟不觉暗笑，自己几时和他结拜姊弟呢？遂点头道："黄昏时候我准来便了。"文远大喜，两人又谈了一下，玉琴回到里面，到得黄昏时候，佩上宝剑轻轻走到后花园迎素阁上来。这时皓月当空，园中景物更是令人可念，正走到迎素阁上，却听阁上有微声吟着道："月上柳梢头，人约黄昏后。""此时此景，不亦美哉？""月已东上，何玉人犹姗姗来迟耶？"玉琴暗骂一声："可恶的文远，不怀好念，少停须吃我的苦头。"立即咳嗽一声，走进阁中。

只见阁下点着灯，书童鲍贵立在一边，见了玉琴便道："方姑娘来了！"文远早已听得，慌忙走下楼梯来，含笑欢迎，说道："我已等候多时，快请姑娘上楼。"

玉琴便随着文远走上迎素阁，见阁上点着四盏红纱灯，映得席上微红，象箸、玉杯都已安置好。文远请玉琴坐了，那鲍贵早和一个厨役端上酒菜来，一样样地放在桌上。文远道："你们可以退去，我有需要再来呼唤。"鲍贵会意，和厨役匆匆走下去了。

文远便提壶代玉琴斟满一杯酒，自己杯中也斟满了，便说："请！"玉琴十分精细，不敢贪喝杯中之物，便用朱唇湿了一湿，假作饮下肚去，其实都倾倒在她的手帕儿上。文远却很快活地喝了两杯，又请玉琴用菜，玉琴倒用箸吃了好些。一轮明月映在纱窗，园中静悄悄的，只有风吹花木之声。文远一边喝酒，一边说些风情的话来挑引玉琴，玉琴却假作似懂非懂

第二十八回 得伪书魔王授首 亲香泽公子销魂

315

的，不多理会。

文远多喝了些酒，色胆渐大，见玉琴娇脸映着灯光月影，娇滴滴益显红白，一颗心早已摇荡得和钟摆一般，全身酥软了，便对玉琴说道："我是没有姊妹的，又没有和人家订过亲。老人家虽要代我早日授室，可是我的眼光很高，觉得世间女子在我眼里看得中的，真如凤毛麟角，不可多得。所以蹉跎年华，未遂求凰之愿。侥幸此番得遇姑娘，三生有缘，因为似姑娘这般巾帼中出乎其类、拔乎其萃的女子，真是凤毛，真是麟角！我本不敢妄想，但望姑娘常和我们一起，姑娘便做了我的姊姊可好？"说罢，涎着脸静候玉琴回答。

玉琴听文远口里没遮拦似的渐渐说出不堪入耳之言，不觉又好气又好笑，只冷冷地答了一句道："我配做你的姊姊么？"

文远忙道："姊姊，玉琴姊姊，你不配做我的姊姊么？不要客气，姊姊，姊姊，我的玉琴姊姊，一定要做我的姊姊！"玉琴听他说了一连串的姊姊，险些笑将出来，便道："很好，我就做你的姊姊。"

文远心花怒放，恭恭敬敬地斟上一杯酒来，说道："姊姊请尽此杯。"玉琴接了便道："啊呀！我要喝醉了！"又假作一饮而尽的模样，一歪身伏在桌上，只装作酒醉了。

文远见玉琴已醉，不知是假，遂低唤一声："玉琴姊姊。"不见回答，便笑嘻嘻地走到玉琴身边，把她的香肩摇了一下，也不见动静。于是他就将她腰间佩挂的宝剑解下，放在旁边案子上，口里说道："我见你的宝剑畏惧，现在且喜已被我用酒灌醉了。乘此良宵，正好同寻乐事。过后不怕你再要推却了，我且来一个温香软玉抱满怀吧！"

说毕，遂俯下身子，张开两臂，要来抱起玉琴，却不防玉琴突然纤手一扬，啪的一声，正打在文远的脸上，打得几乎跌下地来，向后直退。玉琴一跃而起，又飞起一足，早把鲍文远踢倒在地，过去一脚踏住，解下他的束腰带，把他缚在太师椅上，缚得紧紧结实，撕下一块衣上的缎子，塞在他的口中。鲍文远不防有这么一着，自己不是她的对手，只得尽受她的摆弄，一张尴尬脸孔，哭不出，笑不出。

玉琴走过去，把宝剑拔出鞘来，在文远的颊上磨了一下，喝道："你这厮果然不怀好意，把我看做什么人了？胆敢包藏野心，妄想觊觎，可笑你这厮生得人也不像，两肩夹着一头，胆敢无礼，你也只有这一颗头，还想保留么？若不给你一些厉害，太便宜了！"

可笑鲍文远一心欲亲芳泽，谁知遇了钉头货，自己动也不能动，喊救命也不能；听了玉琴的话，急得他魂销真个，昔人有诗云："不曾真个已魂销。"文远本来的期望是销魂，不料他眼前要魂销青锋之下，所以吓得魂魄出窍，呆若木鸡，眼眶里流出泪来。

玉琴见了这种情形，冷笑一声道："此刻你该知道懊悔不及了！本待把你一剑挥为两段，爽爽快快地送你走路，只因瞧在你的父亲面上，把你这颗脑袋暂且寄在你的颈子上。以后若不悔过自新，说不定何时要来取去的。现在暂且留下一个记号，待你父亲回来时，也好交账。"

说罢，将手中剑在文远面上晃了一下，文远的两道浓眉早已光光如也。玉琴又笑了一笑，把宝剑插入鞘中，回身过去，把东面的一扇纱窗轻轻开了，只一纵身，早已无影无踪。清冷的月光从窗中照进来，正映在文远无眉的脸上，好似有意讥笑一般。